中国专业作家
小说典藏文库

中国专业作家小说典藏文库

野浴

王鸿达 著

中国文史出版社

目　录

绿

　　省城音乐师专毕业生青云来到一个偏僻的林区小镇。报到那天，青云走进那座老式结构的林业局办公小楼，引起了包括那个老文教科长在内的一些人的注意。吱呀、吱呀的脚步声响到文教科门口，科长放下手里正在起草的一个什么公文，抬起头来，透过厚厚的黑框眼镜，细细地打量着青云。后来科长问青云："你是党员吗？"青云摇头。"是团员吗？"青云再摇头。科长像吃鱼吃到一根鱼刺，卡在嗓子里，颇有些难为情地"呃"了一声，脸也红了起来。

　　科长调整完表情，才猛然想起来似的，过来握手："欢迎，欢迎！地区中学正缺音乐教师哩。"通过手感，青云觉得科长除了热情外还有一时很难说清楚的东西。

　　"我想到……克林去。"

　　青云是来到这里后听说的这么一个林场名，怕叫不准，说得有些犹犹豫豫。

　　科长的手没有抽回来，科长的手僵在青云的手里了。

　　"克林林场？……那是林业局最远的一个林场，条件很差，要去那里么……"科长喃喃自言自语以为听错了，又似在问青云。

　　"是的。"青云得到了证实，就显得平静而坚定下来。

　　科长抽出僵硬的手，目光移至青云的背后，说："刘助理，你带青云老师去安排一下。"

　　从青云身后一堆一捆的教科书堆里拱出一颗瘦瘦的头来。那人一直在那里忙活着，对这边两人的对话视而不听。听到科长叫，他方走过来，带着青云出去了。又是一阵吱呀、吱呀的木楼梯响……

科长困窘地站在那里注视着他俩走出去的背影，手心里渗出了一层细细凉凉的汗。他像刚刚经历了一场考试，得到的是零分。令他困惑不解的是，对答案他竟是一无所知。

刘助理把青云带到了镇上宾馆住下了。宾馆四层红砖楼，原来叫林业局招待所。刘助理在四楼给青云开了个房间，说："这儿静，还得住上一阵儿，恐怕一时半会儿难以找到往克林去的车。"于是青云就在宾馆住了下来。

宾馆里有沙发、地毯，墙壁上还挂着城市宾馆常能见到的山和树木照片放大的壁画。青云不明白，推开窗，外面就是真实的山和树，何必做这样的装潢？到了晚上，青云躺在沙发床上才理解刘助理说的静的含义。一楼每晚都在搞舞会，嘭嚓嚓的打击乐透过二楼、三楼顽强地传上来，传进青云的耳膜里，传上来的声音其实已虚弱得很不真实了，可对于一个对城市噪音熟悉得不能再熟悉（音乐系毕业的青云这样认为）的人来讲，哪怕再微弱，也会起到连锁的条件反射的。舞会要到夜里十二点才能结束。这样，青云常常在沙发床上辗转反侧不能入眠。就很烦恼地想，小镇也城市化了。这样想来，青云不免为报到那天的临时决定而庆幸。

刘助理还时常过来看看青云。青云不知道这样的等待还要持续多久，心里不免有些着急。这些都被刘助理一一看在眼里，因而刘助理最后一趟来，有些解脱地告诉青云："一周后有送货车去克林，你好好休息几天，准备上去吧。"青云青青的像涂了眼影的眼眶告诉刘助理，这些日子里，青云是在同一个又一个夜晚苦斗着。

白天，青云就在这个陌生的小镇上四处走走，看看青青的山、绿绿的河，借以驱散心中的烦闷。在未来的一周里，天连续下起雨来，青云只好关在宾馆里。好在有了上山的日期，青云便很放心地站在宾馆的窗镜前，打量窗外湿漉漉的一切。小镇淹没在氤氲的雨里、雾里，一切变得迷迷蒙蒙、混混沌沌起来。

出发的前一天，雨还在有情绪地下着。晚上，刘助理湿头湿脸地走进宾馆来，问青云："还去吗？"

"为什么不去呢。"

刘助理听后什么也没说，掉头走了。

翌日一早出发，刘助理扛来一捆塑料布包着的教科书，放到车上去，说一年难得往山上跑一回。可青云感觉他还是专门送自己上去的。

车出了小镇，开始了漫长的山路爬行。雨点噼噼啪啪打在车篷顶上，打在道两旁不断踊跃伸出的树枝、树叶上。新绿的枝叶层层叠叠，抖动着，做着无限忠诚的欢迎状。远处模糊起伏的山峦，缠绕着一团一团流动的绿雾……

青云的脸贴在淌着雨泪的车窗玻璃上。刘助理的眼睛时而合上，时而颤开。整个途中似乎只有他说了那么一句话："山上静是静，只是闹个小病小灾的就没办法下来了……"停了停，他又接着自己的话："也怪，山上的人好像从来不生病似的。"用眼睐青云，青云一眼不眨极专注地朝外望着，左侧司机也极专注地盯着前面险象环生的蛇路，刘助理就又闭上了眼瞌睡。

车开到克林时，已快当晚。雨不知不觉在途中中断了。接下来迎接他们的是一汪绿油油的太阳，像火烧着了似的，在密匝匝的老林子里跳来跳去，做舞蹈状。走下蓄满汽油味的驾驶楼，一股新鲜的绿味流进青云的肺腔里，青云顿时清清爽爽了许多。晚上吃王校长招待他们的蕨菜、刺嫩芽、猴头、草蘑等几样清炒的山野菜，胃也真实地饱满了起来。青云觉得好久没吃过这么饱的饭了，并且还喝了一小杯醇烈的白酒，脸就淡淡地红白了起来。几天来，刘助理还是第一次认真地端详青云。看时，却是一个清清秀秀的女子。

刘助理在山上住了一夜，第二日跟送货车返下山去了。临走，刘助理犹犹豫豫还是忍不住说了："你要觉得不习惯，就说一声……"

"怎么会呢。"青云莞尔一笑，有些感激地目送着刘助理走进驾驶楼里去。

一阵汽车引擎声响过，山坳里平静了下来。

林场的人家还没有起来。王校长领着青云往学校走去。路上，校长说："你除了音乐课外，再把六、七年级的语文课、地理课代起来。"青云有些发窘，青云说："我上的是音乐系。"王校长一边拿着柳木棍在前为青云打着露水，一边慢慢地说："这儿的教师都代三四门的课。"青云一想入乡随俗，就不好再说什么。

学校坐落在一片白桦树丛中，极静，极幽深。四幢红松木刻楞房围成一个校园。王校长领青云看完教室，把她带到办公室里来。几张白木办公桌简单地拼摆在一起。屋里光线有些暗淡。青云视觉适应了屋内的光线后，就瞅见屋角处放着一架脚踏风琴，上面落着厚厚一层尘土和两个废弃的红墨水瓶。青云走过去将空墨水瓶拿掉，找到一块抹布，把琴盖上的灰尘细细擦去。青云坐下来，打开琴盖，纤纤手指从琴键滑过，一串流水似的声音，漫过空寂的办公室、校园……屋里，陆续进来两三个人。王校长对来人介绍："这是大学毕业的青云老师。"青云停下来冲代课教师们友好地笑笑。几个代课教师则躲躲闪闪如小学生一般，把畏畏缩缩的目光落在青云的脚下。

校园里拥进来三四十个学生……王校长说上课啦。青云同大家一道走出了办公室。青云就这样开始了第一天的山村教师生活。

青云每天早上都到那片美丽的白桦林子里去。四周的山峰披着白雾纱还在沉沉地酣睡着。白桦林子却醒了。林子里有许多青云不认识的鸟，白的羽毛、红的羽毛、蓝的羽毛、黄的羽毛……组成了一支庞大的合唱队，婉转啁唱。青云身上的血沸腾了。一种真真切切的感觉冲撞着涌遍全身。这种天籁的音乐一遍一遍温习得叫青云激动、兴奋、满足。

阳光走进林地里。山雀们停止了吟唱，余兴未尽的青云从白桦林飘飘地、姗姗地走出来……

一天早上，青云走进白桦林中，白雾缭绕的空旷林地里，一个十四五岁的女孩双手托腮，静静地守坐在树墩上，裤脚叫露水打得精湿。青云走过去问："苇丽同学，你在做什么？"

"听鸟儿叫呀。"

再上课时，青云有意识地教苇丽独唱。苇丽开始还有些羞怯，后来就大胆地唱了。青云发现苇丽的嗓音基础并不亚于自己。青云为这个发现蓦然生出一种朦朦胧胧的希望。在以后的日子里，青云都在为这个希望而一心一意做着努力……

"老师，这架琴七音区音不准。"

青云一阵惊喜，刚来学校第一天时，青云就发现这架脚踏风琴七音区音调有些低。现在一支歌伴奏到这里，青云只好停下来自己示范唱一遍，再叫苇丽唱一遍。

刘助理来到山上。刘助理到学校来传达点儿事儿，顺便把青云的工资带上来，青云的工资关系还在山下。青云在校园里和一帮学生在做游戏，又蹦又跳的，像是在玩老鹰叼小鸡。刘助理看了一会儿，走过去把青云叫出来。

"怎么样？"刘助理眨眨眼问。

"你都看到啦……"青云脸上呈现出鲜艳的红色，却有几个纤纤的汗珠渗出，气喘着说。

刘助理没再说啥，把工资掏出来交给青云。

"你需要买什么，跟我说一声，我从山下给你捎来。"

青云从不用特别的化妆品，觉得没什么好捎的，想了想就说："学校的脚踏琴坏了两个琴键，能不能找人修一下，换上两个琴键。"

"恐怕没人会修。"

青云想想也是，这么远的山路，即使找到会修的人，谁肯上来修呢。

"要不，就换一架吧。"

"我回去跟科里说说看……"刘助理最后沉吟了一下说。

这天下午放学后，有家的教师先走了。青云坐在办公室里弹琴，一串《命运》的琴曲从屋里沉重流出来，不知不觉将外面的天色染黑了……青云走出来，看见门口处蹲着一个人影。

"王校长，还没回去。"

"哦、哦，没，没呢……"王校长干咳了两声，站起身来，地上撒了一圈旱烟头。

"有事么？"青云问。

"没、没事。"王校长又干咳了两声，熄了手里一支亮着的烟。

两人一前一后往场里走去。半路上，王校长突然赶上来说："青云老师，你什么时候走？"

"走？"青云不觉一愣。

"今天上午刘助理来，我问起你的工资关系什么时候落到山上来。刘助理说你的工资关系先放在山下地区……这样随时都可以调回去的。"王校长欲言又止地看了青云一眼。

5

青云听明白了。青云看了神色重重的王校长一眼，淡淡一笑说：“我不会走的。”

“真的？”

“真的。”

王校长脚步轻快了许多，走着走着又想起一件事来，说：“地区要在下学期举办中学生声乐比赛，你看是不是让苇丽参加，以前我们学校不开音乐课，这样的比赛从来没有参加过。”

青云在想，这事刘助理见着自己时怎么没提起过呢？心里好生奇怪。

苇丽有好几天没来上学了。早晨在林子里也没见到她的身影。青云觉得有必要做一次家访，就在中午放学后，向一个同学问清楚了苇丽家的住址，向林场的西下洼子沟地里走去。

八月的阳光还很热烈。顺着山坡走下来，眼前是一块开阔的麦地。地里苇丽和她的父亲、母亲在劳动。远远望去，一个少女明媚的身影淹没在焦黄的麦浪里。

“苇丽歌唱得很好。”青云对那个男人说。

“歌唱得好有什么用呢，能当饭吃吗？”男人一边有条不紊捆扎着手里的麦捆，一边说。

“苇丽可以上大学，将来会有工作的。”

“这个山沟沟里多少年了，也没见有一个考出去的。她会么？”男人摇摇头，男人不相信。

青云无话可说了。青云无话可说的时候，看见埋在麦浪里的苇丽抬起头回望了她一眼，那眼光很像一个溺水的人，投来求救无奈的一瞥。

青云很惶惑地离开了那里。

苇丽的父辈不是林场的工人。苇丽的一家是从山外逃荒来到深山沟里落脚的，靠自己种地打粮过活。青云在知道这一切后，开始理解了那个男人。星期六下午，青云把她教的六、七年级两个班学生带到了那片焦黄的麦地里。汉子显然没想到青云的举动，挓挲着两只粗大的手站在田地里不知做什么好……青云没有再跟汉子说什么。青云目光入神地望着焦黄的麦穗。看见上面一串串金黄的太阳在滚动，青云想起来一支叫《在希望的田野上》的歌。

苇丽在秋天里拿到了全地区中学生声乐比赛第一名的奖状。这是克林学校建校以来得到的第一份荣誉。因此王校长很激动。王校长很激动地对青云说："谢谢你，青云老师。"

为什么谢我？青云想，难道自己不是这里的一名老师吗？……

刘助理又上山来给青云送工资了。青云记不得这是第几次给她送工资了。有几回青云对刘助理说："为什么不把我的工资关系办上山来呢？"刘助理都莫测高深地回避了。有一回刘助理很随意说起，以前山上的教师纷纷往地区调，林业局就做了个硬性规定，凡工作关系落到山上的人员，户口人事关系一律冻结。说了这话后，刘助理看了她一眼，好像又很随意地问起青云："你有未婚夫吗？"青云那会儿听了脸一红……轻轻摇头说没有。刘助理那会儿不知为什么脸也轻轻红了一下。

刘助理把工资交给青云。刘助理看着青云说："青云老师，你瘦了。"青云一笑："是么？"

"这里的伙食不好吗？"

"挺好的。"青云岔开话题，"学校换那架琴的事有消息了么？"

"还没呢。"刘助理低下眼皮，"报告我已打上去催过好几次了，你知道文教科经费紧张，购置的音乐器材都先可地区学校配。"

青云听了，不再说什么。

以后刘助理再上山来，青云没有再提脚踏琴的事。只是提到工资关系时，青云似乎有些恳求地对刘助理说："刘老师，麻烦你把我的工资关系办上来好么？"

"你真的不打算离开这里啦？"

"不打算离开了。"

"青云，你要在这里做一辈子吗？"

"是的，我要在这里做一辈子。"青云目光蒙蒙眬眬望着远处青幽幽的山峰坚定地说。

刘助理那一刻并没有完全读懂她的眼神，但却被这个纤细柔弱女子身上所挥发出来的一种说不清的东西深深震慑住了……

又一个秋天到来了，四周的山渐渐变黄了。黄色背景中，枫树叶、椴树叶、柞树叶……呈现出一片姹紫嫣红的颜色。青云常常独自一人徜徉在静静的白桦林地里，阳光在林地里款款流动……不时有一两片桦叶飘下来，轻轻落到青云的肩上、脚下……青云时而俯下身来拾起一片尚未黄透的树叶，人就纤纤颤颤感动起来，有泪游游移移凝淌到脸颊上。

秋天的日子里，校园里常常响起了青云反复弹奏的理查德钢琴曲《秋日的私语》……水一样透明的旋律在中午或傍晚静静悄悄流淌……

星期天下午，刘助理搭车来到林场。刘助理是来给青云落工资关系的。刘助理将工资关系交给场里，就拿着青云积攒了几个月的工资找到青云宿舍里。

"青云，你生病了吗？"

一见面，刘助理禁不住一愣，几个月不见，青云又消瘦了许多，脸上掺着淡淡的苍白。

"没。"青云散散一笑。

青云接过钱数了数，又从箱子里拿出些钱来交给刘助理。

"刘老师，麻烦你给我捎样东西。"

"什么东西？"刘助理望着手里差不多是青云一年工资的钞票，有些不知所措。

"替我买架脚踏风琴。"

"这……"

刘助理最终也没有拒绝青云。刘助理知道一旦她做出什么决定来，谁也无法改变的。一年多以来，刘助理深深地体会到了这一点。

那天走时，青云送刘助理的路上，刘助理忽然想起一件事来，告诉青云："地区林业局要在寒假期间组织具有大专文凭以上的中学教师体检，你下来参加吧。"

青云听了不易察觉地微微一怔，转而移开了目光，淡淡一笑："我还年轻么。"青云的确年轻，青云今年刚刚二十四岁。这刘助理是知道的。

临上车，刘助理回过头来，神色恍惚地对青云说了一句："青云，你要当心自己的身体。"

"哎。"青云站在几株亭亭玉立的白桦树丛中冲他一笑，黄黄的树叶也跟着动了动，笑了笑。好久以后刘助理还在回味那张白桦树丛中的笑脸……那是多么灿烂的一笑呢。

青云是在第二年春天的一个美丽下午死去的。那天下午放学后，和往常一样，青云把苇丽留了下来。苇丽要参加明年音乐师专招考，青云辅导她视唱练耳。开始青云为苇丽伴奏，弹奏到七音区弹奏不上去时，青云停了下来。青云用自己的喉咙拔高示唱。一股鲜红的血就从青云的口腔里歌唱着喷涌出来，点点滴滴散落在白色的琴键上，琴键上顿时绽开了无数朵鲜红的玫瑰花。春天的阳光照在上面，绚丽无比。苇丽被这个精美的艺术瞬间惊呆了。苇丽把王校长和几个老师找来时，青云已十分安详宁静地伏卧在琴键上了，瀑布般披肩黑发静止地流泻下来，如一尊永恒的雕像。

　　葬礼在校园旁边的那片美丽宁静的白桦树林里隆重举行。葬礼由身穿一身黑色中山装的王校长主持。全校师生围着墓地站成了整齐的四排，站在最前面的是苇丽的父亲、母亲和刘助理……刘助理赶来了，带来了为青云买的那架脚踏风琴。此刻，那架崭新的脚踏风琴正摆放在墓碑前，苇丽一身白色素装端坐在琴架后面，一遍一遍弹奏着青云喜欢弹的两支曲子，《命运》和《秋日的私语》。清丽哀婉的乐曲，一遍一遍在宁静的白桦林地里回旋……伴着王校长沉痛、哀伤的悼词："……青云老师，是我们学校建校以来最优秀的一位教师……"刘助理听了心里为之一恸，师生们及家长们皆哽咽成一片。

　　许多日子以后，一位瘦长个子的陌生男青年来到了山上。在白桦林地里青云的墓前，默默垂下头，嘴里喃喃诉说着什么……那会儿有风从林间走出来，风儿悄悄拂动着他那一头自然弯曲的漂亮长发，如同一双纤手。那青年就颤了，两肩一耸一耸地动，泣不出声来……一时无语。天地悠悠间，旋落一两片微黄的树叶，潸然落在颤颤的发丝、颤颤的肩上，如同几个跳动的音符。

　　瘦长青年是青云的男朋友。他告诉陪同来的刘助理，大学毕业前，青云提出和他分手了……分配后，他留校任教了，青云不知去了哪里。最近他才从学校里一位老校医那里获知了真相，原来青云在毕业前就已经知道自己得了癌症，最多能活两年。青云要老校医为她保密，两年以后再说出来……刘助理听了暗暗吃了一惊，青云从报到那天起到去世刚好两年零一个月。"我真傻，其实我早该想到的。"男青年清癯的脸上浮着一种朦胧的虚光，眼里茫然痴神地说，"有一次我们在一起时，谈论到死的话题，青云说要死的时候就选择到大森林里去，做一片绿叶。无声无息地从这个世界上消失……"

"她实现了。"刘助理若有所思地望着不远处青幽幽的山峰说。

后来苇丽考上了音乐师专。三年过去后，苇丽毕业分回了克林学校做了音乐教师。每年的那个日子，苇丽都要把那架脚踏风琴搬出来，放到那片依然宁静美丽的白桦林地里，弹奏起两支十分熟悉的曲子给一个人听……弹毕，白白净净的林子里，站了一圈又一圈黑黑的学生头。

于是，青云的生命得到了延续。

木　头

　　雪粒像锯末子一样被风吹得打着旋儿在楞垛间四处流窜，噼噼啪啪打在脸上，麻麻地生痛。楞垛上面干活的人杠杠服棉袄都披了一身白白的雪粒，背着西北风，在机械地移动手里的压脚子①。下面等着圆木滚下来的人，不时跺一下脚，他们站久了的脚像猫咬了一样痒痛。

　　木头在楞垛上干活，木头的媳妇灵芝找到贮木场来，在楞垛下面跳着脚骂：“张木，你个死木头疙瘩，家里没烧的了，你要烧俺大腿呀……”木头怔怔地看着楞垛下那个女人，像不认识自己的女人一样。他听不清她的声音。他耳朵背，只见她嘴一张一合的，带着寒意的风撕扯着女人烫成鸡窝一样的头发，她身上穿着一件红地碎花棉袄，这件红棉袄在一堆黑杠杠服、头戴狗皮帽子的汉子中特别扎眼。

　　楞场上飘起的麻麻雪粒，叫楞垛上和楞垛下面的人影都变得模模糊糊起来，辨不清哪个。听到楞垛下边这个影影绰绰的女人跳脚骂，就有汉子哧哧笑。特别是听到那句“你要烧俺大腿呀”，引得了一些汉子非分的想象。谁都知道这个宽胯骨的女人长着两条粗实的腿，而面皮呢，却跟白桦树皮一样白。

　　楞垛顶上的风硬硬地刮着木头的脸，他的脸像被谁打耳光一样生痛。“唉……”他重重地叹息了一声，放下手里的压脚子，蹲下身去，脱去露着破洞的手闷子，两只粗大的手搓了起来，那黑粗的手掌上，有皲裂的口子，指根上还有磨出的硬硬老茧。

---

　　① 压脚子：楞场干活一种搬木头的工具。

11

脚下从踩着的黑榆圆木缝隙里蹿出的风，夹着一缕缕的雪末儿，打着旋儿蛇一样溜走了。

　　"木头，你个死木头……俺嫁给你算是倒了八辈子霉了。"

　　楞场上的雪粒越下越大，那穿红碎花棉袄的女人身影也在雪幕里模糊不清了，声音渐渐停了下来。那女人被看场的门卫劝说走了。

　　楞垛上，又恢复了压脚子搬动圆木的轰隆隆滚楞声，和传动台上运送圆木的铁滑轮链滚动的嗡嗡声。

　　木头手里搬动着压脚子，动作有些迟缓、机械。有根圆木从垛顶松动滚下来，差点儿砸了他的脚。

　　收工后，工人纷纷拥到传动带东头运送圆木处的台下。他们从油锯手的脚旁一堆堆木头头儿里，挑出一截木头头儿来，夹到自己自行车后座上，用后座上带铁丝钩的皮带勒紧，然后三三两两向贮木场大门口走去。

　　这锯下的木头头儿都是废材，一般集中起来当烧柴往外卖的。工人们下班往家驮木头头儿，工段长一般是睁一只眼闭一只眼不管的，只要出场大门时给门卫递上一根纸烟就行。

　　木头默默地从他那辆破旧的白山牌自行车后架上解下一只麻袋来，钻到轰轰响着的传动带台底下，不一会儿，他顶着一头锯末子从下边钻出来，躬曲的身上背着一麻袋锯末子和碎树皮，这锯末子场里是不回收的，每年一开春都任其腐烂掉。木头从不像别的工人一样往家驮木头头儿，木头只往家里驮锯末子。

　　木头推着他那辆破旧笨重的自行车走过场门口，那个矮个子门卫从门卫房里探出头来，瞅了瞅他自行车后面鼓鼓囊囊的麻袋，嘴里嘟哝了一句："真是一块榆木疙瘩呀。"就缩回头去，那个笨人披着一身的雪末儿，推着自行车吱吱呀呀从雪地里走去了。

　　木头是接他父亲的班到贮木场来上班的。他父亲在楞场上摆弄了一辈子大木头，临了被一节装木头的铁皮车轧断了一只脚。木头是借了父亲工伤的光安排来场里干活的。木头右耳有些失聪，没上几年学，就一直待业在家闲着。木头刚来场里时，本来安排他在场部烧水打杂的，可是那天场里的人领他从楞场上走过，突然遇到一个楞垛滑垛，那垛顶上的圆木像脱了缰的野马，横七竖八轰轰隆隆地飞滚下来，所有人都跑开了。木头却站

12

在那里没动，不知是没听见，还是惊呆了，看着楞垛上一个人影像踩着风火轮从滚动的圆木上没命地往下狂奔，他就是用压脚子搬松楞垛的人，后面一个圆松木追着他攉，眼瞅着追下来要把他压成肉饼，地上站着的木头腾地蹿起身，拾起一个压脚子迎上去，把压脚子斜插在一个横枕木下，飞滚下来的圆松木咚的一下被卡住了。所有人都张大了嘴。

"他是谁?"楞场上惊魂未定的工人问。

"不认识……没见过。"被问的人摇摇头。

的确很少有人认识他，这个场部新来的杂役工，老实木讷，很少跟人说话，最多跟人咧嘴"嘿嘿"地笑笑。他生得粗手大脚，干什么都显得笨手笨脚的，"看看你，茶炉房里的水要烧得这么久吗……"茶炉上的汽嘴响过好久了，他也没听到。

"看看你的手，这么黑，不会多洗几遍吗……"他进去给人倒水，又有人这样说。

他就每天上班掏过炉膛后，总是用胰子反复洗好几遍手。可是那双粗糙的手总像是没洗净似的，指甲缝里总像夹着煤灰渣，还有粗糙的掌纹沟里总像是夹着煤灰屑，黑漆漆的。别人一这样说，他就低下头去，两只手不知往哪里放好，有些不知所措地搓着粗糙的手掌，木讷讷地站立在那儿。

场部里的人背后叫他"木头"，他开始没听见，后来听见了，也默默地接受了人们这样叫他。

后来还是那个被他救下的工段长跟场长说，把他要到了他们段里，当了一名倒楞工。木头喜欢这个活计，跟木头打交道，不像在场部干杂活得看人家脸色。一站在楞垛上，他也不那么笨了，浑身的力气都像从他粗笨的手脚蹦出来一样……"哈腰挂啊——嘿哟! 抬起来呀——嘿哟! 往前走啊——嘿哟! 小心点儿呀——嘿哟! 别让木头哪——嘿哟! 咬你脚哇——嘿哟! ——"他耳朵里竟能出奇地听辨出工友喊的号子声。

木头的父亲在让木头接班时跟他说过一句，这些堆在场里的木头都是有生命的，它们从山上伐下来都是一棵棵有生命的树，就是因为人伐木伐得多，才会遭到报应的。他的父亲是一名油锯手，那些从山上伐下来的树都是经过父亲他们这些油锯手，一段一段锯成圆木的，还有那些木头头儿，那些树梢的木头头儿，都是树的头啊!

木头每天上班来，站在楞垛上往下撬圆木，嘴里默念叨一遍这些圆木的树名：桦树啊——榆树啊——红松啊——白松啊——落叶松啊……那些圆木就听话地顺从地从楞垛滚下来，木头笨拙的手，在做这些活时变得十分灵巧，手里的压脚子就像一支指挥棒一样，让圆木排着队滚下来。段长站在下边看到了，摇摇头说："这个木头，真是奇怪的人。"

木头每天早上都是很早起来的，天还没亮透，屋子里黑漆漆的透着凉气，呼一口气都感觉到白哈气在游动。黄泥墙角根儿挂着很厚的白霜，木头摸摸索索披衣穿鞋下地。炕上的女人蜷缩在被子里一动不动，寒冷叫她把头也蒙在被里了。炕头上睡着五岁的枝丫，被子捂得严严实实的。木头一宿要起来几次，去外屋地往炉子里添锯末子。这火炕的灶坑里也叫他压得满满的，炕头叫木头烧得滚热。枝丫有时热得蹬掉了被角，木头每次下地就把她蹬开的被子掖好。女人睡在中间，木头睡在炕梢，女人睡时脚下也蹬开过被子，木头下地添锯末子回来，也给女人掖过被子。可是有两回没掖，木头看着女人露出的光脚，血液就突然往上涌。他躺下后悄悄把脚伸进了女人的被子里，他粗糙的脚板碰到了女人光滑的脚背上，女人察觉了，一缩脚一蹬把他的脚蹬了出来。女人嘴里嘟哝了一句："拿开，凉死了。"木头的脚就畏缩在自己被子里一动不敢动了。他还狠狠掐了自己大腿一下。

烧锯末子热得快，也凉得快。在冬天女人很少跟他行房事。听着锯末子在炉膛里和灶坑里呼呼的燃烧声，木头身上的血一阵一阵往头上涌，可身子却规规矩矩得像只老猫一样躺在炕梢上。约莫两个时辰，屋子里快凉透时，他再披衣起来下地，去添锯末子。

清晨这次起来，屋子里是彻底凉透了，从被窝里爬起来，屋子里像凉窖一样凉。木头摸摸索索走下地，走到外屋地去，那炉子里的火星彻底熄灭了，灶坑里的火星也彻底熄灭了。木头重新把锯末儿倒进炉膛里，把炉子先用桦树皮引着，等炉子呼呼烧着了，再去把灶坑添进锯末子，用白桦树皮点着。冰凉的里屋外屋地就渐渐有了热乎气儿。他又去外面的仓房里用柳条筐装了两筐锯末子进来，做完这一切，木头又往锅里添了水，盖上木锅盖，这是给女人和枝丫洗脸用的。木头自己从不用热水洗脸，木头用冷水洗脸，这样一早出去抗冷。

木头"吱呀"一声拉开房门走出去，凛冽的寒气差点儿让他打了个寒战。浓重的寒雾翻滚着从门缝里挤进来，他赶紧关严了身后的房门。窗上的防寒毡被都挂着白霜，他走到障子边，用手闷子拍打拍打停靠在那里的白山自行车车把，推开院子门，推着自行车"吱呀吱呀"上早班去了。

回头，望见他家房顶上的烟囱里冒出的和寒雾粘在一起的白烟来，尽管他脸上麻麻的冻得生痛，可他心里却生出一丝满足来。北山街这趟平房，木头家总是第一个冒出生炉子的白烟。

"木头，昨晚你媳妇让没让你烧（骚）她的大腿呀。"

自打木头媳妇来场里闹过一次木头后，有人见了木头就这样嘻嘻笑着跟他打趣。

木头木讷地看看跟他说话的人，像不知道人家在跟他说什么，磨转身走到一边干活去了。

"木头，你的压脚子到底好使不好使呀，咋这么久没见啥动静呢……"又有人这样嘻嘻笑着跟他这样说一句。

那边木头一个人撬起一根两人搂不过来的圆木，圆木轱辘辘滚下来，震荡起雪末儿扬撒了一片，飘落下来，盖住了下边那几个人的嬉笑声。他们都吃惊地张大了嘴望着楞垛上，吃惊木头的力气来。

工段上的人都知道，枝丫不是木头和灵芝生的。灵芝嫁给木头时，肚子里已怀上了别人的种，灵芝家里这才着急把她嫁了。有人说她肚子里的孩子是一个上海返城知青的。灵芝嫁给木头时哭哭啼啼，不知是为自己委屈，还是为肚子里的孩子委屈。灵芝在过门前跟木头说过，我嫁给你必须叫我把肚子里的孩子生下来。木头点点头同意了。介绍人也跟灵芝家里说木头有一只耳朵失聪，不过人家可有职号啊。灵芝家里也就不去计较这家里一个瘸子一个聋子了。反正结婚后是分开过。

结婚分开过后，木头什么都听灵芝的，唯独在从场里往家驮木头头儿这件事上，木头没有听灵芝的。灵芝羡慕别人家院子堆起的木头头儿劈成的柈子垛，总在木头跟前叨叨。木头呢，反正耳朵背也就任灵芝叨叨去了。木头不往家驮木头头儿，是他想起了他爹跟他说过的话，木头祸害多了，是要遭报应的。场里表扬了木头，说张木同志爱场如家，不私自往家里驮木头头儿。木头就遭到一些人的嫉恨。还有没过多久，两个工人为争抢一个顺溜点儿的木头头儿，被油锯锯掉了一根手指，厂里就明令禁止工人下班往家驮木头头儿了。大家把这也记恨到木头身上。

木头往家驮锯末子时，不是发现装好的锯末子麻袋被滋进了尿水，就是麻袋底下被人割了口子，到家时一麻袋锯末子就剩下半麻袋了。而且自行车轮胎也常常被人放跑了气。木头想不通大家为什么和他作对，他把这一切都默默地承受了下来，包括灵芝做饭时从灶坑里闻到一股尿臊味儿，就要不停歇地对他数落和责骂。

灵芝责骂够了，一气之下就抱着枝丫回娘家去了，把一副冷锅冷灶丢给了木头。累了一天的木头，身子一弯曲蹲坐在门槛上，两手捂着脸"呜呜"地哭了起来，他耳朵一下子清静下来，什么也听不到了，包括他自己的哭声。哭着哭着他就倚坐在门槛上睡着了。

贮木场的木头渐渐少了，楞垛一天一天矮了下去。转年春天，段里终于从场里得到消息，上头不让采伐了，要封山育林。没有木头往山外卖，场里就没活儿干了。场里就号召大家出去找活儿干，叫自谋生路。工人们就三五一伙结伴出去找活儿干，有的给人家盖房子，做了泥瓦工；有的去了个人开的锯木厂拉大锯；最不济的，山上青黄交接的时候，去山上采野菜卖给来收购的山外客。

木头没有离开过贮木场，木头除了摆弄木头外，他什么活儿也不会干。他耳朵背，出去找活儿做的人都不愿意带着他。场里也需要几个看场的人，就把木头留了下来。

木头每天还到贮木场里来，他走到开始生锈的传动带铁轱辘链上转转，又走到空空的楞场上转了转，那楞场上只剩下几根空空的枕木了。这么大的楞场咋说空就空了呢？木头有点儿想不明白，他坐在那根有点儿朽烂的枕木上有点儿发呆地想。

天气暖和了，空荡荡的楞场里散发出一股好闻的松树皮和锯末子味，木头喜欢闻这股味道。他常常坐在那里发呆，一坐就是一天。

灵芝又来过贮木场找过两次木头，灵芝叫木头跟着人上山去采山野菜，木头像没有听到一样坐在那里没动。这个女人又跳着脚骂木头是死榆木疙瘩，"贮木场都完了，你还守在这里有什么用？"

没有了看热闹的人，这个张牙舞爪的女人骂了一阵就觉得乏味儿了，悻悻地离去了。春天两只黄蝴蝶在追着她的背影飞，一直走到林场大门口上看不见了。后来这个女人自己跟着人家去上山采山野菜和山花椒梗去了。

没有活干的木头蹲坐在那里，背显得更驼了。木头每天都到场里来巡视一遍。那几个留守看场的人则坐在门卫房里打扑克。

一天上午，场里溜进来几个偷枕木的人，那几个人把楞垛地下的枕木都挖出来了，抬着要往场外去。木头上去抱住枕木不让抬走。那几个人不由分说，上去就对着木头一阵拳打脚踢，可木头就是死死抱住不撒手。木头鼻子被打出了血，腿和腰上也被重重削了一棒子，可那根圆木枕木像跟木头粘在了一起，就是分不开。后来门卫房里那几个打扑克的人闻声出来，把那伙人冲散了。

"一根破枕木，偷去就偷去呗，你要是被打伤住院了，这破场子连住院费都给你掏不起。"那几个人嘟嘟囔囔，又回身走进门卫房里打扑克去了。

木头一瘸一拐地走回家去，他鼻血还在两只粗大的鼻孔里往外流，飘荡在胸前，温热明亮的阳光下透着鲜红的颜色。

出去找活干的贮木场的人都挣到了票子，那些上山去采山野菜的人也挣到了票子，只有他们看场的还拿不到票子，场里没钱给他们开工资，每月只给他们打白条子。后来那几个看场人就打起了传动带铁滑轮的主意，将传动带台上铁轱辘链子拆了，当废铁卖了。他们是背着木头夜里干的。场里传动带台上的铁轱辘链被人拆了，就扣看场人的工资，扣就扣呗，反正是白条子，那几个人也不在乎。他们依旧在木板房里打扑克，嘴上却叼起了带锡纸的烟卷，哼着一支电影插曲。

木头却渐渐心思重了起来，每天来到场里默默地坐在那里跟谁也不说话，有时垂着两只大手，目光呆呆地落在一个地方有些失神。灵芝自从春天跟人上山去采山野菜后，越来越少着家了。街坊邻居们有风言风语传出来，木头开始没听到，看到他从街上走过，邻居比比画画指着他说着什么，木头也慢慢明白了邻居们在说与他有关的事。有一个女邻居还好心地拉住他，对着他耳朵说，让他别叫灵芝再跟人上山了。他怔怔地瞅着这个女邻居，似乎还想听清楚她到底要说的啥，可是这个女邻居却突然住了口，她忽然想到他是个聋子。她该怎么跟他说明白呢?

木头每天晚上从贮木场回来，家里都是冷锅冷灶的，枝丫蜷缩在炕里哭。木头就笨手笨脚给枝丫做饭吃，家里只有苞米面了，他做了苞米面粥，又拍了几个苞米面饼子贴在锅边上。那大饼子还留下他粗大的手指印，枝丫吃过了就不哭了，睡去了。她的脏脸蛋上还挂着两条虫子一样的泪痕。

木头却睡不着觉，以前他每晚睡着前耳朵里都塞满了灵芝责骂的嗡嗡声，他是枕着灵芝责骂声酣然入睡的，现在没有了灵芝的责骂声，他反倒觉得寂寞得无法入睡了。屋子四周空空的，让木头心里头发慌。

"木头，你说媳妇不能说太俊的……"这是娘从前跟他说的话。

"木头你听话，你听你媳妇的话……"这是爹跟他说的话。

"唉!"木头发慌的两只手握成拳头，重重地捶着自己的脑袋，他后悔那天没有听灵芝的话，没有跟人去上山采山野菜。如果他去了，灵芝就不会跟别人上山去采山野菜了。木头常常睁眼到天亮。

灵芝跟人采山野菜回来了，灵芝采回来一个罕见的山灵芝。灵芝把山灵芝卖给了进山来收山货的山外客。灵芝用换回的钱，给自己打扮得一身鲜亮起来，很招摇地扭身从北山街上一趟矮破的平房前走过，嘴里还吐着瓜子皮，嘴唇也抹上了鸡血一样的口红。

"骚货!"街坊邻居在障子里看见了，恨恨地说。有采山的汉子婆娘听说那个山灵芝是别的采山汉子发现让给灵芝的，还有人说是灵芝夜里钻进了那个发现山灵芝的汉子树枝搭的窝棚里换回的。

总之，街坊邻居议论什么的都有。街坊邻居当街的议论有时也不背着木头，知道他耳朵背，知道他也说不了灵芝。看到他每天还到贮木场去，驼着背低着头，邻居就在心里叹息地摇摇头：这个木头啊……

自从灵芝上山捡了那个山灵芝后，灵芝就不再上山了。她每天都把自己打扮得鲜亮的从北山街上走过，北山街两旁平房住的都是原来贮木场的职工家属，两边松木皮板障子在夏天被赤烈的日头一晒，常常散发出一股松节油味，这种味道儿常常要盖过菜园子里茅坑粪臭味儿……直到再也听不到那些女人议论了，灵芝才不在街上招摇地走动了。那条不算太长晒得冒烟的黄土街道上，没有灵芝的走动和女人的喊喊喳喳议论声，就少了些生气。

木头是有一天晚上从场里回家发现灵芝不见的。他打开木柜箱子，发现灵芝穿的衣服也不见了，而枝丫却偎坐在炕梢里哭。木头去找了灵芝的娘家，娘家说灵芝没回来。木头这才知道灵芝丢下他，丢下枝丫走了。他不知道灵芝会去哪里。那一夜，木头几乎把林业局小镇上都找遍了，又问遍了以前灵芝跟人搭伴上山的人家，也没有找到灵芝。最后他泄气地沮丧着垂头回到家里。

街坊邻居传出灵芝是跟收山货的山外客跑了，那些日子有人看见灵芝老围着山外客打听山外的事情，还托山外客捎这捎那。还有人说，灵芝是出山外坐火车找先前那个上海知青相好的去了。对于后一种说法，有人反对，若是找当年那个知青相好，怎么会不带着枝丫？那毕竟是他们的亲骨肉。

有枝丫在，木头相信灵芝还会回来的，他也不再找了。

木头又到贮木场去上班，他是带着枝丫去的，到了空荡荡的场里，他把枝丫放在朝阳的锯末堆上玩。那几个闲人见了，问他说："木头，你还来这儿干什么，你老婆都跑了，你和娃还想在这里喝西北风呀？"

木头怔怔地瞅瞅他们，又瞅瞅头上刺目的日头，像没听到他们在说什么，又走到那边去巡视去了。那几个人又缩在门卫房里打牌了。

夜里下过雨的楞场里，散发着一股腐朽的木屑味儿。

木头在场里转了一圈，蹲坐在一根枕木上，他发现他没来这两天，传动带台上铁轱辘链又少了几截。木头呆呆地蹲在那里，把目光从传动台上移到传动台下，就突然发现在传动台下边阴凉的锯末堆上，一截露出的柞木棒上生出两丛像耳朵一样的植物来，黑黑的，是黑木耳？木头呆呆的眼神跳了几跳。他想起以前一个收山货的山外客跟灵芝说过用锯末子养殖木耳的话，灵芝说她闻够了锯末子味了。走时那山外客还给了灵芝一包木耳菌。灵芝把这包木耳菌随意丢到仓房顶上去了。

这天下班后，木头又重新开始往家里驮锯末子了，他自行车前梁上驮着枝丫，后座上驮着装锯末子的麻袋。

以前木头把锯末子驮回来都是堆放在仓房里，夏天怕锯末子反潮，他还扬到仓房顶上去晾晒，那仓房顶上的锯末子总是堆得厚厚的一堆。这天回来木头爬上仓房顶去找那包木耳菌时，扒开锯末子忽然看到里边的锯末子生出一小丛黑黑的木耳来。木头的心狂喜不止，他想喊枝丫，可是枝丫在楞场上疯玩了一天，已回屋趴在土炕上睡着了。木头把那包木耳菌紧紧贴在胸口上。夕阳红通通的晃得木头有点儿眼花……

不几天，木头家里仓房顶上，屋里炕梢和地上，院子背阴处，都铺满了银灰色的陈锯末子，屋里院子里到处都散发着一股浓浓的锯末子味。

又过了几天，下过两场雨后，那仓房顶上锯末儿上就生出一片黑黑的木耳来。先是让那个女邻居发现了，传到了街坊邻居的耳朵里，就引来了收木耳的人，卖了好价钱后，邻居们纷纷要效仿木头去贮木场弄锯末子。大人孩子拿着麻袋、洗衣盆拥到贮木场大门前。可是贮木场大门已经锁上了，贮木场被一家木器厂收购了，正要建厂房，木头和那几个看场人也被撵回家了。那几个看场人临走把传动带台上最后一段铁滑轮链也偷出去卖了。

而木头呢，正在家里忙活着弄木耳养殖呢，他的仓房里积攒的锯末子多得是。他光着膀子干得满头大汗，把锯末子装在一个个白桦树皮筒里，堆得满院子满房顶上都是，这回不光是仓房顶上，他的那两间住屋房顶上也叫他摆满了装着锯末子的白桦皮筒。这白桦树皮是他从山上割回来的，这是那个收木耳人告诉他的，把锯末子装在桦树皮筒里，锯末子不易腐烂，而且能反复用多次。

枝丫也在帮他的忙，她趴在锯末子堆上，用小手抓着锯末子往白桦皮筒里灌，就像幼儿园里的孩子玩沙滩堆积木一样，弄得她满头满脸都是，而她还在乐此不疲地做着。

天黑下来，一片白花花的桦树皮筒锯末子又堆得满炕里满院子满房顶都是，枝丫累了，就睡在锯末子堆里。晒了一天的锯末子堆像烧的火炕一样热。

木头一个人蹲在院子里，打量着仓房顶上白花花装着锯末子的白桦树皮筒，头顶上月亮的白光流水一样落在他的头上、白桦皮筒上，他恍惚看见这一堆一堆的白桦皮筒生出木耳来，那黑黑的木耳又圆又大，像山灵芝一样……

他期待着身后院子门一声响，灵芝会走进来。他相信灵芝一定会回来的……他就这样倚着一个从偏厦子倒出来装锯末子的麻袋睡着了，咧着的阔嘴巴皱纹沟里还沾着几粒锯末子。

乌 伊 岭

 李双飞是喜欢这个季节跑车的，车窗外面的树是一点一点看着绿起来的。先是城里的柳树、榆树抽出了嫩芽，接着又是山里的白桦、落叶松冒出了绿叶，一切都是朦朦胧胧的，连阳光都是那么的新鲜。这个季节出行的人不多，特别是往山里来，车厢里大部分座位是空着的。这是一趟进山的慢行车，几乎所有的小站都要停一下。早上五点钟从省城发车出来，要晚上七点钟才能到达终点站乌伊岭，整整要跑十四个小时。十四个小时可以跑到北京了呀，而这趟车连省内都没跑出过。李双飞以前在T18次进京特快列车上跑过，李双飞是前年调到这趟普通管内客车上的。刚来时列车长就跟他说："你别嫌慢，慢慢就习惯了。"

 后来，李双飞就真的慢慢习惯了。

 早上从城里出来，太阳还像个懒婆娘的脸，被城里阴霾的烟气弄得乌糟糟的。列车一进山，太阳就变得鲜亮起来，紧紧跟随着绿漆斑驳的车厢。跳荡的阳光从摇晃的车窗跳进来，让停了暖气的车厢变得暖和起来。

 从山里小站上来的人多是些短途旅客，他们或是走亲戚或是到附近工区去上班的山里人，衣服也穿得杂七杂八，那些去干活的工人还穿着破旧的黄棉袄，腰间束着一根麻绳，衣领里还卷着一股木屑味儿。他们一上来就大声喧哗着……为了防止有人逃票，列车长总是在他们下车之前带他出来巡视一遍。

 不过他更多的是注意他们的手，那是一双双皮肤粗糙黑黢黢的手，有的在往嘴里送着炒熟的松树子，有的在夹着劣质的烟卷。烟雾缭绕的车厢内，有抱孩子的妇女也在吸烟，吞吐中露出一口被烟熏黄的牙齿……这和

21

李双飞以前在 T18 次上跑车接触的旅客不同，T18 次旅客的手总是白白净净的，空调车厢内是禁止吸烟的。

李双飞一米八五的个头，两条长腿在过道人群里移动着，颇有些鹤立鸡群。李双飞一调到这趟车上来就给列车长长脸了。那是他在车厢里发现了一个小贼，车还没等停稳，小贼就从车厢窗口跳下去跑了，李双飞随后也跟着从车门跳下去追。车开动了，李双飞还没有上来，等他把贼抓到交给站上民警时，列车已开出好远了。列车长就看见李双飞飞奔着他两条长腿在追着列车撵，眼瞅着就要撵不上时，李双飞像个大鸟一样身子一跃抓住了尾车的门把手跳了上来。列车长就在心里想，李双飞做个乘警还是蛮合格的。果然跑了几趟车，这一带上车的贼就少多了。

白天没事的时候，李双飞就会坐在自己的乘警室里，把目光呆呆地从车窗里望出去。多半的时间是寂寞的，那些跑长途的旅客已头歪在椅子上打起了瞌睡，窗外射进来的阳光灿烂地照着一张张嘴角流着涎水的脸。咣当，咣当……车轮响得有些单调。偶尔，从窗外刚刚吐绿的白桦林间会闪出一丛一丛粉红色的花来，那是达达香。他的茶几罐头瓶子里就插着几枝开败了的达达香，那是他上次跑车时春香姑娘折了送给他的。叫他送给他城里的女朋友。李双飞那会儿在心里想：晴算不算他的女朋友呢？即使给她她也不会在意的，就没有送。当时花枝上还只是几粒花骨朵儿。

春香是他刚跑这趟车时认识的，夏天列车一到站，春香常常在车上车下卖野草莓、都柿果、山丁子……后来，他就常去她家的饭铺里吃碗刀削面。春香家就在车站附近上住，春香家和住在车站附近上的许多小镇人家一样，开着家庭旅馆，外带小吃铺。

乌伊岭镇是个不大的小镇，四周都被山围着，山外的人进山来办事、旅游都住这种小旅馆，都吃山里主人家自己做的饭菜，五块十块钱一宿，三五八块钱一顿饭，划算得很。

那个秋夜，车到乌伊岭时天已擦黑了。在车上吃了一天餐车里的饭，李双飞胃里已经发酸了，他想出去找个山里人家饭铺换换口味儿吃点面食。刚刚走出站来，就听到黑影里有山里妹子接客的声音。

"两位大哥，住店吗？"是一个妹子细声细气地问。

"住，你家在哪？"

"就在那边。"

这两个男青年在车上李双飞就看出有些不地道，不由得跟在他们身后，走到一条胡同口时，忽听那个瘦子停下说：

　　"妹子，你们店里加褥子吗？"

　　"加什么褥子？"这个山里妹子显然没有听懂瘦子的话，不由得一愣地反问。

　　"就是加你呀……"另一个家伙在黑影里口气淫淫地说，并上来拽住了她的胳膊往胡同里拖。

　　"你、你们要干什么……来人呀……"姑娘吓得哭出声来。

　　"别喊，陪我们玩玩。"那个瘦子试图捂住她的嘴。

　　"住手……"

　　说话间从胡同口的那边跑过来一个人影来，两个人松开了扯住姑娘的手，撒开腿向胡同里跑去。李双飞飞奔着追了过去，等他撵上一个人把他带回来时，发现那姑娘还脸色煞白地站在原地，浑身还在瑟瑟发抖。她显然是被吓坏了。

　　他和春香就这么认识了，再也没有发生那天晚上的事。来来往往住在她家店里的客人都知道她和那个常跑山里这趟车上的乘警要好。

　　每到他一跑车，接完客的春香准会站在站台上等他。时间长了连同车组的人都看出来他和这个叫春香的姑娘有点儿黏糊。有一回，白白胖胖的餐车长老李跟他私下说："你可不能叫这些山里妹子缠上。"

　　"缠上会怎么样？"他不太明白。

　　"缠上她会叫你捎这捎那的。"

　　可是，春香从没叫他捎这捎那，甚至连搭一回火车都没有。这就叫他觉得春香不是餐车长老李说的那种女孩。

　　列车带着一天的风尘，缓缓地无声停在了乌伊岭终点站上。列车要在这里过夜，第二天早上掉头返回去。哧——哧——机车头在放水，夜幕已悄然笼罩了站台和站台周围的山影、人家。远处能听到阵阵的蛙鸣声……和省城比起来，山里的夜晚带着几许凉意。

　　等人都下光了，站台上还站着一个人影在张望。是春香，他走过去。

　　"来啦，李大哥。"

　　"嗯。"

"饿了吧，冷吗？俺回去给你削碗热汤刀削面，暖暖身子。"

他还空着肚子。春香削的刀削面又薄又筋道，春香的手艺是跟她父亲学来的，她父亲的老家是山西的。

已过了饭时，春香家的前屋饭铺里没有别的客人，春香的父母在后面的旅馆里照顾客人。春香在热气腾腾的灶前削着刀削面，脸色红亮，一只白藕一样干净的手攥着面团，一只手翘着兰花手指夹着白铁片在翻飞着，噗噗——薄薄的面片纷纷跳进翻着水花的锅里。不一会儿，一大碗热气腾腾的刀削面就端了上来，上面还浮着一层油花和几片山葱叶，看着就觉得胃里直拱馋虫，嘴里流口水。

李双飞"呼噜呼噜"吃起来，不一会儿脑门子就冒汗了。

"春香。"

"嗯。"

"你为什么不到城里去开饭馆呢？"

"城里就真的是那么好吗？俺没出过山去。"

李双飞怔怔地看着她，又低下头去"呼噜呼噜"吃起来。正吃着，门开了，走进来一个泥头泥脸的男孩，他裤角还湿着。他是春香的弟弟。

"你去干什么去了？"

男孩看了他一眼，诡秘地一笑，从背后伸出来一个网兜来，那里面鼓鼓地在动，细看是一网兜林蛙，红红的肚皮。姐姐的脸色立刻变了：

"放了它，谁叫你去捉的。"

"他们都在捉……城里人说这大补呢，是不是李大哥？"

不等李双飞说什么，姐姐又冲他喝道："我不许你捉，快放了去……"

弟弟就不情愿地拎着网兜走出去了，不一会儿从后窗外的那片林地里传来"噗噗……"的一阵响声，并伴着几声蛙鸣。

吃过饭，春香送他到车站上去，她从没留他在她家里的旅店过过夜。他们车组人员都在列车上过夜，这是纪律。

走过胡同口头上，看见两家饭店的窗口用纸壳牌子写着："本店有新进的林蛙……"里面灯火通明的，怪不得别人家的饭店里比她家饭店里客人多呢。

山里的夜晚上静悄悄的，很容易让人入睡。夜里偶尔从远处红松林子里传来一两声松鸡的叫声……

24

早上起来，乌伊岭小镇还带着深深的凉意，山坳里挂着一层薄雾。早上出行的人很少，春香又来了，带着她刚刚烙好的薄薄面饼，还卷着大叶山葱。山葱是她刚刚在山上采的，还挂着露珠。白雾中远处的洼地里传来阵阵的蛙鸣，打破了山中小镇清晨里的宁静。

沉睡了一夜的列车鸣叫一声开走了，他站在车门口久久地望着站台上那个张望的身影。以前他曾跟春香说过他想带她到城里玩一趟。春香长这么大别说省城，连伊春城都没去过。春香说，城里有什么好，空气都是烂的。春香是听到这山里小镇来旅游的人说的。一到春夏之交，来小镇上旅游的人很多，那时春香家的生意也会格外忙碌起来。

在回来的车上，他捉到了两个偷捕林蛙的人。这是两个山里的中年汉子，他们要把捕到的林蛙偷拿到城里去卖。林蛙被装在一个尼龙编织袋子里，编织袋子放在车座底下，鼓鼓的在蠕动，就让他察觉了。他从长座底下拖了出来，叫他俩把林蛙从窗口放出去，他俩不情愿地照着他的话做了，解放了的林蛙就从窗口纷纷跳出去，纷纷跳到林子里去。两个中年汉子腿在哆嗦，他们显然不是第一次干这事了，他把他们带到乘警室里去审问，他们就害怕了。

走过过道时，听见有山里人在说："以前吃蛤蟆也没有警察来管的，现在这个也要由警察来管，啧啧。"林蛙现在是国家二级保护动物，这本来是该由森林警察来管的，可是他不由得想起了昨晚和春香走过小镇饭店门口春香说过的话，春香说山里早晚得让这些贪心的人祸害尽了。车到了一个站上，他把两个偷捕林蛙的人交给了站上的民警。

不跑车的日子李双飞不知道该怎么打发，以前他跑 T18 次时，来找他办事的人很多，办卧铺票呀，找他进京捎东西呀……一倒休回到家里连睡觉的时间都没有。现在倒是有时间睡觉了，可他的耳朵里又塞满了母亲的唠叨，母亲说他也老大不小了，该为自己的婚事想想了。

一想到自己已经二十九了，还和父母挤在这两间铁路家属区老式筒子楼里，他就听凭母亲瘪着缺少门牙的嘴唠叨下去。母亲说晴怎么不见来找他了？……晴是他的一个中学女同学，以前他跑 T18 次时，总来找他捎化妆品。她那张小巧的脸蛋就越擦越薄越擦越白，无论晴天雨天，晴手里总是打一把防晒伞。自从他跑进山这趟普客后，晴就不再来找他了。他刚一

25

跑乌伊岭时，还跟晴说过等有时间带她到山里去玩一玩。晴说一个破山沟有什么好玩的。他觉得晴那张脸不擦化妆品会更好看些，也不会这么害怕阳光了。

城里的阳光带着一股发霉的味道儿，哪怕是在这春天的季节里。胡同口被人偷去盖子的下水沟污口泛着脏兮兮的污臭，谁家阳台上吊着的咸鱼，招着苍蝇嗡嗡地叫，还有刚刚睡醒来尿湿尿布的孩子的哭声，都让人感到百无聊赖的乏味。

傍晚，乔来找他来了，乔是他一小玩大的街坊伙伴，也是从铁中毕业的，不过乔早不在这里住了。乔跳着脚捏着鼻孔来找他出去喝酒。乔现在自己做着老板，脖子上和手腕上戴着很粗的金项链和金手链。乔身边总是不断更换那种物质女孩，那些女孩和乔在一起时眼睛总像猫一样瞄着乔的口袋。

"女人都是他妈的爱钱的。"乔常常这样说。

瘦筋筋的乔很能喝酒，一大扎啤一大扎啤像喝凉水似的往下灌，将脖子和眼睛都喝得红红的。从中央大街一家啤酒吧里出来，走在灯光迷离的石头路面街上，乔长长地吐了一口酒气说："春天真他妈让人发闷！"乔这天晚上没有带女孩。乔又喷着酒气说："我们去唱歌吧。"

李双飞本不想去那种地方，可是又不想把乔一个人丢在大街上，就搀扶着他跟他来到了一个半地下室灯光暖昧的歌厅里。乔对这里很熟悉了，他摇晃着身子挥手打了个响榧，老板娘就笑盈盈地领着三四位抹着红红嘴唇的美眉迎了过来，其中两个替李双飞架住了乔，乔对老板娘说："这是我的兄弟，你们要好好照顾他。"老板娘说："你就放心吧。"又过来两个美眉，左右架着他的胳膊坐进了一个圆形卡座里……

舞池子里响起了一个走了调的男人歌声，一个屁股裹得紧紧的小姐像蛇一样在扭动着身子……过了一会儿，池子里的灯光突然暗了下去，音响大了起来，卡座里的人都拥到池子里去，跟着那个圆屁股小姐在一起疯狂舞动，乔和那几个美眉在那里摇晃着头。只有他孤零零坐在卡座里，强烈的音响和鬼头灯晃得他头晕眼花。过了一会儿两个摇着头的美眉又走过来拉他，他说："我不会跳。""那我们到一边去坐坐。"那两个涂着深蓝色眼影、头仍在摇晃的美眉说。

他被她俩拉扯着带进一间包房里，一走进去坐在沙发里，两个小姐就迫不及待一左一右香气逼人地贴了上来，手在他的身上摸来摸去。李双飞刚想站起来，就被一个小姐按住了，另一个小姐香腮向他脸上贴来，李双飞推开了她，李双飞说："我是警察。"

"大哥你别逗了，再说了，警察也是人不是？"

"我真的是警察。"李双飞把警官证掏了出来，趁她俩一愣神的工夫，他逃了出来，走过大厅时，他看见乔的头还在舞池里人群中摇着，就像一颗溺水的人头。

乔后来问过李双飞他现在跑哪趟车。

李双飞说跑乌伊岭。

乔就问他想不想发财。乔这一天找他吃饭时还把晴找来了，晴打着伞从街对面走过来时还叫他稍稍感到意外，乔在上中学时就追求过晴，可晴说他是癞蛤蟆想吃天鹅肉。黑天鹅旋转餐厅悬在城市电视塔的半空中，白亮白亮的阳光有些刺目。从落地窗望出去，城市一幢幢高楼就像一幢幢钢筋水泥组成的森林。

"一只野生林蛙要三十块钱一只。"乔不经意地说。

"哇塞！"晴张大了嘴，没有了刚才的矜持。

桌上就有一盘红烧林蛙，鼓鼓的眼睛。"这是养殖的不值钱。"乔很内行地说，并用筷子挑起了一只放进了嘴里，嚼着。

"这东西对男人可是大补呢！"瘦筋筋的乔瞅着他说，晴去卫生间了。这让他想起了那天晚上的事，那地方的女孩多数都是从乡下进城来的，手上的皮肤还很粗糙，城市真是一个大染缸。

"你们在说什么？"晴回来了。

"我们在说上学时候的事，那时他说他想当个诗人，是不是李双飞？"李双飞脸就红了。

吃完饭从黑天鹅餐厅上下来，临告别时，晴问他："你现在还写诗吗？"李双飞摇摇头。

"真的是你自己要求跑山里这趟车的？"晴又问他。

他点点头说："……是、是的。"晴就很古怪地瞅他，像看外星人一样看了他一眼，支着头上的太阳伞飘进街上的人流里。

天气渐渐热了起来，进山来旅游的人多了起来，李双飞的车组忙了起来。春香家的生意也忙碌了起来。尽管这样他还能看到春香到站上来的身影，车开走后，春香顺着铁轨在捡车上的人丢弃的矿泉水瓶子和塑料袋，春香的脸蛋被山里的日光晒得红红的，像熟透了的山丁子果。

山里的树叶变得又阔又圆了，敞着的车窗里会一下子扑进来一股清新的绿油油的味道。李双飞很喜欢嗅这种味道，这种味道是城里所没有的。那条跟着列车在山里穿行的汤旺河，哗啦啦一路在唱着歌……阳光像鸟一样跳荡在河卵石白白的浪花上。这条河从上游会一直跟出山的，然后流进松花江里。春香问过他这条河流向哪里，他说会流进城里。春香又问城里的河干不干净，他不知该怎样回答春香，松花江被城里人污染了，连鱼都很少看到了。也许这条河不该流进松花江里。

那天车上上来一个进山来旅游的诗人，诗人清清瘦瘦，诗人从坐上车就两眼一动不动朝车窗外望着。李双飞走过他身边时，他扭过头来突然问："这河叫什么名字？"李双飞说："叫汤旺河。"列车中途临时停车时，诗人跑下车去，伏在河边咕嘟咕嘟喝了个饱。

在返回车上，李双飞又碰到了诗人，这回诗人伏在车窗前，在扒下的一块白桦树皮上写了一首诗，临下车时交给了李双飞说："送给你女朋友吧。"李双飞说："我没有女朋友。"大胡子诗人说："那个女孩不是？"他是指春香。李双飞就脸红了，他展开他的诗：

汤旺河
你这山里的行者
　你流过苍黑的岩石
　我以为你黑了
但把你捧在手上
　你依然是那样的清澈
今天的相逢
　注定了我会在一个很远的地方想你
　想你是谁口中
　随意流出的深远的歌……

回来他把这首诗拿给晴看，晴用涂着红指甲的手指夹着看也没看就丢到一边去说："诗人都是疯子。"他在心里想晴为什么不是春香?

晴和乔走到一起并没叫他觉得意外,叫他意外的是乔每次带晴出去吃饭都叫上他,这叫他有些不舒服。乔并不在意,乔还说哪天他们三个人一起到山里去一趟。他以前跟晴说过要带晴到山里玩玩,晴当时说过破山沟有什么玩的。乔并没有兑现他的话,乔倒是跟李双飞说他有一个朋友要到山里去玩一趟,要他给照顾一下。李双飞说没问题。

这天李双飞跑车时,乔就把他的朋友带来了,这人戴着一副墨镜,拎着一个黑皮箱。乔说他们是生意上的朋友。

乔的朋友买的是卧铺票,上车后就坐在座位上眼睛一直朝车窗外面看。有几次李双飞走过去想跟乔的朋友搭话,乔的朋友都说你忙你的去吧。李双飞就自己忙自己的,跟列车长一趟趟到车厢里去验票,检查行李架上有没有旅客带的危险品。

到中午时,李双飞要带乔的朋友到餐车里去吃饭,乔的朋友说他不饿,他不去了。李双飞就给他打来一份盒饭,乔的朋友说谢谢,就让他把盒饭放在桌上了。

"你是第一次到山里来吗?"

"是的。"

"想在山里玩几天?"

"这个……看看情况再说。"

"正好,乌伊岭我有一个认识的朋友她开了一家旅店,你可以住到她那里去。"

"是吗?……那谢谢你。"他墨镜后面的眼里掠过一丝不易察觉的神色。

"你是做什么生意的?"

"药材……"

硬座车厢里上来几个愣头青,不知什么原因吵了起来。列车员把李双飞找了过去。

车在傍晚驶进了乌伊岭车站,李双飞和乔的朋友走下车来,站在站台上张望的春香就迎了过来:"这位是——?"

"这位是我街坊同学的一个朋友,到山里来玩玩。"李双飞说。

春香立刻变得热情起来，上来要接乔的朋友的皮箱，乔的朋友挡开了说不用。春香就在前边带路往她家里走。

出了站口下车的人都走光了，四周漆黑一片，打黑暗的山影中突然响起一片"咕咕——嘎嘎——"的林蛙叫声，猛丁吓得这人身子一哆嗦："你、你们这山里有蛇吗？"

"有，但没有毒蛇。"

走进春香家的饭铺里，春香挽起袖子麻利给他俩一人削了一大碗刀削面。李双飞"呼噜呼噜"吃完，看看天色不早就回站上车上休息去了，走时又关照春香，夜里叫她的弟弟来陪陪乔的朋友，和他睡一个房间，以免他担心蛇会爬进屋来不敢睡觉。春香应着了。

第二天早起，李双飞有点儿不放心乔的朋友一个人在山里玩，他想叫春香的弟弟春树陪着。他过来时，春香刚好也起来了，在厨房里忙着，就引他一起往客人住的房间走去。走到房门前，春香喊了两声她弟弟，没有应声，就一推门。门没闩，一推就推开了。屋里只有春树一个人在睡觉，对面客人的铺上空了，这么早他会去哪里呢？

春香就推着春树的头，问这位大哥到哪里去了。可春树的头像没长在自己的脖子上，一直在摇晃着："……昨晚我吃了这位大哥给的两粒糖丸就睡着了……不知道他到哪去了……困死我了……"

李双飞扫了一眼掉在桌上的一粒白丸，猛然想起他在城里歌厅里看到乔摇头的情景，心下就明白了，他没有对春香声张，一个人退出屋子来。

从乌伊岭镇往北二十公里就是那条与异国相隔的界江，那人一定是往那里去了。他就抄近路穿林子奔了过去。清晨林子里笼罩着朦朦胧胧的白雾，隔着雾响起一片清脆的蛙鸣声……边快走李双飞脑子里边在想：乔为什么要骗他呢？

在追出十余里地的山林里他追上了那人，那人呼哧带喘的，一抬头，一个高高大大的人影堵在了前面。"你、你要是乔的朋友就让开路！"

"可我还是个警察。"

那人已从黑皮箱里掏出枪来，李双飞也把枪端在了手上。两只乌黑的枪口对峙着，远处传来了春香的喊声。乔为什么要骗他呢？

"砰——"两只枪口几乎同时响了，一只林蛙从一棵白桦树上跳到了那人手腕上，让他的手哆嗦了一下，子弹击中了李双飞的肚子。李双飞捂着肚子倒下去，那人则重重地一头栽倒在地上。

"李大哥！李大哥！——"春香奔过来，抱起了李双飞喊了起来，李双飞睁开眼睛轻轻说："那人是个毒犯，没有从我手上逃掉吧？"

春香摇了摇头，说："没有……李大哥你要坚持住，我已喊人来啦！"李双飞轻轻地舒了口气，躺在春香的怀抱里，抬头，蓝天、绿树、白云，一切都好静啊！他想他此时再也不会想着劝春香到城里去——城里有什么好呢？……

站上传来了几声火车头汽笛的鸣叫，列车长带人向林中寻找来了。刚刚寂静下来的清晨林地又响起了一片蛙鸣，仿佛在为谁歌唱。

烟

那时父亲在一家废品收购站里工作。废品收购站里有两个年轻人，一个叫陈忠，一个叫冉宏，都是二十岁左右的小伙子，都是很要求上进的青年。陈忠五官周正，个头笔直，人长得稍帅气些。冉宏个头稍矮些，长脸长下巴。在废品收购站里，冉宏负责过秤，陈忠负责记账。陈忠的左上衣兜里常插着一管钢笔。两人每天工作几乎形影不离，时间一久两人就成了十分要好的朋友，无话不谈。

两个年轻人都是当时社会上很规矩很本分的那类青年，表现之一就是两个人都不会抽烟。

陈忠和冉宏第一次到我家来，是来帮我家锯烧柴。父亲特意到商店里去买了两盒带锡纸的大前门烟。平时父亲在家时只抽叶子烟，只有家里来了贵客时，父亲才买这种带锡纸的烟。父亲显然是把第一次到我家来帮忙锯烧柴的陈忠和冉宏当成贵客了。林区一到冬天家家户户都要备足一年的烧柴。扒拉了一辈子算盘珠子的父亲显然是不胜任这样的体力劳动，有两个好劳力来家帮忙，父亲自然是十分高兴的。父亲叫我们管陈忠叫陈哥，原因是他在家排行老大，下边有三个弟弟妹妹，他父亲比我父亲大不了几岁。而让我们管长下巴的冉宏叫冉叔，他在家排行老小，上面有兄姐五人，他父亲却比我父亲大一轮。这种叫法弄得我们有些不伦不类不太习惯，开始还一下子不太适应。

劳动的空歇，父亲拿出烟来，先递给冉宏，冉宏摆摆手说他不会抽。又递给陈忠，陈忠看了一下烟的牌子说：王会计你这样破费干啥，我们也不会抽。父亲嘴上说不破费，你们咋都不会抽呢，就又把手里的烟重新装进带锡纸的烟盒里。自己从兜里掏出烟口袋来，卷上一支叼在嘴上。呜呜的北风吹着，让父亲冻得不太好使的手圈着纸烟划了两根火柴才点着。随即，一股辛辣的烟雾顺着风吹跑了……

吃饭时，父亲又特意打发我去商店里买了一瓶北大荒牌子的好酒回来，他用牙将瓶盖咬开，给陈哥和冉叔倒上，两个人刚又要摆手说不会喝，父亲挡住了他们的手，说少喝点儿，暖暖身子，解解乏。倒完酒后又说了一句，年轻人嘛总得学会抽烟喝酒的。父亲当时是觉得过意不去才这样说的。好多年以后父亲还在为当初说这句话而后悔。席间，陈忠一小盅白酒下去后，脸就彻底地红了起来，看来他真的不胜酒力。而冉宏则脸上一点儿颜色也没有变。饭后父亲又掏出那包打开的前门锡纸烟来，递给脸红彤彤的陈哥，他接了，又递给脸白白的冉叔，他也接了，父亲自己也叼上了一支。不过，冉叔吸了一口，就顿时咳嗽了起来，将那根刚刚点着的烟卷掐灭了。

以后，他们再到我家来，父亲就只请陈哥吸烟，只请冉叔喝酒了。

陈忠的烟就这么不知不觉中学会了，而冉宏则享受不了，他有气管炎。

那时商店里最便宜的烟是经济牌子的烟，烟盒上印有一片黄烟叶，一盒九分钱，是我们这种小孩伢子过年背着大人买的放鞭烟时抽的。刚参加工作的小青年都抽一角八钱的握手牌子的烟或两角钱的葡萄牌子的烟。这样陈忠的上衣口袋里除了插管钢笔外，平时就又揣了一包握手烟或葡萄烟，见人就先从兜里掏出烟来。父亲就蹭了他不少烟抽。原因是父亲和陈忠都喜欢下军棋，每天下班后父亲和陈忠总要在办公室里下两盘，烟雾缭绕中，冉宏就抄着手陪在一边看。

冉宏不会抽烟，单位人就这样取笑他，说冉宏你这样省钱，是不是留着娶媳妇呀？冉宏听了薄薄的面皮就红了。冉宏在单位里其实是个挺大方的人。

他们两个是陈忠先结的婚，说来陈忠的媳妇还是父亲无意中给介绍成的。那天父亲把一个清清秀秀的女子领到单位大院来，本来是想给冉宏介绍的，冉宏的父亲托过父亲，让他帮忙给冉宏介绍个对象。父亲就把认识的一个供销社的女出纳员领来了，领到单位来先悄悄看一下男方，意思是女方同不同意，同意了他再跟冉宏说。因此那天冉宏并不知道那个和父亲站在院门口的女子是来相自己的。女出纳员就站在门口上羞涩地问父亲是哪个。父亲朝院子里废品堆那边一指说，过秤的那个就是。此时的冉宏穿着一件蹭着铁锈的蓝大褂正在往车秤上堆废铁丝，干得满头是汗，长下巴上还蹭了一块黑灰，就像长出的胡子。那女子皱了皱眉头。父亲灵机一动，又指着站在一旁记账的陈忠说，那个咋样？小伙子也没对象呢。那女子就向站在秤旁文质彬彬的陈忠看了一眼，就像在一堆废铁中发现了一块黄铜，好看的眼睛亮了一下，矜持着没说什么。父亲心下就明白了。

过后，父亲就引着他们两人见了一面。没过几天，他们两人就成双入对地出入电影院了。

单位里的同事知道了，开玩笑说这是父亲蹭烟蹭多了，才给陈忠保的媒。父亲说他这是无心插柳，却在一天把冉宏找到家里喝酒时说漏了嘴，让冉宏知道了其中的实情。冉宏听了后并没有去怪父亲，反而安慰父亲说，我们哥俩给谁介绍不都一样嘛。这让父亲感觉到冉宏的大度，同时也觉得有些对不起他。

陈忠结婚时，把单位里的人都请到了家里。让新娘子转圈给大家点烟，烟是带锡纸的牡丹烟。新娘子这一天打扮得就像一朵盛开的红牡丹，格外醒目惹眼。我父亲被陈忠的父亲请到主宾上就座。新娘子点烟点到冉宏跟前时，陈忠特意介绍说，这是我最好的兄弟。新娘子不知是想起了那天到废品收购站去相亲时的情景，还是咋的，有些不好意思地看了冉宏一眼，小巧的手点了两次才把那支烟点着。冉宏接了，一直把这支烟吸尽，竟然没有咳嗽出一声来。冉宏痴痴地望着陈忠的新娘子，心里不知在想着什么。

就这样，冉宏也学会了抽烟，兜里常常揣着一包香烟。

没过多久，冉宏也结婚了，娶的是山外一乡下女子，没工作。不过人长得却很俊。去吃喜酒的父亲回来说，那俊女子的眉眼有点儿像陈忠的新娘子。后来单位里的人才知道那女子正是陈忠的媳妇给冉宏介绍的，是她山外亲姨家的妹妹。就这么着，陈忠就和冉宏成了姨表亲连襟。单位里的人都说，陈忠和冉宏本来就形影不离，这回可以好得穿一条裤子了。只有父亲听到了摇了摇头说，两家人走动得太近，不一定是什么好事。

虽然陈忠是先冉宏结婚的，可是过了两年才有了个女孩。而冉宏的媳妇当年就怀孕了，给冉家生了个儿子。单位里女同事去给陈忠媳妇下奶（东北时兴在月子送红皮鸡蛋），看见女娃放在一边摇车里哭，公公不管，婆婆也不管。陈忠的媳妇就有些黯然神伤，原因是陈家希望长子能有长孙。如果没有姨家妹妹比着，陈忠媳妇的嫉妒也会小些，偏偏这姨家妹妹还常常抱着她白白胖胖的儿子来看自己，当着陈家公婆的面就叫她脸上有了难堪之色。懵懂的乡下妹子后来也看出端倪来，到姨姐家的次数就少了。

本来结婚后，两家比较起来，陈忠的媳妇是有优越感的，自己家里是双职工，而姨妹家是单职工。每到换季她都会给自己男人买一身应季的衣服穿出去，而且衣服兜里的二角钱葡萄烟也换成了三角钱的大生产烟。冉宏身上的衣服则是他媳妇裁剪做的，虽说手很巧，可总归和买的成衣差着一个成色，不过冉宏是挺知足的。

媳妇归媳妇，陈忠和冉宏还像亲哥俩一样好。冉宏从学会了吸烟起，上衣兜里也常常揣上一包烟，自然是握手、葡萄之类的牌子，当然偶尔也会揣上一包大生产，大多是开会和人多时。冉宏好脸儿，抽时也不忘先递一根烟给陈忠。

两人在工作时很少吸，因为废品收购站大院仓库外面的木板上就写着这样一个警示木牌子：仓库重地，严禁烟火。陈忠即使犯了烟瘾，也会跟冉宏说一句，我到外面去吸根烟。然后就走到废品收购站院子外去，在外面吸完一根烟，把烟头踩地上碾碎了才回来。

秋天风大干燥，林区更是防火抓得很严，每个单位夜间都要留一个值班人员，废品收购站也不例外。废品收购站收了一夏天废品，仓库里装不下，就像山一样堆在院子里，大多数都是废旧纸壳、废旧轮胎什么的，上面苫着油毡纸，怕雨淋着。

本来那天晚上单位除了轮流值班的职工外，还有一个更夫老头。可是那天晚上更夫老头的老伴病了，他事先跟主任请了假。主任就在下班前问谁能替更夫一下。冉宏说他来替。这天晚上小黑板写着的轮流值班的职工是陈忠。

废品收购站那场大火是从下半夜着起来的。父亲被人从家里喊起来，只穿了一条衬裤就往外跑，刚一出大门就看见镇东边的天空被烧红了一大片，父亲就在心里哀叹了一声：完啦。来人是找父亲要会计室钥匙的，要把保险柜搬出去……

天亮后，废品收购站大院子里就变成了黑乎乎的一片废墟。所有的废旧纸壳和废旧轮胎都变成了一片黑灰，仓库烧得坍塌了。陈忠和冉宏浑身黑乎乎湿淋淋从废墟中走出来，是被两个公安人员戴上手铐子带走了。他俩的头发都燎焦了，脸上黑一道灰一道的。从围观的人群里跑进来两个慌慌张张大哭的女人，要把他俩拦下，可是被公安人员挡住了。

几天后从内部传来了消息，公安人员在现场勘查中发现了一个烟头，火灾正是由这个烟头引起的。单位里听到这个消息的人无不为之震惊，因为值班时是绝对不允许在仓库里吸烟的。

又过了几天，又从公安局方面传来消息，陈忠和冉宏在审讯中都不承认烟头是自己抽的。烟头肯定是他们两个人中的一个扔的，可是怎么审谁都不承认。接着公安人员又来单位进行调查，已查明烟头是大生产牌子的，问单位的人他俩谁抽这种牌子的烟，单位的人想了想说，最近看见他俩兜里都揣这种牌子的烟。因此案件就陷入了僵局，两个人都在看守所里关押了好长时间。

这期间两家的老人都来找过单位，让单位里的大伙给说说好话。可这不是说好话的事呀，他俩当中只有一个说了实话，另一个才有可能被释放出来，或者两个人当晚都吸了烟，都要负刑事责任的。陈忠的父亲找到我父亲，求我父亲给做证言时说他儿子平时是个很求上进的青年，值班时是不会马虎大意的。望着一夜之间苍老了许多的陈忠的父亲，父亲连连叹气，不知该说些什么好。冉宏的父亲也来找过父亲，说他儿子那晚本来是主动到单位来替换更夫值班的，谁想竟摊上了这种事……让父亲做证时给说说情，看政府能不能宽大些。冉宏父亲佝偻下去的腰背驼得更严重了。自从上次他托父亲给冉宏提亲那事没办成，父亲一直觉得挺愧疚的。

案子一直拖拉到冬天也没有宣判，原因还是两人在里面都说自己没吸，可也没有谁说是对方吸的烟。在关押期间不允许家里探视，家里有东西要送就由单位的人代转。父亲就给冉宏捎过他媳妇给他织的一件毛衣，给陈忠捎过他父亲托他转的一条棉裤。陈忠的父亲来找父亲捎棉裤时，脸色戚戚地说，他儿媳妇要提出和陈忠离婚，要父亲进去劝劝陈忠，要他在里面表现好一些争取能宽大处理。

父亲回来说，陈忠在里面表现挺好的，挺主动配合看守人员工作的。

当然父亲也没有跟陈忠说他媳妇要和他离婚的事。倒是冉宏一直有抵触情绪，有两回不吃不喝，还被看守人员关过小号。

他俩的案子终于要宣判了，依照惯例，宣判前是要游街的。这天下午我放学走过大街上，就看见了游街的汽车。车顶篷前架着一个大喇叭，车厢两旁押解着一排犯人，有偷窃犯，有强奸犯……陈忠、冉宏就被押解在这些犯人中间，他们胸前的牌子上写着"反革命破坏分子"。天气很冷，上面蹲着的犯人都一律光着头。几个月没看见，虽然陈忠剃着光头，看上去没有多大变化，倒是冉宏变得又黑又瘦了。他俩分别蹲在对向的两边车厢角落里，头尽量向车厢板下低着。

没过几天，这起案子宣判了。陈忠判一缓一，宣判完就回单位执行劳动改造来了。冉宏判二缓一，他要在里面服完一年刑后才能出来。对于这样的结果，单位里的人还是稍稍有些意外的，大家以为他俩会判一样的刑期，或者有一个人根本不用判刑。

陈忠出来以后，单位里的人没有谁再向他问起那天夜里是谁抽烟的事。大家都知道这是一个严重的忌讳。大家都向他说着一些安慰的话。尽管这样他妻子没和他离婚，可听父亲说他们夫妻关系大不如从前了。

一年以后，冉宏也出来了，陈忠刑满了。主任又分配他俩在一起干一样的活。不过两人在一起干活时再也看不到说笑了，甚至连话都不说了。这样下去也不是个事，没过多久，主任就把他俩调开了。

出来后，陈忠就把烟忌了，别人也很少再当着他的面吸烟了。而冉宏出来后，并没有把烟忌掉，并且比以前抽得更凶了。有人看见冉宏吸烟时就走到院子外面去，三口两口就将一支烟吸掉，然后狠狠将烟头踩在鞋跟底下，碾碎。

电 影 院

电影院在小镇的西北角上，原来叫林业工人俱乐部。

汤旺河镇是个有三万人口的山区小镇，一条汤旺河从镇中心流过，将这个山坳中的小镇分成了河南河北，河北是林业职工的居住区，那里有林业局一到冬季就挑灯夜战的贮木场。河南则是镇中心的闹市区，一字排开的街面上，有拐角百货商店、老青松羊汤馆、洋铁匠铺、电影院。

汤旺河电影院改名是二十世纪七十年代的事，镇上的吴美工拿着板刷，提着油漆桶，登上高高的梯子，唰唰几下工夫就将黄楼门脸的工人俱乐部几个字改成了电影院，就是说这里不光是再演那八个样板戏了（通常是林业局宣传队演的），而主要是演电影了。就是说这里不光是林业局子弟，也是镇上五行八作甚至是那些山外来的没户口的农户子弟可以去的娱乐场所了。

一到晚上五点钟，电影院楼前人山人海。山里天黑得早，夏天五点没到，太阳就在大山背面落没了影，将一团模模糊糊的黑影笼罩在挤挤挨挨的人头上、男人光着膀子的肉身上。那团越积越多的黑影是蚊子，山里寂寞，蚊子也爱跟着凑热闹，嗡嗡的……像人群里的说话声。人群涌动起来，就有人被踩丢了鞋子，就有女子被摸了身，就有人骂起人来。骂的人无非是两个，一个是售票窗口里长得像花一样的卖票员"真由美"吴季，一个是把门的"汤司令"邱驼子。

售票小窗口纹丝不动，只有那块预告影片的小黑板挂在窗外。不到五点钟，票是从来不打开窗口向外卖的。林区小镇放映电影都是赶场走的，在上一个林业局放映完，再用解放敞篷车把片子送到下一个林业局来放。

38

如果路上车坏了或者山路被雨水冲毁了，片子就赶不了场了。片子没到自然是不能卖票出去的。卖出去的票是没办法退回的。排队离得远的人眼睛还紧盯着那块小黑板，很怕它这会儿忽然变了脸：因影片没到，今晚电影停止放映。这当儿，人群就像被捅了马蜂窝一样炸了营，吵啊，骂啊，把小黑板扯下来扔在地上踩碎。愤怒的人群还像攻打冬宫一样擂着钉着厚厚松木板的窗子。售票窗口上方的窗户原本是有玻璃的，玻璃不知是被人挤碎了还是敲碎了，就全部都钉上了五寸厚的红松木板。

等人发泄够了，这才怏怏地散去。

通常，逢有电影必来看的是两伙人，一伙是我的同学王三的哥哥王松领着一帮当地小青年，多是林业工人子弟，他们在贮木场里有班不上，成天结伙胡混。当地人管这些流里流气的混混叫地头蛇。一伙是以杜丘为首的那帮上海知青。杜丘不叫杜丘，是那场电影院前械斗后别人给他起的外号，至于他真名叫什么，后来小镇上的人倒没人说得清了。好像他姓林，细细条条中等个儿，精瘦，长圆脸理着平头，不太爱说话，倒真有点儿像后来电影《追捕》里的那个杜丘。

杜丘和那帮上海知青每天晚上要走二十五里的山路从山上下来看电影，然后再走二十五里的山路回林场青年点。这一去一回就折腾到下半夜了，陪伴他们的是除了蚊子咬还有一路上树林子里狼的嗥叫声。镇上的人闹不懂，这些上海娃看电影咋有这么大的瘾。反过来比较，要是叫镇上的人干了一天的活再去走这么远的山路去看电影（而且多半是老掉牙的影片），恐怕没人会去看的。镇里的人宁可省去那一角五分钱的电影票钱买鸡蛋吃。一角五分钱正好是镇上一斤鸡蛋钱。

每每闹电影的时候，邱驼子汤司令就会趿拉着一双懒汉黑口布鞋从入口处的小门里走出来，带着他那把磨掉漆的木椅子，手上端着一只烧泥紫色茶壶，把椅子放在铁栏杆里面的门口处，屁股放稳坐下，一边吸着茶壶里的茶水，一边听着人家骂。邱驼子这会儿是幸福的，他脸上那几个红红的麻坑都放着亮光，他平常让我们见到的那双凶煞的眼神这会儿也变得柔和多了。你穿野鸡腿裤子有什么用呀？那些上海知青无论男女，裤子都煞得紧紧的绷在腿上，而邱驼子总是穿一条大肥裆裤子。你吸大前门烟有什么用啊？他常看见杜丘吸的是大前门烟，而烟多半是别人上供给他的。邱驼子吸的是一角钱一盒的经济叶烟。你吃牛屎饼有什么用啊？王三的哥哥王松嘴里常常嚼着干柿子饼，这些柿子饼都是他手下的弟兄给他买的。王三还从他哥哥兜里偷掏吃过，把一层白粉留在了嘴上，让他哥哥掴过嘴巴子。王三跟他的哥哥王松不是一个娘生的。

邱驼子觉得自己这会儿才成了真正的司令，看着那些人悻悻地离去。

最后从电影院里走出来的是真由美。真由美扭着细腰走出来，邱驼子就收起了茶壶，"我送你……""不用。"真由美娉娉婷婷地离开了电影院，她脖子上系着一条红纱巾，这种红纱巾只有那帮上海知青女青年才有。这个时辰日头已从大山背后落下去好久了，将一坨暮色涂在了小镇的街头上。邱驼子眼睛盯了很久才收回，将一口茶水在嗓子眼里呼噜呼噜了好久才吐在地上，"呸——"

汤司令邱驼子把他的全部威风抖在我们孩子身上，逃票成了我们与汤司令玩的一场猫捉老鼠的游戏。我们夹在大人腿肚子缝中间，趁邱驼子撕大人票不注意的空隙，嗖地钻进去。当然十有八九我们会被邱驼子稳稳逮住的。被邱驼子逮住就惨了，他会把我们关进一个小黑屋里，等他放完了人，他会走进小黑屋里来，叫我们学猫叫，学狗叫，谁学得不像，他又会叫谁讲你爸你妈夜里是怎么睡觉的……每每这时，邱驼子那张马脸上就会浮出一丝很兴奋的笑意，那双鼓鼓的蛤蟆眼就会像充了电的手电筒一样闪闪发亮。直到他满意为止，电影散场了，他才放我们出来。

我们跑远了，就会喊：邱驼子，邱驼子，老光棍，夜里睡觉拿着手电筒当媳妇儿。那支五节电池的大号手电筒是邱驼子从不离手的宝贝，是公家配给他查场子用的。

邱驼子的工作在我们镇上孩子看来是神仙一样的差事。可是镇上却没有哪个女人肯嫁给邱驼子。邱驼子太丑了，除了背上像背个山包，还是罗圈腿，无论冬夏邱驼子总是穿着一条肥肥的裤子。所以邱驼子对上海知青带起来的小镇年轻人穿鸡腿裤子很是嫉妒。

对于镇上年轻媳妇的逃票，邱驼子却是睁一只眼闭一只眼的。年轻媳妇排队来到铁栏杆入口门前，被邱驼子挡下了，年轻媳妇的手在身上兜里乱掏："票，我的票哪去啦？刚才还在兜里呀。"邱驼子就嘿嘿笑，年轻媳妇边掏边脚步像被后边的人推着似的往门槛儿里蹭，邱驼子的手就拽到了女人的胸乳衣衫上，"放手，你放手呀。"邱驼子就触电似的松开了手。

王三带我们逃票还发明了另外一种对付汤司令的办法，就是在上一场电影结束后散场时我们溜进去，然后在空荡荡的座凳椅下面潜伏下来。等邱驼子清场时，大手电筒像探照灯一样在一排排椅座上面照着，我们屏住了呼吸……这样躲过了几次后，还是被他发现了。我们被他从椅子下面揪出来，又被关进小黑屋里去，他又重复他的鬼把戏。

吃一堑长一智，王三又发明了一个藏身的地方，那就是厕所，清场前男厕所是没人的。我们就蹲到里面去。这一次我们好长时间没有被汤司令发觉，你想呀，夏天厕所里臭气熏天，在那里蹲上一个小时可不是件容易的事。冬天，里面四处漏风冻得人脸发青浑身发抖，挨到电影开演时腿都僵硬得迈不动步了。要不是那次汤司令跑肚拉稀去了三次厕所，我想我们是不会被发现的。我们被他带了出来，不过让我奇怪的是我并没有在搜出的人影里看到王三。

电影散场后我看见他走出来，我问他是怎么躲过汤司令的手电筒的。他一脸的神秘和得意，并没有告诉我们他是怎么躲过去的。

王三是在放映《卖花姑娘》时被发现的。汤司令把他押到小黑屋里，脸色铁青，没有抓到我们时那种兴奋和得意。"说，你是怎么耍流氓的。"王三的腿哆嗦着，"我、我没看……""还敢说没看？"汤司令的大手电筒举起来，王三脸都白了："我、我全说。""行啦。"汤司令的手电筒无力地垂了下来，他警告王三这件事不许向任何大人说，如果说了公安局会把他抓进小号里去的。王三的哥哥王松进去过小号，说，天不怕地不怕，就怕小号里吃屎旵。王松说的屎旵是大眼窝头。吃得王松还不如吃钉子。王松就吞了三颗钉子才出来保外就医的。王三可不想吞下去三颗钉子。他这时候恨不得管汤司令叫爹。据王三讲，他那天差点儿把真由美吓晕了过去。真由美刚刚把裤子褪下去，就看见女厕所的洞眼下面冒出一颗人头来……我们不明白汤司令为什么不叫王三说下去，反正后来王三给汤司令偷偷送来过从他哥那里偷来的柿子饼吃。

在外边售票窗口经常发生冲突的是这样两伙人，王松的人和杜丘那帮上海知青。王松的那帮人从来不排队，售票窗口一打开，他们就踩着人脑袋从人群头顶跃过去。电影停映了，擂窗户的也是他们。那些上海知青则规规矩矩排着队，电影停映了，他们就自动散去。走在回去的路上，他们还每人从兜里掏出一把口琴来，吹奏着看过的电影插曲来，什么《地道战》《铁道游击队》《卖花姑娘》《多瑙河之波》，悠扬的口琴声常常吸引我们镇上的孩子跟随他们走出去很远。除了我们，还有一个人也在后面默默地跟着，那就是真由美。吴季曾经在林业局宣传队里待过，演过白毛女。而那时在宣传队里演大春的恰恰是这个不爱吱声的上海人杜丘。宣传队解散后，她哥哥吴美工托人找关系把她调到电影院来售票。真由美的差事可比汤司令的差事优美得多。每次电影开演之前，电影票售完了，她就搬一把木椅子坐在大厅过道里去看电影。

电影的插曲会一直把我们带到小镇通向林场东边的桥头边，我们在桥头这边停下了，知青在桥头那边走远了。月亮在河东边的白桦林子里升起来，照得哗啦啦的河水和白桦林子白亮亮的，琴声还在林子里缠缠绵绵地游荡，就让这个令人沮丧的夜晚不再沮丧了，让人回味了许多……

王松就是一次在桥头边截下真由美的，王松的单腿支在大金鹿自行车的脚镫子上，王松嘴里嚼着柿子饼。

“你为什么把票多卖给了那帮上海佬。”

真由美瞅了他一眼，冷冷地说道：“因为他们比你们有教养。”

王松嘴里的柿子饼像噎住似的停止了咀嚼，怔怔地看着真由美在夜风里离去。他想起了他弟弟王三，脸上一阵发烧。真由美脖子上的红纱巾像一只蝴蝶在随风飘荡。站在那里的王松好久才把柿子饼蒂吐出来。

王松受不了“教养”这个词，他想什么时候该教训教训这帮上海佬一顿了。

这样一个晚上注定是要来的，后来我和王松的弟弟都这样想。

这一年的冬天，汤旺河镇电影院首次上映一部外国彩色宽银幕新片，是日本电影《追捕》。小镇沸腾了。以前放映外国电影都是朝鲜和阿尔巴尼亚的，这回放映资本主义国家的电影还是第一次。大家像过节一样奔走相告，首场电影票多数都是被走后门预售了出去。有林业局长批的条子，有镇长批的条子。据说那天晚场的电影票有人一大早就挤在外面窗口前排队，数九寒天，排着长队等在那里的人像一串串冰糖葫芦，脸上冻得通红，跺着脚咝咝哈哈，棉帽子上挂满了白霜，不过大家的脸上却是兴奋的。兴奋的神色就像镇上要起秧子的狗。

这天晚上父亲很早就从单位里回来了，脸上透着一种让我们捉摸不透的神秘。父亲叫我和弟弟快点儿吃饭。父亲并没有说吃完饭干什么去，或许父亲还没有太大的把握说出要干的事。正吃饭中，王安菊来了，王安菊是父亲的同事。这是一个让人没有多少好感的女人，长瓜脸，龇着一口被烟渍熏黄的门牙。饭桌上点着油灯，父亲一见到她腾地从炕沿上跳起来，掏出一盒我们从没见父亲抽过的好烟（牡丹烟）给王安菊抽。"王出纳，坐、坐。"王安菊神秘地从兜里掏出什么来："王会计，我不坐了，你不要跟别人说。""这个我知道……"父亲直点头，当我们看清父亲手上拿的是三张绿色电影票时，眼睛一下子像狼一样绿了。我俩扔掉筷子扑到父亲手上，连那个女人什么时候走出去的都不知道。后来才知道她是吴美工的老婆，真由美是她的小姑子。为这三张电影票，我们家搭上了一斤过年发的肉票。

我们和父亲早早地往电影院去了。电影院外面拥挤的人流和刺骨的寒流刺激得我们异常兴奋。当电影院入口处铁栏杆门一打开，人们一窝蜂地往里挤时，邱驼子身边多了两个戴红袖标的人。走过邱驼子身边，我有意挺了挺胸脯，邱驼子有些吃惊地看着我慢腾腾地把张电影票从棉裤兜里掏出来。狗日的电影票不争气地让我的手有些发抖。

这天晚上电影院里的人正在被宽银幕上静悄悄吸引得大气不敢出时，电影院外面也在静悄悄地发生一场械斗。这是后来王三告诉我的。那天晚上王松把他的所有手下人都带来了。那伙上海知青也都来了，两伙人里不少人都揣着三节棍和三角刮刀。那些没买到电影票的小镇上的人黑压压地把他们围了起来，似乎在等待着一场电影的上演。

王松嘴里嚼着柿子饼，他穿着一件黑皮夹克。

那个上海人穿着一件黑呢子大衣，大衣领子竖着，让人瞅不清他的面部。

刀子一样的风冷冷地吹着，让人胆寒。

"你想怎样？"

"你说。"

"那好……"王松打了个响榧，一个瘦子蹿到他跟前来，掏出一枚两分钱的硬币来。

"字在上，你要字还是要雷子（民警）头徽。"

"我要字。"杜丘说。

瘦子掏出冻得发白的手指，把硬币捂了两下，抛到空中去。

硬币落到了雪地上，银光一闪，字扣在了上面。众人发僵的眼睛跟着抬起来落到他俩的脸上——

王松噗的一口吐掉了嘴里的柿子饼，还没等人们来得及看清怎么回事时，杜丘戴着黑皮手套的手已冷冷地将攥着的三角刮刀捅进了王松肚子里。他脸色像风吹似的煞白了，一声不吭地咬着牙挺着身。

王松没看他，一扬手，啪的一下手里的三角刮刀飞到了杜丘的脸上。一条血线从那张白脸上扬了出来。

"啊——"人群里发出了惊叫，纷纷向后退去，像刮起了一阵白毛风，让这黑压压的人群骚乱了起来。硬硬的雪地上，纷乱的不知所措的脚步声发出吱呀痛苦的尖叫和无助的呻吟。就在这骚乱后撤的人群里，就在这寒冷可以冻掉舌头的雪地上，有人被踩伤了胳膊和腿，还有一个孩子被踩窒息了。这也是后来公安局抓捕王松和杜丘的一个原因，罪名是流氓聚众挑衅斗殴。

王松是在小镇医院里抓到的，而杜丘却在这个夜晚消失了。

不过后来镇上有人回忆说在事发的第二天晚上，有人在电影院里好像看见过杜丘。杜丘像电影里的杜丘一样脸上捂着大大的口罩，夹在过道人群里。那天晚上真由美没有像往常一样拿着一把椅子坐在过道上，她也和那些站票观众一样站在过道里看电影的。

半年后真由美有了身孕，这也成了小镇一个爆炸性新闻。真由美的腰是一天一天变粗的，这一点是汤司令邱驼子看出来的。当他私下里偷偷跑去找吴美工，把这一情况跟美工说时，吴美工扇了他一个大嘴巴子。吴美工正站在一个高梯子上写一条语录。这是小镇上吴美工写的最后一条语录。吴美工站在高梯子上身体晃了晃，又站住了。邱驼子是这么跟吴美工说的："你把你妹妹嫁给我吧。""你说什么？"吴美工像不认识地看了看下面这个矮人。"她怀孕啦。"吴美工就差点儿从梯子上摔下来。他写那条语录就一句话，吴美工差不多用了一个下午的时间。

真由美几乎是被吴美工和他老婆王安菊绑架着送到王安菊山外一个亲戚家里去的。小镇电影院售票窗口又换了另外一个姑娘售票。

等真由美再回到汤旺河镇上时，真由美疯了。听镇上的人私下说，她在山外亲戚家里产下一个婴儿，不过那个婴儿是个死胎。

这一年的夏天，电影院里又在放映另一部流行影片，是印度电影《流浪者》。真由美一边唱着《丽达之歌》，一边披头散发出现在小镇的街头。后边常常跟着一群孩子。

"你叫什么名字？"

"我叫真由美。"

"你男人是谁？"

"杜丘。"

孩子们就嘻嘻地笑。

每每这时，邱驼子就跑过来轰散了孩子。

"去、去，你们这些小屁孩……"

真由美虽然不在电影院卖票了，可电影院她还常来，她是来看电影的。每次来邱驼子都放她进去。有主任在场，他就替她到窗口上买一张电影票。真由美只有在看电影时才不疯啦，眼睛里的光也不散了。

电影散场后，等人都散净了，邱驼子再把痴痴的真由美送回家。有时吴美工看见了，也不去管了，只是叹息地摇摇头。

日子慢悠悠地过去，小镇上的人家渐渐有了电视机看后，电影院的门前就日渐冷落了下来。那帮上海知青也在头几年陆续返城了。放场新片连半场的人都不到。不过真由美还照旧来看电影，邱驼子照旧给她买一张电影票，而且是座位最好的位置。电影散场后，邱驼子再把她送回家去。

这回是吴美工来找邱驼子，吴美工说："你娶了俺妹妹吧。"

邱驼子听了，脸上就喜成了一朵花。

邱驼子很郑重地跟吴美工说："俺要把她的疯病治好了再娶她。"

吴美工就感动得眼里涌出了泪。

邱驼子说到做到，由于电影院不景气，电影院的职工都放长假了，邱驼子就要带真由美到外地去治病去。他把自己多年的积蓄都带上了。走的那天，吴美工夫妇把他俩送到火车站上，邱驼子还特意穿上一件崭新的中山装，头发也剪了，梳得溜光，尽管这件中山装后背叫他顶得有些别扭，可看上去邱驼子从头到脚还是焕然一新，他脸上堆着红光，见人先露出笑来。感觉他不像是去领真由美去治病，感觉他像是去外地走亲戚。

临上车，吴美工从兜里掏出一千块钱塞给他，邱驼子直摆手说不要。吴美工就说："你拿着，你要是治好了俺妹妹的病，就领她在外地好好玩玩，算是旅行结婚了。"邱驼子这才接了，连连点头。

几个月后，邱驼子回来了。不过只有他一个人回来的，真由美没有跟他一块儿回来。镇上的人问他，他说真由美在外地医院医病呢。再问，他就不吱声了。

吴美工急急火火找到他家里来，他这才说，真由美的病好了，真的好了。吴美工问他都领她到哪里去医的病，邱驼子说是上海。吴美工似乎就明白什么了，没有再接着问下去，只是又像从前一样重重地叹息了一声。眼前这个猥猥琐琐的人让吴美工心里有了份敬重。良久走出来，他打开邱驼子塞到他兜里的一个纸包，纸包里包着的正是他们走时他拿给他们的那一千块钱。

邱驼子又像从前一样回到电影院来上班了，来把门了。只不过电影院现在已不叫电影院，叫文化娱乐中心了。

邱驼子也比从前老了许多，背更驼了，从不梳理的头发里已有了白发，那张脸更是很少看到笑容了。

晚场电影的时候，人放进去，邱驼子就一个人坐在外面的椅子上发着呆。电影院大厅里的音响传出来，他脑子里老是挥不去这样一个画面，这个画面和以前那个电影画面非常相似。

他和真由美在人头攒动的上海黄浦路大街上走着，如蚁的人群让他眼睛都转晕了，甚至都迷失了方向。他真不明白，她是怎么看到他的，竟能认出他来："杜丘，杜丘……"她喊着朝人群中冲过去，所有的人都回过头来望着她，望着这个疯女人。那人回过头来时，他也认出了他，邱驼子胸口一哆嗦，果真是杜丘！就像电影里的慢镜头一样，他先是怔住了，接着一步一步越过人群迎过来，把她紧紧搂抱在了怀里。

这是一个阳光灿烂的下午，虽然城里的阳光没有山里的阳光透明清澈，可他还是看到他脸上那道伤疤在颤抖。他眼里满是泪了。在那个人转过脸来时，他迅速走掉了。

坐到火车车厢里时，他才让泪水尽情地流。

邱驼子知道，他以后的日子都会回味这天下午这个场景的。每每想起来时，一种说不出的感觉就像山里春天开化的汤旺河河水，从他心里暖暖地流过……

羊　草

　　羊草镇和多数小镇一样，每日懒懒地醒来。醒时，鸡们、狗们、牛们、羊们，已很是热闹地叫上一阵子了。嘈杂声里，人们似乎不太情愿地起来，开始一天必需的劳作。雨天，或许人们起得更晚些。

　　酒馆坐落在羊草镇东头。尖尖的木板屋顶，与镇上矮矮的草房比起来，颇有些别致。早年，老羊倌靠剪羊毛积攒了一些钱，经营起了这家据说是从一个老毛子手里买下来的酒馆。镇上的人都把这看成一件很了不起的事情。因为，留在小镇几位老人记忆中的那个异国贵族后裔是凡人无法猜测的神秘人物。老毛子娘们儿的衣服，一天就要换三遍。这是一种让人无法忍受的破费。

　　老毛子娘们儿衣服的款式和皮毛布料老人们大都记不清了。比较直观形象的是老毛子娘们儿和她女儿的模样。往往说到这里，老人就缄口不语了，莫测高深地往小酒馆方向望了一眼。如是下午，羊妞会打里面出来倒泔水。羊妞儿扎着宽大的蓝布围裙，防止泔水溅到身上，提着"未达罗儿"，一摇一晃地往脏水沟走去。老人呆滞混浊的目光悠儿地一亮，又渐渐暗将下来。如同一瓶窖藏多年的老酒，各自在心底慢慢品味起来。

　　老羊倌年轻时是个不惹人注意的小羊倌。谁也没有想到小羊倌日后会发达出一份属于自己的家业。那时小羊倌除了向南方佬推销良种羊毛外，每天还向小酒馆出卖一只活羊。因此，有一回在酒馆里，镇上李教员当着许多人的面说，老羊倌硬是靠着"羊吃人"的办法，把老毛子给吃掉了。镇上的人听了都大笑李教员胡说八道，羊怎么可能吃人，羊是最温驯善良的生灵。于是，李教员很认真地大讲了一通英国早期工业革命，正是靠着圈地运动的羊毛产业做原始资本积累的……李教员在复习历史，像在学堂里讲课一样。镇上的人听了天书，更加嘲笑李教员胡说八道。老羊倌也认为李教员在胡说八道，斜睨着眼蹲在地上，咂巴着梨木杆铜烟袋锅，嘴角咧出一丝嘲意。李教员就脸红脖子粗同人家据理力争。人家不跟他争，人家笑着说："李教员，你什么都知道，咋弄不出小孩呀。"李教员听了，遭霜打了一样蔫了，只说了句："愚昧。"便掉头从小酒馆里走开了。老羊倌嘲笑地望着李教员匆匆离去的背影，心里笑道：这只该宰的公羊。复又眯上眼睛，咂巴了一口铜烟袋锅，细细品味起来。那神态，仿佛一个老人面对一个不会讲话的孩子，充满了宽容与怜惜。

约莫上午十点钟光景，牛贩子、羊贩子们陆陆续续来到了小酒馆。近来许多生意都是在小酒馆里完成的。当然都是些"小皮毛"买卖。镇上牛羊集市的大宗生意成交已经很少见了。原因是小镇的牛羊已越来越少，牛羊贩子们已懒得蹲集市了。在这里，可以一边喝着酒，一边和小镇上的牛羊主顾们聊谈生意上的事。间或，从微醉的牛羊主那里，套购一些羊毛，或两三张牛皮。这些都是他们从前不屑做的生意。

雨，从早上起来时开始下的。不紧不慢，细如牛毛。这样的雨多半是从天明下到天黑的。这样的天气，也是喝酒的日子。

"喂，牛三，听说你那头母牛又下了一窝漂亮的小牛。"

"吃货。"牛三一边埋头坐在那里喝酒，一边应了别人一句。牛三敞开汗衫的前胸，肉鼓鼓地露出一片黑毛。牛三黑黑的头发，自然卷曲着，如同城里人火烫的发卷儿。

"吆嗬，牛三，了不起了啦，谁不知道你卖草场发了一笔横财。"有人讥讽地说道。

"放你娘的狗屁。"牛三被酒烧得红红的眼睛盯着那人说。

牛三是有些酒量的，坐在这里可以一直慢慢喝到天黑。可是牛三喝酒上脸，一杯酒下肚，脸就成了红布，眼也染得红红的。

那人见牛三这样，便不再搭理牛三，坐到别的汉子桌前喝酒去了。丢下牛三一个人在这边白条木桌上独饮。

其实，大伙心里明镜一样，前年冬天牛三卖给井队那块草场时，卖得一笔好价钱。牛三一直忌讳提起此事。那是全镇最好的草场，水草丰茂。而别的草场都是盐碱草地，打不了牛们羊们越冬的草料。一到冬天，人们纷纷向牛三换买草料。牛三这一卖，等于卖掉了人们的希望。牛三卖掉草场后，再没有买别的什么草场，不知是没有好一点的草场，还是因为别的什么原因……人们不知道牛三留着那笔钱来做什么。从那件事以后，小镇人看牛三的眼光有些变化，仿佛牛三是一个损害大伙利益贪图钱财的自私鬼。

人们都默默呷着自己碗里的酒。

酒馆失掉了以往插科打诨的快活时光，时常陷入一种无滋无味的难堪情绪中。这种淡淡的仇怨情绪，就如同眼前这种晦气的雨天，传布给小镇上的每一个人。老羊倌不知道酒馆里的酒还能够维持多久，迟早有一天会被小镇上的人喝干的。那时他也就失业了。一想到这里，老羊倌不禁打了一个哆嗦。慢慢从酒柜后面站起身来，磕掉手上铜烟袋锅里的烟灰，步履滞涩地踱到门口，举目向小镇上空张望。阴霾的雨幕中，不时传来一两声牲灵的哀鸣，老羊倌听了心里一颤，从皱纹密布的古铜色脸上，慢慢淌下一滴雨泪来……

自从城里人占了草场，打了油井后，小镇便天天有人家杀牛宰羊的。依小镇习俗，不到年节，小镇人是从不杀祭生灵的。长期以来，小镇人祖祖辈辈与牛们羊们相依为命。卖出去的牛羊，如嫁出去的女儿，总要送出小镇很远，并白送给牛羊贩子们一路足够吃的草料。是羊吃人么？还是人吃羊么？老羊倌倒想再问问李教员。可惜，自那日小镇人轰走了李教员，再也没见到李教员到酒馆里来过。

老羊倌深深地叹息了一口气，走回屋里来。

牛三的目光直直地盯在羊妞儿越来越肥硕的屁股上。羊妞儿端着酒壶背对着他，在给里边桌上的汉子们续酒。

羊妞儿是个混血儿，淡黄色的头发，高且挺直的鼻梁，像牛奶子一样的两只乳房撑顶着胸前的蓝布衫。只有两汪深潭似的黑眼睛，让人从幽深处找到一部分老羊倌的影子。

"喂，老羊倌，什么时候喝上你的喜酒？"见老羊倌走回屋来，沉默了一会儿的汉子们，又重新扯开了话题。

"人家老羊倌等着快婿跳龙门呢。那小子发过誓……"

"别听他的，那是个吹牛皮不犯死罪的家伙。"

老羊倌默默地从汉子们中间走过去，走到柜台里，阴郁的目光无言扫视了一下屋里……

牛三红红的眼睛被烫了一下，从羊妞儿肥臀上摘去目光。羊妞儿转过身来走到小窗前，站下了。仿佛没听到汉子们说的话，眼睛向外面望去。白桦木钉成的四方窗框，从里面一目了然地把小镇上的一切收览在眼底。

细细密密的雨丝，编织着小镇朦朦胧胧的雾景。泥泞的街上无一行人。过了许久，打雨雾的边缘处，闪出一个黑点。黑点近了，是一个人影，穿着雨衣，脚下的水鞋溅满了黄黄的泥点。来人匆匆忙忙向镇上的邮政所走去。过了一会儿，从邮政所出来了，没了匆忙，一脚雨水，一脚泥地走过来，让雨丝不紧不慢地淋在身上、脸上。来人路过酒馆时，停下了，抬起头来，就看到了窗里贴在玻璃上的脸。两张脸很微妙地挪动了下表情，目光痴痴地粘在一起了。雨丝在这个时刻也仿佛停住了一样，停止了滴落。

"咳，咳。"柜台后面的老羊倌，很威严地咳嗽了两声，玻璃里的目光慌乱地闪动了一下。传导给外面，外面的目光随即黯淡了下来。他狠狠抹了把脸上的雨水，抬脚吧唧、吧唧走了。

牛三一甩脖子站了起来，把大半碗烧酒咕嘟、咕嘟喝掉，咣地把酒碗恶恶地摔在桌上，踉踉跄跄跌着脚步离开了小酒馆。

外面，秋雨时缓时急断断续续地下着。

他第一次走进小镇邮政所时，那个年轻的女邮政员正坐在柜台后面打瞌睡。有两三只苍蝇围着她鸡窝似的头发嗡嗡盘旋。正午充足的阳光，明晃晃从窗格子外跳进来，吻在那张比小镇别的女人稍为白皙的脸上。有清亮透明的涎水从她丰腴的嘴角缓缓淌出。这个样子，使他为难地站了一会儿，才小心翼翼地问："同志，有我的信件吗?"

"同志"停止了磕头，睁了一下眼，同时挥手赶跑了一只企图吻她唇部的苍蝇。

"没有。"

那只流氓苍蝇狼狈地擦着门边逃走了。他不甘心地挪了挪脚尖，往近前凑了凑。凑前时，他分明看见里面桌面上有两件邮件之类的东西。其中有一个牛皮纸的大信封，像是写着他的名字。他伸着长长的脖子，把头抵进去，就瞅清了，眼睛一亮，道:

"那是我的信。"

"你叫什么名字？"这工夫，女邮政员已经驱跑了瞌睡，稍有愠色。

"刘思洋。"

女邮政员眨巴眨巴眼，半天也没想出小镇上还有人叫这个名字，便迟疑着把信递给了他，并腾出手来去对付盘旋在头顶的苍蝇。

"谢谢。"他微笑着说了句，走了。

小镇的邮件不多，发寄、领取都需到小镇邮政所来。有的人家一年也不发寄一回信件，自然也就难得到邮政所来。镇上的邮件是用勒勒车来回发送的。勒勒车每半月往返一次小镇。因此他就每隔半个月来一次小镇邮政所。来时，心里总是要做出一些无端的想象和猜测。不知是他的名字对小镇人来说特别难记，还是来的周期过长。那个睡眠不足的年轻女邮政员总是忘掉他的名字。开始这叫他不得不难堪得脸红。后来在他知道了小镇上一些属于扯老婆舌之类的事情后，便学会了原谅女邮政员，并很同情她。他常常抱有歉意地打断女邮政员的瞌睡。等着她像审犯人似的，再审问一遍他的名字。然后再耐心地问上一遍："有我的信件么？""没有。"女邮政员很肯定地说。桌上光秃秃的，果然什么也没有。他缩回了头，转身失望地出了门。"谢谢"也懒得说了。

和每回一样，他从小镇邮政所出来，走在街上，路过酒馆总要停下来。上面的窗格子里早有一双乌黑的眸子在悄悄等待了。差不多在这个时候，一种饥饿感引诱着肚子也不听话地"咕咕"叫开了。

他很想走进去吃一碗牛肉面。他已有好长时间没有去吃牛肉面啦，但他现在没有这个资格。他向那老头发过誓。他咬咬牙，一狠心，掉头挪动了脚步。阳光晃着他灰暗的影子，一点一点拉长。上面那双火辣辣的大眼睛痉挛了一下，跳动的火花熄灭了，变成了一声深深忧虑的叹息……

刘思洋在没来小镇之前，已在城里考了三年大学。三年皆榜下有名。第一年差0.5分，问题不差在0.5分上，问题差在当了几十年右派的父亲身上。头一年挺注重政审。第二年差五分，第三年差十三分……同中学数学打了一辈子交道的老教师父亲，再也经受不了0.5分的刺激，决心走与工农相结合的道路。当油田大批招工时，毅然为儿子报了名。

队长说刘思洋是个倒霉蛋。刘思洋在招工考试中以高出别人两倍的分数被录取。队长说凭这样的成绩，什么样的鸟大学考不上？刘思洋听了，不解的是身为标兵的采油队长为何说出这样轻视自身价值的话来。不解归不解，当队长动员男采油工下到最偏远的井站上时，刘思洋第一个报了名。队长傻眼啦，这回没说他倒霉蛋，队长拍拍他的肩膀说："好小子，有种！"刘家独父独子，按规定可以留在城里近一点的单位工作。刘思洋却就是要离开这个整天可怜兮兮看着别人脸色过活的老爹。

那个黄昏，队长开着越野吉普车把他和一卷行李同时扔在这个荒凉陌生的小镇上时，远处的天边正滚动着一片乌云，黑压压地向他压来，一望无际的荒野草浪，波涛般汹涌澎湃……风萧萧兮易水寒，壮士一去兮不复还。他心里也涌起一阵凄凉的感觉，提着行李，振作地向荒野深处的白色井房走去……

一年后，当他庆幸自己选择并结识了小镇后，才开始意识到，必须接受那老羊倌的苛刻条件，离开那个"鬼井房"。他不太情愿地给老爹写信，要老爹邮寄复习材料。被儿子抛弃许久正日夜思念他的老爹接到信后，欣喜若狂，很快就把复习资料寄了来。老爹再不愿儿子这样绝情地与工农结合下去，日思夜想儿子能回到身边来。而回来的唯一跳板就是考上大学。这也是最后的希望了，儿子再过一年就超过了考学的年龄。显然儿子已开始回心转意了，老教师为儿子的回心转意而自慰。在以后的日子里，他在心里默默祈盼着儿子的佳讯……他当然不知道，儿子所做的这一切都是为了身上流着一半异国血统的姑娘……

每天他走进酒馆，她都准时地把一碗冒着热气的牛肉面端到他靠窗的桌前。他和来这里的其他人不一样，他从不酗酒。香香地吃完碗里的面，他很绅士地从上衣兜里掏出一块手帕，擦擦嘴。微笑地对她说句："谢谢。"这也是镇上唯一对她道谢的人。她很懂礼貌地低一下头，微笑着目送他走出膻气味儿很重的小酒馆。

走出了好远，回头，还能看见那双长睫毛的大眼睛贴在窗上一动不动地注视着。他为这个姑娘着迷。夜里，躺在床上久久地辗转反侧……还是在中学读书时，他就尽可能找来当时已经很难找到的俄罗斯文学作品来读。他沉醉在美丽的异国风俗描写上，对那个产生众多伟大作家的民族充满崇拜敬仰和幻想之情……

"你等不到信件，会死吗？"有一天他走进邮政所，女邮政员很不耐烦地问他。

他一时不知道该怎么回答她才好。他一次又一次急切的到来，显然使她厌倦了。他知道，她的丈夫，就是镇上的李教员也在复习考学。李教员白天教孩子娃们上课，夜里在挑灯夜战。女邮政员就和李教员斗争。吵得邻居不得安宁。邻居把他俩说成是不会下蛋、只会咯咯吵架的公鸡。

刘思洋注视着这张慵懒的脸，最终，他什么也没说就回头走了。

秋天的阳光热烈地晒着疯长起来的荒草。清完了蜡，他懒洋洋地往白井房前的草地上一躺，眼看着白云一朵、一朵从头上飘过。过了一会儿，草丛里试探性地钻出几头小花牛来。牛们边啃着肥嫩的青草，边甩嗒着尾巴，驱赶蚊蝇。牛的腚后出现一个人，是牛三。牛三细亮的眼睛，叮蚊子一样叮了他一下。

他说："牛三，这是我们的井房场，你怎么跑到这儿来放牛来。"

牛三没搭理他，任牛崽们吃开去。牛三手里还牵着一头老花牛。老花牛肚下的奶子瘪瘪的。不错，这地方以前是牛三的草场，可牛三已卖给了井队。牛三卖了钱，还到这里来占便宜。他鄙视牛三。

他在三号井清蜡时，从油管里清出一个鸡蛋大小的石子。多亏清得及时，否则三号井就报废了。他住的小房子里潮乎乎的，被子拿出来铺在草地上晒，收时却收回一摊稀牛屎……他知道这一切都是牛三这个坏家伙干的。他弄不懂他为啥要那样干。本来牛三卖草场已赚了一大笔钱，夏天还让他的牛来吃草料，为什么还这样仇恨他们。

他往一号井火陶炉壁里丢了几棒青苞米。清香的烤苞米味，随风飘散得很远……一只黑白小花牛嗅着味寻来了，抬蹄跳进了砖壁坑里。小黑花牛的尾巴被炉筒里蹿出的火苗烤着了，哞哞嘹叫起来。远处牛三疯了一样奔过来，奋不顾身地跳进炉壁里把牛崽用头顶了出来。小牛的尾巴焦煳的，短了一截，牛三的脸剧烈地抽搐了一下，悲伤地往井房这边看了一眼，怀抱着小牛走了。情同一个父亲怀抱着一个闯祸受了伤的孩子。

他趴在井房小窗口望见了，心里一动，稍稍觉得有些做得过分。可他为什么注视小牛的眼光充满了爱意，而看他的目光充满了敌意呢？如果不是他那充满敌意的目光，他会很善意地欢迎他的牛们来这里吃草的，会和它们成为朋友的。他常常为这一点感到悲哀。

草，在一点一点变黄。整个夏天疯长起来的草在一天一天衰败下去。

他顶着焦黄的日头，走进了小镇邮政所。和以前不一样的是，他迈进门槛时，年轻的女邮政员抬起头冲他笑了一下。他确信是冲他笑的。和往常一样屋里没有其他人。并且女邮政员也没有再打瞌睡。女邮政员看了他一眼后，又低下头专注地看手上的一个信封。他心一跳，快步上前，看见了女邮政员拿着一白皮公函信封，信封底下铅印着内地某高校，正是他报的志愿。"是我的信么！"他几乎肯定地问。女邮政员没有直接回答他的话，微笑着，居然对他微笑？挪开压着的名字，翻转过来给他看，他呆住啦，是李教员的名字。他是和李教员一同报的志愿。他眼前一黑，跌跌撞撞地离开了柜台，离开了邮政所……"喂，刘思洋，别走呀……"女邮政员终于记住了他的名字，在后面热情地呼唤道。女邮政员想到一会儿是不是该买点儿糖果分给镇上的人，包括他……

羊妞儿来到小白房井站时，已是第五天傍晚了。五天来刘思洋滴水未进，身体又虚弱得发起烧来，奄奄一息地倒卧在室内乱草堆里，形容枯槁的瘦躯，如一具僵尸，一动不动。小屋没有点灯，漆黑中散发着一股潮湿的霉味。羊妞摸索着靠近他。屋外面不时地传来一两声母牛和牛崽温柔的哞叫……

羊妞儿是偷着从酒馆跑出来的。羊妞儿带来了干面包和酸羊奶。羊奶和面包渣，一点一点喂活了那双散了光的眼睛。从干涩的眼眶里慢慢滚出一颗豆大的泪珠……"我没用，你走吧——羊妞儿。""不，我不要离开你。"羊妞儿把他的头紧紧搂抱在怀里，扑闪着泪珠晶莹莹的大眼睛说。

那一夜，老花牛带着小牛崽在房外的草地里哞叫了一夜。

早晨起来，羊妞儿推开门到外面去拾干草烧火。白霜打过的草地里站着一个人影，是牛三。牛三两只红红的、布满血丝的眼睛哀怨地望着她。羊妞儿装作没看见拾了一抱干草走进屋里，不一会儿，从小房顶烟囱里冒出一股淡淡的炊烟。白烟弥漫在草地上，隐去了牛三和牛们的影子。

……镇上传出了老羊倌要同羊妞儿断绝父女关系的消息。羊妞儿却如同没听到一般，日夜守护在刘思洋这里。

刘思洋的身子渐渐恢复了过来。这几天他教会了羊妞儿怎样清蜡，怎么取样。羊妞儿是个聪明的姑娘，一教就懂，每天五口油井的清蜡取样工作，都是她替他做的。早晨她提着空清蜡桶出去，到中午提着清蜡桶回到井站。做完了这一切时，她又开始忙乎做饭。常常变戏法似的从衣兜里掏出五六个拳头大小的野鸭蛋来，冲他得意地笑着眨一眨眼睛。那是清蜡回来的路上，在草棵子里摸到的。他痴迷地盯着她忙碌的身影，目光走神地掉在她那对肥兔一样颤动的乳房上。她感觉到了，回过头来，两双目光热辣辣地闪亮。他慌乱地移下目光，胸口怦怦乱跳。

这天晚上，吃过了晚饭，羊妞儿熄了灯。她把地上干草堆上的被子拿到床上，与他的合在一起。屋里黑暗了下来，她便开始一件一件脱衣服……蹲坐在屋角的他觉得身上的血液汩汩地往上涌，呼吸急促。他一阵焦渴难忍，孩子般地莽撞起来……

到了半夜，他终于羞愧难当，气急败坏地说了一句："我真没用!"披衣跑了出去……

黑色的屋里，扔下被欲火烧得滚烫的她。她忧伤地独自黯然合上了长睫毛的黑眼睛。

刘思洋学会了喝酒，天天到镇上酒馆来。要一盘羊杂碎一杯烧酒，坐在他从前坐过的位子上，慢慢自饮起来。一坐就是半天。老羊倌明显地老了，头发胡须花白了一片，混浊的目光黯淡麻木。他动作迟缓地给食客端酒拿菜，抹盘，倒泔水桶……这一切从前都是羊妞做的。他觉得对不起老羊倌，是他让老羊倌失掉了女儿。老羊倌从不同他说话，甚至连看也不看他一眼，视他为陌路人。他凶狠狠地喝酒，喝得脸红光光摇晃着站起来，从兜里摸出几张钞票，不等老羊倌找零角，便趔趔趄趄打着酒嗝走了。

回来，倒在床上死猪一样地睡去。吐在屋地上的秽物，羊妞儿默默地收拾去，又默默地给他脱掉鞋子，盖好被。走出屋门到井站上去。

井站上的工作完全由羊妞来料理。羊妞儿做这一切已很熟练了。有一回队长开车到镇上来送工资，远远地看见井站上有个女的在工作。队长以为这里换了采油女工，颇感惊讶和意外，到了近前，才看清是羊妞儿。"应该给你加一份临时工资。"队长眼里意味未明地说。

羊妞儿早上去巡井的路上总要碰到牛三。牛三在放牛，那头老母牛很慈爱地拿眼睛瞪望着她。四周几只小牛蹦跳着撒着欢。牛三说："羊妞儿，你别再给那个倒霉的家伙卖命了。"牛三这话说过好多遍了，她耳朵里都听出了茧子。她扬着棕黄色的长发向前飘去。

晌午，清完蜡回来。阳光很好地铺照在干干的草地上，空气中静静地散发着干草香味。小牛崽不知疲倦地跑远了。母牛卧伏在黄草丛中，嘴里不紧不慢地倒嚼着，凸鼓着的牛眼闪着安详的神色。不见了牛三的身影。她走近母牛身边，想伸手去摸摸它湿润的嘴巴。牛三一个鲤鱼打挺从牛肚子身后蹿出来，把她按倒在地上……

"啪!"她重重地赏了牛三一个响亮的耳光。牛三打了个趔趄。

"你是个爱惹人发怒的小母牛。"牛三捂着红红的嘴脸，瞅着她走去的背影说。牛三火辣辣的脸和燃烧的身子一样发烫。

老羊倌很看不起嗜酒如命的酒徒。男人的事情多半是会葬送在这麻醉人神经的酒上。老羊倌的前任酒馆主人正是这么个倒运的酒鬼，喝醉了酒就拿美丽的妻子和女儿拳打脚踢耍酒疯……但那个女人流着眼泪却不肯离开他。老羊倌发过誓不喝酒，为的是养活他的女儿，不毁掉酒馆这份家业。现在自己的女儿却离他而去。老羊倌为当初的过于自信而懊丧。慢慢地，老羊倌近来心里开始升腾起一丝希望，那就是这个倒霉蛋也学会了喝酒，酒会彻底毁掉这个小子，而使女儿重新回到自己身边来。老羊倌一天一天等待着。

"喂，老羊倌，再来一碗……"他和别的酒鬼一样直呼着老羊倌，歪歪斜斜走到柜台前，自己动手从酒坛子里舀出一碗酒来。又走回窗台前的桌子上，自顾自地喝了起来。老羊倌蹲在酒柜边的地上，身子纹丝不动，只有梨木铜烟袋锅一星一星地闪动。

刘思洋喝完酒，用手抹抹精湿的嘴巴，把手伸进衣兜里，半天却没掏出来——口袋里空空如也。他困窘地望望地下蹲着的老羊倌。老羊倌僵硬的脸，隐隐透着些轻蔑的阴冷。

"哈，这个穷光蛋想白喝老羊倌的酒啊。"周围桌上的汉子们嘲弄着取笑起来。

"占了人家的妞，又想白喝人家的酒，天底下哪有这等好事……"牛三不声不响地从汉子中间走过来，从衣袋里摸出几张票子，扔在了桌面上。

他眨巴眨巴眼发愣，牛三看也没看他，沉默着脸走了出去……

牛三的老花牛又产下一窝小花牛，这已是第二年夏天的事情了。这一年的夏天里，羊妞儿也生下一个男孩子。男孩子黑黑的头发卷曲着，怎么也梳不开。刘思洋挺好玩地盯着男孩子，嘻嘻地笑："儿子，我的儿子，我有儿子了……"当下，跑到镇上小酒馆里喝了个酩酊大醉……

镇上的邮政所由于年久失修，在一个雨夜里倒塌了。早上天亮时，镇上的许多人都去帮女邮政员往外搬东西。刘思洋打这里路过，就不由自主地站下了，愣愣地看着像蚂蚁一样出出进进的人们。这地方从来没出现过这么多人。刘思洋也许久没来这里了。他呆呆地看着人们搬完最后一张桌子。人们散去了，他却不由自主地走进黑黑的房洞里，墙角地上还零乱地散落着几个信封之类的物件，蒙上一层灰尘，不知是何年何月被压在柜角桌底成了死信。他走过去木然地捡在手里，拿出了房洞。出来，他对着亮晃晃的太阳光喊："刘玉牛的信。""孙财的信。"渐渐走远的人们转回身来，漠然地望着他，这地方从没有人像他那样盼过信，小镇上的人也没有收信的习惯。"刘思洋的信——"他继续喊着，喊过之后，他突然意识到了什么，低头仔细一看，果真白白的信封上工工整整地写着"刘思洋同志收"几个字样。他一怔，急急地扯开信封，一抖，一道白光闪过，他头一晕，身体摇晃了一下，呆呆地钉住了。好一会儿，他才抬眼去寻女邮政员的身影。看见女邮政员站在那边，他冲她喊了一声："我考上啦？……"女邮政员没有去听他的喊声。女邮政员正在同镇长交涉，要把邮政所搬到小学校去，因为只有那里有空闲房子。镇长显然同意了，两人一前一后往小学校去看房子，把他和人群丢在了这里。

"我考上了！"他大叫了一声，冲出人群向镇外跑去。边跑边怕手上的白纸飞了似的往嘴里大口大口吞咽，细碎的纸片颠簸着落进了肚里……

"我考上了。羊妞儿。"他冲进井站屋里摇晃着羊妞儿的肩膀说。羊妞儿正在给小孩做衣服，头也没抬，愁楚楚地说："思洋，你又喝醉了。""真的，我考上了。"他一急扯开上衣小褂，纽扣噼噼啪啪滚落到地上，他抓挠着前胸对羊妞儿说。企图要把肚里的纸片掏出来给她看。羊妞儿说："思洋你喝醉了，你等着我给你弄碗奶茶来。"

他没有等羊妞儿给他沏奶茶。他跑了出去，跑到镇上的酒馆里。

"老头，我考上了。"他红红地瞪着眼睛，凶凶地说。那工夫，他像一个输光了本的赌徒，最后孤注一掷。

老羊倌没理他，依然坐在酒柜后面，不紧不慢鼓吸着手里的烟袋。一明一灭的火星，映着他快要滴血的眼睛。

"我考上啦！——"他猛然转过身来，冲着酒馆里的汉子喊道。汉子们皆被他的凶相震慑了，面面相觑，蹑手蹑脚悄悄溜出了酒馆。"哈哈……"他抬起汉子桌上剩下的酒碗，一口气把所有酒碗里的酒都喝光了，像一条烂醉的狗，轰然倒在地上……

镇子第二日出了事，女邮政员在家中被人强奸了。邻居听到那个娘们儿夜里的叫唤声，是那种发情野猫遭劫的叫声。邻居以为李教员回来了，邻居以前听惯了这样的吵叫声，因此也没有往心里去。只是觉得李教员出去上大学一年，学回了本事。

警车是在人们刚刚睡醒的时候开进小镇的。车上下来两个警察。工夫不大，两个警察一前一后押着刘思洋走出来。镇上的人围着警车瞧新奇。这一切都被老羊倌从酒馆窗子里看到了，老羊倌嘴角浮现出一丝近乎残忍的满足的笑……似乎一切都在预料之中发生了。

羊妞儿慌慌张张抱着孩子跑来了，惊恐的眼睛睁成了大大的问号，不相信眼前发生的是真事。牛三站在人群后面的一棵老榆树下，伸着脖子远远地向这边观望着。羊妞儿冲开人群，走到两个警察面前比比画画着急地说着什么。后来她把两个警察拉出人圈外，指指怀里的孩子，又指指榆树下的牛三，试图向警察解释着什么。牛三看出羊妞儿在用目光召唤着他过去，似乎要他过去证明什么。牛三心里不禁一沉，退缩着身子偷偷走掉了。

两个警察都很同情地看了一眼急得快要发疯的羊妞儿，耸耸肩，非常遗憾地摇摇头走上了车。车门"哐"的一声在警察身后严严实实地关上了。

镶着铁栏杆的车窗中突然伸出一双戴着手铐的手，那手紧握成的拳头，慢慢地张开了，无力地垂落了下来。闪着红蓝警灯的警车从邮政所废墟和镇东头尖尖顶的酒馆门前驶过。"这地方叫什么?"车里，一个警察问另一个警察。另一个警察莫名其妙地摇了摇头。

"羊草。"刘思洋淡淡地回答了一句。

"怎么叫这么个名字。"问的警察古怪地咕哝了一句。

之后，警车平静地离开了羊草。

野　浴

一

天，晚上时阴了起来。阴着阴着，像谁招着惹着了，淅淅沥沥哭泣了起来。队长踩着吧唧、吧唧的泥水走进列车厢式野营房里。黑洞洞中，刹那间有几双目光同时亮了，探照灯似的射在队长身上扫描。“瞅我作甚?”队长甩了一把脸上的雨水，尿叽叽地说。围上来的目光撤去了，埋下头去，各自在心里嘀咕：不瞅你瞅谁？出去了一晌天，到现在才……

沉默。

队长一件一件往下扒泥点斑驳的衣服。队长扒光了衣服，光着赤精精的身子走出去，后倾的臀部右半边晃着一个碗口大的圆疤。那是四寸口径钢管戳的。医生说，如果不是臀部肉厚，队长的下半身就废了。队长因此成为队长，一干就是二十年。有人要替换队长，队长说：“你店（臀）部有钢印吗?”来人听明白后，红着脸走开了。

“啾啾……嘀嘀……”门外，黑色的雨幕里传来队长一阵极舒坦的叫声。

屋里的人感染了，又走出几条光腚汉子。雨丝时缓时急地冲刷着汉子们身上的油泥卷，从头淋到脚，爽得痛快!

“……啾啾啾，嘀嘀……”空旷的荒野上响起了一片狼似的嗥声。

野浴毕，汉子们依次挺着阳物走进屋里。脸，红光光的。身，肌肉块水凌凌的。

"来吗？"

"不来。"

"为甚？"

"嫌远。"

"操！"……

汉子们唏嘘着泄了气，身子软了下来，拖沓着身子萎缩上了床。

苍白的蜡烛一滴、一滴无声地淌泪。

李四摸出那副玩得黑乌乌的吉卜赛女郎扑克牌……

一晚上，队长输掉了八十四元。以前每回玩牌都是队长赢，这回输得不动声色。也该他输，明明是赢的牌，也叫他出臭了。常常忘了出牌，眼睛恍惚落在红红的女郎扑克盒上，女郎小巧的嘴巴上长出了蓝蓝的胡子，成了个怪物。

昨晌天，队长去了公司后勤生活服务队。公司新近从农村招了一批女临时工，分配给各井队做饭洗衣服。轮到他领人时，女临时工们纷纷拣就近的井队走人了。后勤服务队长有些对不住地说："看看，你们那里太偏僻了，等下回再招人时优先给你们分配几个，增加点儿工钱吧……"队长没吱声，径自去了公司经理那儿。后勤服务队长不知他去经理那儿干啥。

女临时工一般干二至三年。两三年里有的就和井队工人成了家。这也是公司招用女临时工的目的之一。不成家的，两三年后就自动辞职了。农村女孩年龄一大，家里就忙着张罗给找婆家结婚，也不图希那几个工钱。

二

敖古拉井队没分来女工。几天后井队来了一位指导员。指导员姓陈，是个城里人，二十多岁，学生出身。陈指导员来的那天，一下汽车，就连说："真美！真美！"

横七竖八倒卧在青草坡上的汉子抬头张望了一眼，没瞧到啥美，复又闭上眼睛，养起精神儿来。火热的日头，在身上懒懒地滚动。

微风拂来，开阔的荒野草地上，有一长片黄花，一长片白花，争先恐后涌动着向陈指导员点头，致意。放眼，仿佛万绿丛中飘动的两条宽宽的彩带。陈指导员就驻足在那里看了好久，嘴里发出"啧啧，啧啧"的感叹。

干活时，陈指导员抢着扛大钳，许是不太熟练的缘故，上钻台，板钳头和孙司钻的脑门亲吻了一下，发出一声轻微的金属和骨壳的碰撞声。孙司钻的脑门立时鼓出一个红红的肉包来。"我操你妈！"陈指导员一愣，脸飞满红云。抬眼瞅别人，汉子们埋头下套管的下套管，开电动机的开电动机。孙司钻也丢下他一个人愣站在那里，到那边操刹把去了。陈指导员尴尬地站在平台上，不知干什么好。整个下午，耳朵里光塞满了"嗡嗡……"的机鸣声。

有人看着陈指导员一个人待着挺孤独挺难受的样子，就问队长："要他来做什么？"

队长阴沉着脸不吭一声。

队长这几天像跟谁憋着气，不言声不言语，只闷头干活。李四拿着牌来找队长玩。队长朝他恶吼："玩你妈！"李四讨了个没趣儿，乖乖收起牌溜了。

晚上，陈指导员坐在屋子里写着什么。孙司钻见了好奇地问："你给谁写信？"陈指导员头没抬，答："不是写信，是写日记。"孙司钻想想自己问得挺蠢，这地方就是写信也没地方寄。隔壁传来李四同一帮人高声吆喝叫骂声。陈指导员停住笔，抬起头来蹙蹙眉，轻叹了一声，又低下头去。日记写完了，陈指导员走出去刷牙，呼噜呼噜一阵响……孙司钻觉得陈指导员活得好麻烦。

井队要搬迁了。和每回的迁徙不同，这回队长脸上露出了喜色，并说了句："他奶奶的。"好像中了头彩。

207钻井队召开了建队有史以来第一次正式规模的会议。会议是由陈指导员主持开的。开会前，陈指导员叫队长找出三面锦旗来，那锦旗被队长做了擦脸巾，揉搓得皱皱巴巴的。陈指导员指着锦旗挺激动地说："我们这次进城去打加密井，是上级领导对我们队的信任，要保持和发扬我们队的优良传统，不给207队丢脸。因此，需要我们注意几个问题……"汉子们听了，你望望我，我望望你，这陈指导员还是有用处的。小陈瞅瞅队长，队长正悠然自得地坐在一边捉虱子。小陈接着说下去："进了城以后，第一要注意语言行为美，不要，不要讲脏话。第二要提倡正当娱乐，不许赌博。第三要讲究个人卫生……"队长听了停住了手，开口道："中，虱子多了不痒。"大伙哄地笑了，小陈又红了脸。散了会，孙司钻边走边想，操，这个小陈还挺细的，怪不得天天拿小本子记呢。

队长、孙司钻、李四……他们都是从农村招的工。原想当了工人就可以进城落脚，做个城里人，没想到工作的地方比乡村还乡村，一年四季守望着荒凉的野外井场，连个女人都见不到。往老城里打加密井是近两年才开始的事，今年年初并没有打算调他们井队去。接到井队搬迁的命令后，汉子们心里被某种东西烧着了，燃起了一股说不出的希望。不到一天时间，井场设备就全部拆除完毕。车上车下，汉子们正吆五喝六地忙着装车……队长见了，嘴角浮现出一丝不易察觉的笑纹。

装载着钻井设备、野营列车房的五辆大卡车浩浩荡荡出发了。绿茵茵的草滩上，不时惊飞起一群野鸭，咯咯叫着向远处飞去。橘红色的夕阳还没有在西边的草地上沉去，橘黄色的月亮已在东边的草地上升起来了。偌大的草原上，仿佛两轮火球，在追着汽车滚动、燃烧，把绿色的原野染成了一片金碧辉煌的光晕……"真美！真是太美啦！"小陈站在车厢板里面，两眼依依不舍地望着他们离去的地方，目光盈盈的似有无限的眷恋。汉子们坐在车厢里东倒西歪地甩着扑克，不时爆发出一阵开心的大笑……偶尔，笑声又停顿在对城市话题的神秘猜测中。

那会儿，敖古拉草原的景色的确美极了。

三

井架矗立在百货大楼前面的一块空地上，四周用篱笆帘子围住了，挡住了花花绿绿来来往往的人流，却挡不住他们的视线，在钻台上。

"喂，她叫什么？"

"邹玉芬，笨蛋。"

"对，邹……"

其实，孙司钻的目光也一直没有离开过她的身影。她从大楼里走出来，走到篱笆墙门口站下了，招手唤队长过去。队长就过去了。

"我看她没有卖糖果的大眼睛俊。"

"你眼气啦？"李四眼巴巴望着那边说。

"放你妈的狗——"孙司钻说了半截，赶紧闭上了嘴，见陈指导员没在钻台上，才松了一口气。

"李四你昨晚干什么去啦，那么晚才回来。"

"舞厅。真他妈美气，一个男的搂着一个女的跳……"李四咽咽口水，缺少睡眠的小眼睛眯缝着。

"小心队长知道了骂你……"

队长还站在那里和邹玉芬说着什么。

"骂我？陈指导员还去了呢。"

"你看见啦？"

"看见啦，他还带着一个妞哩。"

怪不得不见他天天晚上写日记了，原来是天天晚上出去会妞。陈指导员家在城西头住，有时他也回家去住。

队长走过来，手里提着一叠五颜六色的花毛巾，一人给他们分一条。

"她们给买的，慰问品。"

李四接过，赶紧拿到鼻子下边用力嗅了嗅，嗅出一股淡淡的香来。

井场设备安装完那天，她们来了，穿着统一的苹果绿西服裙，像一群小学生，拿着笔记本围坐在井场平台前恭恭敬敬听小陈讲井队传统。小陈讲时不像是刚来井队的，俨然是队上的老人了。他知道个屁……队长看着脸红灿灿的小陈莫名其妙地生气。陈指导员讲到了那次井喷，队长脸红了。他发现有几双温柔崇敬的目光向他身上射来，确切地说是向他臀部射来。他慌了，手下意识地捂到屁股上。小陈收住了口，最后宣布双文明共建小组组长由队长担任，副组长由鞋帽组组长邹玉芬担任。

"她是市劳模。"陈指导员指着邹玉芬离去的背影对队长说。

队长是管理局劳模。队长消了气。

由于工作关系，队长和邹玉芬常常碰面，有时是研究开展活动，有时也谈点儿别的。

"你们在野外挺苦的吧。"

"是的。"队长说。

"你们也真是不容易啊。"邹玉芬崇敬的目光里有了一些亮晶晶的东西在闪动。

队长心里一热。

"把你的脏衣服拿给我洗吧。"

"不，不……不用，我自己能洗。"他怕她看见他衣服上的小动物，脸涨得通红了。

"看你，还客气什么。"

望着邹玉芬娇嗔的神态，有一瞬间队长仿佛看见对面站的是自己离去的女人。

后来队长才知道邹玉芬也是有过男人的女人，她男人也在一个井队里当队长，不幸在一次井喷事故中丧生了，留下来一个小女孩，女孩叫圆圆。听到这个消息，队长心里一沉，不知是惊是忧。队长暗自庆幸自己那次井喷仅在屁股上留下一个钢印，否则就去和那位同行做伴去了。丢下这样的女人，空捞个烈士称号真不值。队长这样想很自私。队长常常背着邹玉芬到幼儿园去看圆圆，去时就买一大堆好吃的东西……幼儿园阿姨以为他是队长生前好友，来者不拒地替孩子收下了。还挺神秘挺有内容地为他保密。队长知道这样做也很自私，每回都是逃也似的溜出幼儿园的大门。

四

"吃糖，吃糖，我请客。"一分钱都能捂出汗来的孙司钻忽然大方起来，把手中一塑料袋五颜六色的糖果分撒给众人。

"怕是借大眼睛糖果的光吧。"李四嚼着糖果说。

孙司钻不自然地嘿嘿讪笑起来。

早晨，他看见大眼睛糖果骑车来上班了。这几天在钻台上观察，她有四天没来上班了。他向柜台里别的人打听，得知她生病了。下午下了钻台，他走进大楼里，磨磨蹭蹭来到柜台前，她看见他一笑，问："买糖果么？"他一点头说："买。"这种时候他不能不买。"买哪样？""你给挑几样吧。"他看着她的眼睛说。她就转过身去给他挑。他从背后打量她，她穿着蓝大褂，戴着白角巾，身姿很好看。挑好了，放在秤里称完，又找出一个塑料袋给他装上。他提上塑料袋，又看了她一眼，没说什么走了出来。他来到百货大楼前面的停车场，站了下来。过了一会儿，她和下班的人走出来，走到自行车前，她看见他站在那里，就问："你还没有回去呀？"他口吃起来："没，没有……"她开车锁，他走上前去，嗫嚅地说："给、给你……吃糖……"她微笑着说："我不喜欢吃糖。""噢，我也不

65

喜欢吃糖。""那你买这么多糖做什么?""是他们要我请客。"他撒了谎。她好奇地看了他一眼,走了。他怔怔地站在那里,愣了半天。

开会,陈指导员讲了生产工作情况,说这一个多月的钻井进尺速度是野外三四个月的工作量,这简直是个奇迹。照这样下去,井队可提前半年完成打加密井的任务。后来陈指导员在向公司领导汇报时,把这说成是加强思想政治工作教育的结果。公司领导表扬了他。他脸红了,不知为什么。当然这是后话。在会上,陈指导员又谈到了这段时间工人的思想情况,说进城以来接触的生活方方面面多了,良莠混杂,有的同志难免会经不住诱惑(停顿。陈指导员表示理解,因为他也是年轻人)……如有的同志常到舞厅去并不是为了跳舞……不是为了跳舞,到舞厅干啥去?这陈指导员没有往下说,是留有余地。

"操他妈的,老子一个月的门票白替她掏了……"晚上,李四把窝在肚子里的火气终于忍不住发泄了出来。

屋里只有他和孙司钻两人。陈指导员又回家了,队长也不知干什么去了,大概又是去帮邹玉芬家干活去了。阴影里,李四在闷头吸烟。

原来这一个多月来,李四在舞厅认识了一个"蹭"票跳舞的妞。每晚,那妞都准时站在门前台阶上,伸着细脖颈等李四。李四到了,从售票窗口买出两张门票出来。那妞过来搂着李四的胳膊走进去。散了舞,又搂着李四的胳膊走出来。李四每晚胳膊麻酥酥的,过上了美晕晕的日子。终于有一天,李四的胳膊不再麻了,而是疼了。那晚,李四看见她搂上了另一个男人的胳膊。李四拿着票蹭上去拽下了她的胳膊,她回过头来,莞尔一笑,给他介绍说:"这是我爱人。""什么?你男人?!"李四的手僵在了她的胳膊上。"嗯哼。"她一点头。他的确是她男人,去南方倒了一批服装赚了,刚回来。"谢谢。"见李四的手还捏在她柔软的胳膊上,他抬手不经意地拿去了。李四顿觉胳膊一阵疼痛,他练过?李四压住了蹿腾上来的一股火气,挤出一丝苦笑说:"你们走好,你们走好。"点头哈腰,好像他勾引了她。看着他绅士一样牵着她的手走进舞厅里去,李四恶狠狠吐了一口痰:"我操你妈!"撕巴撕巴将攥在手里的舞票扯成了碎片,扬撒在台阶上……

一张门票五元钱,一个月下来两人就是三百元,几乎是一个月的工资外带奖金，李四惨了，比起那一兜糖果真是小巫见大巫。孙司钻心里不免生出一丝怜意，安慰李四道："这种骚妞摊上了，也叫男人当王八……"

李四蜷曲着身子躺在床上，半天没动静。孙司钻也就自管自顾地睡去了，这一觉睡得好香。

五

这天下午，队长坐在板房里整理钻井生产进尺报表。天很热，敞着窗敞着门，汗还不断从他脖颈里往下流。他就时不时瞅一眼窗外，希望窗外能刮一阵风进来。没有。队长泄了气，收回目光，不再向窗外看了。随后从桌上抓起一个黑本壳，呼嗒、呼嗒扇起来。

这当口，院子里晃进来两个穿警服的人。穿警服的人也很热，不断脱下大盖帽来扇两下。好奇的目光热热地围上来，警察停止了扇动，流着汗问："你们领导呢？"有谁应了一声："在屋里。"两个人就朝屋里走来。在门口，将大盖帽戴正了。"哪位是领导？"屋里只有队长一人，陈指导员上公司去了。队长抬起头来说："我。"站在头里的警察打开一个黑色公文皮包，掏出一张白纸看了眼说："你们单位有个叫孙石柱的人吗？"队长点点头："有。"两人松了一口气，在靠近队长的一张铁床上坐了下来。"这天真热。"大盖帽脱了下来，没有再扇，而是放在床上。"这人平常表现怎么样？""什么怎么样？……"队长挺困惑地望着他俩。"就是有没有犯过错误？比如作风方面的……他有没有女朋友？"队长听懂了，说："没有。"队长说这话时想到大眼睛糖果还不能算。城市人讲的女朋友是指未婚妻。"那他常和女的……接触吗？"队长如实说："我们队没有女的。""噢……"两个警察火烧屁股地站起来。也许是屋里太热，两个人都汗流满面，风纪扣却扣得严严实实的。后背的汗洇出警服来，溻了一大片。队长光着膀子，有些难为情地看着他俩。他俩说先走了。队长站起身去送。临出门他俩才说："你们的孙石柱犯事啦。""犯了什么事？""流氓……"两个人匆匆逃也似的离去了。队长一个人立在门口，呆呆地望上一会儿，身上蹿出一身冷汗。队长再无心去弄报表，返身，在屋里踱起步子来……踱着踱着，队长想到是否该给陈指导员打个电话，叫他回来。队长脑子里一团乱麻，盯着黑色电话机盯了好一会儿，转身走出来，站到院子里。阳光一下子火辣辣扑到身上，嘶嘶啦啦灼得皮肤涩涩的生疼。

钻台顶上，副司钻李四一个人无精打采地操动着刹把，光着豆芽般的身子，突突抖动。他叫人把李四替换下来。李四耷拉着脑袋走了过来……"孙司钻呢?"他问。"洗澡去啦。"李四头也不抬地答。"什么时候去的?""中午去的。"他问完了，就急火火地走了，将李四一个人丢在毒毒的阳光地里，干晒。

大眼睛糖果正在给顾客称糖。等她称完了，他走过去："你看见孙司钻了吗?"大眼睛糖果冲他微笑了一下摇摇头。大眼睛糖果微笑的模样很甜，很好看，一笑俩酒窝儿。他站下看了一会儿，就走出来了。他放心了，松了一口气。回来的路上遇上几个中午午休和孙司钻待在一起的工人，都说看见孙司钻中午拿着新毛巾、新肥皂去浴池了。孙司钻平常洗脸总蹭人家的毛巾肥皂用，洗澡总不能再顺手拿别人的毛巾用。还有个工人提供了个新情况，就是大明电影院今晚上映《红高粱》，他吃了午饭去买票时，看见孙司钻也夹在前头的人群里买票。人挺多的，他怕排在后头卖完了，情急之中喊了一声孙司钻，叫他给带出一张票来。吵嚷声中，也不知他听见没有。等孙司钻出来，果然见他手上夹着两张票。他兴奋地冲出人群去拿票。哪想，孙司钻一见他，猛丁一甩胳膊，急白着脸说不是给他买的，是给别人买的。他讨了个没趣，盯着孙司钻溜得比兔子还快的身影，骂了一句"真不是人揍的"。其实你再多买一张票谁还不给你钱哪……队长想，孙司钻买的电影票一定是给大眼睛糖果买的，就是要流氓也得等到晚上要呀，况且大眼睛糖果是唯一要要的对象，这小子无利不起早。这一下，队长彻底放心了，也不觉得热了，在屋里接着整报表。整完，锁在抽屉里，披上一件外衣，走出了屋。

院外，碰见了小陈。小陈刚打公司回来，"你回来啦，正好，跟我一起去吧。""干什么去?""到派出所领人。""领人?"小陈颇感意外。"孙司钻被派出所这帮王八犊子扣下了。""扣下啦?"小陈一听这话，脸唰地白了。"说是要流氓，净扯鸟蛋……"队长边说边往头里走去。"等一等!"小陈急忙喊住了队长，拐身跑进了大楼里。不大工夫，从里面拎出条红塔山香烟来……

68

六

孙司钻的确是去洗澡了。要约大眼睛糖果看电影不洗不行。自己都闻到身上有一股酸臭味。城市洗澡得花钱，不像野外，白洗。为洗这个澡，他寻思着踩了好多天的点，最后选定了附近的一家商业浴池。这是一家内部职工浴池，以前不对外营业，现在为了挣钱也对外营业了。对外是对外，内部职工洗还是不花钱。只不过是错开了一天，每周一三五对外营业，二四六是内部职工洗。孙司钻选择了周六去，也是想不花那四角钱一张的澡票。他瞅准了，把门的是一个六十多岁的老头。这老头一三五日还精神，对票入浴，一丝不苟，查得贼严。二四六就不同了，都是内部职工，无须买票，老头也就乐得轻闲自在。上午管开门，下午管关门。没事就坐在外屋靠里间的椅子上听半导体收音机，听着听着头就磕晃了起来，一下、两下……渐渐磕睡了去，如同一架工作多年报废了的磕头抽油机。商业职工有一千多号人，谁会注意谁呢？就是老头发现了，大不了说是自己不知道内部洗浴日。他选择中午去，那会儿正是老头犯困的时候……他为自己的计谋而得意。四毛钱是一棒冰激凌的钱，晚上……

猛烈歹毒的日头，催着他一点一点向浴池门口挪去。到了门边，他稍停了一下，伸头偷望了一眼，他放下心来。磕头机果然已停止了工作，睡了过去。他挺起身来，四下瞅了瞅，别无旁人。他伸手拉开屏风挡着的浴门，走了进去。

"啊？——妈呀！"

他出现在屏风后面时，眼睛和腿同时僵直了。池子外面几个白条条的身影纷纷跳进池水里，溅起的水花白雾遮住了一个神秘的白色世界。错就错在他身子轰然瘫塌下去的几秒钟里，尖细的高音贝穿透隔墙壁，传到外间，磕头机通了电似的跳将起来，动作麻利地反手锁上了门。如果说在以后几秒钟里，他看到了什么的话，也是磕头机给创造的机会。从某种意义上说，磕头机在这个事件上和他应该是合谋，好在他并没有真的做什么。

"就是他！"磕头机成了证人，而他又不能承认磕头机工作的失误，那样好像自己真的蓄谋着什么。他只能为自己的失算而沮丧。这家浴池上午是男浴，下午是女浴，分界线恰好是在他买电影票的当口，中午十二点。

"我真的不知道呀……我就看了一眼。"他可怜巴巴地对警察说。警察阴沉着脸把他反手铐在会议室暖气管子上，说了一句："你小子眼福不浅啊。"并赌气地暗示就凭这一眼他就可能要被拘留十五天，罚款二百元。听到罚钱，他哆嗦了一下，瘫软在水泥地上。

七

队长和小陈来到派出所时，去过井队的那两个警察正坐在所长室里向所长汇报着什么，或者什么也没汇报，只是坐在屋里享用着电风扇。他俩坐在靠近电风扇的沙发上，看见他们像不认识似的对望了一眼，目光中透着询问。队长自报了家门。跟在后面的小陈，把手上的烟拆开一盒来，散给他们吸。所长没接，两个警察也没接，仍怔着眼望着他俩。队长就直说了："孙石柱确实是去洗澡去啦……"

所长听后，从自己兜里掏出一根红塔山烟，点燃了，吸了，慢条斯理地说道："洗澡为什么不买澡票呀？为什么避开门卫偷偷摸摸溜进去呀……"

队长被问得一愣，答不上来，像根木桩被钉在那里。两个警察很怪味地笑了笑，先后抬起屁股走了出去。小陈看在眼里，想，怕是麻烦了，悄悄放下手里那条烟，退了出去。

"所长同志，你看我们生产工作挺忙的，你们把他交给我们回去自己处理行么？"队长的口气软了下来。

"我们的工作也很忙啊。"所长古怪地看了他一眼讲了今年发案率如何多，如何破不了案，破案率上不去。队长听得后背又阵阵冒冷汗了，所长还坐在那里摇头晃脑地讲着，身后的歪脖子电扇也跟着一个劲摇头晃脑……

所长差不多讲完的时候，小陈又溜回屋来了。小陈满头大汗，坐到刚才两个警察坐过的沙发上，电风扇的半圈风就为了小陈服务。所长看小陈一眼，队长忙向所长介绍："这是我们单位的指导员。"所长又重新看了小陈一眼。小陈冲所长笑笑。所长面孔严肃地对着小陈说："现在的年轻人，看黄色书刊，看黄色录像看得，越来越不成样子了，不加强思想教育工作还行……"小陈也一脸严肃地说："是啊，是啊，淡化思想政治工作是不行的……"电风扇一会儿面向所长，一会儿面向小陈，在两人之间嗡嗡游移，把队长晾在一边。队长没事干，就把目光寂寞地散落在桌上那台精巧的乳白色电话机上，键盘上贝珠般的有机玻璃按键，有如城市女人修剪过的指甲，放射出红润圆滑的光泽。清脆悦耳的铃声骤然响起来的时候，队长吓了一跳。吓过之后，队长想过去把听筒拿下来交给所长或者提醒所长一句。但看到电话机离所长很近所长并没有接电话的意思，便没有动。听任电话铃响着……电话铃响得很有耐心，仿佛看穿了屋里有人似的。经久不息的铃声干扰了所长的谈话，他不得不停下来，蹙蹙眉头，伸手拿过话筒："哪里呀，啊，噢，是……是是……"电话瞬间挂断了，所长绷紧的脸松懈下来。有那么几秒钟，所长忘记了面前两个人的存在，失神地低头呆坐在靠背椅子上，两眼茫然地盯着电话机。沉静下来的电话机显得很温柔，很朦胧……半晌，所长抬起头来，望着他俩道："考虑到你们两位井队领导所谈的情况，孙石柱以前表现不错，这回是初犯，就交回你们单位自己批评处理吧。"小陈直劲点头："那是，那是，我们一定回去批评教育。"抬脚往外走。队长走时顺手要去拿回桌上的烟，被小陈暗扯了一下，一同走出去了。

走在回去的路上，小陈对他们说："今天的事就到此为止。不要向队里别的人说。"孙司钻红着脸只有点头的份了。队长挺奇怪地看了小陈一眼。小陈明白了说："我女朋友的父亲是他们局长的战友。"队长听了"哦"了一声。

八

207 井队终于提前半年完成了打加密井的任务，受到了石油管理局的通报嘉奖，并授予井队两面崭新的荣誉锦旗。其中一面锦旗上写着"思想作风过硬标杆井队"。大伙心里清楚，这面锦旗是奖给陈指导员的，井队以前从没得到过这种字样的锦旗。

207 井队又要迁移到敖古拉探区去打井了。陈指导员留了下来，陈指导员被调到了公司宣传部。

井队搬家那天，陈指导员来送。送时，他把队长叫到一边，从兜里掏出一个红纸包。看见红纸包，队长脸阴了一阵，白了一阵。红纸包里有五百元钱，是队长的半年奖金。

"她叫我带给你的。"

"她怕啦……"队长涩涩着嗓音说。

"你应该理解她。"

"……"队长重重地点点头，脸扭向别处。

小陈也把脸扭向别处。那边，汉子们正在装车，干得一片欢实。

百货大楼前的空地上，新坐落起的四架磕头机，正一下、一下忠实地默默无语点着头，仿佛与他们告别，为他们送行……花花绿绿的人群从无遮无拦的磕头机旁走过去，有果皮、纸屑纷纷零落地扬撒在它们脚下。

"那地方真美。"小陈收回了目光。

"是的……"队长下意识地应和，同时在心里想，如果小陈在敖古拉干上两三年，还会这样说么……

装完车的工人们开始上车了，孙司钻孤寂地坐在车上，看见陈指导员在那边同队长说着什么。他想起上回的事，想下车去同陈指导员告别一下。正这样想着，陈指导员和队长一同走了过来。小陈伸出手，同汉子们一一握手。

"欢迎你们有机会再到城里来玩。"

汉子们你瞅瞅我，我瞅瞅你，一时无语。

队长跟小陈说："也欢迎你有机会再到我们那里去看看。"

"一定，一定。"小陈说。

队长就上车了。车就开动了。小陈的身影渐渐变成了个黑点。黑点也没了，车开出了城，上了坑坑洼洼的土路。有透着荒野气息的爽风吹来，吹醒了蔫蔫的汉子。汉子停止了瞌睡，睁大了眼，眼就一点一点亮了起来……

"队长，你想甚呢?"

"我想回去淋个澡。"

"我也想……"孙司钻激动起来。

"痛快。"

"痛快!"

车在身下疯了似的颠跑。

红 月 亮

黑天。黑草地。

天地合二为一，宇宙间万物同为一体。洪荒。混沌。人是什么？人是一粒微尘，微小得什么也看不见。赤条条地来到尘世，又得赤条条地离去。……形将步入天国的靰子老人对亮子说：看见了吗？亮子就伸长了脖子向茫茫夜空里望去。没有。使劲看。嗯，使劲看。脖子又伸长了一截，眼睛一眨不眨。看见了吗？没有，没看见。

铅一样的云沉重地压迫着天，压迫着一团黑影……沉进了月亮泡里。

从前祖先府上可是做大官的人。

多大的官？

像现在的国家总理吧。

总理？

亮子直觉得脑勺后边凉飕飕的，大概是起风了。

后来呢？

爷爷的太爷爷娶了太奶奶。

再后来呢？

爷爷的爷爷娶了奶奶。

再再后来呢？

再再后来……爷爷的阿爸不是爷爷的奶奶生的，是一个汉人女人生的。

黑咕隆咚的窑洞，狗子家住了一辈又一辈。一辈一辈住瞎了眼，人不怕黑，眼睛怕黑，眼睛金贵。到狗子刚学会走路时，村里有钱的人家便点起了"洋油灯"。狗子爹和伙计们去看了一回西洋景。回来，狗子爹小腿肚子的血一下流到脚后跟，被狗咬了。狗子爹拿狗子出气。狗子不会咬人，默默地忍受着，恨那狗仗人势。一日，有外国佬来大西北"观光"。狗子爹和伙计们在这里住了几辈子，也没觉得有啥"光"可观的。就觉奇怪。更觉奇怪的是，村里来了一头"铁骆驼"，长了两只会发光的铁眼灯。听说是烧洋油的，仿佛一道贼光闪过，划亮了心头久已燃起的欲望。

当晚，狗子爹和一个要好的伙计拿着泥瓦碗去了。

夜，黑漆漆的。听不到狗叫，连星星都躲去了。狗子爹钻进了"铁骆驼"底下，一点一点地摸着。那个伙计在上面摸。半天也没摸到。半夜里，红胡子洋人出来撒尿，听见了动静，走了过来。上面的伙计发觉了，撒腿就跑。洋人"嗷嗷"地叫了起来，蹿到"铁骆驼"跟前，狗子爹刚从下面爬出来，就被重重的一拳打翻在地。接着红胡子洋人便练开了拳脚功夫。

那伙计跑回去告诉了狗子娘，狗子娘赶来了。黑乎乎的，狗子爹鼻青脸肿地趴在地上，吃力地出着气。狗子娘扑上去，用身体护住了狗子爹。红胡子洋人住了手，红红的眼睛瞪着，惊讶地打量起狗子娘来。停了一会儿，红胡子洋人拿起地上的碗，蹲身打开车油箱盖，从里面抽出一小碗"洋油"来，走过去放在狗子爹身旁。狗子爹挣扎着从地上爬起捧起泥瓦碗，贼一样嗅了一下，弯曲着腰身跑了。

狗子娘留了下来……

天上有个太阳，水中有个月亮，我不知道哪个更圆，哪个更亮……卡拉 OK 酒吧，声嘶力竭的歌手声嘶力竭地号着。震得大壮耳朵有些发木。丽丽，我们跳舞去吧。丽丽没动，不知是没听见，还是听见了不想跳。丽丽，你怎么啦，不舒服吗？

大壮凑过去。

大壮，你说，你真的爱我吗？

爱你，你是我心中的月亮。

那你都答应我啦。

答应……噢，电视机、电冰箱、电风扇、录音机。

74

还有录放……

噢，录放机……

你说过，我就是要月亮，你也会摘给我的。

月亮……摘给你……大壮的眼被鬼头灯晃得有些迷乱了。那我们什么时候……我爹说啦，过了八月十五，国庆节就……

又是你爹……

风高月黑。一支流亡的鞑子部落来到了一片黑草原上。草原太大了，看不着边际。走了九九八十一天，也没走出这片草原。带的粮食、羊肉都吃光了，就开始吃马。马被一匹一匹地宰割掉了，人就陷在了荒甸子上。起风了。风夹着沙，抽打得人摇摇晃晃，抽打得天地也摇摇晃晃。飞沙走石，刮来了一群迷路的狼。狼和人一起困在了荒野甸子上。狼们并不急于吃掉人们，而是眼睁睁地看着人们一个一个饿倒，空气中散发着尸臭味。狼越来越多，人越来越少。黑黑的草浪里，到处都是飘动的绿鬼火。困了七天七夜，头人绝望了。这天夜里，绿鬼火又围绕上来时，头人一下跪倒在那只领头的狼面前，闭上了眼睛，嘴里默默祈祷着狼们快将人们送去天国。……不知过了多久，不见动静。头人觉得眼前一热，待睁开眼睛，一团火球正在黑草甸子上滚动……绿鬼火消失了。四下，狼们已不见了。风停了。沙住了。无边无际的草原上静悄悄的，洒满碎银似的光，如同白昼。头人和剩下的人紧紧抓住碎银的光，得救似的惊呼："萨尔图①，萨尔图……"

从此，鞑子们便在这片草原上居住下来，开始了辛勤的游牧生活……

今晚的月亮真圆。

哧。明月笑了。

今晚没有月亮。

亮子脸红了。的确上面是一团黑影。今晚是十五，应该、应该有月亮呀。

今晚是月全食。

---

① 萨尔图：蒙语意为"有月亮的地方"。

月亮让天狗吃了。

天狗?

于是,亮子讲起了那个故事……于是明月听得入迷了,于是明月就被亮子吸引住了……

月亮不知什么时候沉进了月亮泡里。那里,队友们正在打一口新的油气井。

"啪!"光打碎了。黑暗张牙舞爪地冲了进来。窑洞重新陷入一种黑色的绝望。周围死了一般的寂静。狗子娘和狗子爹同时呆了,半晌回过神来,狗子娘哆嗦着用布块去沾碎落在地上的泥瓦碗底。狗子爹凶凶过来,抓住狗子娘的头发,生生往锅台上碰:"我操你娘,我操你八辈子娘的。"狗子娘头碰破了,血黑黑的无声流下来。……夜里睡在土炕上,狗子爹的身影又压在了狗子娘身上。"我操你娘,你这个破货,你这个卖洋×的破货。"狗子娘一阵一阵在下面呻吟着……

狗子格外惧怕黑暗,惧怕窑洞。狗子长大了……有一天狗子对狗子爹说:"我要走了。"黑影里,狗子爹瞎着眼说了句:"要报仇呀。"狗子就头也不回地走了,顺着北斗星走的。

天上有个太阳,水中有个月亮,我不知道哪个更圆,哪个更亮……"大壮,你爱我吗?""爱。"大壮的眼睛瞅一对青年男女扭动的臀部。"大壮。""嗯。""你跟你爹说了吗?""……说啥?""房子呗。""我爹说啦,'干打垒'还可以住,三代户他住外间,里面两间给我们住。""啥时候啦,还住'干打垒'。""我爹说啦,会战那阵儿他们还住不上'干打垒'呢,几十户人家挤在一个帐篷里,一家用一块布单挡着,我爹和我娘就是在帐篷里生的我。""怎么过夫妻生活呀。""我爹说啦,堵上耳朵装没听见,闭上眼睛装没看见,我爹说啦,就现在年轻人穷讲究,动不动就买楼。""又是你爹,那你跟你爹去过好啦。""别、别,我也要你……"摇动的臀部消失了。丽丽走出舞厅。大壮呆坐在茶座椅子上……我不知道哪个更圆,哪个更亮……

太阳把余热留给了夜晚。月亮把光铺在了草甸子上。暖融融的,像铺

76

了一层绿毛毯……舒适、惬意。比起热得像火炉的帐篷来，不知要强多少倍。而且，还没有那让人发毛的窃窃偷笑声。夜色静悄悄地流淌着，风儿温情地亲吻着蒲公英，小草害羞地低下了头。"好吗？"女人说。"好。"狗子说。"你知道俺爹为啥叫俺嫁给你吗？"女人说。"不知道。"狗子说。"你猜猜。""猜不着。""猜猜嘛。"女人撒娇。"因为俺是男人。""咻！"女人乐了。"俺爹说啦，两条腿的蛤蟆没有，两条腿的男人有的是。""哪……""因为你是打井挖洋油的。""这怎么啦。""俺爹要跟你借光管你要原油，烧饭取暖。""……"狗子一下子阳痿了。起身，像要甩掉一件可怕的记忆东西，推开女人要走。"你要干什么？……"女人抓住他。"油是公家的。""这俺知道，俺才不是为了跟你借光才嫁给你的。俺是看你人好，俺要跟你一辈子，你别离开俺好吗……"女人嘤嘤哭泣起来。

月亮也哭了。天空落下几滴雨点，不知道什么时候……

亮子，你要出井队吗？

我不出。

井队危险。

我要干一辈子。

为什么？

我要寻找……

寻找什么？

找月亮。

找月亮……明月似乎明白了，没有再说什么，陷入了沉思。

一望无际的草原，像一片墨绿的大海，井架似桅杆在草浪里飘动……

月亮变成了一摊血。天狗没有咬月亮。天狗把人咬了，人又把天狗吃了。听到天狗绝命的叫声，鞑子老人出来了。狗子的两条大腿血流如注，脸也被抓破。天狗躺在一边，头被斧头砍成了白花花的口子，脑浆子流了一地。人血和狗血混合在一起，渐渐地扩大……

"你杀了我吧，是我来偷狗的。"狗子哭号着说，"孩子他娘饿死啦，可孩子要吃东西呀。"

隐隐约约，从帐篷里传来亮子的哭声……

鞑子老人没有说什么，默默地向天狗垂了一会儿头，转身进屋去了。

狗子拖起地上的血狗，趔趔趄趄地摇晃着走了。血洒了一路，把草甸子染红了，把夜露染红了……也许是报应。第二天晚上，井喷了。亮子爹狗子沉了进去，再也没有升上来。那晚没有月亮。后来，井塌陷进去的地方冒出了挺深的水，一点点扩大，变成了月亮泡，水总是红红的。

从前这里是一片大海。

后来呢？

变成了陆地。

再后来呢？

变成了湖泊。

再再后来呢？

变成了草原。

……

看见了吗？

没看见。

月亮被天狗吃了。

是月全食。亮子纠正。

亮子的目光一直在遥望着月亮泡，那里有一轮沉下去的月亮。爹去打捞了。他想。

看，月亮给吐出来啦?! 鞑子老人惊嘘。

还带血呢。

是带血的。

亮子眼前一片红光。

荒原之舞

上　篇

蝌蚪状直升机丢下他就跑了。摇头甩尾，一副慌不择路的样子。草们鼓舞起来，一片一片发疯地涌动、起伏，又一片一片归于平静，死心塌地默守在荒原上。零零乱乱的草屑儿，在空中旋舞了许久，徐徐飘落下来……那会儿正是晌午，阳气十足的日头，很快活地在绿茵茵的草们身上滚动、呻吟……草们弄软了身子，齐刷刷、羞答答冲日头低下了头。蔫里巴叽的草丛里，偶尔露出几个无精打采的人影。人影散落在广袤的荒野上，显得微不足道。深邃，辽远，这景象叫他注视了很久，确切地说是处于一种等待的观望中。

起初，有人朝匆匆逃去的直升飞机傻傻地张望了一阵。大肚子蝌蚪没了踪影，从草棵子里伸出的脑袋又缩了回去。齐腰深的草棵子里泛出一丝丝沁凉。会有蛇么？他想。王琦的脚上穿一双高腰工靴，身上穿着那种硬黄帆布工装，和他们穿的一样。这身装束叫他身子虚胖了几倍。

"开饭啰——"

肚子饿得"咕咕"叫了几声，他向声音的发源地走去。

两节列车厢式活动板房坐落在一面高岗坡上。列车房前的草地上，一帮汉子狼似的围住了一只保温饭桶。他向一个被称作队长的人靠过去，走到他跟前说了几句什么。队长听了没吱声，低头走到列车房里。他也跟腔走了进去。队长进去是取一棵大葱，葱的绿叶都烂了。队长三下五除二地剥出一根光溜溜的白葱秆，咬了一口，辣气熏熏地说了句："没有床啊。"他一下子怔在那里，两眼茫然地扫视了一下列车房外，汉子们还在桶前慌乱地抢喝着什么。

队长说这话很不负责任。这里荒原几百里无人烟，难道叫他喂狼去不成？有一瞬间，他觉得十分委屈和绝望。这种委屈和绝望形成一股酸溜溜的液体，挺真实地挤进他的眼眶。房里光线很暗，好久才看清房里还有一个活物。那人背对着他们，蹲在旮旯里捣鼓着什么。

"老黑还没回来。"

"你说什么，李三？"

叫李三的人活动了一下身子，又说了一句：

"我说，老黑还没回来。"

队长停止了对大葱的撕咬，想了一下说："嗯……这狗日的还有两天该回来啦。"

他听明白了，他获得了两天的居留权。两天后他就得滚蛋。他松了一口气，想对队长说上句殷勤之类的话。但队长转身咬着大葱去了。

汉子们四仰八叉地躺卧在草地上。队长走到保温桶前弯腰舀了一碗野兔肉汤："吃。"队长向走出来的他示意。他站在门口盯着保温桶看。桶外面沾满了一层厚厚的油垢，如粪泥样脏兮兮的。"我，我不饿。"刚才的饥饿感消失了，肚里好像装了许多东西，饱了。队长没再理会他，蹲在地上叽里咕噜喝了起来。

下午，队长的眼睛盯着他问："喂，王……你会做饭吗？"

"会，会的。"他连忙说。

队长和一群刚刚睡醒的汉子向草原深处走去。留下他和李三。

"哈，又消灭了二百群众。"

这回，他瞅清楚了。李三一直蹲在那里用开水烫蚂蚁。蚂蚁从房角板缝底下钻进来，李三就把手里搪瓷缸子里的水浇上去，嘴里还嘟囔数着数。蚂蚁一个一个跌落下来，地板上散落了一堆密密麻麻的尸首，看着麻人。

"狼吃蚂蚁吗？"

"好像熊吃。"他恍惚记得从什么刊物上看到过。

"怪不得群众这么多。那我们都成熊喽。"

傍天黑，李三懒懒地站起身来，从床底下拖出一个珍珠岩尼龙口袋，打开，里面装着花生米，捂得长绿毛了。

"用开水洗一洗，烫一烫吧，要不会生病的。"见李三直接往锅里下花生米，王琦阻止他，并接过盛花生米的碗。

"这儿的人从不知道生病是啥滋味。"李三不屑地说，走到墙脚又蹲下了。

王琦用开水把花生米洗了，一粒一粒挑进碗里，再往锅里重新放进了豆油。油在锅底"嗞嗞……"叫唤了起来。

"你干活像个娘们儿。"李三蹲在那里等得不耐烦，皱皱眉头说。

香喷喷、脆酥酥的花生米炸好了，队长他们也回来了。

"好香啊，他娘的。"队长赞赏地看着他，往嘴里拣了几粒，咀嚼起来。

他受到鼓励，想起了什么，找到那件脱掉的工装外套，从兜里摸索了一阵，就摸索出一盒午餐肉罐头、一盒火腿罐头、一瓶半斤装的富裕老窖来。看到酒，队长眼睛发亮了：

"嗬，你还留了一手。"

他脸红了一下，中午时忘了，这还是来时别人告诉他带的见面礼。

队长用牙咬开瓶盖，咂了一口，说："妹子，拿个缸子来。"

一个十六七岁的男孩转身找来两只缸子。

队长要给他倒，他慌忙摇手："我、我不喝……"

"不会?"

他点头。

队长没再犹豫收回瓶子，给自己缸子里倒了一点，便自斟自饮起来。李三端上来一盘油炸蚂蚁，油汪汪的，又黑又亮。他的筷子迟疑了一下，其他的几双筷子，一齐搛了上去。

"不错，不错。"队长把剩下的少半瓶酒揣进怀里。李三的喉结蠕动了一下。王琦后悔来时酒带得少了。

晚上，他睡在老黑的床上，觉得身下硬邦邦的，褥子大概好长时间没有洗了，都结巴了。早晨起来，掀开被子他才瞅清，那是一个男人日积月累的精物，厚厚的一层。他震惊一个男子的能量。

妹子还在他的上床酣睡，他是队里最小的一个。从小窗口射进来的阳

81

光映照在他那张娃娃脸上。李三已经起来了，又蹲在旮旯里浇蚂蚁。他忽然生出一种疲倦，伸腰打了个哈欠。如果明天老黑回来，自己就得走。他想。

两天后，老黑并没有回来。队长骂了一句："操，这狗日的。"拍拍他的肩，说："你就住下去吧。"他想这是那瓶酒的作用，尽管那瓶酒不够他喝两顿的。

王琦现在住不住下去都无所谓了，两天来他吃不好睡不好，身上怕是生了虱子，痒痒的。他不能像妹子似的光着瘦腚蹲在阳光下捉虱子，尽管这是一个清一色的男人世界。

"老黑干什么去了？"他问妹子。

"回去讨老婆了。"妹子耷拉着脑袋答，虱子一个个在妹子手里哔哔剥剥地死去。

后来妹子告诉他，老黑要讨的婆娘是个寡妇，还带着一个小女孩。妹子和老黑是一个屯子里的。那寡妇妹子见过，脸蛋挺俊的，就是屁股挺大。他听了就笑了，说："妹子你知道女人俊在哪儿吗？"妹子被说愣了，摇头说不知。他说："女人不光俊在脸蛋上，还俊在臀部，就是屁股蛋上。"妹子更加不懂，说："屁股蛋有啥俊的，拉屎的玩意，臭美。"妹子这句话让他忍俊不禁哈哈大笑了很久，笑得肚子好一阵疼……

每到晚上，队长就和汉子们聚到另一个列车房里赌牌。屋子里剩下他和妹子、李三。李三举着蜡烛在墙脚浇蚂蚁，蜡烛光把李三的头影一下、一下晃得挺大。

妹子待得无聊，打了个哈欠，要脱衣睡觉了。妹子睡觉前又要捉上一阵虱子，一看见妹子捉虱子，他身上就痒得难受。

"妹子，咱俩玩一会儿吧。"

"……"妹子停止在衣服上的搜索，抬头静静地望着他。隔壁传来一阵狂热的吆喝、叫骂声。

"一把五元钱！"

"好吧。"

妹子欢愉地下床去翻找纸和笔，玩猜画谜。

"你会输的。"李三蹲在那里送过来一句。

他不相信。妹子只念过六年书，无论是凭知识还是凭阅历他都会赢。

妹子在一张白纸上认真地画了起来。画好后他把答案写在纸的背面，然后举起来叫他猜。纸面上画着一个"尸"，他瞧一眼，说："手枪。"妹子诡秘地笑了，把背面的答案翻过来，上面歪歪扭扭写着：高跟鞋。他捶了一下自己的头，乖乖交上一张五元票。

妹子又去画。画好了举起来，这回叫他猜了两次，先说："马尾巴。"后又改口说："瀑布。"妹子又笑了，把纸翻过来说："是女人的头发。"他只好又交出五元钱。

第三张纸上，妹子画了两个圆圈，这回他没有犹豫，脱口而出："两个馒头！"没等妹子开口，蹲在地上的李三开口："你又输定了。"果然妹子说那是"咂咂儿"，妹子不会写"乳房"两个字。他一下子呆住了，是为妹子的想象力，还是为这样下去他身上带的钱不够输，他自己也说不清。他灰心丧气地说了句："不玩了。"

夜里，躺在床上，他还在奇怪妹子的想象力是从哪儿来的？褥子上的硬浆磨得他腰部一阵阵发烫。

好久没睡得这样香沉了，天都大亮了，他还没有醒。一个声音在他耳边叫："起来，起来，快起来……"蒙眬中他觉出叫他的人是妹子。他睁了一下迷糊的睡眼。"你不是想洗澡吗，带淋浴的……"妹子走了出去。他一个鲤鱼打挺从床上爬起来，刚要推门出去，一排密集的雨点噼噼啪啪扫射进来。他"啊哧"打了个喷嚏，赶紧缩回了身子，披上衣，扒在小窗上向外看去。哗哗哗的雨地里，十几个裸体男人蹦着、跳着……嗷嗷叫着舞成一团。粗粝的雨点、冰雹，欢畅淋漓地砸在一条条黑褐色的肉体上。白色冰雹反弹着落在男人们的脚下，男人的阳物在两腿间跳荡……

"来呀，出来呀！"妹子冲他招手喊。

一道白色的闪电，从黑色的天空劈下来，掠在狂舞的男人们身上，仿佛一柱强烈的聚光灯，定格地打出一个男性裸体群舞的造型，一个喷射着原始生命力、原始野性的造型。他的心震颤了，体内一股热辣辣的液体往上涌，涌上了眼眶，他一甩身，甩掉身上的衣服，冲进了大雨瓢泼的雨幕里……

"嗷、嗷……"他合着汉子们的节拍，跳起了节奏感强烈的迪斯科。汉子们被他优美的舞姿感染了，纷纷跟在他身后舞了起来。一种无师自通

83

的默契，从一条条赤裸裸的体内传递、释放出来……"痛快！痛快！"他好久没体验到这种感受了。

雨不知什么时候停了。雨停了的时候，白炽炽的太阳照射下来，雨珠羞羞答答在肉体上闪动滚落，他们都停了下来，瞅着他，他也停了下来。队长走过来……队长的前胸、大腿、手臂上长着粗粗的黑毛。他也好奇怪地瞅着他，他以为队长会说他跳得真好。但队长没说，队长说了句："你真是个娘儿们坯。"他听了，浑身冰凉，走进屋里去穿衣服。

老黑仍没有回来。王琦觉得他无论如何该走了。这天上午他听到天上响过一阵直升飞机的轰鸣声，就惊喜地随口说了一句："老黑回来啦！"蹲在旮旯里的李三冷漠地说了一句："老黑不会回来啦。""你胡说！"妹子狼似的恶狠狠地扑上去抓挠李三的脸，被李三一拳打倒在地上。鲜红的血从妹子鼻孔里淌了出来。

结果，老黑真的没有回来。直升飞机是来给井队送猪肉、罐头、酒等慰问品的。国庆节要到了，公司要给前线改善伙食。

"你等老黑哥回来再走好么？"妹子鼻血未干小声小气地说。

"我回去还有任务。"他怕直升飞机跑了似的，一手抓着机舱门，回过头来说。螺旋桨巨大的风力吼叫着把妹子单薄的身子吹得直摇晃。他真有些不忍心叫妹子失望。

"操他娘的，这个狗日的混蛋！"队长一边指挥着人搬食品，一边嘴里嘟嘟囔囔不干不净地骂着。他在骂老黑。

直升飞机升起来，他觉得肉体和心脏一齐受到了挤压，憋闷得难受。透过舷窗，妹子和队长他们，像一群蚂蚁在下边的草地上忙碌地爬动。李三今天要消灭的累计数字是一万九千二百个。可怜的蚂蚁。王琦心里低低地说了一句。

<h1 style="text-align:center">下　　篇</h1>

队长漫骂老黑的时候，老黑此时正在几千里以外的 C 城里神游。老黑听不到队长恶毒的咒骂。老黑没有千里耳，眼皮也不发跳。因此老黑就优哉游哉落得个逍遥自在，仿佛是这座城市中的一员。其实老黑不是，这一

点老黑比谁都清楚。当初老黑也为这座油城的兴起出过苦力，流过臭汗。可现在城市不认识他了，视陌路人般嘲弄着老黑。

"等死啊。"老黑畏畏缩缩地站立在斑马线上，不知是该往左走，还是该往右走。左右都是愤怒叫唤着的鳖盖子小车。老黑知道自己这二百来斤的块头是经不起这小玩意一碰的。"你牛鸡毛×呀。"老黑不知是骂那个小交警，还是骂龟壳里面的司机……

"不买就别乱动。"商厦二楼里的女营业员盯贼似的盯老黑半天了。

"我试试行吗?"老黑指着一件西装小心翼翼地问。

"不行。"

"那他咋试呢?"老黑找到了依据。

"他交款了。"

老黑没再说什么，摸出六张十元票子，轻蔑地拍在柜台上。

女营业员也轻蔑地乜了他一眼，没接。

"咋的，我的钱不好使?"

"你识数不? 不识数再去补习两年。"

老黑小数点前少看了一个 0。老黑这一看不要紧，头一下大了，六百? ……女营业员不屑地走到另一个女营业员跟前窃窃耳语起来。

老黑走出商厦时，情绪好了起来。茶色玻璃镜子里的老黑换了一个人，笔挺的西装穿在粗壮的身躯上，该凹处凹，该凸处凸，一个标准的男子汉形象。老黑心里得到安慰，不再心疼那六百块钱了。走在大街上，老黑扬眉吐气地弹出一口痰。吐过之后，老黑想起什么，缩脖回头偷望了一眼。那个戴红箍的老太太正在和一个熟人唠嗑，根本没有理会他。扫过来一眼也只是对他身上的西装感兴趣而已。这叫老黑有些庆幸，如同占了什么便宜，重新放开步子旁若无人地走了过去。人在顺当的时候会忘记一些不愉快的事情，比如现在老黑就是这样。几天来压在他心头的晦气，仿佛一阵风悄悄从他脚下溜走了，周身变得轻松愉快起来。优哉游哉的老黑有一个发现，觉得那些闲逛的人最幸福，无忧无虑，自由自在……无事才能闲逛，闲逛才生愉快。不知不觉老黑也渐渐变成了他们当中的一员，忘记了超假，忘记了井队，甚至忘记了那个女人……

老黑是带着百分之百的把握回来找那个女人结婚的。老黑答应过队长，回去时买一箱大庆老窑当"喜酒"给每人分一瓶。老黑在说这话时，又劝队长别再吃大葱了。老黑闻不来那股辣腥腥的葱味。队长说："酒当然比葱好，辣味纯正；不过你还是学会吃点儿大葱，这东西补阳。姜还是老的辣，女人也是这个理儿。"老黑并没有完全听懂队长的话。他是带着一个男子的自信离开井队的。

……他把八年的企盼积攒成一沓厚厚的票子，共九千块钱，一股脑儿毫无保留地摊在了女人面前的炕上。女人没动票子。女人平静地说："跟你是不是还得让我守活寡？"女人的平静叫他觉得吃惊，面对一堆票子竟然毫不动心。

他傻眼了。他无法回答女人的问题，就如同八年前他无法去弄来这么多钱一样。寡妇自有寡妇的道理，只是叫他觉得这个女人的欲望太难叫他满足了。

"我操你——"他睁红了眼睛，像一个输光了本的赌徒，一下子由百分之百的希望变成了百分之百的绝望，不知该怎么发泄才好。

"我知道我对不起你……"女人幽幽望定他，"你想要我的身子，我现在就给你。"

女人说着起身去挂窗帘……

女孩儿打外面走进院子里，喊爸爸回来了。女人住手。一个跛腿男人一颠一跛地出现在窗外。"她爸在村头开食杂铺。"女人说。

"来了。"男人进来同他打了一声招呼，并拆开一盒"红塔山"递给他一支。

老黑没有去接，身子遭了霜打似的，跌跌撞撞往外走。

"等一等。"跛腿男人把炕上的钱拾起来，一晃一晃地追了出来，塞给他。

"大兄弟，你不要怪她……"跛腿男人乞求地说。

两个男人互相望望，老黑默默转过脸去，头也不回地走了。

女人的脸贴在窗玻璃上，玻璃被无声的泪水打湿了……

村头，食杂店铺外面的一个小四方黑匣子里，粗哑哑地哀吼……不是我不明白，是这个世界变化太快……

土路上，一个跟跟跄跄的黑点，渐渐被烟尘埋没了。

老黑是当晚坐汽车赶到C城的，打算明天或者后天搭乘公司去前线的班机回去。

老黑一个人待在旅店里没意思透了，就走上街去散散心。天黑尽了，街灯拖着老黑的身影往前漫无边际地溜达开去。

城里人睡得晚，下了班比上班还忙。街上来来往往的人川流不息，骑自行车带人也没人管。

老黑随着人流来到一处花花绿绿的地方。五颜六色的灯泡，一闪一闪地眨着眼睛。老黑也眨巴着眼睛停在那里看。从里面传出的歌，换着腔调给人听……不是我不明白，而是这个世界变化太快……老黑走上前去，售票窗口写着票价十元。老黑摸出十元钱买了一张票走了进去。老黑要看看这个变化太快的世界。

大红大绿的光柱交叉着向老黑射来，老黑微闭上眼睛，瞎子摸象地摸到一个茶几旁坐下。舞池子里有扭屁股唱的，有扭屁股跳的，弄得他眼花缭乱。城里人真会乐和。老黑呆呆地坐在椅子上看傻了。

回到旅店已是半夜，老黑倒头便睡。一觉到天亮，挺好的一觉。老黑挺奇怪，刚住下旅店时还想这一宿该怎么熬呢，没想到睡得这样好。天亮老黑就把什么都忘了，包括回井队。

第二天晚上，老黑又去了那家卡拉OK舞厅。第三天、第四天……老黑渐渐看出门道，觉得城里人花头真多，也想做一回城里人。

这晚，老黑来到舞厅门前，买了票，并没急于进去，而是在门外瞎溜达。溜达到一位站在台阶上观望的年轻女子跟前。老黑盯她好几天了，也不知她会不会认出自己来。老黑今晚换了行头，穿着他新买的西装。老黑把手伸进裤兜里，鼓了半天勇气，也没把另一张票拿出来。老黑憋得脸通红，渗出了汗珠。老黑掏出手帕。掏手帕时，舞票飘摇着落到地上，老黑灵机一动，弯腰拾起来，递到她跟前，嗫嚅地说：“小姐，是你的票么？”

“嗯。”她不动声色地接了。其实她早就看出他笨拙的把戏。话剧团开不出工资，她只有“蹭”票来跳舞。

女子同老黑走了进去。老黑只看会了那么三四步，头一次和女人跳，免不了紧张，手脚常常摆错位置。女子并不嫌弃。跳了一会儿，老黑自觉坐到了一边去，看女子同别人跳。终场，老黑和女子走出来，和别人一样说了声“再会”，女子的身影便消失在人流中。

一来二去，老黑来舞厅同那女子熟了，做得自然了些。女子并不问老黑从哪里来，老黑也不问女子干什么的。老黑觉得这样最好，舞会散后各走东西。

初始，老黑不过是想体验一下城市生活。老黑体验得很真诚。老黑有钱。钱花得差不多的时候，老黑会想到离开的。如果不是后来发生的事情，老黑也许会带着对城市生活自我陶醉的满足离开这里，回到井队的。

那天，老黑如往常一样来到舞厅，买了票在门口站了半天，也没有见到那女子的身影。老黑以为她不能来了，就掏了一张票到售票窗口去退。里边说声不给退，老黑就把舞票撕巴扔在了台阶上，揣着另一张票走了进去。老黑一个人坐在角落里，要了一杯冷饮，边喝边看别人跳。看着看着就看见她了。她正在和一位眼生的男子在舞池里跳。那男子跳得娴熟自如，他俩配合默契。老黑看着眼热。

舞场休息时，老黑以为她会过来和他打一声招呼，但她没有。也许是没看见。老黑想走过去，最终也没有动弹。舞会散场出来，老黑觉得心里空落落的有些失意。

一连几日，老黑注意起那个男子来，他三十左右，五官周正，皮肤被日头晒得黝黑黝黑的。这叫老黑觉得有些许宽慰。他是她什么人？朋友、未婚夫、丈夫……如果是这些，老黑就不会去注意他了。但通过几天来的观察，老黑发现这些都不像。舞会散场时，他们也是各走各的，和老黑一样。跳舞时，他不光和她跳，还和别的女孩跳。他听过一个女孩儿叫他"王编导"。编导是干什么的？也是出力气的活？那种被野外紫外线辐射过滤过的皮肤，老黑是非常熟悉的。不公平的是，那么多女孩儿抢着和他跳舞，老黑很嫉妒。有几次，老黑有意从她身前走过，想引起她的注意，但她却像没看见，或者看见了却装不认识，继续和他大声谈笑。老黑受到了冷落，心里生出无端的怨恨……老黑几次打消了上前和她说几句什么的勇气。

回到旅店，老黑常常失眠到天亮。早上醒来，感觉城市像不认识似的陌生起来。窗外，昨天还好好的平地场，今天忽地从地下拱出一样长起一座高楼来……噼噼啪啪的鞭炮声，鼓荡着他的耳膜。到洗脸间洗脸，拿了别人的香皂用了。别人骂他："操你妈的，你懂不懂规矩？"他转过阴阳白脸，手里拿着锋利的刮胡刀片："你说什么？""……啊？大哥，我、我说走嘴了。""你说什么？"他仍瞪着一双猩红的小眼。"大哥，你、你用吧……"那小青年丢下香皂，耗子似的贴着门边溜走了。

以前每回舞会散场，她不叫他送，他就不送她，站在台阶上伸着长脖子，看着她的身影走过一片榆树丛。而后，身子悄悄跟了上去。他没有别的意思，他担心她遭到不测。其实他的担心是多余的，拐过榆树丛就到她单位了。那是一个四方大院，院子里有两幢大楼。他始终搞不清那大楼是干什么的。天黑看不清门牌。有一幢方楼里常常灯火通明到天亮……他默默地站在榆树丛中等待着，明天就要离开这个开始使他生厌了的城市。蚊子一阵一阵"嗡嗡"轮番向他发起猛烈的攻击。他轻蔑地笑了笑。这里的蚊子比前线的蚊子小多了。他轻轻地抽动了一下面部肌肉，蚊子便纷纷哀鸣着扑落到地上。他不禁有些得意在前线练出来的这一套过硬本领，城市里的蚊子不堪一击地纷纷被击退了，"嗡嗡"声远了……接着是一阵喧闹的人声，那边舞会散了……沙沙，是她的脚步声？她走过来了。他紧张得心怦怦乱跳。也许是天太黑的缘故，她从他身边走过去时竟然没有发现他。他喊了一声："喂——"她一惊站下了，急剧转过头来的同时喊了起来："来人啊！救命啊！"他一下蒙了，几乎是下意识地蹿过去捂住她的嘴："别喊！"他犯了常识性的错误，这里离舞厅，离那座大院只有二十来步的距离，两边顿时人声沸沸扬扬传来……他愣怔的一刹那，脸上遭鹰爪般一抓。他真火了。轻轻一拳将她打倒在地，如同打落一只蚊子……

讯问被告人笔录

问：姓名？

答：黑石柱。

问：年龄？

答：三十五岁。

问：作案动机？

答：我没有动鸡。

问：就是你想干什么。

答：我没想干什么。我就想同她说几句话告别一声，第二天我要走了……

问：你认识她吗？

答：我认识。

问：她叫什么名字？干什么的？家住哪里？

答：我、我不知道……

（老黑摸摸脸上一道沟痕，那是女人尖利的长指甲留下的。火辣辣的疼。）

询问被害人笔录

……

问：你认识被告人吗？

答：不认识。

问：你知道他叫什么？干什么的？家住在哪里？

答：不知道。

（女子回忆起那重重的一拳。）

办案的预审员在确定流氓罪还是强奸未遂罪时犹豫了。

从被告人的具体情况看，强奸的可能性大一些，三十五岁，未婚单身，又是在那样的夜里，又是面对一个这样漂亮的女人。女人，哼……中年预审员对常出入舞厅的漂亮女人有一种本能的反感。从整个动作过程看，流氓行凶报复的可能性大一些，当时女人是被一拳打倒在地的，而不是……为了慎重起见，预审员又在一天傍晚去看守所里提审了老黑。

"既然你不认识她，和她告别什么呢？"预审员开门见山，认为这是关键。

"我认识她。"老黑实事求是纠正了预审员偷换的字眼。

"你认识她？她叫什么？干什么的？……"

"我不知道。"老黑如实说。尽管老黑这事办得不咋漂亮，觉得还应该说老实话做老实人。

"这么说，你是行奸未遂了。"预审员试探着察看老黑脸上的反应。

"是没睡，我没睡了她……"老黑的脸上兴奋地变化着，露出一种迷幻莫测的朦胧神色。

预审员叫狱警把老黑带下去。他也莫名其妙地叹了一口气，陷入了一种迷茫的状态……

老黑从审讯室里走出来，路过看守所值班室，看见一屋子警察在看电视。电视里正在演一部叫《黑色诱惑》的话剧。警察们对话剧没兴趣，问题是这部话剧是本市话剧团进京演出的，并且还拿了什么大奖。老黑走过门口时，男女主人公正在台上说戏，背景是老黑熟悉的荒原、井架……老黑停下了脚步。那个女的怎么瞅着那么眼熟？啊，啊，正是那个叫他犯事的女子。老黑惊讶了。此时的老黑绝不会想到，这部剧的编导曾去过他们的井队体验过生活，还在他的床上滚睡了一个月零三天，写出了这部轰动京城的话剧。剧中的主人公，编导正是借用了他的名字黑石柱。台上的女子扮演台上的黑石柱的妻子……门口的黑石柱瞪大了眼睛。

"操他娘的！"老黑含义模糊地骂了一句。

身后的警察重重地揍了他一拳。

黑洞洞的窗口

冬天会忘记夏天　城市会忘记荒原

——题记

原来3号井站上那个女采油工在临退休回去抱孙子前，曾无数次跟萍说过："这里早先是一片绿油油的草场，一望无际的草场。"萍信，萍点点头。"可是现在，你瞧瞧……"长年接受野外紫外线的那张古铜色脸上，皱起了一团缺少水分的核桃纹。老女采油工家里养了不少只兔子，每天下班后总要割一些嫩草回家。可现在连井场前仅有的一块空草地，也被春天那几个吊儿郎当的作业工来修井时放漏出的原油污染了。这不能不叫老女采油工产生出一种忧虑。随着家中兔子数目的减少，老女采油工产生的抱怨也越来越多。长了，萍就不点头了，也不再说什么了。默默地听着老女采油工的絮叨，默默地干着每天井上要干的活。该做什么做什么。直到有一天老女采油工跟萍说：她该回家去抱孙子了。

萍抬起头来，跟她说了一句告别的话："孙子永远比兔子重要。"

老女采油工怔了怔，住了口，眼神有些怪怪地瞅了萍一眼，随后从白井房前那条茅草小道上走去了。许多年以后萍也会从这条小道（茅草道？）上离开白井房的。那时会有一个和萍一样年轻甚至比萍还要年轻的采油姑娘来接管这口井的（只要它还出油），她也会像萍打量老女采油工的背影一样站在背后打量萍的。时间总会叫人这么去做的。

萍其实那会儿在想，一座城市的兴起，总在破坏点儿什么，包括一些自然生态环境。城市可不管你兔子不兔子的。

92

萍所居住和工作的城市就是这么一座从荒原拔地而起的新兴油城（本市市长的报告和到过这座城市的外地友人甚至国际友人都这么讲）。除了春天和秋天刮起的荒原风沙外，新兴油城的人们已感受不到一点儿荒原的痕迹了。当然老女采油工们除外，是她们在不断提醒人们拔地而起的大楼下面曾经是一片沼泽或草场，甚至可能是最早蒙人的坟地。她们怀念荒原。但她们大多和3号井站上的老女采油工一样退休了，居住进城市一隅某座高楼里某间单元房里闭门不出了。城市在不知不觉中偷偷摸摸中茁壮成长起来了。

作为城市的一种标志，我们年轻的主人公萍工作的采油井房前，理所当然地矗立着一幢大楼。而且是每个有模有样的城市必不可少的一幢大楼。这座楼的名字叫青少年宫。美丽而动听的大楼。和这幢大楼漂亮的名字一样的是它造型别致的外观，颇具城市设计者们的匠心。萍每天到3号井房去上班，都要穿过这么一幢大楼。可以想象萍的前任那个老女采油工年轻时穿过的显然是一片荒原，孤独而沉默的荒原。萍第一天到3号井房去上班，就注意到了楼前正中那座雕塑，两个胸前飘着红带的少男少女共同举着一柄火炬，昂着脸望着早上八点钟的太阳。年轻的萍感觉到一种红色的血液在体内冲撞，萍莫名其妙地激动起来。激动的萍走过楼后，就走进了一片阴影背地里。大楼遮住了八点钟的太阳。萍没等走出大面积的阴影，就走到了3号井站上了。

后来萍还知道了青少年宫楼内开着舞厅。每周二、周四、周六下午四点，一对对打扮得漂亮体面的青年男女就走进舞厅去。而后那种节奏感很强的舞曲便传到了3号井上来，传到萍的耳膜里来。萍不再激动了。萍习以为常了。这个时候萍通常在做着抽取油样，测量水压、油压的工作。白井房显得静悄悄的，与大楼形成了两个漠不相干的世界。

在六月份的日子里，萍开始觉得自己变得有些懒惰了。常常是上午干完了要干的活，萍就恹恹地在白井房门口蹲坐下来，目光散散淡淡落在房前的空草地上。春天时染上油污的草们还在奋力地长着，长成了一片黑草地。萍曾往那块草地上倒过无数盆清水，试图冲刷掉草上的油污。可她这样做几乎是徒劳的。在当采油工之前，萍一向对色彩没什么感觉，做了采油工之后，她才认识到这种黑色的顽强。还有什么比石油更黑呢？萍时常这样想。无论是风吹、雨淋、日晒，这种黑色都在萍的眼睛里蓬蓬勃勃、旺旺实实毫不变色地生长着。萍对黑色变得敏感起来。哪怕工作服沾上一星半点油污，萍回家也要当天用汽油、洗涤剂马上把它洗掉。萍不可能用汽油、洗涤剂来冲洗出这块绿草地。萍只能不断逃避似的把目光从那里移开。……萍的目光从地上移到了天上，蓝天，白云。六月天看巧云。白云也似乎懒惰了起来，半天也不移开一朵，静静地浮在头顶，望着萍。久了，就相互看厌了。萍不知道该用什么来打发空余下来的时间……

"萍，你该多走动走动。"近来丈夫常常这样提醒萍，"这样对你的生产才有利。"

萍对丈夫点点头。萍也清楚自己怀孕六个月了。本来苗条的腰身在不动声色地粗壮起来。

不用说，萍的怀孕是萍和丈夫两人都挺激动的事，激动中又有一种企盼。和现在大多数夫妻一样，萍的丈夫希望是女孩，而萍则希望是男孩。

"看你这个样子，一定是女孩子。"丈夫说。

萍听了丈夫十分肯定的话有一阵子莫名其妙地委屈了。

……上午，整座青少年宫大楼是十分安静的。青年人和少年人通常是在下午下班或放学后来这里活动的。萍已经连续两天在做完井上的活走进楼前这片宁静灿烂的阳光地里了。除了花圃里那个老花工过来看一眼外，再没有人看她第二眼了。萍觉得这挺好。萍在楼前的空地上做着散步，是一种纯粹的漫不经心的散步。这对萍来说，不，对采油工来讲已是很奢侈的了。有很长一段时间萍十分感激这个美丽的城市了，感激青少年宫院子里这份美丽和宁静的阳光。

宁静是从一天上午开始打破的。像从彩色水磨石地面下冒出来似的，楼前空地上突然出现了一帮七八岁左右的小男孩。舞剑、挥棍、折跟头……萍看花了眼。后来萍才知道了这是青少年宫武术队少年班的学员。他们从四五岁起就一直住在这里了。前些日子没看见他们，是因为他们去省里参加少儿武术比赛去了。并且有个叫童飞的孩子还拿了第一名（当然这是萍后来才从别人嘴里知道的）。萍实实在在觉得惊奇了。

孩子们每天上午十点钟从楼内武术训练室走到楼外训练的。地上铺着绿棉垫，孩子们在棉垫上翻飞、滚打，如一群被放到阳光沙滩里活蹦乱跳的鱼。每天上午十点前，萍做完井上要干的活走到楼前面来，然后停在了那里。萍忘记了散步，萍觉得自己不需要散步了，或者说她找到了另一种散步的方式了。萍默默地沉浸在一种氛围里。

"喂，你是哪个孩子的家长？"教练严厉地走了过来。

萍怔了怔，摇了摇头。

教练方才放心转身走了过去。

是教练的话提醒了萍。萍也许就是从那个时候起产生出这样一个想法的（应该说这是一个幻想），就是将来自己也要把孩子送到这里来学习武术的，萍已确定无疑地相信，自己怀的是男孩。而且这个孩子具有好动拳脚（萍常常忍受这样的打击）的武术素质。萍在看孩子们跳跃翻滚时，已觉察出自己的胎心在一搏一搏有力地跳动，萍相信只有这样的男孩才有这么强有力的搏动的。

萍常常会站到孩子们练完，依次满头大汗走进楼去。孩子们住在一楼靠西边的两个屋里。萍甚至想跟进去看看孩子们住得如何，但一看见教练严厉背过去的身影，就放弃了这个念头。萍只是觉得奇怪，这么久了，咋没见孩子的家长来看看他们。后来才从老花工那里知道，孩子们要一个月才被家长接回去一次的。平常是不允许到这里来探视的。

老花工看着萍挪着笨拙的身子走过楼后边去，又低头来做自己的活。上午的时光依旧平静而和谐。

丈夫对萍说："你好像喜欢动了。"

萍说："是他想动呢。"

丈夫担心地看着她，又担心地看看萍的肚子。

萍知道丈夫的目光是什么。萍装作没看见。

天气是越来越热了。楼前花圃里老花工莳弄的花，红通通像条火龙一夜间开成了一片。老花工脸被映得通红，像被人捉弄了似的有些尴尬、奇怪地向萍说："我明明是种两种花色，咋就开出一种花色来。"

"也许是你弄错了。"萍心不在焉地说了一句，手搭凉棚向那边专注地望着。

"怎么会弄错呢？我记得清清楚楚去年收的是两种花色的籽。真是奇怪的事……"老花工自言自语地念叨。

萍没再理会他，目光依然不动地朝那边望着。

"冬练三九，夏练三伏。看来将来你是想把你的孩子交给那个家伙了，他会叫你的儿子扒一层皮的。一连做六个后滚翻是他教训孩子的拿手好戏。"老花工望着他说。

萍听到后，没说什么。

孩子们像水洗过一样向楼内走去。过了一会儿，二楼两个朝阳的屋子窗户打开了。

"孩子们怎么不住一楼了呢？"萍问。

"一楼出租了，你没看见拆开的墙面吗？"

萍这才注意到在那里忙活的几个人，那几个人显然是在装潢着两间打通屋子的门面。孩子们上楼后，那个教练站在毒辣辣的日光下仇视地望着那几个人。那几个人并没理睬教练仇视的目光和头上毒辣辣的日头，一心一意叮叮当当敲打出一片辉煌灿烂来。

"楼上会很热的。"萍担心地说。

"谁说不是呢，全是阳面，原来闲置做库房用的。孩子们要受苦了。"老花工叹息地摇摇头。

过了几天，一个音响经销部营业了。青少年宫院子里上午的宁静打破了。那个严厉的教练和萍一样对这种喧闹常常无可奈何默叹着摇摇头，好在这个音响销售部生意并不是很兴隆。

采油队长对萍说："你可以休产假了，不必上井了。"萍说："我还能上几天，不碍事的。"见萍这样说，队长也不再坚持要萍在家休息了。队长就在队里表扬了萍。萍听到后，脸通红。

萍的丈夫目光越来越忧虑了，对萍说："萍，你该待在家里了。"萍平静地说："我还想让他再动一动。"丈夫说："萍，你在走极端。"萍说："我自己的情况我自己知道。"丈夫便无话可说。萍依旧每天去上井，萍的预产期还有两个月。

蓝天。白云。白云下的青少年宫大楼静悄悄的，院门前却密匝匝地围了一层又一层的人。萍像笨企鹅似的挪着笨重的身子，慢慢移将过去，却推不动人墙。

"怎么啦？出了什么事啦？"

没有人回答萍的提问。萍只能听到人们粗重的呼吸。这种呼吸透着一种干渴。八个月身孕的萍也呼吸粗重起来。

人墙松动了一下，将萍拥到前边去。

"站住，不许往前边走了。"

前边一个穿橄榄绿制服的人大张着手，拦住了萍和萍身边的几个人。萍突出的腹部明显地被那只胳膊碰了一下，那人不好意思地缩了一下胳膊。身子却牢牢钉在了那里……

"我穿过去上井。"萍说，"在楼后。"

"上井也不行。"穿制服的人毫不通融。

萍没办法了，就呆站在人群里，想等围着的人散了，再走过去。

萍其实一眼就瞧见了二楼那两扇熟悉的窗子。只不过现在那两扇窗子被一道黑绒布挡上了，在窗外像一面黑旗在飘摇着……萍觉得这不可能是什么窗帘。是什么呢？萍的目光往下移，楼下对着那个音响经销部，像一个残破的地洞口，张着狰狞的面目对着围着的人们，并有烟熏味随风飘过来……

人群又松动了一下。两辆小轿车无声地开进去。从头一辆车里走下来表情严肃、凝重的市长，市长随一些人走进楼去。又从第二辆车内走下来萍见过一面的女副市长。这位女副市长是在接见三八红旗手时接见过萍，给萍留下过好印象。此刻这位女副市长一面下车，一面用手绢抹着眼泪，一头半白的头发，慈善的面容。如果她不做副市长，也该退休回家抱孙子了吧？萍有点儿为她感到难过。

天快近晌午了，人群还没有散去的意思。萍站得有些累了。萍想再过一会儿自己会受不了的。她想向那个警察再说明一下。正在这时，那边人群骚动了一下，人们喊喊喳喳起来：

"看，那个就是童飞的家长，啧啧。"

"啧啧，多好的孩子啊，刚在省里拿了少儿武术冠军，就这么……"

萍还没等看清楚，就听见一个女人发疯了似的呼天抢地向人群里冲了过来，"我的孩子呀，是娘把你送死了的啊——"

萍一阵目眩，再也支持不住了，就晕了过去。萍在倒下去时听见有人说："这是哪个孩子的家长？"

……

萍是在医院产房里苏醒过来的。萍流产了。胎儿是个男婴。医生在医疗诊断书上写着：由于受到惊吓刺激导致胎儿窒息而死……

萍在医院里住了一周。又在家里休满了小产假就上班了。

萍在上班后，才完整地听完青少年宫那个老花工叙述的事情经过：火灾是那天夜里由音响经销部打更人的烟头引起的，烧着了楼上对着的两个屋。和教练住一个屋的孩子都被教练抢着救了出来，另一个屋里没来得及救出的四个孩子被烧死了。其中包括那个叫童飞的孩子。事故发生后，作为事故的责任者和监护人，男教练和那个打更老头一同被逮捕了……由于教练的被捕，武术班自动解散了。

"就是不解散，也没谁送孩子来啦。"老花工最后说。老花工又每天在花圃里莳弄花了，花圃里的花被人脚踏乱了不少，看她眼神直呆呆瞅他弄花，又自言自语说了一句："我就觉得今年夏天这花开得古怪，明明我种的是红黄两色花籽，开出的却是清一色的红花。"她听了，身子一颤，离开了那里。

青少年宫大楼宁静了下来，所有的活动都取消了。萍每天上井、下井打这里路过，除了老花工外，看不到任何人影。城市里的人们好像一夜之间忘记了这么个所在。

从老花工嘴里，萍每天还可以断断续续听到一些消息。是关于那四个孩子家长的。那四个孩子的家长正在联名上告，要求惩办青少年宫管理人员，要求赔偿一切损失。男教练已被抓了起来，要求惩办的是青少年宫主任。据说是主任擅自批准出租一楼两个房间做音响经销部的……后来就听说那个主任被抓了起来。老花工说时神神秘秘眨眨眼知情地说，"名义上是抓进局子里去了，实际上是保护起来了。谁知道那四个失掉孩子的家长会做出什么冲动的事来？"后来又听说市政府给每个孩子赔偿十万元，十万元能买来孩子吗。萍有些伤感地暗自站那里想。

事情似乎并没有平息下来。一天，萍下井路过楼前花圃前，老花工脸上露着他熟悉的神色悄悄靠过来对她说："孩子们的家长又在市政府门前静坐上访呢。"

萍说："不是答应了他们的要求了吗？"

老花工说："他们不要钱了，他们别的什么要求也不要了，包括惩治那个主任。他们只有一个心愿，就是以他们四个孩子为模特，在青少年宫院子里建造四个孩子的雕塑。说他们孩子生在这里，死也留在这里吧……"

萍心里一热，差点儿掉出眼泪来……快着步子走了。

萍实际上从这天起，心里在等待一种结果的。萍振作起来了，每天走过这个依旧平静的院落，萍的心脏总要跳上几跳……日子在等待中慢悠悠了起来……

老花工似乎没有什么话要说了，每回看到她，只是抬头望了她一眼（算是打招呼？），就又低下头做手里的活了……低下去的目光在后来极力回避着什么，从此缄默起来。

天气一天一天凉了下来，花圃里原来红得刺目的花，也枯萎了下来，一片、一片落在地上……满目落寞。

花圃里没有什么事情要做了，老花工的身影就从花圃里消失了。

接着秋天的第一场秋霜下来了。萍踏着秋霜去上井，经过青少年宫楼前时，萍蓦然怔住了，一直黑洞洞无人理睬的音响经销部那两个窗口，被重新装潢一新，新立上去的店名牌匾比原来大了一倍，几乎挡去了二楼对着的两个窗口。可是萍还是站在那里辨出了那两扇浓烟熏燎过的窗口，黑黑的窗框上，呈放射状的黑色烟纹，在朗朗的秋阳下格外刺目……萍怕疼似的离开了那里，步履滞涩、沉重。

一整天，萍在油井上的做活都干得心不在焉。清蜡时，将刮蜡片掉进了井管里，萍就索性不清了。萍坐在了白井房门口，目光又移进井场前的草坪上，黑草终于经不住霜打，蔫了下去。黑油污发着一种虚无游移的光。萍在想着那扇黑窗口，黑黑的，比原油还黑的东西……

萍真的希望有什么东西能挡去那两个黑洞洞的窗口。可青少年宫的人好像忘记了这两扇窗户，依然让它黑着……萍记起来，这两个屋子原来是做库房用的，不知要闲置多久，才能被人想起来……萍每天走过这里都与它默默对视一阵。

这天下班后，萍很晚才离开3号井站。萍走过楼前，又站在那里了。人们三三两两从萍身边走过去，轻佻着脚步消失在楼内。舞厅又开业几日了。没有谁向二楼的窗子看一眼，夜幕遮去了人们的眼睛。唯有萍。

……

冬天到来的时候，萍申请调离了3号井站。队长为难地说："恐怕没谁愿意到3号井站上去。"队长显然没有忘记夏天里那件事情。萍说："那我就申请调到野外新采油区去。"队长吃惊了，队长说："野外新区的采油工一个月才回城倒休一次，萍你会后悔的。"萍说："我不会后悔。"队长看着萍平静地走出队部的身影，心想，那件流产的事情对萍刺激太大了，萍毕竟是个女人，换个环境对萍来说或许好些。队长的想法变得模糊了。

萍属于跨采油区调动工作，费了些时间。去野外新区上班时，城里城外都落了几场鹅毛大雪了。和萍对调的是一个比萍小许多的女采油工，那个女采油工毫不忌讳地当着萍的面说：她在这荒无人烟的井站上干了一年，寂寞得快要发疯了。萍什么也没说。萍那会儿忽然想起3号井站上那个老女采油工的话。她说过3号井站原来也是一片荒原，她那会儿想没想到发疯呢？

萍在远离城市的野外上一个月的班，才能回到城里倒休四天。然后再返回野外去上班。新采油区专有的野外倒休通勤车——黄河空调大客——载着满满一车想回城里的采油工们。回去的路途要两小时四十分。冬天路滑，坐在车里的萍常常透过窗玻璃静静地望着外面。车窗外，已是一片的白了。

秋天的阳光

一

采油女工魏春花在马家苇子村被人强奸了。

上午队长去了乡政府，一打听，公安特派员老李跟乡计划生育检查组下乡了。队长就在乡政府的院子里等了起来。秋天的太阳懒懒散散落进院子里。院墙是新翻建成的红砖墙，春天他来时，还是一座土墙围子，矮矮的，站在院子里就可以一览无余地望见墙外正街熙熙攘攘的集市。现在一道砖墙将外面的世界严严实实挡起来，院里也冷冷清清。一上午也没见几个人影在院里走动。听门卫说乡长和几位副乡长亲自带队下去检查去了。乡长他见过，是个很精明的人。上次他来找李特派员，是为附近村人夜里常蹿到井站偷原油的事。办完事后，老李把他领去见乡长。乡长很热情地留他在乡食堂吃了饭，席间乡长同他商量，可不可以同他们单位联营搞小型回收落地原油炼油厂。他说这事他做不了主，得回去跟矿里领导问一下看行不行。乡长就眨眼睛冲他笑笑，说日后这事要是能弄成就好了。他当时不明白乡长眨眼睛是什么意思。回去后没有问成此事，便在心里想，这个乡长还有点儿经济头脑哩。以后还不断发生村民夜里上井站偷油的事，队长没有再到乡里来找。倒是老李去采油队上找过他两次，老李说村里不断发生鸡、鸭、鹅、狗、青苞米、西瓜……被盗的事。老李掰着手指一样一样数起来。他知道这是一桩扯不清的官司了。

日头渐渐移到了正面一排砖房的屋顶上。院外突然响起了一阵吵吵嚷嚷的人声，夹杂着牛哞猪叫。一行人拥进院来……走在头里的是乡长，乡长土着脸，流着汗，一边急急地往正房里走去，一边不耐烦地挥着胳膊，像驱赶苍蝇似的驱赶着围在身边的人。"苍蝇们"被门卫、通讯员等一干人堵在了门外，乡长避瘟神地避进了屋里，再也没见走出来。七八个妇女被一根麻绳拴着手腕，推推搡搡扯带进了院子来，再后面是几头被牵进来的黄牛和被赶进来的几头半槽子壳郎猪。最后走进来的是老李。老李像一条疲惫而又兴奋的老狗，目光巡视了一下院内。走过去将围在女人和牲口身边的"苍蝇们"赶出了院外，哗啦一声铁栅栏门关死了。返回身来，又指挥人把猪和牛赶到后院去，将女人手腕上的麻绳依次解开了。年纪轻的妇女便双手掩面嘤嘤饮泣起来，年纪大些的妇女则捶胸顿足号啕大叫起来，就有委屈气愤之极的妇人将衬衫的扣子撕扯掉了，露出白花花炫目的乳房来……冷冷清清的院子里热闹之极。这场面一时叫队长看呆了眼，忘了此刻该干什么来了。

老李司空见惯地走过来。"来啦。"老李同他打招呼。

"嗯，嗯。"他收回精神来，点点头。

"为哪样，又为偷油的事来？"老李脸上透着一股疲躁。

"不是。"他看着老李，把老李引到院角一个僻静处，说了来的事由。

老李听了没说话，静默了一会儿，老李像想起来说："先吃晌饭吧。"

院子里公家的人已陆陆续续往院后的乡政府食堂走去。食堂前场的空地上，一个白木方案桌上，摆放着一只气鼓鼓的裸体猪。两棵树桩上，陪绑似的拴着那几头黄牛，黄牛慢条斯理地啃嚼着地上的青草。干部们走过，有人议论："这头猪可真肥。""那头牛准保能卖个好价钱。"……队长听了，就想起了这是从那些交不起罚金的人家牵来的。牛要牵到牛市上去卖掉。猪则处理给了食堂，落进干部们的肚里。前院的女人呢，下午要统一拉到乡卫生院去处理掉。想想，这和牲口有什么两样呢。队长心里有些同情起那些哭哭啼啼的农家女人来。

两碗肥肉下肚，老李的脸上红汪汪地饱满了起来。老李剔着牙，打了个很响的肥嗝。下午，老李就和队长一同去了马家苇子村。

102

二

正是秋收季节，一望无际的田野里，散散落落的村人在收苞米、割高粱……秋风吹来，一片一片的青纱帐，像层层叠叠的波浪一般起伏涌动。远处，一座白色四方石板房若隐若现在视野里，如同一只孤零零的白帆船，被凄凄瑟瑟地抛弃在大海深处的角落里。那是59号油井房，是魏春花工作的采油站。走过这里的时候队长在想，当初调换魏春花到这个井站工作是不是个错误。在这之前这口油井一直是赵四管理的。赵四一惯是一个偷鸡摸狗的家伙，这一点队长比谁都清楚。队长脸上有块肌肉在秋天午后的阳光下，不易察觉地抽动了一下……

在村路口的一棵老柳树下，闲耍围站着几个小孩和一条伸着长长舌头的老黄狗。看见他们走过来，黄狗蔫蔫地退到孩子们身后。孩子转过身来，每个人手里都拿着一棒烤得又黑又煳的青苞米，嘴里慢吞吞地嚼着。

"村长呢？"老李问一个衣裤稍稍干净些的女孩。

女孩停住了嘴，摇摇头。

老李又问旁边的一个男孩，男孩不说话，倒着身子后退了两步，突然转身跑了。躲在男孩身后的黄狗蹿跳了一下，也一颠一颠跟腚跑了起来，转眼在村口消失了。

老李抬起腰来，眼睛漫无目的向村里的院落撒睄了一下。各家各户的院子都敞着门，却不见有人走出来。大概都上地里去了。老李刚要带着队长往地里找去，回眼看见刚才跑去的男孩和黄狗又颠着碎步跑回来了。后面跟着一个五十多岁的老头，老头肩上背着一捆连带着青苞米棒的苞米秸。

"你是村长？"走过来时，老李问。

老头从肩上卸下青苞米秸秆，一股清新的嫩苞米味在几个人中间飘散开来。老李吸了吸酒糟鼻子头。

老头瞅了老李和队长两眼，慢悠悠地说：

"以前是。"

"现在呢？"

"现在没有村长。"

"……"

老李抬起眼睛来。这会儿就有从大地里收获回来的村人陆陆续续往回走。走到村口就站下了，和老头一样从肩头上卸下来很大的一捆青苞米秸，渐渐就把村口的路堵上了，人也在中间围了起来。

"马顺呢，谁是马顺？"老李的眼盯着众人，口里问。

"找马顺干啥？"人群里有人随意地问了一句。

"他干的好事他应该知道。"老李悻悻地说了一句，眼睛不住地在众人脸上巡视。

人越围越多，将老柳树下的天色不知不觉地挤暗了。站在暗影里的队长忽然生出一种害怕的担心来……

"马顺不在。"不知过了多久，已经蹲在地上的老头又慢悠悠地说了一句。

老李不相信，目光一遍一遍地在众人脸上刮，最后停留在老头的身上："马顺的家呢，带我们去马顺的家。"老李的脸上明显地有些不耐烦了。

老头没动，压根儿就没有动的意思，"我说过马顺不在，马顺他不在村里。"

老李愣怔了一下，目光久久停留在老头身上，口里一字一板地说："你可要为你自己说的话负责……"

老头慢慢转过头来，仰脸对着老李。

"你呢，你能为你说的话负责吗，你倒说说马顺他做了哪样的事哩？"老头深邃的目光中透着一股机智。

老李觉得现在不照直说不行了。老李就说了："马顺他奸了人家女工妹呢……"

老头听了并没有显得惊异，站起身来，眼盯着老李说："你要拿他怎样？"

老李说："要拿他去坐牢。"

老头听后，目光扫视了一下众人，高声说道："好，你说马顺奸了人家女工妹要坐牢，那么人家奸了他妹子呢，要不要蹲笆篱子呢？难道他妹子就让人家白奸了不成……"

听到这里，队长暗暗吃了一惊，张大嘴注视着老头，围着的人也小声

104

骚动议论起来……

老李一顿，满脸狐疑地盯住老头："你说什么，你是说人家也奸了他妹妹？"

老头神色怪异而又嘲弄地看着老李，冷冷地点点头。

停了一下，老李接上问："证据呢，你说人家奸了他妹妹有什么证据呢？"

老李这一问，把老头问低了头，蔫了脸重新蹲下身去。众人也哑了声，惊悚悚地你望望我，我望望你。夜色像一条蛇，悄悄地在每个人的脸上游动。

"说呀，证据呢，被奸的人呢？"空洞洞的黑暗中，只有老李一个人在刨根问底地发问。队长的心还在半空中悬着。夜色沉沉地压迫着人们的神经，寂静的人群里，能听到粗重的呼吸声和紧张的心跳声……

"怎么样，没有证据，平白无故说人家奸了他妹子，可要负法律责任的。"老李泄了一口气，不再追问下去，思量着该如何把要抓的人尽快找到，看看天色已经不早了。

正这样想着，老李用眼色示意呆立在一旁的队长要往村中的人家走去，两人刚刚移动开脚步，就听蹲在地上的老头开口了："等等，慢着——"

老李和队长停住了脚步，重新回过头来。老人面色复杂地瞅了瞅他俩，又瞅了瞅众人，深深重重地叹息了一声，无可奈何朝站在人圈外面的一个女人身影说："玉芬，去把秋妹叫来吧。"

"德山伯，你——"

"去吧。"德山伯挥了挥手。

叫玉芬的女人默默地转身朝村中走去了。

冷了半天场的柳树下，窃窃私语小声议论起来。从疑疑惑惑的神色中，不难看出即将发生的事情对在场的大多数人来讲还是一个谜。

玉芬从村中走回来，身后像拖着一个影子似的悄没无声地跟着一个小巧的女人身影。走近，人们方才看清玉芬怀里多了一件东西，是件枕头般大小裹着的小蓝花棉被。里面包着什么却瞅不清了，有人好奇地往跟前挤。德山伯阻止了村人，却对老李和队长说："过来看看吧，这就是证据。"

听了这话，小巧女人身影颤晃了一下，双手掩面，小声嘤嘤地抽泣了起来。像一片被霜打过的树叶，在冷兮兮的秋夜中瑟瑟发抖……

老李走过去，掀开被角，一张新生婴儿的嫩脸就出现在老李的眼前。老李的手和脸同时僵住了。

"我们先回去吧。"从进村开始一直没有开口说话的队长，扯了扯老李衣角，在身后不动声色地开口说了一句。老李下意识地松开了手，回头瞅了瞅队长。天黑得已瞅不清队长脸色了。

走时，老李回过头很负责地对德山伯和村民说了一句："过两天计划生育检查组要下来，准备交罚款吧。"

"我们不管，你能找到孩子他爸，你就去找他要。"德山伯很有些赌气地说。

老李听了没再说什么，和队长灰溜溜地离开了马家苇子村。

三

从马家苇子村回来，已是夜里十一点了。老李说，在乡里住一宿吧。队长想想也不能再贪夜赶回采油队了，明天早上再回队里去吧。就在乡政府宿舍住了下来。老李敲开后院食堂的伙房门，叫起一个伙夫做点儿夜宵，伙夫嘟嘟囔囔穿衣出来有点儿不太情愿去给做了。两个人摸黑在前堂的饭桌旁坐等了起来。赶了半宿夜路，两个人都累得有点儿不愿说话，就默默地坐着。过了一会儿，伙夫端着两碗肉汤和四个馒头走过来，很熟练地摸黑将肉汤碗和四个馒头放在朝着他们的桌子上，打了个呵欠出去了。老李埋头吃起来，黑寂寂的饭堂里"喝噜、喝噜……"响起一阵老李很响的吃喝声。老李很快就将两个馒头吃了下去。他放下筷子。"怎么，你咋不吃啦？"老李问队长。"吃不下去了。"队长答。"年纪大的关系。"老李接着把他剩下的一个馒头、半碗肉汤三下五除二地吞咽了下去。老李满足地打了两个肥嗝，打黑暗中荡出一股猪肠子味来。

回屋，睡下。临合眼前，他跟老李说："这事，回去我们再调查一下。"老李说："也好，这屌蛋的事……"就不再说下去了，很快就响起了老李破鼓似的呼噜声，屋里就积了一股浓重的猪味来。老李真是一头猪，不想事。他翻来覆去地折腾床板，脑瓜乱糟糟地麻痛。早晨起来，两眼红红丝丝起来。

第二日走时，又跟老李说："这事，回去我们再调查一下。"老李说："也好，这屌蛋的事……"老李送他出乡政府大院，早晨新鲜的阳光在院落新瓦上跳动，新砖瓦流泻出暖暖的红艳来。这种颜色辉映在他和老李的脸上。老李边走边随意地说："你知道这院墙、房屋是怎么翻建的吗？"队长在想别的事，摇摇头。老李说："靠的是计划生育罚款。"队长就站住了脚步，有点儿不大相信。老李就很得意，眯缝着细眼说："你算哪，一户超计划生育的罚款是两千元，全乡每家农户几乎都有超计划生育的。这类罚款还不交县财政，基本国策谁敢不支持。"

队长似懂非懂地点点头。

在乡政府大院门口，老李站下了，目送着队长走去。

队长穿过了正街的集市，回过头来，看见老李的身影还立在乡大院门口。早晨的阳光很明亮，老李像老狗一样，守望在大院门口。队长的心情在这个秋天的早晨里渐渐沉重起来。

队长又一次来到乡政府是三天后的一个晌午。队长觉得有件事需要和老李单独见面谈谈，因此就赶在了乡政府快要下班的时候来的。队长先在正街集市转悠了一圈，队长不是为了买东西才逛集市的。这种农村集市出售的土特产品一直叫队长觉得特别土气。因此队长就背剪着手毫无目的地闲逛，任凭两边摆摊的人"大哥""大叔""大爷"地乱叫。队长心里认为，当工人的就该老老实实做工，当农民的就该老老实实种地，不该出来做生意。这种油腔滑调亲俗的称呼，非但没引起队长的同情，还叫队长一阵阵反感。队长便想起了马家茔子村来。相比较起来，马家茔子村的农民还是比较本分的，还都守在自己的土地上过活……队长抬腕瞅了一眼手表，快十一点半了。

乡政府食堂十一点半开饭，李公安特派员家在县城里，中午都在食堂吃饭。队长走进院子里，就见老李一个人踽踽地往后院的饭堂里走去。队长喊了一声。老李停下来，看见是他，似乎想到他会来，脸上并没有显得奇异。在热烈的阳光下默默等他，他走上前去，问了一句："这两天没下去？"

老李摇摇头，依旧看他。

他放下心来，刚才他还在心里担心，怕他这两天下去。

"出去吃吧。"

老李拖着身影跟他走出院来。

在镇上的一家狗肉馆里，他们坐了下来。队长说："你点吧。"

老李瓷瓷实实地点了一桌子狗肉菜，又要了两瓶富裕老窖，两人就喝了起来。

"那件事，我们调查过了，是队上一个工人干的。"队长说。

"哦……"老李低头往嘴里慢慢地吞咽着酒、菜。

"你看看这事该咋办好……"

"你看呢……"老李用白瓷勺舀起一勺狗肉汤，有滋有味地在嘴里细细品尝着。

队长不知该怎么说好，他越来越感觉这是在跟老李谈一笔交易，而他像个初登生意场的生意人，羞于讨价还价。

"过两天我们下去检查计划生育，就怕到时候咬出来……"老李慢吞吞地说，脑子里回现出那张粉嘟嘟的小脸蛋。

"罚款我们替交了吧，钱我已经带来……"队长说，手往衣兜处摸了摸。

"你是说两千元的罚金，你们承担了?"老李的两只眼睛抬起来，望着队长。

"是的。"队长点点头。

"那就好办啦。"老李猛呷了一口酒，脸上放出红光来，痛痛快快吃喝起来，直到将每个盘子都吃见了底。

队长结了账，就跟老李回到乡政府老李的办公室。队长把两千元钱掏出来，点给老李。老李收下了，"咱们公事公办。"又给队长开了收据。队长没想到老李手里就有罚款收据。老李送队长出来，温热的手拍着队长的肩头说："这就妥了，这屌蛋的事……"

队长走在回队上的路上，展开手上老李开给他的收据，收据上交款人写着"马秋妹"，便不由得从心里浮现出那张小巧女人恓惶的脸来。

四

过了两天，队长又去了乡政府，找老李。老李不在。问别人，别人说下乡去了。队长想起那天老李酒桌上说过的下去检查的话。返身往外走，在院子里猛丁碰见乡长进来，他站住了，乡长也站住了。"来啦。"乡长同他打招呼。上两次来，他都没有同乡长正面打过照面，也不知乡长知不知道他和老李说的那件事，就不由得脸窘红起来，站在院子里走也不是，不走也不是。"进屋来坐呀。"乡长显出一种久违的热情。对身旁一个人介绍："这是赵队长。"那人冲他点点头。他也点点头，说："我来找李公安特派员，他不在，我走啦。""你找他有事么？"乡长关切地询问。他从乡长这种询问的眼光中看出乡长并不知道那件事，看来老李没有同他说过，就有些放下心来，说："也没什么事，我到镇上办点儿别的事，顺便来看看他。""噢。"乡长的目光也舒展开来。他怕停留久了，乡长再提起联合办小炼油厂的事，就脚步有些慌乱地往外走。乡长撇下那人送他到大门口，说："下回再来，到我这儿多坐会儿。""哎……"他口里应着，就走了。

老李从乡下回来的第二日，他又把老李找到了镇上的狗肉馆里。

"咋样？"他小心翼翼地问。

"什么咋样？"老李的眼睛正盯着桌上一盘白花花的蒸狗脑上，似乎没有用自己的脑子想别的。

"那事……了啦？"

老李停下筷，从狗脑子上挪开目光，移到他的脸上，久久地盯着。

"……你也知道，我们是捧铁饭碗吃官家饭的，怕这事闹开了，对我们队影响不好……"队长讪讪地说，尽量说得自然些，却越说越显得窘慌不自然，有些气短结巴。"嘁，有什么了不了的。计划外生育费已经包赔了，人也叫他干啦……他还要怎样？"老李手里"啪"的一声脆响敲了下筷，很仗义地说。

许久，迟迟不见他动筷子，就换了一种口吻说："我跟老村长谈过了。老村长说，他们也就是想私了这件事，要不然的话早告发了……他说他们村有个祖上传下来的规矩，李家的媳妇叫张家的男人干了，李家的男人再去把张家媳妇干了，两下就扯平了，从不报官。只不过干未出阁的妹子是秘密进行的，只有主事的人知道。怕传出去，这家的妹子嫁不出去人……"

队长就觉出一种义气来，觉出一种悲壮来。酒慢慢地喝了进去，从没盛过多少酒的胃囊，火辣辣地鼓胀了起来。

"……只可惜，那是全村最漂亮的妹子……水嫩嫩的青苞米。"老李醉意朦胧地说。

队长的酒碗里就盈盈晃出一张双影的恓惶脸来。队长心里不再去想着两千块钱的包赔费了，就像一块石子装在口袋里时觉得有些沉甸甸的，可是扔进水里打个水漂儿就什么感觉也没有了。

队长在走出小酒馆时，才想起魏春花来。那时队长刚刚在小酒馆的后墙根撒了一泡酒气很重的热尿，脚步有些翘起地往回走。老李见了说："你能行吗？"队长摇摇晃晃却口气不容置疑地说："能……能行。"队长就那样上路了。老李站在镇街口挺足的阳光底下，眯缝着细长的醉眼瞅那个一点一点矮下去的身影，心底有些迷惑……

队长从镇上回到队里，就去见了魏春花。那时魏春花已以休病假的名义，在队里一间单身宿舍里躺了有十多天了。房间里拉着窗帘，充满了一股窖藏的污浊气息。队长的到来无疑是一线光明（最后即将发生下来的结果也确实是这个样子的）。队长进来坐在唯一的一只方木凳上。

队长说："私了吧。"

光明从魏春花的脸上退去了，魏春花惊愕地瞪大眼睛，像盯着魔鬼一样盯着队长。

"你有什么要求，就说吧。"

"不，我要告他！"

魏春花的脸骤然间冷了起来，像抓住最后一根救命稻草似的，紧紧揪住胸前的一颗纽扣不放。

"你告了他会怎么样呢？"队长显得很有耐心。

"我要他去坐牢。"

"他坐牢又会怎么样呢？你想想看，他是个农民，既不需要考虑丢掉工作，又不需要考虑丢掉城市户口，几年出来后，又是一个本色的农民。而我们自己呢，这件事毕竟好说不好听，总得要为以后的日子打打谱。你

110

说是吧。"队长像个耐心善诱的老婆婆絮言絮语慢声静气地说道。

昏黄的夕阳一点一点把最后一道光辉抹到了窗帘缝上。走廊里响起了脚步声，那是采油队部附近井站上的采油工下井回来了。魏春花稍稍低下了头，脸埋在黑影里。

"把你工作的井站调换到城区的采油井站上吧。"

魏春花没吱声，亦没抬头，以前她曾几次要求调到城区井站上，队长都没有答应。

黄昏的光线总是转瞬即逝的。看着最后一抹光线就要从窗帘缝上溜掉，队长所有的耐心都从脸上扫去了，队长显得有些可怜巴巴：

"给个男人娶你，行不。"

魏春花抬起头来，注视着队长。不太光明的屋子里，队长慌红了脸，从凳子上站起身来……慌不择路的队长，临出门时还没忘了最后打量了魏春花一眼。那会儿队长的目光应当说是很复杂的了。但有一点是肯定的，那就是魏春花并不是一个漂亮的姑娘了，甚至还有点儿丑。

五

队长回到家里，啪，啪，上去就打了赵四两个耳光子。赵四捂着麻木的脸，脑子也麻木了起来。记不清队长积了多久这么重的力气。在这之前，队长从没动过他一指头。赵四是独生子。尽管在赵四之前，赵四的娘曾有过三个孩子，可是一个也没有成活。赵四的娘在生下赵四后就撒手归西了。二十几年来，队长又当爹又当娘。作为娘队长舍不得打赵四，作为爹队长又时时想打赵四。队长就是这样常常矛盾着。赵四在队长这种矛盾中长到了二十七岁，也长成了一条响当当的汉子。"你干的好事。"队长泄了一口气，身子就像抽去了筋条似的，软了下来。

赵四再次陷入了一种困惑中，记不清他做过何等的好事了。直到队长哀哀怨怨伤心地提醒了他一句，他才被点划过魂来。这件事差不多快一年了，因为他已离开那个井站快有一年了。他差不多快从心底里抹去了这件事。他没能想到那个蒿草萋萋野甸子上的作合，会撒下种、会开花、会结出果来……赵四一时像个不勤于本分耕作的农人，对随意撒下的种，长出来意外的果，脸红起来。

"你今年多大啦？"

赵四不明白他问这个问题，自己是他掰着手指头数着年头长大的，迟迟疑疑地答：

"二十七啦。"

"该成家啦。"

"……"

"那好。"队长像在队里开会做决定，手一拍炕沿站起身来，下了最后决心地说：

"下月结婚吧。"

"和谁？"赵四一怔。

"和魏春花。"

"谁？——"

"队里的魏春花。"队长一字一句加重了语气。

赵四的脑子里迅速闪过一个有点儿豁豁唇的姑娘，本能地张口结舌地拒绝道："不，不，我不要和她结婚……"

"你必须和她结婚。"队长不动声色，阴沉沉地说道。

"为什么？"赵四瞪大了眼睛，有一丝绝望的光倏忽闪过。

"……如果你不想作为一个强奸犯去坐牢的话。我也不想因此成为一个强奸犯的老子活在世上。"

"……"赵四蔫了，重重地垂下了头去。

婚期就定在下月了。队长没有告诉别人，队长不想把这桩婚事大操大办。队长只和魏春花的家里通了话。队长说，他们两人处有三年多了，年纪都不小了，就办了吧。队长这样讲算不得撒谎，魏春花是三年前招工到采油队的，那时赵四已在采油队干了两年多了。魏春花的父母恍然大悟，高兴起来。觉得能攀上队长家这门亲事，也是自己前世修来的福。自己闺女什么样，能不能拿出手，自己父母比谁个不清楚？因此就巴不得早点儿成婚……队长去县城魏春花父母家，魏春花还住在队里单身宿舍里。队长回来跟魏春花讲："我都和你父母说过了，就在下月成亲吧。你还有什么要说的吗？"魏春花想了想，也觉得没什么好说的了，一切都让队长安排得挺周到。就从凄苦的脸上挤出一丝淡淡的笑意来。算是对队长——自己未来的公爹的一点酬谢。队长也很满意。队长从魏春花宿舍里走出来想起了那句老话：丑妻近地家中宝。队长希望从此家中的日子能够太平安定下来。队长实在有些累了。

赵四和魏春花结婚，新房就用赵家父子在县城住过的老屋，收拾收拾做了新房。队长一个人搬到队上去住。搬出去那天，魏春花出于新媳妇对公爹的孝道，劝阻队长说："一家人就在一起住吧。"队长说："等退休了吧，等退休以后我天天在家里住。"队长说这话时有些伤感，看了看无动于衷的儿子一眼，想到退休以后的日子也不知道能不能指上这货。

新婚之夜，魏春花想自己应该尽到一份新娘的责任，尽量做到温柔些。可是那种恐惧的感觉，就像黑夜一样不知不觉、悄悄来到她身边，叫她无论如何也驱逐不掉。结果，一夜都是在驱逐与反驱逐、压迫与反压迫的斗争中结束的。随着黎明的到来，那种恐惧感才像蛇一样悄悄退去了。初升的红日照到屋顶上，将魏春花的脸也照得红红晕晕起来。

"真对不起你……"魏春花柔柔地轻声说了一句。

赵四系好最后一颗衣扣，说了一句："没关系的，我压根儿就不指望你出血……"

魏春花的身子抖了一下，蜷曲在僵硬的被子里，嘤嘤啜泣了起来……

赵四提着白洋铁皮抽样油桶出了门，他要从城里的家中赶到59号井站上去。前前后后大约得花费掉三个小时。饿着肚子离家出走的赵四感觉到有一种说不出来的委屈，就想起了队长……这一切似乎都是队长一手操办的。赵四如一条疲倦沮丧的狗一样，赶路时这样悻悻地想道……

无论是作为队长，还是作为公爹，队长答应魏春花的两个条件都兑现了。一件是让自己的亲生儿子娶她，一件是把她从59号井站调到城区附近的井站上来。第一件似乎没费多大事就办成了。第二件他动了一下脑筋，突然调离魏春花离开59号井站到城区井站上来，换谁谁都会产生疑问。队长不想再无端地生出一些是非来，只有忍痛割爱，叫赵四还回到原来的站上去，才不会引起人们的注意。

"这也是给你的教训。"临了，队长对赵四狠狠地说了一句。

赵四又一次感到绝望了。他望着眼前这个两鬓已掺杂着许多白发的老头，想，他恐怕要在那里永远地干下去了。因为这个老头干不了多久就要退休了。那时他就是有心想调他离开那个倒霉的井站，也没有这份能力了。

他也很想问问这老头今年多大啦，但是没有问。他就是怀着这么一种绝望悲壮的心情重新回到 59 号井站上去的。

六

春天不管人们情愿不情愿，还是一如既往地来到了。白白的积雪像棉絮一样从草甸子上退去了。露出捂了一冬的柔软的黄草来，在和煦的温风抚摸下，一天一天地绿了起来。各种不知名的野花也在荒草甸子上悄悄探出头来……引来了附近村里孩儿的采摘，蹦蹦跳跳的孩儿，像一群刚出窝的小鸡，叽叽喳喳在花花绿绿的野甸子上跑动、嬉戏。

只有根远远地离着孩群，一个人在那边蹒跚学步。根不采花草，根常常把只有大人才有的孤独眼光随意向这边撒过来……根在春风的驱动下，摇摇晃晃向这边走来。根往往走到干涸的沟坡前就停住了。从沟坡底下拱出一个人来，一个男人。男人的肩上背了一杆土造的猎枪。男人凶凶地瞪了根一眼，根就乖乖地背转过身去，往回走。边走边回头，尽管走得很不情愿。他在井房里的小窗口望见了，是这样想的。

每天上午，干完井上的活，他就委顿地从低矮的井房里钻出来，扑到阳光下。阳光往往是很好的，闪着无数的金星。躺在温柔舒适的草地上，感受着很好的阳光，他才觉得每天的日子有了点儿活气。阴暗、潮湿的油井房里长年窖藏了一股发霉的石油味，待得久了，会使人窒息。

脱去棉衣，喂了一冬闲肚子的农人开始在田地忙碌。积肥、翻地、播种……农人们互不说话，像牲口一样默默地在黑土地里耕作着。其熟练程度好像打娘胎里就熟悉了这套活路。赵四就是这个时候看见秋妹的。秋妹也在自己田地里劳作着。尽管秋妹也和其他农人一样面朝黑土背朝天，可赵四还是一眼就把秋妹认出来了。秋妹生过孩子的臀部显得更丰圆了，腰身透着一股成熟女性的韵味。秋妹是全村最漂亮的姑娘。赵四再次在心里得到认证。当初赵四能一眼把秋妹和众多的村妹区别开来，也说明赵四是有一定眼光的。

秋妹在往苞米地里撒苞米种子。脸背对着阳光，瞅不清什么表情。从有一把无一把慵懒的动作上看，秋妹显得很不上心，似乎不指望秋后能有个什么好收成。秋妹只是在例行一个农人在春天应该例行的职责而已。秋妹以前不是这样，秋妹以前是一个很能干的妹子。

阳光肆虐起来。赵四蜷缩着爬起身来，像个怕光的老鼠溜回油井房去……

黄昏，阴霾的荒草甸子上，一只溜出洞穴觅食的灰兔被人发现了。灰兔缩脑刚要窜回洞穴去，被伏在沟涧底下的男人一脚把洞口踩死了。灰兔慌不择路，四处跑窜起来，男人跟在其后紧追不舍。根也跟在男人后面跑。在根快要跟不上时，男人扣动了扳机，灰兔箭一样一头栽倒在草棵子里，男人挥挥手，根像条小狗似的欢快地跑了过去，从草棵子里用双手抱起一只鲜血淋淋的灰兔，血染了根一脸一身。根像个血人站在黄昏的草丛里。

根一天一天长大了。根总是很固执地趁男人不注意往白井房这边走来。但往往是根走到沟坡边上，男人就像脑后长了眼睛，喝住了根。根就很委屈地停在沟边上。男人叫根回去，根不动。男人从草丛中走过来，望着根。根也迎着男人的目光望着男人，毫无惧色。一大一小两个男人的目光就这样对峙着，默默交流着。后来男人撤下了目光，男人的眼睛呈现出滴血的颜色。

"那里有鬼。"男人说。

根的目光很恐惧地闪了一下，撤下了。

从此，根再也没有越过沟坎一步。

赵四近来多半是星期六晚上回到城里家里的。赵四回到家，女人期期艾艾地说："你回家越来越迟了。这好像不是你的家。"

赵四瞅瞅女人，觉得女人说得不错。赵四听了没吱声，坐下喝女人为他温的酒，吃女人刚从街里买回来的冒着热气的血肠。女人坐在一旁看赵四吃，似乎很欣赏赵四狼吞虎咽的样子。

"你憋不住啦。"赵四说，"你想要我天天回来强奸你吗？"赵四抹了一下嘴巴，又说。

女人被说低下了头，默默起身下去把桌子收拾了。

收拾完，就早早上炕了。赵四借着酒劲把憋了一周的情绪发泄了出去。

"爹说想抱孙子。"天亮，女人小心翼翼试探着说。这么长时间没动静，她也觉得难为情开口。

赵四这才想起他们结婚差不多两年了，可至今这个女人还肚子扁平平地躺在他们赵家的炕上。

"你用心多回来几次好吗？"女人有些哀求地说。

赵四听了没吱声，赵四木头一样坐在晨光里。明媚的太阳跳进屋，将一夜的黑暗一点一点驱散了。

"你也要生一个带兔唇的孩子么？"停了会儿，赵四问。

"不会的，兔唇是不会遗传的。"女人说。看了看赵四不吱声，又说："我问过医生了，有时两个人生出的孩子谁也不像的情况也是有的。如果生儿子，多数都随爸爸的。"赵四依旧没再吱声，赵四又找出那个破抽样油桶，又要上井了。

赵四临出门时，回头对女人说了一句："我看见你，就像看见了兔子。"

赵四走在外面早晨良好的阳光下，忽然脑子里闪过黄昏里一只血淋淋的兔子，那只兔子被一个男孩双手死死地攥在怀里……赵四的情绪就在这个早上被破坏得干干净净，哀叹了一声，走了。

女人在赵四走后，就起来了。她想她该到医院去看医生了。她要看的不是不孕症了，而是能不能做一下整形外科手术，把兔唇做掉。如果县城医院做不了，她再想办法到外地美容诊院去矫治。总之要去掉这个该死的兔唇了，这是女人今天早上想到的一个刻不容缓的问题。必须赶紧处理掉，女人最后下了决心。

七

秋妹家的苞米地里长出了茂盛的苞米，绿油油的一大片，望不到地头，比邻地的几家苞米地长得都要好。别的人家苞米棒还没有灌浆时，秋妹家地里的苞米就开始灌浆了。谁会想到呢，春天时那么不经意撒下的种子，竟会长出这等的成色来。这是一个少见的缺少水分的夏天，秋妹家的地块处在坡下的洼塘地带。春天撒种时又像驴拉稀屎似的比往年撒得稀，这样地里的水分刚好够用。别的人家男劳力顶着日头汗土流水往地里担水时，却不见马顺往地里担过半挑水。马顺整天背着那杆土造的猎枪在野甸子上转悠。转悠到中午时，枪头上就差不多挂上了一只垂死的兔子回去

116

了。马顺差不多每天都有收获，这种收获也鼓励着马顺像一匹精力充沛的狼，连续不断地每天出没在草丛中。

赵四很担心有一天马顺打不到兔子时，会不会把根当成猎物一枪打了。因为根每天始终不离左右地在没膝深的草丛里蹿来蹿去，像一只活蹦乱跳的兔子。而那时马顺几乎是杀红了眼，常常用那种充满杀机的眼神追踪着根的身影……

秋妹通常是正午走进苞米地里，去掰青苞米。正是烧晌饭的时刻，村子里家家户户的房上都冒出了炊烟。在田地里劳作了一上午的农人，大都回去歇晌了。秋妹顶着烈日，沿着一条弯弯曲曲的羊肠小路走来。路两旁的蒿草埋没到秋妹的大腿根部，远远望过去，秋妹丰圆的臀部就在蒿草浪上一扭一扭有节奏地滚动……秋妹就那样有节奏地默默移进了苞米地里。宽长繁茂的苞米叶子花花乱乱一闪，遮去了秋妹的臀部、秋妹的身影。

苞米地里静极了，静得能够清晰地辨听出哪棵苞米在灌浆拔节的细微响声。他走进苞米地里时，秋妹已掰下来四五只嫩嫩的青苞米。秋妹一手掰苞米，一手揪起前襟，把掰下的苞米很熟练地放进花衣襟兜里。掀起的花衣襟下露出一段白白细细的皮肤来，且一扭一扭地晃动……他觉得苞米地里倏然间着起火来，伴着噼噼啪啪的响声。

他迎着秋妹走过去……秋妹看出他，就把衣襟里的苞米都抖落干净了，和他一起倒在了滚烫的地垄沟里……

他久久地趴在地垄沟上，体验着一种曾经有过的快感。沁人心肺的苞米味灌得他满鼻子满嘴都是。他贪婪地大口大口吮吸着，渐渐地，大地的精气把他喂饱了。

他站起身来。走前，他回过头来说：

"秋妹，我要娶你。"

秋妹从容平静地系好了衣扣，弯腰把散落在垄沟里的苞米一棒一棒拾到手里，重新放进兜起的前衣襟里。秋妹看上去是一个做事很认真心细的女子。苞米地里那时热得好像烤着了火似的。

赵四星期二下午回到了家中。家中只有队长一人在家。队长现在已不是队长了，队长刚刚办了退休手续，在家闲着没事，待着呢。"魏春花呢？"他进门就问。队长看了他一眼说，"她出门扎古病去啦。"赵四这才想起魏春花几次跟他提到过的要到外地美容诊院去做整形兔唇的事，不由得吐了一口气："操，整个鸟啊。"队长眼睛叼着他："你回来有事？"他看了一眼队长，才想起这事跟他也好有个交代，就咬着牙根说了："我要和她离婚……"

队长听完后，沉默了。队长心下想，事情弄到了今天这地步，无论从公从私讲，他都没有什么权力去干涉了。就苦巴着脸征询儿子的意见："再缓两天行不？"

赵四想起当初队长叫他和魏春花结婚还等一个月呢，现在缓两天就缓两天吧，况且魏春花还没有回来，就点头答应了。当天返回井站上去了。

队长第二天去了乡里找老李了。他跟老李也有日子没见了，自然是在镇上的那家狗肉馆碰的头，他叫老李点了菜。

"……你说，他俩结婚行吗……"

酒到半酣处，队长就把事情的经过磨磨蹭蹭、躲躲闪闪同老李讲了一遍。老李凭着多年的公安经验，很快就从这跳跃性很大的章节中听出个囫囵轮廓来。老李没想到那桩他差不多快要忘掉的案子，还有一个这么个噱头。以前落在心底的疑团也渐渐在心里解开了。酒喝得很顺畅，醉眼眯缝着笑了，就像看着一个迟迟不肯露底又被人捉了赃的案犯。

"行，咋不行？"

"就怕魏春花离了婚再告。"队长总有些心气不足。

"她告个屁！她告怕什么，自己的男人操自己的老婆是天经地义的事，谁管得着……"老李半开玩笑半认真地很粗俗地拍拍他的肩头说。

这一拍，队长落下心来，不再有什么担心的了。

老李送他到镇街口，告别时似乎又不经意地半开玩笑说了一句："没想到两千块钱得了个孙子，得了个媳妇，值啊……"

他听了，语塞了，脸窘得通红，逃也似的离开了老李……

魏春花从外地美容诊院回来，嘴唇上还包着白纱布。队长见了，像做了见不得人的亏心事，心里惶惶的。第二日就找人传信把儿子叫回来了，他则躲了出去。

"我们离婚吧。"

赵四拖着一身疲惫回到家来后，开门见山地跟她说。他没有注意到她的嘴唇。她以为赵四会看到她的嘴唇，可是赵四没有看到。她特意冒着被感染的危险，在赵四走进家门前将纱布揭下去了。上面现在只有短头发丝似的一道纹线。医生告诉她过些天这道细小的纹线也会消失的。她再也不是兔唇了。

"是你们父子两人商量好的吧。"魏春花想起此刻没有在家的公公，满脸狐疑，嘴唇有些微微颤抖，不知是因为委屈，还是因为疼痛，且有泪花在眼窝里打转儿。

"不，是我决定的。"

有那一瞬间赵四似乎动了恻隐之心，可他还是硬着心肠说。

魏春花脸冷青起来……嘴唇由于扭曲而可怕地斜张着，阴阴地说道："赵四，你和我离婚，你会后悔的。你是个畜生，你迟早要遭报应的。"

赵四耐着性子听完，也冷冷地回敬道："和你吗，和一只不会下蛋的母鸡，而且还是一个很丑的母鸡离婚，会后悔吗？"

女人不再说什么了。女人开始动手收拾东西。在黄昏来临时刻，离开了赵家的家门。赵四倚在门框上，望着女人凄楚、黯淡的身影消失在落日的余晖里。赵四的心里又重新升起了一轮希望。

八

秋妹的家只有秋妹和马顺兄妹两人，秋妹的父母早逝了，因此赵四直接去找了德山伯。赵四在村口的老柳树下找到德山伯。赵四说："我要娶秋妹。"德山伯上下打量了赵四一眼，像打量一个毫不相关的人。德山伯低下头去接着吸手里的那杆烟袋锅。赵四想了想，又说："你想让秋妹一辈子嫁不出去吗？"德山伯的烟袋锅抖了抖，就抖落出几末儿火星来。最后，德山伯磕掉烟锅里所有的火星，站起身来，眼睛望着远处的苞米地，说："也好，你是根的爹，就成全了你们吧。"

赵四是在秋天的一个日子上娶秋妹的。地里的苞米刚割过，就露出丑陋的地垄沟来。全村的人在德山伯带动下，几乎都到村口来送秋妹。只有一个人没来，那个人是马顺。按照习俗，根也没有一块儿坐车走。过两天秋妹回门时，再把根带过去。年岁大的女人和年纪轻的女人都抹着眼泪，好像秋妹不是去县城，而是去一个她们谁也再见不到的地方。秋妹没有抹眼泪，秋妹显得很平静，目光一直朝一个方向望着。如果赵四注意到了，就会发现秋妹的落眼点是她家的那块苞米地，也就是他和秋妹第一次野合的地方。这会儿，那块地空落落的，只有几个不规则的苞米根歪歪扭扭扎在地里，显得很丑陋。赵四没有去注意秋妹的眼神，或者注意到了只是认为那是一种留恋的目光而已。此刻作为新郎官的赵四显得很忙乱，不断地和德山伯、和村人握手告别。赵四觉得村人在今天都变得亲切起来，村人也觉得赵四在今天变亲切起来，很有些缘分的亲切。

马车赶出了屯子，又穿过了两个屯子。赵四忽听到一声沉闷的炸响。赵四心里下意识地一抖。赵四马上想到，这只可怜的小生灵恐怕连肉末儿都找不到了。

赵四很快就不去想了。赵四望着沿途一路秋收的景象，也在美美地想着自己的收获。那就是在这个秋天里，赵四为赵家收获了一个媳妇、一个儿子。赵四坐在马车上，同过路的农人一样在脸上咧出了一道按捺不住的喜色。

新婚的当天夜里，二次做了新郎的赵四，没有找到苞米地里的那种感觉。赵四如同掉进了一个黑漆漆的无底洞里，孤立无援却又无可奈何。折腾了一夜的赵四，像一条气急败坏的疯狗，浑身筛糠发抖，呼哧、呼哧，大口大口急喘着，瞪着秋妹……

"你是个强奸犯。"黑暗中，女人幽幽地说了一句。

赵四的身子顷刻间软了下来，像一摊稀泥似的瘫躺在炕上，呼呼气喘着，大汗淋漓地睡了过去……

如是三日。赵四蔫黄着脸，大病一场似的拖着极虚弱的身子走出屋门去……

"赵四，你要当心自己的身体。"清晨，院子里，默默站在那里的队长送过来一句。

赵四抬起头来，看着队长。

队长转回头，默默地向西屋自己房间里走去。老头转过头时，有一道暗影从他脸上掠过……

秋风阴阴地吹来，站在院子里的赵四觉得一阵阵发冷，就走回屋去加穿了一件秋衣。女人这工夫在屋里打了一个包袱，女人要在今天回门领根去。女人不叫赵四跟着一同回去，赵四就在屋角落里找出抽样油桶，打算上井去。赵四临出门时瞅了女人一眼，说，反正同路。

女人就和赵四一同走出了这个刚刚度过了三日生活的家门。树上落下来的黄叶，在门前的台阶上簌簌滚动，悄悄絮语……

在马家苇子村外，赵四在白油井房前的路口站下了。秋妹一个人往村子里走去。一路黄黄的蒹草叶，拨动着秋妹圆圆的臀部，在上面一扭一扭地滚动……赵四心里就一涌一涌地按捺不住冲动，往肚里用力干咽了一口唾沫。

……赵四在井站上待不了多久就要赶回家来，一日比一日勤快，像一条乐此不疲的狗，总是把希望寄托在来日上。可来日又叫他灰溜溜地走出了家门……日子就在这恼人的疲惫重复中一日一日度过了下来。

根上小学了，舅爹马顺还时常进城来看望根，一般都是在赵四没在家的时候来的。家里的墙壁上挂满了各种毛色的兔子皮，那是马顺带来的，马顺每次来都不空手。马顺却从不留下来吃饭，扔下一只伤残的兔子就走人。

一日黄昏，赵四风尘仆仆疲惫地从井站上赶回来，一进家门看见根坐在一只石凳上剥着一只黑兔子。黑兔子身上的伤口还在汩汩地往外流血，红红的眼珠向上翻着，绝望地瞪着根。根做得不动声色，显得很老练。沙、沙……一柄柳叶刀片儿娴熟地在手里翻转，一闪一闪跳荡着锋利的白光。赵四认出这把柳叶刀是马顺的。有条凉蛇在赵四身上隐隐爬动，直到这时，赵四才感觉在心里恨起马顺来。黄昏的残阳将根的周身笼罩成一片血色的光晕……

"他又来了。"饭桌上，赵四停下来，低头闷闷地问了一句。女人和根都听到了，没有反应。女人和根很香地嚼着兔子肉。

赵四失了胃口，磨身离开了饭桌，走到院子里去……暗淡的地上有一摊黑湿的兔血。

这一夜，赵四老老实实像只猫似的在炕上睁眼躺到天亮。女人在身边很香甜地睡了一夜，均匀而富有魅力的呼吸里，散发出一股淡淡的兔肉香味。光洁而富有弹性的女人身子漂漂亮亮地展露在被子外。

从此，赵四减少了回家的次数……

马顺被抓起来是第二年开春的事了。魏春花告了，魏春花没有再告到乡里，魏春花直接告到了县里。县公安局就去了一辆警车，直接开到了马家苇子村，把马顺逮捕了。村人们在德山伯的带动下，在村口将警车团团围住了。警车在破碎了两块玻璃后，仓皇地离去了。马顺当时在车上，挺麻木地任村人呼天喊地叫着他的名字，马顺将头扭向远处，目光落在白油井房处。白油井房空无一人，没有赵四的身影……马顺就从嘴角挤出一丝挺残忍的冷笑。

正赶上"严打"的时候，县公安局处理这桩案子处理得挺快。两个月后就宣判了。马顺被判了死刑，以强奸罪判的。具有典型意义的是这不是一般的强奸案，这是一起强奸采油女工的强奸案，有破坏油田生产的嫌疑。一个时期以来，许多采油女工大白天都不敢上岗巡井，使油井原油日产量下降，影响了油田正常生产任务的完成。因此公判大会是在采油矿上召开的。下面坐了黑压压一大群采油女工，就有采油女工指着站在前台挂着打红叉纸牌子的马顺小声骂："臭不要脸的，咋不强奸你妹妹。"

马顺听了无动于衷，眼一动不动地望着蓝天，似乎要瞅出什么东西来。

和马顺一同判的还有几个偷油田电缆线的农民。当听到那几个青年农民也一同被宣判处决时，采油女工们又不安地骚动议论起来。有心软的女工甚至抹开了眼睛，在为那几个偷电缆线的青年农民抱不平，那几个青年农民看上去还没有成家，而马顺至少是沾过女人味了……

警车拉着几个死刑囚犯向荒野甸子深处开去。众多的女采油工纷纷倒退着躲开了，一些胆大的男采油工则哄的一声，热热闹闹跟着警车向刑场跟前跑去。

看热闹的人群在警戒线前停住了，围着沙碱滩站成了一层厚厚的人圈。没等站稳脚跟，就听到"啪、啪、啪……"几声枪响。马顺和几个囚犯，像被飓风折断的蒿草，齐刷刷地一头栽进挖好的沙坑里……

魏春花也夹在人群里，从会场一直跟到刑场，一直盯着马顺看。马顺没有认出她来，马顺的目光一直没朝这边看。枪响的时候，魏春花闭上了眼睛，嘴唇上有一块肌肉剧烈地抖了抖。

九

赵四的目光常常有意无意地瞭望那块空地，那是秋妹家的苞米地。如今荒芜了，疯长出许多摇摇晃晃的蒿草。蒿草长得又高又壮，几乎和邻地别人家长出的苞米棵一般高。这就常常叫赵四惊奇那块地的生命力。秋天来了，蒿草被霜打了后，自动衰落在地里。第二年开春，别的农人在往地里撒苞米种子时，那块地的蒿草们又蓬蓬勃勃绿绿苍苍生长起来。"真是块肥地。"赵四站在阳光下干干地咽了一口唾沫说。赵四常常为那块肥地空闲着而感到可惜。"为什么要闲着呢。"赵四像个一心巴望能有个好收成的农人这般自言自语不甘心地说。不甘心的赵四渐渐在体内暗暗积攒着某种力量。

赵四又增加了回家的次数。根已上了中学，根上了中学后放学回家就晚了。赵四通常是赶在根放学回来前回到家中的。赵四像个影子似的蹑手蹑脚走进了家门，外屋厨房门敞开着，秋妹正在往锅里贴玉米面饼子，水汽遮住了秋妹的脸。秋妹弯腰撅臀地立在锅沿前，双手往锅里下着团好的玉米面湿饼团。赵四的两手从后面伸过来，抱住了秋妹的腰。秋妹扭动起来，停住了手里的活，腾出手来去掰赵四的手。赵四的手紧紧搂住秋妹两只硕大的乳房，往灶坑旁边的干苞米秸上扳。秋妹拱身挣扎，两个人像泥鳅一样滚倒在苞米秸垛上。苞米秸在身下压得翻来覆去哗哗啦啦地响，锅里的玉米面饼子还在敞着的锅里蒸贴着，沸腾的白水花在锅底发出一串小虫子似的吱吱叫声。不知什么时候门口的光线暗了一下，赵四停住了手，吃惊地盯着来人，走进来的是根。十五岁的根高高大大地站立在门内。他低头从苞米秸垛上爬起身，走进屋里去。根阴冷的目光从头到脚跟踪着他的背影……

根的阴冷目光叫他感觉根不像他的儿子。事实上根也从来没叫过他一声爹，甚至懒得和他说一句话。他知道这是马顺造成的。可马顺已作为强奸犯被枪毙几年了，根还这样冷漠地对待他。他觉得有必要履行一下父亲的职责，否则还不知道根将来会成为什么样子。根是赵家的独苗，他知道现在和将来都很难再叫秋妹顺从地为赵家生出一个或半个儿子。因此他必须保护好根，队长也常常这样教训他。他在秋妹出去时，在屋里门口堵住了要去上学的根。

"根，你是我们赵家的根……"

根低视着眼睛，往前笔直地伸着一条抬起的左腿，冷漠地低声说了一句："躲了。"他把身子从门框上移去，刚刚鼓起的勇气让根连碰也没碰一下就自散了。

他揪着头发，自愧自叹地深深"唉"了一声，眼睁睁看着根的身影从胡同口消失了。在根走后，他回身找出抽样油桶，想到该上井站上去了。好像这时候只有井站才叫他觉得舒坦些。赵四路过胡同口食杂店时，买了一瓶白酒和两盒肉罐头，一起用手提溜着走了。

根带着学校体育老师来家访。根近来常常放学回来晚，就是被体育老师留下了。体育老师三十来岁，身体长得硬硬实实。根对秋妹说："这是我们体育教师。"

秋妹从锅台边抬起头来，透过水雾冲体育老师点了点头。

体育老师对秋妹说："根的体育成绩很好，特别是百米跑的速度全校第一。我看发展下去可以在全地区拿冠军。"体育老师眼里有种亮晶晶的东西在闪动。

秋妹想起根从打出生时就跟舅爹在荒野甸子上撵兔子。秋妹就想起马顺来，眼睛盯着根看。外甥像舅，根长得像马顺。

"能给根增加些营养么，根现在正是长身体的时候。"体育老师瞅了瞅锅里，用商量的语气同秋妹说。

秋妹摇摇头。秋妹想起以前都是马顺定期送来兔子肉吃。现在马顺不在了，那人又喝开了酒……

体育老师默默转身走了。秋妹和根送到门口，秋妹说："让你费心了。"体育老师听了，站了一下，又转头走了。

体育老师再来时，手里拎了一条猪肉。体育老师说："路过肉市，看见肉挺好的就买了一刀条。"

秋妹接了。根还没有回来。秋妹把体育老师让进屋里去坐。

"根是我做姑娘时生的。"秋妹说。

体育老师抬头望了望秋妹，想了想说："一般那时生的孩子都聪明，根将来一定会有出息的。"体育老师的眼神躲躲闪闪，语气却不容置疑很肯定地说。

秋妹听了没说话，莫名其妙地在心里叹息了一声。

体育老师就走了，秋妹送到大门口。晚上的阳光将体育老师的身影拖拖拉拉扯得挺远，直到看不见为止。

根每天放学回来都气吁吁地急喘。秋妹说："有鬼撵你吗？"根说："我在争冠军。"秋妹就不说话了。秋妹觉得那是一个渺茫得几乎不可能的希望。但却不阻止根，任根一天一天疯马似的放学跑回家来。

赵四无声无息地回到家里，借着酒劲将秋妹逼到了墙角。秋妹奋力挣扎着，滚动着……衣服被赵四一点一点撕扯了下去。赵四看到了希望，撕掉了上衣的秋妹露着白光光的乳房，一颤一颤地跳动，刺激得赵四发了疯似的动作起来。秋妹恐慌起来，秋妹顾不了许多喊了一声……一串急促的脚步气喘吁吁停在了门口。十七岁的根堵住了门口。赵四回过头来，看到了一双冷漠的眼睛。赵四住了手，站起身来。

"你再动她，我就宰了你。"

赵四临进屋时，听见背后冷冷地传来一句。这是根第一次正式和他说话。赵四脊背就绝望得发凉。

秋妹从墙角站起身来，整理好衣服。像什么事也没发生似的，又接着去做晚饭了……

体育老师还时常路过送肉来。体育老师拎着肉走进屋时，也是脚步轻轻的，像怕惊动了秋妹的做活。秋妹往往是脑后长了眼睛，头也不回地说，放在案板上吧。体育老师就将肉条拎到案板上了，放下，然后走进屋去。这工夫，秋妹也打时间差地洗净了手，放下手头的活路，关上敞着的门，走进里屋去。体育老师已在炕上躺下了，一条花被盖在体育老师的身上。秋妹泥鳅似的钻了进去。花被就在热乎乎的炕头上有节奏地颤动了起来，伴随着秋妹压抑的兴奋的呻吟声……

完事，秋妹脸红红地起来，出外屋往灶坑里又加了一把干苞米秸，将熄的炉炕火又噼噼啪啪燃了起来，锅里的水汽吹着又吱吱叫了起来，荡开一片朦胧的蒸汽。蒸汽中，体育老师衣着整齐地走出了大门。秋妹不再送了。偶尔，在门外碰见逛街回来的队长。体育老师就极亲热地打了一声招呼："大叔好！"队长则疑惑地瞅着体育老师，目光送出去很远。

饭桌上，根有时会说一句："这肉真香。"秋妹的脸就又红红地透明起来。公爹的脸则默默扭向别处，饭在口里很不顺畅地慢慢往下咽。这样的夜晚往往是赵四又烂醉在井站上的时候。

十

赵四觉得这是自己的家，就没有必要再偷偷摸摸像贼一样地走进这个家门。偷偷摸摸走进这个家门的应该是那个人，而不应该是自己。赵四已隐隐约约听到了一些街道邻居交头接耳的议论……因此这天下午赵四从井站上回来时，就是这样大模大样走进家门的。女人和往常一样，在锅台前忙活着。听见大门响，女人抬起头来，看见大模大样走进来的赵四，倒吓了一跳，像不认识赵四一样，就那么呆呆地站在锅台前瞅着赵四。赵四径直走到女人跟前，脸对着脸站下了。"你是个婊子。"赵四说。"你是个情愿让野男人睡的婊子……"赵四又说了一句，就从嘴里憋不住地喷出一股浓重的酒气来。掺和着浓重酒气的话显得有些底气不足。赵四游移的目光开始淫荡迷乱起来……女人就松下脸来，眼里重新布上了一层冷冷的讥讽。像看一个街头骂仗的泼妇，赵四在女人眼里失了男人相。赵四自己也气愤起自己来，气愤之极的赵四动手扯起女人往里屋去。女人不从，冷漠地挡开了赵四的手。赵四就又习惯地蹲跳到女人身后，一把抱住了女人丰腴的腰。赵四抱住女人的腰时，想到了那个男人。赵四气喘如牛地说："他干得，老子当然干得。"赵四的力量陡然间增大了许多，终于将女人扳倒在灶坑旁的苞米秸垛上。刚刚煞秋的青苞米秸，散发着一股浓烈的清新味。这种清新的嫩苞米味直灌进赵四的嘴里、鼻里……朦胧中赵四又嗅到了一种久违的熟悉气体，青苞米味如同兴奋剂一样叫赵四疯狂起来，两眼突突放射着贼亮的光，身子也突突地战栗不止。压在身下的女人就绝望了，绝望中的女人近乎歇斯底里地喊叫了一声，从胸腔拱出来的声音刚刚冲出喉咙就被一只大手堵回去。女人又奋力扭头甩掉了手……女人的喊声，提醒了莽撞中的赵四，赵四脑里迅速闪出以往失败的教训，两手慢慢向脖颈喉咙处伸去。赵四清醒地意识到那是个关键部位。女人的脖颈在赵四手掌里像棉花一样柔软，赵四又体验出一种久违的快感来。

乘兴至极的赵四正要进一步动作时，一条影子移了进来。影子像条咬人不叫的狗，不声不响蹿到赵四身后，将一根扁长的物件熟练而果断地扎在了赵四后背上。赵四觉得后背像蚊虫叮咬了一下，赵四腾不出手来去弄开，赵四两手还在用力死死掐着女人的细脖颈。奄奄一息的女人在将要闭上眼睛之前倏忽闪出一道微弱的光亮，像快要熄灭的灯捻，爆出一星火花。赵四顺着女人微弱的视线回过头去，赵四就看到了一双十分熟悉的眼神。赵四挺奇怪他又从什么地方找出了那把柳叶刀片儿，赵四只恍惚记得自从马顺死后，那把柳叶刀片再也没有出现过。此刻，带有绿锈斑点的刀片儿，正很顺畅滑溜地通过他气愤委屈的左肺叶，进入心室……赵四想不

126

明白的脑袋挺困惑地一歪，身子也瘫了下去。

一直在西厢房听动静的队长，脚跟脚迈步走了进来，但还是迟了一步，看到地上热气腾腾的一切，惊呼了一声："天哪——"就晕了过去。

队长醒过来时，已坐在了县公安局那间破着玻璃、漏着风的预审科办公室里。窗外的光线被一棵不知多少年轮的老榆树挡上了。老榆树枯黄的叶子，差不多都被无情的秋风不断掠去了。剩下的几片屈指可数的黄叶，孤零零地吊在枝头上，颤颤抖抖摇晃着。

"……案发时，你在现场吗?"预审警官打量了一眼面前这个一夜之间白了头发的老头问。

"是的。"老头答。

"你都看见啦?"

"是的。"老头再答。

"他们当时在干什么?"

他头低下头去，很认真地想了一会儿，抬起头来说："他们在打架。"

"他们经常打架吗?"

"是的，他们感情一直不和。"老头没有再犹豫地说。

"是谁先动的手?"警官问。

"是那个畜生。"

"你是说是你的儿子。"

老头屈辱地很不情愿地点点头。警官在往询问笔录上飞快地记着。

"凶手呢? ……就是你的孙子是什么时候闯进去的?"

"是那个畜生……要杀了他妈妈的时候进去的……"

老头用了些力气说了这句话后，脸上涌起了精疲力竭的潮红，呼吸也微微急喘了起来，渐次粗重……

预审警官就不再问什么了，合上记录本，同旁边的一个预审警察交换了一下眼神。旁边的预审警察就走过来，扶起老人，慢慢引导老人向外面走去。

老人在走出屋子时，眼光凝滞而呆板地打量了一下窗口。树上正有一片枯叶缓缓地飘落下来，碰到窗框上，像一只孤立无援的小鸟，翻飞着跌落到屋角的水泥地上……老人的身子微微地哆嗦了一下，抬起脚步，拖沓、拖沓地慢慢走了。

……提审与本案有关联的第一证人马秋妹时，预审室里又增加了两个女预审员。先前的男预审警官默默地坐在旁侧的椅子上吸烟。由年纪轻的女预审员做记录，年纪大的女预审员做询问。

"你是马秋妹？"

秋妹点点头。

"你与被害人是什么关系？"

"被害人是我男人。"

"你与杀人凶手是什么关系？"

"他是我的儿子。"

"案发时你与被害人，就是你的丈夫在做什么？"

"……我们在做那种事情。"秋妹也认真地低头想了一下，实在也想不出什么好的词语来表述了，就这样有些难为情地说了。

年纪大的女预审员和低头吸烟的男预审警官默默地略显惊讶地交换了一下眼神。做记录的年轻女预审员则脸微微红了一下，秋妹想他们是听明白了，心稍稍松了下来。

"你们常在白天做那种事情么？"

"是的……"

秋妹的脸也微微红了一下，显出一种农村妇人纯朴的羞怯来。

十一

秋妹回到家里。县公安局告诉她这段日子不要外出，随时听候对本案的传唤。秋妹就在家中耐心地等待起日子来。

过了一段日子，案件卷宗按照程序由检察院辗转报到了县法院。法院受理此案的审判员看过卷宗后，惊奇这是一起罕见的家庭伦理道德沦丧案件，认为此案的公开判决，对加强居民的法制意识特别是广大青少年的法制意识、配合当前开展的社会主义精神文明教育，都将会起到积极的宣传效果。于是，便在法院审判例会上提出了公开审判的建议，并通过了开庭审判的日期，发布了公告。

法院的传票是邮差送来的，邮差在门外喊了好几遍马秋妹。秋妹这才想到是喊自己，就匆匆走了出去。邮差很不耐烦地把邮件摔到她的手里，骗腿蹬车走了。

当晚，秋妹在家里翻箱倒柜找明天上法庭里穿的衣服。正找时，秋妹忽然听到门上隐约响了几下迟迟疑疑的敲门声。秋妹推开屋门，只见黑沉沉的院子里站着一个人影，是队长。

"……明天你上庭……就说是那畜生要掐死你的……"

秋妹站在门里没动。

"求你啦，给我们赵家留下一根独苗吧！"队长"扑通"一声跪倒在落着清霜的院地上，混浊的泪水从脸上流了下来。

秋妹轻轻碰了下门，关上了。

秋妹夜里躺炕上，听着队长的呜咽声一直响到下半夜才小去……

开庭审判是在县法院新近落成的一间法庭进行的。根被两名法警押着带到了被告席上。根进来时似乎向秋妹这边扫了一眼，便把目光游移不定地低了下去。几日不见，根的头发乱糟糟耸立着，显得很长；嘴唇边嫩嫩地生出一圈黑绒毛。根今年已十八岁了，秋妹想。根已长成大人了。

"你叫什么名字？"

一个二十多岁、刚刚大学毕业的检察官例行程序地问秋妹。

"马秋妹。"秋妹神情安静地回答。

年轻的检察官看了一眼桌上的卷宗，又接着依次问了下去……

"案发的当时你在哪里啦？"

"在家里了。"

"和谁在一起？"

"和我男人。"

"……你们在干什么？"

秋妹的脸上又一次呈现出羞怯的红晕，低顺着眼皮答：

"做那种事情……"

法庭下面的听众席上有些小声骚动起来，并伴着几个不知从哪里来的看热闹的小青年嬉笑嘘声……这时候，站在对面被告席上的根也抬起头来，略显异样地注视着秋妹。

检察官仿照港台影片中的公诉人动作，突然一转身指着根的面孔问秋妹道："案发的当时，在现场是你看见被告杀了你男人吗？"

"是的。"

秋妹的脚跟稍稍颤晃了一下，但很快就站稳了。

台下哗然起来……

根瞪大的瞳孔里露出惊恐万状的问号，似乎想说什么，嘴唇干干地动了动，还是紧紧地闭上了。随即，瞳孔里的惊恐也黯淡地熄灭了，头重重地垂了下去……

年轻的检察官不再问什么了。年轻的检察官不需要再问什么了。检察官的心里此刻在想古希腊神话传说中的"杀父娶母"的故事和学过的现代心理学中的弗洛伊德意识……想过这些之后，检察官打量了一眼根，不无悲哀地在心里感叹，应该进行扫性盲教育。

议论纷纷的台下，街坊邻居们也按照通俗的常识性心理推断，理解了秋妹。一个有外遇的女人是不可能为自己的男人辩护的。而且被告的还是自己的亲生儿子……邻居们用有点儿愧疚的目光重新打量起秋妹来。秋妹在这些宽容善良的目光簇拥下，走出了法庭。

远远的路旁，秋妹被一个人堵住了。那个人是体育老师。

"……根会恨你一辈子的，根就快要拿地区冠军了！……"

体育老师用无比哀伤的眼神盯着秋妹的脸说。

说完，就掉头踉踉跄跄地走开了，像一只中了箭伤的狼。

根被法院判处死刑，没过多久就被执行了。行刑后，法院通知家属去收尸，秋妹就去了。

秋妹把根葬回了马家苇子村。秋妹也一个人孤单单地回到了马家苇子村上。

秋日的黄昏，荒芜了许多年的秋妹家苞米地里，长出了一个崭新的坟包。秋风萧萧，蓑草瑟瑟地摇晃着，发出嘶嘶呜呜的低吟……

秋妹的身影默默地孤立在坟头前，站成了一棵蒿草。

"……根，你别怪我，你是土里生的，你的根在马家的土里，你就还回到土里去吧。"

某日，前乡镇公安特派员老李走到肉市街上去买肉，不期遇上了队长。老李早已退休了，从乡里回到了县城来住。老李像遇见了老朋友似的惊喜地抬起头来，同在人群里晃荡的队长打招呼："喂，老赵队长……"队长疯疯癫癫地走过来，痴痴呆呆地盯着老李看。老李就说："你的大孙子还好吗?"老李恍惚记得他的孙子也许该参加工作了吧。

"呸——"队长恶恶地朝老李啐来一口,唾沫成散状地射在老李手中提着的新鲜腰条肉上。吐毕,队长掉转过头,又疯疯癫癫地走开了,转眼消失在人群里。

"他是个疯子。"旁边肉摊上的小贩见了,这样说道。

老李不相信小贩说的话。就像刚才不相信手里的这块腰条肉有三斤四两一样。小贩停下手里的活,耳语似的在老李耳旁如此这般地说了一气……油腻腻的吐沫星子溅得老李满腮帮子都是。

老李听完了,像被人点了穴,久久地僵立在那里动弹不得。

秋天晌午很足的太阳,高高地悬挂在正中空中,肆无忌惮地热辣辣流泻着毒火……

好久,站在毒日头下的老李,才缓缓吐出一口阳气来:

"……操,这屌蛋的事。"

快　手

一

从一开始，那只秃头老鹞鹰就高高在上地跟踪着他们，或者说在跟踪着他，像一幅剪纸灰影，平平不动地贴在蔚蓝色的空中。接着天空也灰暗下来，充满了一种山地林中黄昏前氤氲的雾霭，先是淡淡的，后来越积越重，林中的空气就变得稀薄憋闷起来。他们走得有些气喘吁吁……秃头老鹞的身影在天色中隐去了，渐渐变成了一个虚幻的灰点，肉眼已很难能够去注意到了。可他还是凭感觉意识到了它的存在，它就在自己的头上，和他同步运行。一路穷追不舍地跟踪，已在他疲惫的心里产生了一丝惴惴不安的烦躁。他几次想出手，几次看见秃头老鹞像一只断了线的风筝，一头扎在他的脚下。那一定是只很老肉很肥的老鹞，他想。并且往空瘪瘪的饥饿肚囊里干咽了一点儿唾沫。同时他听到走在前面的那人肚里也发出一串很委屈的肠鸣。他们都很长时间没有吃东西了。饥饿打消了他的某种不安，饥饿叫他们产生不出任何新预想。饥饿只能叫他们马不停蹄地往前赶……这时候他心里想起了一个别人讲给他听的寓言故事，说某人出门远行，不骑马也不骑驴，骑马骑驴需要带草料，而这人骑的是乌龟，走时只带了一小块食物，这人骑到乌龟背上，手里用棍挑着食物举到乌龟的头上，乌龟为了吃到食物就不停地往前赶路……直到到了目的地，乌龟也没有吃到食物，自己反倒成了主人送给朋友的刀下物。他瞅了一眼在前面低头赶路的钟绍，钟绍像不像一只乌龟呢？

在黄昏到来的时候，他们走出了漫长的白桦树林子。眼前是一片开阔的苞米地。绿油油的苞米地深处，缥缥缈缈冒出几股细小的炊烟来。他们知道这是走到一座村庄了，不由得加快了脚步……在一块萝卜田里，他问一个戴草帽起萝卜的农人往县城去还有多远。农人抬起腰来，草帽下的眼睛闪过一丝惊慌的目光，随后往下不自然地压了压草帽，回答他再走过三四个村寨就到了。他当时和钟绍都没有去注意老农的惊慌眼色，问话的时候，他和钟绍都把目光集中到老农脚下的一堆秋萝卜上了。新起的萝卜似乎还没长到数，圆圆的像馒头大小，泛着新鲜嫩嫩的红皮光泽。他不明白老农为什么把还没长到数的萝卜从地里起出来。听了老农回答他的话，他就和钟绍走开了。

走出村落的时候，他回头张望了一眼身后，小村边缘处的白桦林梢头，燃起了一条火龙，轰轰烈烈将西边的一线天空烧得一片血红……

他和钟绍带着黄昏将要消失的紧迫感，离开了小村。

又走过两个村落，都见地里有农人在收获。时令还未进入初秋，对北方农村来讲，还远没有进入大田收获的季节。难道农人是饿着肚子等不到庄稼完全成熟了吗？……他寻思着不得其解。天色渐渐暗了下来，在走过第二个村屯外一片苞米地时，迎面碰上一个眼熟的胖人影，近时细辨，他方认出是朱四来，不觉得一愣。

朱四是县警署的伙夫，老婆在乡下。但朱四这时候应该待在警署里，而不是走在回乡的路上。现在正是吃晚饭的时候。朱四走得慌慌的，脸上往下不停地淌汗。

"朱四，你又憋不住了回家去吗？"

朱四常在伙房给他留猪大肠头，他平常见了朱四就喜欢开点儿这样的荤话。

朱四见是他，也一愣，又从脸上滚下来一层黄汗。

"啊，不、不……"

"不是你怎么会走在这里？"看到了朱四，他就看到了希望，仿佛朱四早已在伙房里给他留下了一碗猪大肠头。朱四去哪里对他显得不那么重要了。

"日、日本人来了，占了县城，占了警察署……"朱四结巴着很着急地摆手说。

"什么？"他一把抓住朱四的衣领，鼓着饥饿的眼睛瞪着朱四。

"警署的弟兄们都被日本人抓了去，说是要收编，我是逃出来的……"

"局长呢？"

"自杀啦。局长说不给日本人当狗……"

他像被人抽去了筋条，蔫巴了下来，手软绵绵地松开了朱四的衣领。

朱四这才回过神来，看了他身边那个人一眼，又对他说："快、快手兄弟，你也躲一躲吧……"说完，腿打战地后撤着又慌慌张张走开了，怕他再去揪他的衣领走不脱了似的。

朱四的身影一点一点小了下去，变成了个黑点消失在苞米地的尽头……

"跟我回山上去吧。"一直沉默的钟绍，不动声色地对他说了一句。

"你都听到啦……"他抬起头来，显得很有些茫然地打量着钟绍。

夜色像条迷失方向的蛇，在两张疲惫不安的男人脸上犹豫不定地游移。

"跟我走吧。"钟绍又低沉沉地说了一句。

"你知道我这人一生最恨的是什么……"他的脸色也阴沉沉地凝重起来。

"你不跟我去做匪，难道你要去跟日本人当伪警察，难道你要把我交给日本人不成？……"

黑暗中，他的脸上有一块咬肌不明显地抽动了动。

"既然你都知道啦，我是不会再把你带到县城交给日本人处置的，我叫你死也做一个中国鬼……"说着，他的眼睛撒眸了一下苞米地的四周，就近把钟绍带到苞米地坡下的沟坝处。地头有一株两人抱粗的槐树，伞状的树冠将坡下遮得更黑暗了。

"你想就地处决我？"站在黑幽幽的沟坝下，钟绍就明白了。

"是的。只是有些对不住你了，照规矩行刑前，是该给你摆上一桌鬼门宴的。你还有没有别的要求好讲，看看我能不能为你做到。"他与钟绍拉开几步的距离，瞅着那团黑影说。

钟绍叹息了一口气，说："我知道落在你快手的手里是别想活着走脱啦。怪只怪我轻易听信了马弁的话……唉，不说了，他没得着好死，也算是天意。我有两个要求……"钟绍看了一眼他。

"你说吧。"

"第一，我不想做个饿死鬼，现在我的胃里连滴汤水都没有了。想让你给我掰几穗青苞米填填肚子。"

钟绍和他的目光同时扫荡了一下沉默的黑苞米地，他说："行吧。"

"第二，我希望我死后能有人转告我女人一声……"

"你有女人？"他颇为惊奇。

"是的。就是一面坡镇马家庄户的二小姐。她还为我生了个儿子。"钟绍的脸上微妙地荡出一种别样的神情。

他脸上的惊奇消失了，随即问道：

"传什么话？"

"就说我的人参生意做完了。"

他想了想，说："我试试看吧。"

钟绍"扑通"一声跪倒在沟底里，说："拜托你啦。"

他转身走进边上的苞米地里。噼噼啪啪一阵急响，他从苞米地里走了出来，怀里已抱了一大抱青苞米棒。走下沟来，他把怀里的青苞米棒抖落在钟绍的脚下，又替钟绍解开了手腕上的绳索。钟绍好像一条饿极了的疯狗，连撕带扯地咬吃了起来。他默默转身走回到坡坝上，坐下了，等钟绍吃完。看钟绍头不抬眼不睁地吃，他胃里就突然钻出一条虫子来，在空瘪瘪的胃里翻搅啃噬。

"你不吃点儿？"钟绍嘴不停地扭转过头来，喷着满口白浆问他一句。

他摇摇头，顽强地抗拒着一种诱惑。

"很嫩秋儿的……"钟绍又说了一句。

"有孙大地主家的七闺女嫩吗，她才十四岁。"他恶毒地选择着抗拒的办法。

钟绍像猛食噎了下嗓食梗，脖子"咕咯"往前伸了一下，张着嘴停住了。

半天，钟绍缓过劲来说：

"你也知道土匪的规矩，过了七天不回话，就撕票。"

"可是你们先强奸了她。"看到钟绍又贪婪地抓起地上一只苞米棒，他又恶毒地说了一句。

钟绍没再犹豫，一边往嘴里送嚼着青苞米棒，一边慢吞吞地说：

"你知道一棒嫩苞米落到一群饿汉的手中会怎么样吗?"

他扭过头去,张开紧闭的嘴,放一群夜风猛灌进肚里,冷湿湿的气体吹胀了他有些麻木的胃。

似乎为了证明自己刚才说过的话,钟绍将地上的一堆青苞米啃吃得一穗也不剩。钟绍真能吃,钟绍真是一条饿狼,他想。

"饱啦?"

"饱咧。"

钟绍背着风口坐着转过身子去。钟绍背过身去时说一句:"求你利索点儿。"

"你不相信我?"

"我相信。可是我知道你只有一粒子弹啦,你也有四天没吃东西啦,手会不稳的。"

钟绍不愧为钟绍,一路上他也猜觉到了他只有一粒子弹。他没有站起身来,他真怕渐起的夜风吹晃了他的身体。他就是那样坐在坡坝上,眼睛一眨不眨地盯着钟绍的后脑勺。

钟绍的后脑勺轻轻一歪,他似乎还听到钟绍咕哝出一句:"真不愧是快手……"就再也不吭声了,睡去了一样倒在地上。

他走下沟来掩埋了钟绍,又踉踉跄跄走到槐树下,将空空的德国造撸子也埋在了树根下,他久久地跪立在树根下,似乎在同什么人做告别。站起身来的时候,他一阵眼花缭乱,身子又瘫下去了。他感觉好像再也没办法站起来了,他就拖着身子连滚带爬地拱进了苞米地里……

从苞米地里站着身子走出来时,他恍惚听到头上的夜空中传来一声鹞音。他这才又想到了那只秃头老鹞,想到路上几次要出手的欲念,如果要出手的话,那颗子弹就不会打在钟绍的脑壳里,钟绍就会接着活下来。秃头老鹞最终没有救了钟绍的命,看来这是天意。

走着走着,他就觉得浑身增大了力气,看来钟绍的话是对的。可钟绍看不到他的话在自己身上的应验。钟绍在一刻钟前就安详地死去了。他向着县城相反方向的黑漆漆夜,困顿而执着地走了去……

二

一面坡镇在哈尔滨南面，距哈尔滨城有一百多里地，有俄国人修的铁路相通，战事一发，铁路就瘫痪了。早年这里的几家首富都是做酿酒作坊生意的。那时候一面坡镇集聚了不少流落的俄国人、朝鲜人。俄国人嗜酒成性，酿酒生意就越做越红火。酿酒生意甚至打到了哈尔滨城里。

马家的祖上原也是开酿酒作坊的，后来不知怎么做破了家产，就一心一意种起地来，做起了庄户。到了马掌柜这一辈上，也积攒起了二三百亩的良田，家里雇起了帮手，养起了家丁，在一面坡一带也成了首富。马掌柜为人乐于施好行善，有乞讨路过家门的，从不闭门谢客，总是尊其意愿好生安顿。马掌柜洁身自好，日上不抽，不赌，不喝，不嫖。马掌柜的先房太太为马掌柜生了两个女儿后，再不能生育。先房太太很有些愧疚地劝马掌柜纳妾嗣子，将来好继承家业。马掌柜执意不肯。先房太太故去后，马掌柜也终是没有再娶，养育两个女儿成人，先后供送到哈尔滨城里读书。大小姐学业完成后，同学府里一位教书先生结了婚。二小姐在读书期间，同学府里一男同学相好。二小姐曾把那男同学带回过家里一次，此事不知为什么遭到马掌柜的反对。以后再也没见过二小姐把那同学带回来过。再后来听说那同学弃学从商跟人做生意跑了。不久，二小姐也一个人孤单单地回到乡下来。从此二小姐关在家中闺房里，大门不出，二门不迈，终日手捧着一本从哈尔滨城带回来的很厚的经书看。据说那是学校里一个白俄女生同学送给她的。

马掌柜每月必到南山普照寺做一场佛事。逢到庙会，又把家人全体带出去。逛庙会的人很多，山上山下，你呼我唤，煞是热闹。马家的人当中只有一个人没来，那就是二小姐。只是近来，风闻日本人进了哈尔滨城，小镇也显得不安宁起来，马掌柜就很少再带家人拜庙会了。在家里听到南山普照寺的钟敲响时，马掌柜总要合上双掌，口念一句："阿弥陀佛……"与南山普照寺的钟响的同时，镇东区喇嘛台的钟声也会响了。镇东区曾经是俄人的居民区，有一座木结构的天主教台。一听到喇嘛台上的钟声，家人就会看见，住在顶楼西屋的二小姐，默默地立在窗前，用手在胸前画着十字……

马掌柜年事已高，除了做佛事，很少再经管家事了。田地上的事和家里的大事小情都由少掌柜根生一应照管。根生是马掌柜早年收养的一个孤儿，在马家长大后，随了马家的姓。家里用人曾私下里猜测，根生会作为养子来继承这份家业的，也有人认为根生会被老爷纳婿来承领这份家业的。不管怎么说，根生都是马家的顶梁柱。根生为人忠厚老实，做起事情来也一心一意，颇得马家上下的好感。

这日，根生从外面领回一个汉子走进家门来，去见马掌柜。

马家一到秋收季节，总要从外面招些短工进家来帮着收成。马家平日除了养着几个看家护院的炮手和几个料理日常家务的女佣外，只留住了三个长工。三个长工里面有两个是父子俩。父亲在马家做得年纪大了，无了去处，就把儿子一同接来了住，干点儿杂活，实则是有个落脚处。另一个长工是牛三。牛三农闲时负责喂马、遛马。马家养了十几匹从蒙人手里买来的良种马。

"你从哪里来？"

马掌柜慈眉善目地问眼前的汉子。

"通河。"汉子答。

"好远的路啊……"

"是的。"汉子脚上穿着一双露着脚趾头的破草鞋。

"你叫什么名字？"

"刘生。"

马掌柜转脸去瞅根生，对根生说："你去叫张妈来，给这位刘伙计找一双鞋子来。"

根生出去了，过了一会儿领着张妈进来，张妈手里提着一双布鞋，放在汉子的脚下。汉子蹲下身去穿了。

"吃了没？"等他站起身来，马掌柜又问一句。

"没。"

"张妈你再领他去伙房先吃点儿饭，垫垫肚子，等晚上再好好吃些。"

汉子就跟张妈走进伙房里去了……

刘生吃饱了肚子，就由牛三领着下地了。在路上，走在马屁股后面的牛三说：

"喂，伙计，你不是个种地的。"

"做生意的。"

"咋不做啦?"

"蚀了本。"

他默默地跟着马往前走去。牛三站在路边停下了,流出一汪白亮的水柱来,不再问什么了。

到了苞米地头,地里已有了上午雇来的三五个汉子在干了。牛三在垄头用脚步一步一步地迈,迈到二十步上时,牛三停下了,转过身来对他说:"干吧,天黑前拔完。"牛三走到地头上遛马去了,眼睛在向这边瞄。他望了望一眼望不到地头的苞米垄,又望了眼像蚂蚁一样移动在地垄沟里的人影,往手掌里狠狠啐了口唾沫,噼噼啪啪像猪一样拱进地里……

天黑,他躺倒在地头上,浑身的骨节散了架似的。他想他再也起不来了。这样躺着不知过了多久,打那边的地头默默移过来一个黑影,走到他脚前站下了。他挣扎着爬起身,瞅清是少掌柜根生。

"回去吃晚饭去吧。"

他跟在根生身后耷拉着头走回去了。

走过院子里时,早回来蹲在地上的伙计默默拿眼瞅他。他就一直低着头跟根生走进了饭堂里。饭堂里摆着两张饭桌。一张饭桌上摆着豆腐、青豆、胡萝卜和大白菜等做成的几盘素菜。一张桌上摆着鸡块、鸭块、鱼块等做成的荤菜。刘生先在素菜桌旁坐下来。根生示意他坐到荤菜桌上。过了一会儿,马掌柜从房里出来,和根生、张妈等家人坐到素菜桌上;刘生和几个伙计在荤菜桌上坐下了。家人中只有牛三坐在荤菜这桌,牛三说:"吃,吃,可劲造。"就自己挟了块鸡腿塞进嘴里。伙计们受宠若惊地拿起筷,小声小气地吃起来。上午雇的几个伙计都是从山东来的闯关东客,肚里也一连几天没油水了,这等饭食连想都没有想过。整个进食过程中,唯没见二小姐下来吃饭。

饭毕,几个山东客抹着长了油的嘴巴回到工棚里,嘴里还在不住地惊奇:"这东家,可真宽待人哪……"牛三进来了,听到了撇撇嘴:"这是吃斋饭敬佛呢,你以为是敬你哪,美得你大鼻涕流出泡来呢。"众人听了,瞅瞅牛三不再吭声,脸色恓惶惶的,仿佛占了不该占的便宜。

牛三夜里要起来几次,去给牲口喂草。刘生睡在门边,听牛三脚步或轻或重地走进来走出去。

第二日，几个山东客像发了疯似的，没命地干。刘生被远远地落在了后头。苞米地里像刮起了一阵疾风，苞米秸一片一片掠倒在地垄沟里，苞米地里渐渐出现条孤零零的长岛，只有刘生一个人的身影若隐若现奋力地拔着。刘生偶尔直起腰来，视线无意碰到在地里打捆的山东客的目光，山东客则慌悚悚地低下头去……

"大兄弟，别怪俺们，俺们也是急着赶回去过冬呀……"这样干了些日子，山东客里有一个后生跟刘生混熟了，有些歉意地对他说。

刘生想说，不想再吃大鱼大肉啦。可是他没说，刘生知道这些山东客家里都有老婆、孩子在等着他们。

天主教台钟声响了的时候，刘生也偶尔把目光向顶楼西屋的窗口上投去。阳光很足或很暗的时候，只能看见一个模模糊糊的人影站在那里画着十字。进到马家打短工一个月来，刘生还没有正面看见过马家二小姐。刘生只是在中秋节那天，看见过马二小姐走下楼来过一次，那是他在苞米地里看见的。中秋节的前两天，马家大小姐携带着女婿和孩子从城里赶回家来团聚。在家住了两天走的。走的那天，全家人出来送，二小姐也出来送。二小姐一直送到苞米地头，才站下。坐在马车上的一个六七岁的小男孩同二小姐招手："二姨，再见。"他看见马二小姐像被风吹了一下，抖晃了一下身子。正待细看时，牛三走了过来。牛三一直在地边放马，这会儿也在盯着马二小姐看。

"咋的，干累啦?"牛三不怀好意地瞅了瞅他。

他挪开目光，感觉那人还没走，还在目送着马车。

三

中秋节过后，天气一天比一天凉了下来。落了两场秋霜过后，光秃秃的大田地里像撒了层白砂糖，早晨的阳光一照，莹莹灿灿地耀眼。地里的庄稼都收割完了，山东客该走了。

次日早晨，几个山东客起来后，就开始收拾铺盖，打行李卷准备动身。正收拾中，工棚门忽悠被拉开了，牛三领着根生走进来。在他俩身后，跟着三个背枪的炮手。众人见了，慌悚悚地住了手，眼睛里流露出惊讶的目光。

三个炮手在门边站住了，挡住了外面一束晃眼的阳光。牛三走到屋当中，瞅瞅这个脸，又瞅瞅那个脸，开口说：

"想走吗？那好，把东西拿出来吧。"

"什么东西？"年长的山东客本能地一愣问。

"就是老爷给二小姐的那只祖传的金手镯。"根生说。根生的脸色很沉重。

刘生听了，也暗暗一怔。

"怎么样，快点儿拿出来吧，别耽误了大家的回程。"牛三说。

"俺们没拿。"年长的山东客说。

"没拿？那就搜吧。"

牛三和一个炮手走过去，把打好的行李卷一个一个拆开，刘生的也不例外。

行李卷搜完，又在零乱的板铺下面摸寻了一遍，工棚里腾起一阵尘雾……牛三脑门挂着一块蜘蛛灰网，走过来悄声对根生说："没有。"

根生听了，不知所措地看着牛三，脸上又增加了一层沉重色。屋里顷刻间沉默下来……

"找不出金手镯，对不起了，今天大家谁也别想走啦。"停了一会儿，牛三目光巡视了一遍众人说。

"大国（哥），俺得走了，俺娘有病呢，工钱俺不要了……"年轻的后生"扑通"一声跪在了牛三的腿下，哭着说。

其他几个山东客见了，也一齐跪在根生的腿下说："少掌柜，工钱俺们都不要了，放俺们走吧。"

根生不知怎么办好，看看众人，又看看牛三，欲退出屋去。

"慢！"一直站在门边的刘生开口了，挡住欲退出屋去的根生，说，"我知道谁拿去了。"

"谁？"根生和牛三同时瞅着刘生问。

"你——"刘生指着牛三的鼻子说。

"你、你胡说！……"牛三急了，一屁股坐到自己的床上说，"你搜吧，老子的全部家当都在这里，搜不出来老子剥了你的皮。"

先前动手搜的炮手瞅了瞅根生，就走过去搜。

这工夫，刘生走出屋去了……不大一会儿又从外面走进门来，手里提

141

着一个马草料袋子，牛三一见脸就白了。刘生将半袋子草料哗哗往地上倒，就咣当一声倒出一个金灿灿的手镯来。

"啊?!"众人都惊呆了眼。

根生惊异地扭头去瞅牛三。

"扑通"，牛三跪到根生面前，头往地上磕："少掌柜饶命，都怪我一时糊涂。"

两个炮手不由分说上来用绳子将牛三捆了起来，回头问根生："少掌柜，是把他拿官府去，还是废了他?"

根生沉吟寻思了一会儿，说："老爷没在家，去问问二小姐怎样处置他吧。"

一个炮手跑去问了，过了一会儿跑回来说："二小姐说，放他一条生路，让他卷铺盖走吧。把他的工钱结算了，给他带上。"

解了绳，牛三又如鸡叨米似的跪在地上，不住念叨："谢谢少掌柜，谢谢二小姐饶命……"而后，卷了行李卷，像条狗似的走出了马家的宅门。

几个山东客把拆散的行李卷又重新打结实了。——作揖着，同少掌柜拱手告别了。

刘生背着铺盖卷走过院子时，镇东区教堂的钟声又响了。刘生抬起头，目光投向顶楼西屋的窗上。秋天挺足气的阳光，在窗玻璃上反射着强烈的白光。一阵炫目，刘生默默移下了目光，顶着日头，低头踽踽地走出了院外……

"喂，伙计，你也急着赶回家去和老婆团聚吗?"

刘生回过头来，看见根生一个人站在门口，目光热热地望着他。

刘生茫然地摇摇头，说："我还没有成家。"

"不如再在这儿干下去怎样?"

根生又说了一句。

刘生听了，抬起头来，眯缝着眼向上面白白的阳光盯着看了一会儿，放下眼光时，说了一句："好吧。"

吃晚饭时，马掌柜从普照寺做佛事回来了。在饭桌上，根生向马掌柜说起了白天的事，马掌柜听了，放下筷子，双手在胸前合十，口念一句："阿弥陀佛!……"

四

　　刘生在马家留了下来，接管了牛三的营生，当了马夫。到了第二年春上，十几匹马已膘肥体壮了起来。根生这才知道，牛三在的时候，常把豆饼偷偷拿到镇上酒馆里与一些外地来的马客换酒喝了。根生看出了刘生的忠厚，一日对刘生说：炮楼的刘炮手老家的亲爹死了，要回去赴丧，并说回去就不回来啦，家里需要他照应。刘生听了，说："俺喂马喂惯了，弄那个怕弄不惯。"根生听了，没再说什么。

　　日本人发兵南下后，世道愈显见不太平起来。风闻张学良少帅在西安捉了蒋介石，要领着东北军杀回东北来。一时东北的官人、百姓且惊且喜，人心惶惶起来。世道不宁静，马家大小姐也不再回到乡下来了。开春以后，倒是根生去了两趟城里，带了些吃的、穿的等用物。听说城里的生活物资日渐供应紧张。后一趟去，二小姐还叫他把那个金手镯也带去了，说必要时当掉，换些吃的穿的用物。

　　根生回来后，先去见马掌柜。马掌柜一见到他，就急着问：

　　"怎么样？"

　　根生答他："挺好的。"

　　马掌柜坐在太师椅上合上了眼，嘴里默念叨一句："阿弥陀佛……"就挥手叫根生歇息去了。

　　根生洗净了脸上的尘土，一身清爽地走到院子。正牵马往马厩里走的刘生见了，问他一句："城里现在怎么样啦？"

　　根生跟他走到马厩时，小声说："乱得很呀。"

　　刘生转过目光，很关切地盯着他的脸问他："不是说日本人都南下了吗？"

　　根生叹息了一句说道："南下出兵了是不假，可早先住在城里的日本人就好像扎了根，听说建成了伪满洲国呢。"

　　刘生听到这儿，手上的缰绳扣一松，脱落了下来，两眼痴痴地发呆。

　　过了一会儿，根生看着他的脸色说："你这样关心城里的情况，为哪个？"

　　刘生回过神来，拾起地上的缰绳，重新往马槽子上面的横檩木上系，边系边说："你也知道，我们通河县城那里也驻了日本兵，我寻思着要是哈尔滨的日本人撤了，那里的日本人也该走了……"

"怎么，你还寻思回去么？"根生警觉地问。

"看看世道再说吧。"

刘生背着身子往木槽子里搅倒草料，一会儿，便响起了一阵齐刷刷的"咯咕——咯咕——"马吃食的声音。

根生就在心里莫名其妙地叹息了一声，转身走开了。

当天夜里，镇西头开酿酒生意的李作坊主家遭到了匪劫。镇西头那边传来的零星枪声一直响到下半夜公鸡打鸣时，小镇上的人家都听到了。

一大早，根生走到院子里，睁着昨晚没睡好的红眼睛，对他说："你都听到了吧。"

"什么？"他抱着一捆料草往马厩里去。

清晨的白雾缭缭绕绕笼罩着模模糊糊的身影。这个时候马家大院别的人还没有起来，四角炮楼里的炮手也还在搂着枪打瞌睡。

"李作坊主家进了匪。"根生说。根生说时眼睛又转了圈四角炮楼。根生这个时候恨不能提上棍子走上去，把他们逐个打醒。这样睡下去，早早晚晚得睡死在里面，而且还不知道是怎么死的，根生想。

早晨的雾气很缠绵，缠绵得叫人心烦。

"世道不平，匪患无穷，这是他妈的什么世道。"

根生说了一句粗话。

他放下草料，停住手，盯着瞅根生。

"根生，不是还没有人来抢马家吗？"

他没有再叫他少掌柜，而直称"根生"，叫根生觉出一种一家人的亲切来。根生就气顺了些，吐了一口白痰，说："没有。"

"为甚呢？"

"老爷天天拜佛吃斋呢，不像李作坊主娶了四房小老婆，四姨太才过门两天，比他的小女儿还小。我看是闹的，这下好啦，都给胡子当老婆去了。"

根生有些解气地说，又往地上吐了一口白痰。

"拜佛管用吗？"

"我看管用，要不以前咋从没有胡子来抢过老爷……"根生说。

"以后呢?"

"以后……"根生眼里露出一道虚弱的目光,闪闪烁烁答非所问地说,"谁知道这世道还会怎样变化下去……"根生的脸上又重新布上了一道凝重的雾色。

刘生的眼睛也转着看了圈四个角的炮楼,楼里的兄弟还在安然无恙地尽情睡着。

"我听人说,以前胡子之所以没有抢马家,是因为二小姐早年有个男同学的父亲是个大胡子头,后来这个同学也继承了父业做了胡子头,同这一带的胡子头打过招呼了,不准动马家的一粮一草。胡子们照着做了,马家这才得以平安无事……"

根生惊慌地抬头瞅了一眼顶楼西屋,顶楼西屋的窗上还在严严实实拉着一道黑绒布窗帘。根生似乎怕惊醒了里面睡着的人似的,走过来,在刘生的耳朵旁小声地说:"你听谁说的? 没有的事。这一定是镇上的人在谣传……他们这是在嫉妒马家的财产和名声呢。"

说着说着,根生的脸上松懈平静下来,脸上又恢复了平日里一种阔气。

"你想想看,二小姐是个读书人,又是出身名门的大家闺秀,怎么会和匪人结识呢……况且二小姐现在是个虔诚的天主教信徒。别说在小镇,就是在哈尔滨城里,又有几人能成为天主的教徒呢……"

刘生仿佛耳朵里又听到了那神圣悠长的钟声,不禁把眼光又向那个神秘的窗口投去。

"是哩,我也觉得奇怪……"

刘生在这个雾茫茫的早晨里听信了根生的话。刘生磨过身子去,把地上的那捆马草拾起来,走到铡刀旁,把草捆放到刀槽里, "咔嚓、咔嚓……"一起一落铡起来。寸长的草梗蹦蹦跳跳翻飞着落到地上,渐渐将刘生的两脚埋了去,堆出了一个尖顶小山。刘生赤裸的胳膊上,青筋突突鼓胀着,像两条弯弯曲曲的细蛇爬在手臂上……

根生站在马厩门口看了会儿,就转身走了。根生重新安定下心来,忘了早上起来时想到的一件要说的事情。也懒得再拿眼往炮楼上去看了。尽管刘生很能干,尽管刘生夜里做活不会打瞌睡。可这些都似乎不太重要了,重要的是要有一种自信。现在根生就找回了这种自信。

张妈从伙房里端出来一桶鸡蛋白米汤，要给炮楼上的炮手送去。根生见了，说："张妈，多加点儿砂糖，炮楼的兄弟夜里很辛苦。"张妈点点头，走过去说："知道啦，比每日多加了。"张妈的眼里也布着红红的血丝，张妈昨夜也没睡好。

像鸡冠子一样红的太阳，从雾中跳出来，普照着这个宁宁静静的大院。

五

在一个月光宁静而美丽的夜晚，马家宅院的门上响起两声轻轻而胆怯的敲门声。

门楼上的炮手听到了，警觉地问一声："谁?"

"我，牛三。"

炮手望见牛三和他的影子孤零零地站在月亮地里，炮手就腻歪歪地说了一句："你这家伙，还来干什么?"

"兄弟，我饿得实在不行了……找老爷讨口饭吃。"牛三断断续续有气无力地说。

"你这家伙，还有脸来找老爷讨饭……"

炮手说着，从上面走下来，打开了门。看见牛三身后忽然间站起来几个人影，刚想开口说点儿什么，脖子就被什么东西勒住了，一声不吭地蔫倒在地上。

接着，几个人影蹿上了炮楼，几个炮手在上面也没做出什么动静来，如同睡去了一样。

牛三轻车熟路把孙大头引到马厩里。看见十几匹膘肥体壮的大马，孙大头乐了，吩咐熊二炮，人也赶到前院来。

一干人和十几匹牲口默默地被赶到了前院。根生刚刚睡醒，揉着惺忪的眼睛问："你们是什么人?"

"孙大头孙大刀客听说过没有?"

"你们是土匪?"根生倒抽了一口凉气，目光与刘生对视一下，又抬头迅速向顶楼西屋扫了一眼。楼上西屋的窗子还漆黑一团。牛三不知为什么还没带人往顶楼西屋去搜。

看到院子里躺倒的炮手，衣着不整的马掌柜跌跌撞撞扑过来跪下了，嘴里念叨："阿弥陀佛！阿弥陀佛！罪过，作孽呀……"

孙大头走过去，提起马掌柜的衣领："你这个假老秃驴乱放什么屁，真老秃驴孙爷都干得多啦……"

马掌柜依然闭目，双手合十："罪孽，阿弥陀佛！苦海无边，回头是岸……"

"回你娘的鸟头！"孙大头手里握着短枪柄，挥起砸在马掌柜的头上。

马掌柜身子瘫在地上，从头顶冒出汩汩殷红的血，在银白色的月光下，徐徐美丽地扩展着……

"爹爹——"一声嘶叫划破寂静的夜空，二小姐披头散发发了疯似的从顶楼上跑下来，扑倒在马掌柜身上，惊呼了句："哦，上帝呀——"就晕了过去。院落跟着安静下来。

根生被眼前的情景惊得目瞪口呆，随后又目光黯然深深地向他这边扫过来一眼……

"挺俊的个妞，都带走吧。"孙大头说完就大摇大摆地走出了院子。

几个人被捆绑了手臂，堵住了嘴，蒙上了眼睛，和十几匹被蒙上眼睛的马一道，被默默无声地牵引出了马家宅院。抬脚迈出了大门门槛，刘生想，太静了，至少应该放出一枪两枪什么来。这个时候刘生心底里才生出些稍稍的遗憾……

走出了镇外，通过脚下的感觉是到了镇外山边的一片林地里，刘生听见牛三气喘着对孙大头说：

"孙爷，嘿嘿，您答应过的赏钱……"

"好，给你——"

孙大头把一小布袋什么东西扔在了不远处的草棵子里。牛三向那里跑去，刚跑几步就听"啪"的一声，这是今夜唯一的一声枪响，显得很沉闷。

"孙爷，你卸磨杀驴……"

刘生觉得孙大头是个很阴险的人物，胸口下意识地跳了几跳。

又走了不知多久，马队停下来了，大概到了目的地。通过眼上蒙面布黑度的轻重，刘生感觉是天亮了。先是一阵喝水、撒尿声，并伴着几声哼哼叽叽的小调。后来他又听到孙大头说："去，赏他个小号。"就走过来一个人扯他的胳膊。

给他解开绳子、摘掉眼布时，他的眼前是一片黑暗。他怀疑自己刚才的判断错了。正这样想时，只听咔嚓一声响，一块大山石挡住了身后一线光明。他明白了，他是被关在了一个山洞里。

他想这是孙大头怕他们逃跑看清山上的设施，要到晚上才会审理他们的。他就耐心地坐在洞里等天黑。看着洞口石缝里的光线一点一点暗了下去……他留心地听起外面的动静，结果外面像死了一般的静寂。一直等到石缝里的光线又重新亮了起来，他知道这是第二日了。困倦袭来，他脑袋一歪，靠在石壁上睡了过去。醒来时，石缝中的光线又消失了，他又睁着眼睛等了起来……暗淡的光线又从石缝里一点一点透进来。如是三日，他绝望了，他恍然明白过来这是胡子们用的饥饿刑法，比割鼻子、割耳朵肉刑还难熬。一般以人体的极限七天为限，不到七天别指望他们会把洞口打开了。他决定保持体力，用睡觉来抗拒饥饿。从那日上山他滴水未进。他一阵一阵从饿梦中醒来……第五天他再也合不上眼睛了。他目光空洞地搜寻着洞壁，希望能渗出一丝水滴，头三天他是把自己便出的尿又用手捧着喝回肚去。石壁干干的，看来孙大头占的这个山头山势一定很高。他的眼睛寻累了，正要收回目光时，他看见了一只小山鼠伏在石壁上探头探脑爬动。他惊颤着爬过身子去，小山鼠看见了他，仓皇逃命，乱窜之中从光滑的石壁上掉下来，被他一跃狠狠地扑在了身下，他小心翼翼又急切地向身下伸进手去，一把死死地掐住了山鼠，他顾不得脸上被石子擦破的伤口在滴血，狼吞虎咽将山鼠连毛带肉地撕咬进嘴里，鼠血和人血一起从他嘴角流出来，"咯哧，咯哧……"他吃得像一只山狸猫。

微弱的光线又从洞口的石缝中亮了的时候，他的目光又在贪婪地搜寻着洞壁，希望第二只小山鼠的出现，他甚至想到了洞里那块石缝里也许有山鼠洞。结果当他拖着孱弱的身子磕磕碰碰将洞里的石块翻了一遍后，他才懊恼沮丧地后悔干了件傻事，洞里没有鼠洞。寻找的劳累，使他疲惫的身子虚弱到了极点，他顿时瘫了下来……

他昏昏沉沉躺在洞中，心里默数着石缝中的光线第七次亮起来后，他眼皮稍稍瞇动了一下，他知道已到了七天。他无力爬到洞口去听动静了，只能静静地躺着。意识里恍惚感觉石缝中的光线又一次绝情地熄灭了，他就想他要死了。他一点儿希望也没有了。

第八天下午，孙大头叫人把他从洞里抬了出来，又叫人给他喂了几滴水，他慢慢睁开了眼睛。"想死，想活。"孙大头手上摆弄着一把锋刃刺眼的匕首。他点点头。

孙大头又叫人给他灌水，水急剧地流到已经干瘪的血管里，血管慢慢鼓胀了起来，他脸上渐渐出现一点红色，身体动了一下，有了点儿活气。

他被人扶着站了起来，眼前的景象又差点儿叫他晕了过去。

两步远的草棵子里，裸露着两三具白惨惨赤着白骨的尸体，上面蠕动着密密麻麻、黑乌乌的蚂蚁，尸骨已被蚂蚁蛀空，散发着一股恶心人的腥臭……从两双鞋子上他辨认出，一双是根生的，一双是张妈的。

"你叫什么名字？"

"刘……生。"他艰难地说。

"刘生？嗯……好名字，就留下你一条生路。不过，你要讲老实话。"

孙大头手里把玩着匕首，问：

"你还认识她吗？"

刘生回过头去，这才看清二小姐也站在旁边的几个人当中。二小姐脸色虽然凄楚楚的惨白，可并没有脱相。可见这七八天来，二小姐并没有被饥饿着。

刘生点点头。

"那么你先说说你自己，你和他们不一样，你并不是个马夫。"孙大头笑眯眯地说，突然话锋一转，阴沉沉地问："你是个枪手？"孙大头用刀柄拍拍他的手背。

"是的，我用过枪。"他低头说，"我给钟绍当过马弁。"他用眼睛的余光看见二小姐稍稍往他这边移来目光。

"你说你给钟绍当过马弁，有什么证据？"孙大头紧盯着他问。

"她是钟绍的女人。"

围着的人都一愣，接着指指点点着她小声嬉笑议论起来……孙大头也一愣，孙大头的目光早已在注意盯着女人的脸色看了。久久盯了一会儿，孙大头从女人脸上拿下来目光，慢悠悠地说：

"好吧，钟绍做鬼了，钟绍的老婆和马弁我都留下用啦。"

众人诮笑着同孙大头打着哈哈散去了。

当晚，山顶上松树林子里摆开了露天酒宴。有从山下抢来的猪，也有山上打的狍子肉、山鸡肉……刘生饿狼一样同众匪们一起风卷残云地吞咽起来。

"伙计，洞里的山耗子肉可好吃？"坐在他身旁的熊二炮抹着油光光的嘴巴笑着问他。

刘生这才明白洞里的山鼠是孙大头叫人放进去的，意在诱惑他的求生欲望。

刘生听了没吱声，两手操起一只狍子后腿，大嚼大咽地往肚里吞去，眨眼工夫，一只狍子大腿就剩下了一根白光光的腿骨杆。熊二炮和旁边的几个人一齐惊得半天没合上嘴。

实在吃不下去了，刘生才住了嘴，身子坐在那里不敢移动，肚子里一阵阵胀得发痛……刘生坐在那里想起钟绍来，刘生又想起了钟绍的话。刘生不得不承认钟绍说的话是对的，存在的欲望几乎是人的本能。无论是食欲还是色欲……望着众匪贪婪地盯着山峰顶上孙大头的小木屋，刘生那会儿在想，二小姐对于他们是不是一棒嫩苞米呢？

六

刘生做了孙大头的马弁。刘生常常在夜里盯着山腰中的小木屋看，刘生几乎每天夜里总能听到里面发出嘤嘤啜泣声……日子久了，刘生心里不知不觉像搁上了一块什么东西，硌棱棱地发坠。每次解完手后，他还呆呆地停在草棵子里听，停在草棵子里望。

"怎么，你心疼啦……"

长毛狼抱着杆长枪从山坡上走下来。长毛狼腰里还别着把短件。长毛狼是孙大头的贴身炮手。山上的匪们唯有长毛狼不近女色。有人说长毛狼裆里那个物件叫小鬼子的炮弹片敲掉了，也有人说是长毛狼在一次同母花豹的搏斗中叫花豹爪子抓伤了，所以长毛狼一看见姑娘媳妇就想起了母花豹，那东西怎么也抬不起来。长毛狼抢到女人就同别的匪们私下做交易了，换些烟土和猪肉等一些实用吃物。山上的匪们说长毛狼是条骡子狼。长毛狼的枪法很准，出手很快。每回遇到趴在树下听房的听匪，长毛狼总是不动声色地出手，刚刚趴在树下的听匪还没来得及听出屋中的动静，就感觉一片灼热的树叶掉到左耳朵上，听匪拿下来暗自一惊，一孔圆圆齐齐的弹洞出现在叶片正中，听匪慌忙抽身悄悄离开了那里……刘生不知道他为什么没有出手，是因为怕枪响惊动了房中的好事，还是因为他站在草丛里无树叶可击。

刘生默默提上裤子，转身离开了草丛，向那边一幢大排房红松木刻楞屋中走去。

"你跟钟绍这么久了，怎么连根×毛也没赏给你呢……哈哈——！"

黑寂寂的山谷里，传来了一阵长毛狼干号的笑声，阴森、瘆人，像一条发情期的公狼，被人打断了胯中的物件所发出的绝望哀叫。

白天他也从来没有见过那女人从小木屋走出来过。小木屋南面有个小窗口，从下面望上去，里面黑洞洞的，什么也瞅不清。他不知道那女人白天待在屋子里干什么，但他想那女人不会再坐在屋中看经书了，也不会再在胸前画十字了。他习惯了注视她立在窗前的倩影，这会儿从窗上瞅不出来什么，他觉得心里有一种说不出来空落落的失意。

夜里，他又弄成了习惯，每到半夜时分他必须起来起夜一次。他曾有几次控制临睡前喝水，但到了午夜时分还是醒来了，并且无法再静静地睡下去……

"孙爷天天夜里都不休息，不觉得累得慌吗？"

这是个有月亮的夜晚，清澈的月辉照在他和长毛狼的脸上。他知道孙大头白天还时常亲自带人下山去干活。

"真是条老公狼。"他低声嘀咕一句。

"你说什么？"长毛狼侧过脸来。

"我说，孙爷真有副好身板。"

长毛狼听了，脸抽动着阴了一下，随即又生出一片明晃晃的嫉妒来。

"哼，好个屁……"长毛狼也小声嘀咕了一句，"还不是仗着三杆烟枪支着……"

这天夜晚，长毛狼没有再撵他。他和长毛狼站在皎洁的月光下，支棱着耳朵，一直听着孙大头呼哧、呼哧气喘的声音，像破抽风匣似的一点一点小了下去，直到发不出一点儿声息，死了过去。

孙大头的烟土断顿了。日本人在山下封锁得厉害，见着有带烟土的人格杀勿论。日本人这一招做得挺绝，封锁粮食是困死八路共产党，封锁烟土是困死土匪。粮食土匪可以蹿到山寨百姓家里去抢，烟土寻常百姓人家可没有。烟土断了顿，匪们就像霜打了的茄子，蔫了。

孙大头派下去的几伙弄烟土的弟兄，都成了无头鬼，有去无还。几日不见，孙大头的脑袋缩小了一圈儿，面皮黄叽叽的瘦，像大病了一场般的难看。在山上，孙大头享有三杆烟枪，熊二炮享有两杆烟枪。其余的人只能私下过过小瘾，每回缴获的大宗烟土都要交上来。

自从日本人封了山谷，孙大头自己很少再下山了。这日一清早，孙大头亲自带人下山了。除了留下几个看家的炮手外，二百来号人浩浩荡荡都被拉下山去了……

整整出去了两天两夜，第三日傍黑回到了山上。下山时的二百来号人，重新回到山上的人只剩下二三十人。孙大头吊着一只胳膊，被人搀着走回来。

一夜无话。半夜刘生起来撒尿，听到小木屋里传来断断续续咝声吸气的呻吟声……刘生知道那除了孙大头的伤痛外，还有就是孙大头的烟瘾又加重了。刘生畅快地撒了一泡尿，就回屋睡觉去了。

早晨起来，碰见长毛狼。长毛狼冲他眨眨眼睛说："今儿个，有好戏看了。"

刘生正站在那里不知有什么好戏，看见匪们三三两两往松林里聚。刘生也闷头跟着走了过去。红松林里燃着一堆松柴火，噼噼啪啪作响。二三十人围成一圆圈。孙大头坐在中间一把花斑纹虎皮木椅上，左胳膊吊在胸前，右手里把玩着一支精巧的左轮手枪。身旁站着长毛狼，长毛狼腰里插着张开机头的长苗盒子炮。过了一会儿，几个小匪押着一个五花大绑的人进来，"扑通"一声将被绑的人推倒在熊熊燃烧的火堆前。等那人抬起头来时，刘生吃了一惊，地上的人竟是熊二炮。

押熊二炮过来的一个小匪把一个挺重的纸包递给孙大头。孙大头拿到鼻子底下闻了闻，神情立时为之一振，脸上咧出一道冷酷的阴笑来：

"妈拉个巴子，姥姥的熊二，你我是拜过把子的兄弟，没想到你还跟我藏了一手！你说说看，忘没忘我们拜把子时定下的规矩！……"

"大哥，白面你也搜到了啦。念你我拜过把子的分儿上，兄弟我不想刀刮火燎，只求去个痛快！"

孙大头听了，沉阴着脸想了一下，道：

"……好，我就成全了你，念你我兄弟一场，看在山下死去的弟兄们

152

的分儿上，我亲自送你去吧。"

孙大头说着举起了手中的左轮手枪。围着的众人屏住了呼吸，大气不敢出。只有地上跪着的熊二炮直挺挺扬起头来，眼睛一眨不眨地盯着枪口看着，似乎很欣赏这支精巧的小玩意……

"啪！——"枪响了，孙大头像经不住左轮手枪微小的后坐力，脑袋歪了一下，倒靠在了虎皮椅背上。

"啪！"又一声枪响，长毛狼箭一样射跳到人圈子里，飞落到地上的盒子炮弹了一下，憋不住地从枪筒里"噗"地射出一颗子弹来，哧溜一下钻进火堆里。

围着的人都惊呆住了，不知哪里打来的子弹，缩着头，没了呼吸。

倒在地上的长毛狼，一个兔跳翻起身来，捂着右手的断指，冲人群后面一个角落鸡叨米似的磕头：

"大爷，我服了你啦，饶我狗眼不识泰山的一命吧……"

人们这才醒过神，哗地炸了营似的抱头往四下跑去。

"站住！"地上的熊二炮断喝了一声，众人方才定住脚，胆悚悚不敢回头向背后看。

熊二炮跪着腿蹭溜过来，双手拱过头顶：

"谢谢大哥救命之恩，今后你就是俺的大哥！赴汤蹈火，俺熊二炮愿肝脑涂地没二话说。"

四周呆立的人也纷纷跟着熊二炮跪在了草棵子里……

七

天黑，他走进小木屋里，突然产生了一种陌生的恐惧感。屋里点着野猪油碗灯，将畏缩在炕里角的人影，一动不动地晃到红松木墙壁上。他走过去，一口吹熄了野猪油碗灯。对着黑洞洞的屋里说了一句："别怕，我不会动你的。"就在炕边角躺下了，身子僵僵地蜷曲着，不敢再动。白天，埋了孙大头后，熊二炮对他说："大哥，那女人也是你的啦。"他听了，没说什么，默默地走开了。

他睁眼躺到半夜，半夜里起来，走出小木屋出外撒尿。

月光下，长毛狼影子似的贴了过来：

"刘爷，还是你行，把那小山丫调理得服服帖帖的。"

他转过头来，看见长毛狼胸前用根细麻绳吊着右胳膊，右手二拇指头用破布条缠着块马粪包①。

长毛狼见他盯着他右二拇手指看，就脸红了一下，用左手掌遮着，讪笑着讨好地说：

"刘爷，您真是好枪法，出手真快！"

朦胧的月光下，他的脸上有块肌肉不易察觉地抖动了一下……

长毛狼再也不会成为神枪手了。他废掉了他手上的关键一指。他有点儿为长毛狼惋惜。

微熹的光明从小窗口透进来，他看见她猫似的蜷缩在炕里，面朝着墙壁，身子背对着他，发出细细丝丝均匀的呼吸……他掀掉身上的皮大衣，走了出去。

他把烟土又还给了熊二炮。熊二炮吸足了烟瘾后，就带着几个人下山啦。回来时，每人身上多了件日本军大衣，肩上扛着肉罐头箱、大米等物……

"托大哥的手气，逮了一辆小鬼子的军货车……"

熊二炮喜气洋洋地对他报功说。

他黯淡的心里顿时一亮。

以后每次下山干活，他都要跟着下去。熊二炮不知什么原因每次都阻止了他："大哥在山上坐镇就行了，仰仗大哥的手气，我们不会失手的。"

果然，每次下山，都小有收获，人也不见损伤半个。他就在山上一日一日待了下来，日子不知不觉到了冬季。山上过冬用的吃物、穿物也都划拉得差不多了，熊二炮他们也懒得往山下跑了。冬天雪大，常碰上鬼打墙的事。前些日子还有两个小匪出去后迷了路，没有转回来。后来打发人去找，在雪窝子里扒拉出来两个"冻倒"。

偶逢熊二炮下山，回来时他就问一句："山下的情况怎么样啦，日本人封得严吗？"

熊二炮就回他一句："稀屌松了，听说南方吃紧，日本兵往南撤了一部分啦。"

---

① 马粪包：一种止血的山草药名。

154

他脸上就松出一线宽色来。熊二炮有点儿不明白这宽色从何而来，因为尽管日本人放松了对山上的封锁，可他近几趟下山收获并不大，有一次还两手空空地回来。要搁以前，孙大头会赏他几个耳擂子。

冬天日头短，天黑得早。闲得无聊，往往天一擦黑他就躺下睡了。

这日他刚躺下，就听门外长毛狼在小声叫他："刘爷！刘爷……"

他掀掉身上的大衣，坐起身来问："什么事？"

"小山子和几个弟兄下山去，回山上来的时候打到了只嫩雪兔，想先给您尝尝鲜……"长毛狼在门外说。

他抹了一把眼屎，困顿地打了个呵欠说："我不尝了，你们自己吃吧。"

长毛狼就拖沓沓地踩着雪声咕叽、咕叽走了……

二日起来，他走过大排房木刻楞，看见门口聚着一堆小匪，冻得嘶嘶呵呵跺着脚往里探头探脑……他就走过去。

"干什么呢？"

"啊，刘爷，弟兄几个找乐呵呢……"小匪们看见他，挤挤闪闪喜着眉眼笑。

他明白过来什么，一把拉开房木门走了进去。小山子和另外两个人正在炕上忙乎，他一声不吭，从背后照准小山子的后腰一脚踹下去——扑哧，小山子狗抢屎趴倒在炕上。啪，啪，他又回身抽了另外两个人一人一个耳光子。

小山子从上翻转过身来提着裤子，和另外两个捂着嘴巴子的人都惊呆啦，张口吸气地望着他："……刘、刘爷……我们问过你的啦，我们并没有抢了先呀……"

他冷冷地背转过脸去说道："给她穿上衣服。"

这时炕上一个十六七岁的少女才想起来嘤嘤哭出了声……

"我毙了你们！"他像一头暴跳的狮子，在屋里跺着脚说完，就怒气冲冲地走了出去。

冰冷的红松林里又拢起了一堆熊熊燃烧的松木火，灼热的炭火将厚厚的雪层烧出了一片黑窟窿，吱吱……化出些雪水来，很快又被蹿跳的火舌舔干了。围着火堆，小山子和另外三个小匪被捆绑着推倒在地上。围着的人站得久了，小心翼翼、哆哆嗦嗦跺着脚跟……刘生的眼睛一直阴沉沉仰望着天空，脸色青紫，紧咬着嘴不吭声。过了半天，长毛狼把一支打开机头的长苗盒子炮递给他，小声道："刘爷……"刘生这才慢慢接过枪来……

"大哥，咱们可是土匪啊……"

刘生一顿，转过脸来，熊二炮正附在他耳边低声说了一句。

"大哥，俗话说得好，饱汉不知饿汉饥，咱们可不能不管不顾弟兄们的死活呀。弟兄们也是苦透了的……"

刘生听出了熊二炮话语里言外的意思，抖了一下，手里的枪重重垂了下去。

熊二炮见状，上前踢了小山子和另外三人一人一脚，怒喝道："还不快谢谢刘爷。"

"谢谢刘爷，谢谢刘爷……"小山子和另外三个人僵跪的身子活转过来，鸡叨米似的往雪地里磕头。

刘生冷冷地别过脸去，有人上前去给他们四人解开绳子。

"小山子，你乐呵够了吗?"

刘生又冷冷地转过脸来。

"乐呵够啦，乐呵够啦……"小山子不知何意，又忙不迭地往地上磕头。

"那好，我问你，你们是在哪里抢来的?"

"后山屯子……"

刘生招招手，把长毛狼叫到跟前：

"你负责把她送回去。"

长毛狼点点头，踩着咯咕咕咯咕咕的雪先走了。熊二炮抄着袄袖说："都回去吧。"众人方才缩头缩脑嘶嘶呵呵乱甩着冻出来的鼻涕，散了。

八

当晚，刘生耷拉着头走回屋去，晚饭也没吃就躺下了。躺下半天也没睡着，身子在炕上翻过来翻过去烙饼……

"其实你用不着觉得心里不安……"

黑幽幽中传来一句。刘生吃了一惊，停住了烙饼。

"这是土匪的规矩。"

"我不是土匪。"刘生低低地抗拒说了一声。接着在黑暗中刘生听到两声嘲弄的哼笑声。这是刘生第一次听到女人的笑声。刘生觉得身上有条虫子在痒痒地拱他。

"我没睡你。"

"你没睡我是因为你是钟绍的马弁。钟绍还算有点儿眼力……"

"我不是钟绍的马弁。"

刘生在又要听到两声哼笑时，刘生就忍不住脱口而出说了："我是警察。"

女人一怔，张大嘴吃惊地对望着他。半晌，女人回过神来，吸了一口气，迷茫而不解地说道：

"你是警察，怎么会找到我家的……"

"是钟绍告诉我的，钟绍说你是他女人，钟绍有话要我带给你……"

女人身子微微颤了一下，很快就显得平静下来。语气淡淡地说道：

"我不是他的女人。我和钟绍是在他当土匪前认识的，那时他还是个学生。他当土匪后，我们就没来往了……他的一切与我无关。"

"不，钟绍说你是他的女人，他说你还为他生了个儿子……"

黑暗中感觉女人的身子猛地一抖……足足过了半个时辰，才听女人口吃地问道：

"他有什么话要带给我？"

"他叫我转告你，他的人参生意做完了。"

女人听了，长长轻叹了一口气，黯然失神地沉默下来。

屋里一时显得像死去了一般的寂静。

"你恨我吧，钟绍是我抓住打死他的……"

"为什么要恨你呢，钟绍他该死谁也保不了他的命，我知道天天向上帝天主祈祷也没有用，他最终都是要死的。唉，命都是自己的，万能的上帝和无边的佛祖也保佑不了谁的命，每个人的命只有靠自己去努力……"

女人像背诵圣经喃喃地说，声音轻轻而显得万般温柔。

这一夜，女人很温柔。女人活生生的胴体像一盆温热的泉水，融化了他心中久存的冰封。他重新打量起女人，重新感受起女人来……使他豁然觉得寒夜中的小木屋是如此的温暖，如此的温情。欣喜之中的刘生不无遗憾地想，钟绍真是傻瓜蛋，丢开这样的女人去当土匪，钟绍真是个傻瓜蛋！刘生带着满足，带着幸福和一丝稍稍的疲倦甜甜地睡去了。这是他进小木屋、进山以来头一夜睡得这么香甜酣畅。也是两人共同合作的愉快睡眠……

天渐渐地亮了。微熹的阳光从小窗口跳进来。朦朦胧胧中，刘生感觉一道坚硬的阳光朝他胸口射来，刘生下意识地出手……阳光晃了几晃，抓住在了手里。刘生梦呓地说了句："别忘了，我是快手。"惺忪地睁开眼睛，刘生惊住啦——

"你？……"

一串晶莹的泪珠儿从女人眼眶中滚落了出来。

"为什么？"刘生睁大了眼睛。

女人的肩头一耸一耸抽动起来。

"我知道，你还在为钟绍的死而恨我……"刘生埋下目光，泄了一口气，身子软了下来。

"不，不是的，我是为我的儿子……"

"为你的儿子？"刘生默默移过去目光望着她，眼里充满困惑不解的神色。

"是的……"女人低声嘤嘤泣泣地说道，"我以为这个世界上只有我和钟绍知道我有过一个他的儿子。没想到钟绍又告诉了你。我不想让人知道他有个当土匪的爹。你知道吗，钟绍正是因为有个当土匪的爹，在学校里受到人的歧视，使他忘不了当土匪的爹，才跑到山上当土匪，才送命的……没想到今天，我也成了土匪的女人……"

刘生想起在马家大院见到过的那个叫她"二姨"的七八岁小学生模样的小男孩。刘生明白了，刘生重重地垂下了头。

刘生垂着头走出小木屋。外面的寒气使他打了一个冷战。刘生抄起袄袖来，萎缩地站在雪屋檐下，目光挺麻木地看着几个早起的小匪在房外撒尿……哗哗的尿声伴着一串嘶嘶哈哈的嬉笑。背后的屋子里还传出女人悲悲切切极其伤心的抽泣声……

刘生的心情在这个寒冷的早晨里，不知不觉烦躁起来。刘生很想痛痛快快打几枪，可寒雾重重的山顶上除了几个影影绰绰、龟头龟脑哆嗦的人影外，没有别的猎物给他打。"两脚兽！"刘生不知是对自己，还是对那几个比着老二大小的嬉笑人影莫名其妙在心里骂了一句……

九

正月里的一天早上，刘生醒来看到身边的被筒里空空如也。刘生一惊，裤子也没穿，披了一件皮大衣就冲出了门外。门外面，长毛狼正从南头的山崖上慌慌张张地跑下来，嘴里结巴道："刘、刘爷，不好啦，她、她跳崖啦……"

"啊！？——"刘生失色地大叫了一声，旋风般向南崖上跑去。长毛狼又返身呼哧、呼哧气喘着跟跑了过去。

崖头顶上，除了一片零乱的鞋印，雪地上空空的。幽深的崖谷下望不见底，半腰处荡着厚厚的寒雾……

刘生绝望地回过身来，瞪着血红的眼睛，一把揪住了气喘着的长毛狼的脖领："你——"

"刘、刘爷，刚、刚才……我打了个盹，等我看见她时，她已往下跳啦……"长毛狼哆哆嗦嗦地说，很怕刘生一失手把他推下崖去。

刘生"唉"地哀号了一声，抱头蹲下身去……崖头上刺骨的寒风猛烈地扫荡着他赤足的两腿，一会儿就失了血色，变得青白。长毛狼脱下自己的大衣，给他盖在了腿上。

一星期过去后，熊二炮从山下回来。熊二炮听说了这件事，过小木屋来劝他。

"大哥，别太想不开，闷伤了身子。等开了春，兄弟下山再给你弄个俊女人来……"

"弄你妈，我操你妈！——"他瞪着滴血的眼睛，咆哮着怒吼熊二炮。

熊二炮没敢再吭声，蔫蔫地退出了屋。

出来，熊二炮心下嘀咕，这大哥是怎么的了，从来没见过他跟自己翻脸，咋会为一个女人跟他翻脸？

想归想，春天到来时，熊二炮再没敢跟他提弄女人的事。还对别的弟兄私下讲，要弄女人就在山下弄，别带到山上来叫大哥看见。别的小匪唯唯诺诺听从了……山上的日子沉闷了下来。

熊二炮每回从山下回来，还先去小木屋看望大哥。去时，带些从山下带回的烧酒、肉罐头，同大哥死喝一顿……熊二炮近来收获挺大，脸色渐渐喜气起来，拣一些开心的事说给大哥听。

"……什么，你是说日本兵走了？"

"是的，我亲耳听一个日本翻译官说的……"

"日本翻译官在哪里？他是怎么说的？"他紧盯着熊二炮问。

"日本翻译官在妓院里，叫我给宰了……他说日本人要和美国人签订什么投降书……"

"投降啦？……"他低声沉吟了一声，阴郁的脸上慢慢展出一线宽色来。

"那帮日本犊子男人真不是人，光顾自己逃命，撇下一大群娘们……"熊二炮低头大嚼大咽地往下吞着一块鸡大腿。

"……也真是的，睡日本娘们那味道是不一样——"熊二炮发觉自己说走了嘴，犯了忌，赶紧噤了口，抬头偷看了大哥一眼。

大哥的脸色还沉在宽色中，似乎并没在意熊二炮说什么。熊二炮就放下心来，憋不住津津乐道起来：

"……那小日本子女人，你睡她她还心甘情愿让你睡，还直叫'夫嫂姑小大姨，喜来一姨大喜妈死……'。我以为她在骂我，第二天早起问那个狗翻译官，狗翻译官说，她是说'伺候得不好，请你原谅'，你看，天底下还有这样的婊子。啐……"熊二炮吐了一口流出的涎水，咂咂嘴，色眼迷迷地回味道。

大哥的脸一直沉浸在一道霞光里。

熊二炮酒足饭饱后走出来时想，自从那个女人跳崖后，大哥的脸上再没见展出宽色过，今日终于见到大哥脸上的宽色，莫非大哥又想女人了。如果是这样，再下山去时，也给大哥弄回个日本娘们来，让大哥也尝尝东洋娘们的味道。熊二炮这晚很开心，打着酒嗝一路哼着小曲走下山腰去……

熊二炮没有从山下带回日本娘们来。熊二炮从山下回来说，国军又回来了，收复了山下城里。日本军妓作为战犯也被国民党警局关押了起来。

"操，她们算个×战犯呀！……"

熊二炮乱溅着满口臭烘烘的唾沫星子，很失意地悻悻说。

他听了没吱声，心底倏然闪过一道亮色。待熊二炮嘟嘟囔囔走出去后，他便早早地躺下睡了……

他是下半夜起来的。屋外的长毛狼睡得像一头死猪。他轻步从长毛狼身边绕了过去，影子似的闪身钻进了崖下的红松老林子里……阵阵的林涛声从远处的林梢头儿涌来，仿佛夜空中传来的天籁……

黑黝黝的林子一点一点朦胧亮起来的时候，他走出差不多有四五十里路了，估计不会有人能追上了，心里就稍稍放松了下来，抹了一把脸上的露水加汗水。一边脚步悠悠地走，一边饶有兴趣地细细打量四周的密林，辨别着方向。清晨的林子里很静谧，只有薄薄的白雾纱在树林间若隐若现飘来飘去游移……

天完全亮了的时候，林子醒来了。各种不知名的鸟发出啁啁啾啾的鸣叫……

密集的白桦树叶间跳动着一串明明灭灭水灵灵的阳光。在这种祥和的氛围中，走得有些累了的刘生漫不经心地回头散望了一眼。头上刚才被树冠挤细了天空疏朗开阔起来。

开阔的空中不知什么时候出现了一只山老鹳，慢悠悠地飞着。刘生的心里微妙地忽悠沉了一下。刘生像回避着什么移下目光，扭下脸来。转过脸来时，刘生就看到静静的白桦林子间影影绰绰多出些人来，人和马都默默地站立着。站在头里的熊二炮浑身衣服都叫露水打湿了，像刚从水里打捞出来。刘生一惊。……

"你们还来追我干啥。照山上的规矩，枪，我没带走一支一杆，弹，我没带走一粒一发。"

惊慌过后，刘生的脸沉静下来。

"大哥——"熊二炮"扑通"跪在地上，"大哥，您不能走，跟我们回去吧。"

刘生默默地摇摇头，冷冷地避开脸。

"大哥，您不能下山去，您还想回警局去……吗？"

刘生一震，狠了狠心，转过脸来低沉沉地说道：

"是的，我是警察。"

树林后面，有几个小匪脸上闪过惊慌的神色，下意识地搂紧了怀里抱着的枪……地上，熊二炮还一动不动地垂立着身子跪着。

"大哥，我知道，我早就知道了。我头些年就听北边山头的弟兄们讲过，在通河一带的警局里有个神枪快手。那次您救我出手打死了孙大头，又打断了长毛狼的二拇指，从那出枪的神速看，我就猜到了是您……可是大哥您现在是土匪，是和我们一样的土匪呀。您想想看大哥，他们还会要您吗？"

刘生听了，身子抖了一抖，眼睛慢慢地低垂了下去……

刘生重新抬起目光的时候，已默默地走在回山的路上了。刘生抬起头来，看见那只山老鹞还在头上的林子上空悠悠盘旋……刘生那会儿在想，他再也走不出山老鹞的视线了。

两年后，山上刘大刀客匪帮被解放军歼灭了。熊二炮负隅顽抗，被当场击毙了。土匪头子刘生被活捉了。按当时解放军剿匪的惯例，土匪头子活捉后，一般都要押回原籍执行镇压判决的。这样刘生就被带回了通河县城，交给了县军管会处理。

"你叫刘生？"县军管会一个戴眼镜的年轻军官问他。

"是的。"刘生满脸胡子拉碴地坐在一张木椅上低头答。

"你当土匪前是干什么的？"

"……"刘生低头不语。

"说，以前干什么啦？"

"当过……马夫。"刘生抬起头来，说了一句。

年轻的戴眼镜军官与另一位军管会的人交换了一下眼神，似乎有些不解。

倏忽，刘生觉得面前这张眼镜片后面的面孔似乎有些熟悉，似乎在哪里见过。刘生用力想了一下，麻木的脑袋僵僵的，怎么也想不起来，刘生就不去想了。眼睛默默无神地打量起这间屋子来，这屋子原来是县警局的屋子，刘生熟悉起来……

审讯完了，押着刘生往小号里走。刘生眼前突然出现两张面孔，一张是钟绍的，一张是马二小姐的……刘生急忙回头去寻那张眼镜面孔，看见眼镜手里拿着一本卷宗和一位年长的军官有说有笑地走远去了。刘生就呆在了原地上，直到持枪的战士用枪筒捅了他一下，他才拖拉着脚镣，"哗啦、哗啦……"地走了。

刘生没想到又会见到朱四。朱四还在这里当伙夫，给军管会的人和小号里的人做饭。晚上，朱四提着饭桶走进小号，就认出他来："……快、快手兄弟……是你?"

刘生也惊住了，眼里不觉涌了一层水雾，脸上也潮红起来。

朱四脚步慌慌张张走出去，过了一会儿又脚步慌慌张张地走了回来。手上端了一碗肥肠头，递给他:

"快手兄弟，明天你就要走了，吃了好上路吧……"

他脸上的潮雾变成了一摊稀水，哗哗地流了下来。

"朱四，你还记得我爱吃肠头，你还对我这么好，可如今我是土匪呀……"

"不，你不是，你是没有办法呀……"

他心头滚烫地一热，掺和着泪水，大口吞咽着吃了肥肠。

"咱们给日本人当警察的兄弟都死啦。"朱四说。

"……"

朱四走时，问他:"快手兄弟，你还是一个人么?"

他点点头。

朱四眼眶又湿润了:"明年周年我来给你烧纸。"朱四背过脸去。

"朱四……"他眼巴巴地望着朱四。

"哎。"

"我有一件事求你。"

"说吧。"

"别说我当过警察。"

"嗯哪。"朱四点下头。

……

这一夜，刘生睡得很香、很踏实。早晨起时，一轮又红又圆的日头，挤进小窗口来，将他的脸映得鲜红红的。他轻声对自己说:"真是个好天气。"

刑场还在原来县警局毙人的刑场，这里的每一粒沙土他都十分熟悉。在走下汽车时，他又看见了朱四。朱四站在人群后面远远地张眼望着他，就像看他每回毙人时看他的眼神，透着一种说不出来的渴望。

他在沙滩深处沙窝边站下了，这里离人群边上的朱四远些。他站下时，轻声而急切地对持枪的战士说一句："求你出手利落点儿。"小战士有些不懂地看了他一眼。

他抬起眼睛一直仰望着晴好的天空。蓝蓝的天上，盘旋着一个飞物，他用力辨了辨也没分别出是山老鹞还是黑乌贼。他只好在心里叹道：视力不如从前了……

枪响了。子弹偏离了胸口，他用手捂住错误的枪口，不让血流出来，对有些惊慌的小战士说："再来一枪。"持枪的战士反倒更惊慌了，迟迟按不下扳机。他绝望了。绝望之中他下意识地喊了一声："快手！"

子弹准确地穿过了他的胸口，他只觉得胸口里一热，尖利笔直地射出一条血线，漂漂亮亮泼洒在沙滩上。

牺　　牲

一

　　邹万灵屯是一处只有五六十户人家的小屯，其中最富的人家是邹保财家。他的先人邹万灵在清末年间，从山东闯关东来到东北，走到这疙瘩实在走不动了，眼望前不着村后不着店没有人烟的大荒草甸子，就在这片荒芜得只有野兔子、狐狸出没的盐碱草窝地里开荒立屯。到了邹保财这辈儿，家里已有了近百亩良田、两挂马车，养着三个长工伙计，成了方圆近百里家境殷实的地主。

　　不过在邹保财四十七岁这一年，却发生了一连串让邹家人闹心的事。先是在上秋和入冬的时候，邹家两次遭到胡子的抢劫，进了腊月小年这一天又发生了一件令邹家人心惶惶的事……不由得让邹保财想起在年前腊月里去肇州县城办年货时，他听从了伙计邹六的话，让在街头摆摊算卦的、人称"谢半仙"的谢瞎子给算了一卦。谢瞎子掐捏完他的生辰八字，摸着他的骨相，仰脸半晌才告诉他，他庚寿四十七岁上，有一坎儿。

　　"八一五"光复，日本人完蛋了。听半年前从新京（长春）念书回来的小女儿讲，"满洲国"的皇上溥仪也叫老毛子兵抓住押到苏联去了。他想不通还会有什么样的天灾人祸会砸到他这个乡下小人物的头上。他不太相信甚至认为两年前那一卦是谢瞎子的胡诌，可是灾祸竟然真的悄然而至，就像那年他刚娶了小老婆，那只黄皮子（黄鼠狼），三番五次溜进他家的院子找他的麻烦一样。可他知道这回不能再去找"大仙""二仙"来家跳大神了——跳大神也跳不灵的。

据屯里老辈人和解放后当了生产队长的邹六讲，那年腊月二十三的那天夜里，那场大雪下得出奇的大。雪是头两天夜里开始下的，时缓时急，缓时大雪片子像棉花桃似的一层一层往房顶院地上盖；急时，那像白米粒子一样的雪粒，"啪啪"地打得窗户纸乱响。人出来抱柴火，那西北风吹着雪粒子打得人脸生疼。没有人能在外头站半袋烟的时辰的。雪下到小年后半夜时，积雪已没到屯子里穷人家矮扒的黄泥房半截墙了，后窗户也被大雪封上了。

清晨，邹保财和他的两个伙计一起在院子里用推板在推雪。屯子里的光棍张三像个雪球连滚带爬地蹚进院子里来，他浑身上下都裹着厚厚的雪，只有两个鼻孔和嘴巴在出气儿，一说话还满嘴喷着雪面子："……屯、屯长……屯外大坑里死、死了人啊……"

邹保财心里一惊，他停住了手里的推板，赶紧打发管家和伙计邹六过去看看。

过了一会儿，管家和邹六煞白着脸回来了，证实说：屯外的大坑里确实看见雪壳子里埋着六具尸体，每具尸体还用麻袋装着戳在雪堆里，只露着头和肩膀，尸体是被人用枪对着脑门打死的……那屯外西大坑是屯子里的人取黄土盖房抹墙挖成的，谁家瘟死的鸡也常好扔在那里面。光棍张三早晨起来冻得实在不行，去屯外捡烧柴，才发现坑里六个"死倒"的，当时有几只乌鸦盘旋在刺眼的白雪上面，张三还以为谁家瘟死或冻死的鸡扔在下面呢。

听了管家和邹六的回话，邹保财悄悄地把管家拉到一边问："你看那几个人有没有上两回来抢咱家的那伙胡子里的人？"管家摇摇头说："我仔细看过了，没有上两回来抢咱家的那伙里的人。""那这事就怪了……"邹保财心里犯了嘀咕，看了管家一眼欲言又止。

管家又说出了一个让他意外的细节："那六个人里有四个上衣兜里插着钢笔的。"邹保财听了，又心下一惊。胡子人里头没有识文断字的呀！他的心渐渐地沉重起来……不由得想起昨天半夜里来的这些"不速之客"，生平头一遭见到县长是福还是祸？

昨夜是小年夜。因为下大雪，也因为前一阵闹的匪患，屯子里只有不多的几家出来放了一阵鞭炮就睡下了。快到半夜时，突然听到屯外响起了几声沉闷的枪声，那枪声在这密集的落着雪花的夜幕里就像是谁在放受潮的炮仗声。胆大的屯里庄户人家就以为那是谁家孩子放的炮仗，没有起炕。胆小的人家，则以为那是胡子打的枪，哆哆嗦嗦地缩在窗户后面听动静。屯子里先是响起了几声狗叫，接着又响起了几辆马爬犁"嗖嗖"的滑雪声，像是一队人影顶着大雪进了屯子。

漫天的大雪裹着这队人马悄悄地来到了屯中央的邹家大院前，停下了。有人上前拍门，里边警觉地问："谁？"

"是我，邹六，快开门，是姑爷他们的人来啦。"

"嘎吱——"院门就从里边打开了。开门的伙计闪在一边，已穿戴整齐的邹保财站在院子里有一会儿了，他的马褂外边套着的毛皮袄已落了一层雪，惊诧地看着院外这队来人。

刚才听到枪声，他就惊慌地起来了，打发邹六赶紧去屯围子西大门看看，告诉守在那里的炮手，如果是胡子千万别给开门，先顶住再说。他把家人都叫起来了，要把小老婆、大老婆、儿媳妇几个女人送到屯里邹家的叔辈亲戚家里躲藏一下。

他正忐忑不安地站在院子里等着邹六来报信，万没想到会是姑爷带人在这大雪夜来到了屯中。

"大表姐夫，你还愣着干什么，还不快请人进屋？"说话的是一个四十岁左右的男人，他披着一身雪，大盖帽下戴着一个兔毛耳套，四方脸，塌鼻梁，他正是邹保财大老婆的表弟张忠信。他身后站着一个穿着皮大衣、戴着棉帽的人，这人正是他的姑爷章继贤。一旁的管家赶紧招呼："七舅爷和姑爷来啦。"

"快进屋——你们这么晚来这是？"邹保财像刚刚醒过神儿来。

张忠信没有顾上回答他的问话，而是引着一位穿着貂皮大氅、戴着水獭帽、围着狐狸毛围脖、四十八九岁的男人来到他面前："这位是蓬县长。"邹保财一听就又慌了手脚，赶紧鞠身往堂屋里迎："蓬县长屋里请，不知县长深夜到访，失敬，失敬。"又吩咐管家和伙计招呼外面的人进院，安排到各个屋里去坐。家人和伙计这时候也都过来了。

在堂屋里太师椅上坐下，蓬县长拱拱手对邹保财说："邹屯长，叨扰了。"张忠信这才贴着邹保财的耳边说："我们这是剿匪路过屯子，县长和兄弟们饿了，快叫人弄点儿吃的，吃完我们还要赶路呢。"

邹保财听了，赶紧叫家里人把小年前包的没吃完的冻饺子从仓房里拿出来下锅煮上，还有冻黏豆包也拿出来蒸上；又把家里小年前杀的肥猪刚烀好的白肉、猪头肉也从下屋仓房里拿出来切好上桌。

不一会儿，切好的白肉、猪头肉还有猪肝、血肠，分几盘端上桌；冻酸菜馅饺子也煮好了，黏豆包也蒸好了端上桌。堂屋里地下摆两桌，偏屋东西屋炕上、地下各摆两桌，来的人都坐下了。这四五十人真是饿了，一阵风卷残云，把下屋仓房里的半面袋冻饺子、一面袋黏豆包，还有一铁盆烀好的白肉、猪头肉、猪下水，吃得干干净净。这边人吃着，张忠信又走到外边去，告诉邹六和另外两个伙计把马爬犁的马也解下来，牵到马厩里喂了。这边人吃完，外边马也吃完了。蓬县长擦了擦嘴巴又说了一句："谢谢邹屯长，日后定有酬谢，今日公务在身，先告辞了。"一行人就跟随起身往外走。

临走到院子里时，邹保财才容空跟章继贤说上一句："小女玉玲她还好吧。"一直没有说话的章继贤说了一句："她还好。"看了他一眼，又说了一句："过一两天让人去城里把她接回家过年吧。"

邹保财还没听明白章继贤这句话是什么意思，一行人已坐上了马爬犁从门口雪地上走了，迷乱的雪花很快遮去了他们的身影。

二

早晨，一听管家回来说屯西头大坑里那六具身份不明的死尸，邹保财眼皮就跳个不停。

这会儿，管家又凑到他的跟前来，说："掌柜的，你看是不是叫人把这六个死倒拉到北头的冰泡子里去，这大年根前的，露尸在那儿多不吉利……"

"不！"邹保财挥手打断了他，"你和少爷去叫李木匠和张木匠来，让他俩再找几个人打六口棺材来，用上好的松木，费用由咱家来出。"

尽管管家和他的儿子邹世田都有些不解，还是照着去做了。

邹保财想，早晚会有人来认尸的。

果然，没出一个时辰就听屯外有人来报，说在屯外的官道上来了一队大军。说话工夫就有一个连的人马拐进屯子里来了。邹保财一听麻溜儿穿好皮毛袄和管家迎了出去。

刚刚走出来，一队雪人已持枪列队停在院门外，一看这阵势，管家的腿就哆嗦了起来。

"老乡，不要怕，我们是东北民主联军……"队前一个骑马的年轻军官从马上翻身下来了，瞅了瞅身穿棉袍皮袄马褂的邹保财，"你是这个屯子里的屯长？"

邹保财忙拱拱手说："我是。"

"这是我们的杨师长——"年轻军官给他行了个礼后，就指着身后骑在马上、年纪有四十岁左右的一个长官模样的人说。

"长官，屋里请！"

"不啦，老乡，我们向你们打听个事，昨夜你看没看到过一伙人来过屯子？"

"……来过。"

"他们这伙人里押没押着六个人犯？他们是被装在麻袋里捆着的。"

管家一听这话，脖颈后面就直冒凉风，脸都白了。倒是邹保财镇定地说："没看见他们押着人进屯，不过今儿早上倒是有屯里人看见，在屯外的西大坑里看见六具尸体……"

"在哪里？快带我们去看看！"问话的长官一听他这话脸色就变了，口气仓促地说。

那个年轻的军官叫邹保财和管家坐到后面一辆马车上，而后骑马的几人和这辆马车就先向屯外跑去，马蹄子扬起的雪尘遮住了后边跟着跑的队伍，这辆马车罩着一个棉毡棚。

一到了西大坑边沿上，还没等邹保财和管家从马车上下来，就从马车棉毡棚里跌跌撞撞地跳下一个人来。刚才他一直捂在一条棉被里，这会儿甩掉了棉被，看清这是一个衣着不整的年轻人，他棉袄多处露出的棉花沾着一道道血迹，他腿上也好像受了伤，是一拐一拐跑下去的，雪陷得他迈不动步了，他就顺坡往沟底下滚。

他很快就滚到了那六具尸身的雪坑前。他爬起来，拼命扒着没腰深的雪，颤颤巍巍地扑到一个个尸身前，像遭雷击似的身子定在了那里，空气都被凝固住——过一会儿，一阵撕心裂肺的号叫从沟底传上来——"李部长啊……刘书记啊……韩书记啊……岳县长啊……你们这是都走了么？"

169

这阵震天悲恸的哀号过后，这个身体极度虚弱的人就一头栽倒在雪坑里，昏了过去。下了马的杨师长叫上一名卫生员和他一起跑了下去。

邹保财由管家搀扶着走下坑去。雪没到齐腰深处，他们来到了坑底，看到雪坑里露出的六张脸，脸都向上扬着，面色像活人一样哩。如果不是眉心正中那粒像花生大小的枪眼，谁也不认为他们是死去的人；还有三个人眼睛是大睁着的。怪不得管家和邹六两人早上过来看过之后都像掉了魂似的。邹保财身子一抖，不由得后退了一步。

杨师长走到左边第一个麻袋前，他把右手举到棉军帽沿上，对着雪窝里露出的这个国字脸、络腮胡子很重的人行了个军礼，而后缓缓地放下手低下头去，嘴里喃喃地说："祝三，我来晚了……"有两颗泪珠从他这张疲惫的脸上，潸然滚落下来。

而后他伸出手去，要去给死者合上眼睛，可是那眼睛由于冻住了，怎么也合不上。杨师长只好放弃了，又说："祝三，我知道你死也不会瞑目的……"

这位杨师长叫杨国夫，他和李祝三曾在山西太行山八路军办事处一起共事过，后来随罗荣桓的部队开赴了山东。这次到东北来，作为东北籍的干部李祝三是先随东北干部团过来的。杨国夫和他的师是上个月才由山东半岛过海开赴东北来的，编入东北民主联军第七师。前两天他的师打到松花江南岸扶余时，听说了江北肇源、肇州两县发生了叛乱，我党派去的一批干部遭到了逮捕。特别是听到被捕的干部名单中有他的老战友、现任哈西地委组织部长李祝三的名字时，他更是心急如焚，亲自带着一个团先打过江来。昨天下午他们刚刚打下肇源县城，傍晚就马不停蹄地冒雪往肇州赶，半夜赶到肇州县城，方知他们还是来晚了一步，叛乱分子已带着被捕的同志当晚出逃了。他们就追过来了，由于雪大，再加上路不熟，他们天亮时才赶到这个小屯。

看到昔日战友被杀害，杨国夫心如刀绞。他当即命令孙团长带着人继续向大同镇方向追击（昨晚邹六送这些人出屯围子门外，看到他们往北边大同方向去了，邹保财把这事告诉了杨师长）。留下一个排跟他护送李祝三和另外五位同志的遗体回县城。刚才昏厥过去的那个年轻人已经醒来，他叫孙新华，也是被捕的一个同志，是县民运部长。昨晚在敌人仓皇从监狱提人时，被那个好心的马车夫打马虎眼漏掉了。昨晚杨师长带着这个团打进县城后，他主动要求跟部队一起追击，杨师长看他身体太虚弱，就让他坐在一辆马车上了。他醒来后强忍着悲痛，向杨师长说出了另外五位同志的身份：肇源县委书记刘德明，肇州县委书记韩清华，肇州县新任县长岳之平，县委组织部长邓国志，县民运部副部长王耀先。

听到死去的这几人都是共产党的大官，一旁的邹保财心里直起鸡皮疙瘩——看来他这个没"过门"的姑爷再也回不了门了。

傍中午时，六口棺材备好了，邹保财叫人把棺材抬到坑沿上来。这六口棺材只有三口是新打的，另外两口是邹保财在屯子里征集到的老人备用的寿材。邹保财还把自己留着的一口棺木捐献了出来。

装棺入殓之前，在坑边沿点起了六堆火堆，把烈士们的遗体放在火堆边上烤化了，解去了他们身上捆着的绳子，把睁着眼睛的李祝三、刘德明和韩清华的眼睛都一一合上了。然后杨师长和一排的战士在坑沿上站成两排，举手敬礼，随后举枪冲着头上天空，随着杨师长一声令下："开枪，为英雄送行！"一排排枪声"啪啪——啪啪——"震天响过，震飞了远处一棵老杨树上缩在窝里的两只乌鸦，震落了树上的缕缕雪尘。

六口棺材抬到从屯里借来的五辆马爬犁和一挂马车上，马车是邹保财家的，他叫儿子邹玉田和伙计邹六也跟着送往县城去了。走时他把玉田叫到一边去，对他叮嘱了几句，他是叫玉田到县城里把他妹妹接回来。两排持枪的战士分列在两旁，缓缓从雪道上开去了，马爬犁划出两道很深的辙沟，扬起的雪尘渐渐淹没了这队悲气的人影。

"老爷，姑爷他们这不是去剿匪啦……"管家像明白过来什么似的。

邹保财听了浑身一震，活动一下冻得不好使的双腿，从嘴里吐出一句："天要塌啦！"

三

农历九月关内大地上，晚熟的庄稼才刚刚收割，地里到处可以看到农民们忙碌的身影。小日本投降了，再也不用担心鬼子和伪军进村来抢粮了，所以地里的庄稼汉都收割得很从容，连地里的骡子、马都敢敞开嗓门"呃——呃——"地叫了，一副扬眉吐气的样子。

午后的日头着实有些燠热，走在庄稼地边上的一对小夫妻，也走得有些热了。女人不时解开男的背后行李卷上的白毛巾，为他擦擦脸上的汗。男的穿一身灰色八路军干部服，里边已经套上了秋衣秋裤。

"德明，不能晚一天走么？"女的疼爱地看了丈夫一眼，忍不住地说。

"不中啊，我明天就要从陕县赶到洛阳去，到那儿和另外几个河南同志会合后就要往张家口去，大路不敢走，上面还要我们尽快赶到东北去……"

"唉，本想打跑了日本鬼子后，我们再也不会分开了，可你咋说走就走了呢？"女人叹息了一声。她齐整的刘海下，是一张俊俏的枣核儿脸，带着红晕。

这男的叫刘德明，是陕县张汴区的区长；女的叫李香玉，是张汴区妇女主任。刘德明是上午才接到县里通讯员送来的上级要他参加东北干部团的命令的。要他下午赶到县里去报到。而昨天刚刚是他和李香玉新婚第一夜啊！他有些对不起她似的，把那命令在手里捏了好半天才拿给李香玉看。他知道又食言了。四年前，他是张汴区副区长时，李香玉是区里的文书。两人定下婚约后，组织上都批准他们结婚了，可是"皖南事变"后，新四军缺干部，上级一纸命令把他调到皖南苏区去。那会儿他走时拥抱着李香玉说："等打跑了日本鬼子我们就结婚，再也不分开了中不中？"可是现在小鬼子是打跑了，他又要走了。

"香玉，你说我们的好日子是不是还长着呢？"李香玉知道他要说什么。她毕竟是有文化、有觉悟的妇女干部，此时凉爽的田野秋风一吹，已吹去了她脸蛋上汗津津的绯色红晕。她一甩齐耳的短发说："德明，你安心地去吧，俺等着你回来。"

"要是俺回不来……"

他刚说出半句话，就被香玉用手捂上了嘴，"俺不许你说这话。"

"俺是说俺工作要是在东北扎下了根，俺就叫组织上也把你调到东北去工作，你看中不中？"

"中，到时候俺去东北找你。不过俺在石家庄读师范时，可听说东北那地方大姑娘小媳妇都叼大烟袋呢，生了孩子还吊在屋棚顶上。"

"那你也学抽烟袋，等咱有了孩子也吊起来呗。"刘德明冲她做了个鬼脸。

"去你的，俺才不叼烟袋呢……"李香玉佯装生气握拳打他。刘德明就一把捏住了她的拳头，把她揽在了怀里。香玉顺从地贴进他的怀里羞涩地低下头去。

此时他俩已走到张汴通往陕县的岔路口一棵老槐树下，送到这里，刘德明就不叫她再往前送了，这里已离张汴区挺远了。

两人在树荫下拥抱了一会儿，看看时候不早了，李香玉松开了手。她又从自己挎着的一个黄书兜里掏出一条红毛线织的围脖来，这是她前一阵织好的准备冬天再给他戴的。"听说东北那地方特别冷，到了那里可别冻着。"

刘德明收下了围脖，叫她回去了。可是香玉不走，要看着他走上通向陕县那条路她才回去。刘德明就走上了通向陕县去的那条道，走了一会儿，回头看李香玉还站在那里没动，他就举起那条围脖挥了挥。这边，直到那条挥动的红围脖看不见影了，李香玉才离开那棵老槐树。

半个月后，刘德明和他的河南老乡韩清华从洛阳辗转到张家口。又从张家口绕过山海关走到绥中与东北干部团大部分同志会合时，他发现大部分同志身上还穿着单衣。越往北走天气越冷了，他就想香玉想得周到，让自己身上穿上了秋衣秋裤，行李卷里还裹着一件棉袄，看来这些同志都是直接从部队上开拔的。只有他是从家里出来的，虽然只和新媳妇过了一夜，可这种温暖一想起来就叫他心口身子发热。夜里睡觉还满脑子是香玉那温热的身子，有两回他下体还滑出些东西来，叫他脸上好一阵发烧。好在他们夜里都是穿着衣服睡的。他的老乡韩清华是个沉默寡言的汉子，比他大十岁，个头却比他高一头。家里有两个娃儿，他从苏北地区调过来时，都没来得及回河南老家看看。

这一路上先头还算顺利，从张家口往绥中来时，上级让他们分散着走的。他们两个和一个山西同志一个河北同志一起走的。他们刚一出张家口，那个山西同志岳之平在路上雇了一辆毛驴车，车老板一听说往绥中去，就不想走了，说山海关过来了中央军，他怕打仗。岳之平就说："你怕个甚啊，有我们在，不会伤着个你球毛的!"

驴车老板一看他们几个都带着枪，不敢再多言，就跟着走了。谁知有一天夜里住大车店时，那个驴车老板半夜起夜偷偷溜走了。第二天起来，不见了驴车老板。大家正担心那两头驴赶不走时，岳之平已坐在车前甩起了鞭子，那两头灰驴还真听他的话，这才知道岳之平参加革命之前在山西

173

老家赶过毛驴拉过脚。绕过了山海关快到绥中时，他们就放驴车回去了。岳之平给车上草料袋子灌了满满一袋草料，敞着口扔到车板上。他又写了一个纸条系在一头驴的耳朵上，是写给那个驴车老板的，叫他到张家口八路军办事处领取拉脚钱，他们无法付给他钱了。

"这么远的路，驴会找回去么？"刘德明不由得心生担忧。"放心吧，驴这东西认道，一定会找回主人家的。"这才明白那晚驴主人溜走时为什么不带走他的驴了。

在绥中火车站，他们半夜时扒上了一列往东北开去的货车，四五十人挤在一列空闷罐车厢里，开始大家挤在一起还没觉得冷，可列车跑了一阵就觉得身上冷飕飕的了。就有人把行李打开，把棉被披在了身上。这列火车走走停停，走了一天一夜，又在一天夜里"咣当"一声停下了，"这是到哪儿啦？"

有人就从闷罐车门缝里往外看，外面地上白茫茫的一片，竟是下雪了。"不知道。"有个东北籍的同志往外看了一下也没看清是哪儿。有人下去解手，还没等问清为什么停车，就听到外边传来"嗒嗒嗒……"的枪声，听声音是机枪，好像在火车头方向。车上的人以为遭到了胡子袭击，就听有人喊："准备战斗——！"大家都操起了枪，拉开车门就往外射击。结果招来铁轨正前方更猛烈的射击。下去的人从车轮底下翻跳回了车厢，大家纷纷问先前下去的同志前边是什么情况。下去的同志结结巴巴地说："是苏、苏联人的部队，前边是个小站。""他们为什么打我们？""他们以为我们是马胡子（土匪）。"带队的赶紧和两个会俄语的同志下车跟他去前边交涉，他们打着白旗下去了。

过了一会儿，下去交涉的人回来。他们都沮丧着脸，对车里人说："他弄明白了我们的身份，也不允许我们过去，说他们接到上级的命令，只允许国民党的部队进入沈阳。前边过了这个小站就是沈阳了。"大家一听就炸了肺，苏联红军不是我们老大哥嘛，真是大水冲了龙王庙，自家人不认自家人啦。还有人更气愤地说："团长同志，你没有问问他们这支苏联红军是不是布尔什维克领导的部队？"两个懂俄语的同志垂着头说："说也没用，他们只听上级的命令行事。"团长是从延安来的，他可能什么情况都想到了，就是没有想到会遇到这种情况，一时无计可施。至于让他们回去还是扣在这里，苏方让他们等到天亮请示了上级再说。

如果不让走，在这雪地里铁皮车厢冻一夜就会有人冻坏的。有人下去在车厢旁拢起了火堆，看到苏军方面没过来干涉，就纷纷又有人下去拢起了几堆，大家就先取起暖来。十个人围着一个火堆，大家烤起火来。不知谁挑的头（好像是先点火的那个东北汉子），一个火圈里唱起《国际歌》来："起来，饥寒交迫的奴隶，起来，全世界受苦的人……"另外四个火圈里人也跟着唱了起来。这一唱歌，不仅不觉得身上冷了，也暂时忘记了眼下面临的困境。团长往那头瞅了一眼，问那两个懂俄语的同志："你俩会用俄语唱么？"他俩点点头。随后他俩和其他几个懂俄语的同志用俄语唱起了《国际歌》。这一唱，那边桥头堡上的苏军士兵也跟着合唱了起来："……旧世界打个落花流水……团结起来到明天，英特纳雄耐尔就一定要实现！"

借着夜幕，岳之平拉着一个会俄语的同志过那边去了，他刚才上车去翻找了什么东西。

他们没有等到天亮，那边过来了一个苏军大尉，"啪"地给团长打了个立正说："你们真的是中国的布尔什维克派过来的？真的是去北满乡下去让那些农民过上好日子？"团长说："我们这里还有在你们苏联教导旅和在列宁大学待过的同志，不信你可问问他们。"

"斯大林同志和毛泽东同志都是农民的儿子，我代表斯大林同志向您致敬！"

"中国的布尔什维克同志，你们可以过去了！"跟着他的那个苏军翻译把这句话翻译过来后，大家一下子从火堆前跳了起来，"呜啦！呜啦——！"纷纷欢呼着踩灭了火。临上车前，岳之平还给那个苏军大尉来了个拥抱。

车又是在下半夜开走了。车开动了，刘德明才悄悄问岳之平，他刚才过苏军阵地给那个大尉送了什么东西。岳之平笑笑说："我给了他两瓶俺老家的山西汾酒，娘的，早知这样，俺多带两瓶好了。"

火车在沈阳站没有停。"咣当——咣当——"火车不知又跑了多久，除了两回临时停车，两个东北同志下去用脸盆从车头前端来烧红的煤炭放在车厢中央，大家一直在疲惫的睡梦中。

这天下半夜天快亮时，车厢外面突然响起了一阵"砰砰——啪啪——"的枪声。大家一下子惊醒了："怎么回事？发生了什么情况？"下意识地把武器握在了手里，"哪里打枪？"听着这回不像是遇到了苏军的拦截，接着又传来了一声手榴弹的爆炸声，在车头前。"大家不要慌，前边遭遇到了土匪，大家准备战斗！"干部团的团长站在车门前说。火车在行进，外面的枪声还在响着。"听我的命令，等火车冲过前边这段路时，大家从两边车门一齐朝外射击！"这节车厢离土匪埋伏的位置越来越近了，能够听到子弹打在车厢顶铁皮清脆的弹跳声。从车厢门缝往外看，车厢两边是个狭窄的山坡地带，车速慢了下来。大概袭击的土匪以为车上没有什么武装人员，两边埋伏的土匪顺着山坡冲下来，白雪窝里把他们的身子映得一清二楚。"打——！"随着一声喊，两边的车门同时拉开，长枪、短枪，还有一挺机枪一齐向外开火。冲到近前来的土匪哭爹喊娘地纷纷摔倒在雪地上，没打倒的人屁滚尿流地往山上撤了："不好啦，我们遇到亮子（大部队）了。"

火车停了下来，还有一些人跳下车追到半山坡，打了一阵枪不见活人影就撤了回来。

土匪打退了，可火车却迟迟不见开动。过了一会儿，守车上那个穿铁路制服的押运员跑过来，沮丧着脸对他们说："火车司机和小烧（司炉工）都被流弹打死了，火车开不了啦。"

这一下，大家比刚才遭到土匪袭击还恐慌起来。听那个守车员说这里刚刚是吉林省地界，离他们到北满三棵树站下车还得跑一天一宿的火车，况且这荒山野岭前不着村后不着店的，他们也没办法下去徒步走，天马上就亮了，土匪再来袭击怎么办？刚才是天黑，土匪是没摸清车上有多少人，如果摸清了他们只有四五十人可就危险了。

刚才是由于战斗，大家还没有感觉到冷，这会儿东北山里早晨的寒气袭来，大家都冻得牙齿打战。火车头的司炉工被打死了，那炉膛里的火早熄了。没有煤炭取暖，冻得实在受不了，又是几个东北籍同志下去找来一些干枝丫，在车门口拢起两堆火来，烧红了火炭又用脸盆端到车厢中央，放到刚才战斗负伤的几个同志身边取暖。可这样下去也不是办法啊。

正在大家一筹莫展的时候，人群里站出一个国字脸、络腮胡子的中年汉子。他说："我去前边试试，看能不能开走。"带队的团长疑惑地说："老李，你能行？"刘德明认出他正是那天晚上带头唱《国际歌》的那个人。不等这个东北同志回答，旁边又站出一个东北籍的小伙子说："李主任原来在铁路上干过，当过小烧。""小孙，你跟我一起过去，帮我添煤。""好嘞！"两人在熹微的晨光中一前一后向车前走去，一车人都觉得有了点儿希望。

又跟着从车上跳下来两个人，和那个守车员一道，把那个司机的尸体和小烧的尸体抬下来，埋到道边山坡雪里。那个守车员打算火车返回来时再把他俩尸体运回家去。

这列像长蛇一样冻僵的货车，先是"咣当——""咣当——"前后猛烈地蹿动了两下，接着就像一匹被驯服的野马，"呜——"地嘶鸣了一声向前开走了……

车厢里的人都拥抱着欢呼了起来，"呜啦——！""呜啦——！"

火车呼啸着像一匹脱了缰的野马，轰隆隆震荡着雪尘穿过这片奇寒的东北山林地带。

四

刘德明和他的同乡韩清华没有想到，到达北满分局哈西地委的驻地昌五两日后，往下给他们分配工作的竟是那天给他们开火车的"司机"李祝三。一见面，刘德明和韩清华不由得都愣住啦，"你不是那个……""火车司机？"李祝三先哈哈大笑了，他叼着一只斯大林式的弯肚烟斗，吸了一口喷出一口浓重的烟雾说："不过等全国解放了，我倒真的想去当个火车司机。"一下子打消了两人对这位新上任的哈西组织部长的顾虑。

随后，李祝三分别跟他俩坐在他屋子里烧红炉筒子的炉子前谈了话，宣布了哈西地委的任命，任命刘德明为肇源（郭尔罗斯后旗）县委书记，任命韩清华为肇州县委书记。晚饭又留他俩在他这里一块儿吃的，叫警卫员小陈去伙房打来两个菜，一个是土豆炖冻白菜，一个是山鸡炖粉条子，这山鸡还是昨天他和警卫员从北满分局回来的路上在雪地里捡到的，是冻死的。在东北这疙瘩由于冬天雪大天冷，山鸡出来找吃的常常被冻死在雪地里。拎回来化冻了就叫伙房褪了毛，给大家改善了伙食。两碗菜四个人不太够吃，李祝三又在炉盖上烤起了土豆片来，叫小陈去伙房取了点儿盐粒末撒在上面，两个河南人都说好吃，说东北的土豆比他们老家的红薯好吃多了。李祝三又哈哈笑了："你们别骂俺东北人小气就行，俺东北人可

177

不小气，等以后的条件好了，我请你们吃猪肉炖粉条子，可劲造！"

由于肇州、肇源两县相邻，只有三十多里地，李部长决定第二天送他俩一起赴任。昌五是三肇肇东县的一个镇，地处肇东与肇州交界地带，交通四通八达，南通哈尔滨，北通安达，西通肇州县城。由于地处较偏，这个镇上也是历来响马胡子途经落脚之地。镇上也有一些繁华的商铺、客店、妓院。自从哈西军分区到来，胡子才从这个镇上销迹。

第二天一大清早，套上两辆马爬犁从昌五出发时，天空中还飘着小清雪，小北风像小刀子一样吹在脸上。两辆马爬犁上，除了李祝三、刘德明、韩清华外，还有新上任的肇州县副县长岳之平，肇州县组织部长邓国志，肇州县民运部长孙新华、副部长王耀先，还跟着五名护送他们的军分区战士。

从关内过来时，这一路上刘德明、韩清华和岳之平、王耀先、邓国志都熟悉了，唯有不太熟悉的就是孙新华了。他就是那天在火车上给李祝三临时当"小烧"的年轻人。长着一张娃娃脸，一笑还露着俩酒窝儿，好说好动的。听他说他家就是肇州县丰乐乡的，这回是组织上派他回家乡来开展工作，他比谁的精气神都高。

马爬犁一跑进厚厚雪面的旷野里，就翻起两道雪浪。孙新华就忍不住捧了一捧爬犁道边上干净的雪，吞进嘴里，咧着嘴大声地说："四年了，又吃到家乡的雪了。"而后他又扭头问他们道："你们知道俺东北这疙瘩最好吃的饭是什么吗？"岳副县长问他是什么。他说："是猪肉炖粉条子和黏豆包。你们知道为啥东北人爱吃黏豆包么？"这一问又把大家问愣住了，"吃黏豆包是为了防止冻掉下巴呀。"大家不知不觉地摸了摸下巴，不由得哈哈大笑起来。岳之平和王耀先是孝子，说要回关内老家一定带点儿黏豆包给老娘尝尝。

天上飘着清雪，雪道上卷着大烟炮，雪天一色，十米开外视线就模糊了。两辆马爬犁的间距只有两三米，说什么玩笑两辆爬犁的人都能听得到，岳副县长又讲了个山西段子："知道山西人为什么爱吃醋么？说山西男人都爱走西口，每次走西口就领回来一个女人来，等在家里的婆娘也知道会这样，这一年的醋都是婆姨整天抹眼泪做出来的。男人走时，婆姨总要再故意弄打一个醋坛子，说这样才吉利，才会保证男人会活着回来。所以在俺们山西，打醋坛子是好事啊。"

大家又笑了起来。还有人问他这次来东北，家里的老婆弄没弄打一个醋坛子啊。老岳也笑嘻嘻地说："这次没有，她也知道东北的大闺女俺不敢惹，她也知道共产党是有纪律的。"

大家都笑时，只有一个人没笑，就是刘德明，这会儿叫他想起李香玉来。他昨晚从李部长口里得知，肇源县交通不畅通，没有火车通，夏天只有松花江水路通外面，那里古驿站多就是这么留下的，看来一会儿半会儿是没办法和李香玉通信的了……

正这样想着时，前面的雪雾里突然传来"砰——砰——"的枪响，正奔跑的马和爬犁上的人都一惊。腾空的辕马被赶爬犁的战士狠拉缰绳站住了。"大家趴下，准备战斗！"李祝三说。他率先跳下马爬犁去，卧倒往前细看，可是前边被雪雾和一块高岗的田野雪坡挡着什么也看不到，枪声好像是雪岗下坡传来的。他命令五名战士去前边看看，卧倒前进。

过了一会儿，那边传来了枪声，一个战士跑来报告，说坡岗下发现了几名土匪，前边战士已和土匪交火了。听说土匪人数不多，李祝三命令大家冲过去，支援那几名战士。他们来到雪岗上时，果然看见有六七个身影骑在马上，正往雪岗上冲来。他们到得正是时候，长枪、短枪一齐开火，土匪一看雪岗他们人多，丢下两个挂在马上的土匪，打马掉头跑了。

雪坡下停着一架马爬犁，上面有三个哆哆嗦嗦的人影缩在爬犁上。他们走下来时，有一男一女两个人冻得已脸色发青了，他们身上只穿着单薄的衣服。原来他们身上的外衣都被刚才劫路的土匪扒去了。听那个赶车的老板说，男的是个商人，女的是他老婆。他们是回永乐乡下男的家里探望父母的，没想到这半路上被打劫了。那几个打野食的土匪把他们所带的物品抢走不说，还把他俩身上的貂皮大衣和狐狸毛围脖都扒走了。

李祝三赶紧叫警卫员和另一名战士，把身上的棉袄脱下来给他们披一会儿。两人向李祝三千恩万谢地作着揖。

"都说东北的胡子不开面，这回见识了。"老岳说。

正说着话的工夫，正西南方向的雪野腾起一阵雪雾，一队人马向他们奔过来。李祝三心里一惊，他以为土匪又搬兵回来了，刚想叫大家准备战斗，不想这队人马前头有一个人大喊："是哈西地委李祝三部长带的人么？"李祝三回答了一句说："我是李祝三，你们是什么人？"

"我们是肇州县公安大队的，是章继贤局长派我来接你们的。"李祝三一听到章继贤的名字就放心了，上前迎了过去。说话间来人到了跟前，从马上下来了，他自我介绍说他叫张忠信，是县大队副大队长，早上打电话听说他们从昌五出来，章局长不放心，叫他们来迎迎。刚才在路上听到枪声，他们就想一定是遇到胡子了，正担心地拼命打马往这里赶，看到他们没事他就放心了。说到这里他讨好地笑笑。

"多谢你们章局长的细心。"李祝三说。这章继贤他在哈尔滨做地下工作时就知道，是个精明而勇敢的人。原在抗联里待过，后又在哈尔滨搞地下工作，被日本人逮捕后，关押了六年，在里面吃了很多苦，也没有出卖过组织。是个信得过的同志。这次他到三肇来，北满分局的同志特意提到过他，说他是经得住考验的好同志，前两个月被派到肇州县来改编组建县公安局的。叫去工作的同志一定要信任这位同志。

张忠信一转头时看到马爬犁上这一男一女，吃了一惊，问这是怎么回事。还没等李祝三告诉他什么，爬犁上的那两个人也抬起了头，喊了一声："七舅——"倒是让李祝三愣住了。

"这是我的表外甥和外甥媳妇……你们俩这是？"张忠信瞅着他俩向李祝三说道。

那男的叫邹玉田，他就委委屈屈地把要回邹万灵乡下省亲，路上不料遭土匪抢劫的经过又说一遍。说幸亏遇到了大军，否则就冻死在这大雪地里了。这边张忠信叫两个骑马穿大衣的公安队员脱下大衣来，换去李祝三警卫员和另一个战士的棉袄。张忠信问邹玉田，是先跟他回县城，还是回邹万灵屯去。邹玉田说还是回邹万灵屯去吧。张忠信就又派了两名战士护送着他们向前面另一条官道走了。

他们这队人马就由张忠信带着往县城去了。到了县城是晌午了，老远看着一队人列队站在县城外。张忠信望了望说："是章局长和李大队长带人在城外迎接呢！"果然没等走近，一个瘦瘦的穿公安服的人就跑过来，"啪"地对着李祝三打了个立正说："报告首长，我叫李忠孝，在此和章局长前来迎接地委派来的同志进城。"李祝三和他握了握手。就向着他后边跟过来的章继贤走去，他们在哈尔滨搞地下工作时见过两次面，认识，不过看到他比七八年前见到他时，又黑又瘦了，左边脸腮上还有一块锃亮的刀疤，还是不由得一愣。

"李部长，听说你回来工作了，欢迎你。"章继贤给他敬了一个礼。

180

李祝三上去紧紧拥抱了他一下，在他耳边说："继贤同志，我都听说了，你在狱中受苦了。"接着又给他介绍带来的人——认识。

走到城门口，看到城门内两旁站着两队冻得哆哆嗦嗦的小学生，手里举着小红旗在夹道欢迎。蓬县长和商会会长及县里各界人士一干人也等候在那里，一看到他们，蓬县长就走上前来，摘去头上黑色水獭帽，彬彬有礼地对走在前头的李祝三说："敝人姓蓬，欢迎李部长和诸位的到来。"他又把身边的几位商会会长、绅士给李祝三做了介绍。李祝三冲大家拱拱手，又对蓬县长说："刚才在路上遇到点儿情况，耽搁了点儿，让蓬县长和诸位久等了。"

"刚才听张大队副说，你们在路上遇到了土匪？没有人伤着吧？"

"没有，哈哈，这么冷的天，也算是土匪迎接咱给咱的一个见面礼。都说东北的胡子不开面，这么大冷的天还能露面，也给了咱好大的面子哇！"李祝三爽朗地笑着说。

蓬县长也跟着尴尬地笑了笑，又轻咳了一下说："敝人和商会张会长在本县最知名的德盛仙酒楼备了酒宴，为李部长和诸位接风洗尘，也为诸位压压惊。"

李祝三又笑着说："蓬县长这是让我们奢侈一把了，好吧，从关内到东北这一路来，大家肚里缺的可不是墨水，缺的是油水啊，是不是，关内的同志？"这一说把大家又逗乐了。

"哪里，哪里，薄酒素菜不成敬意，不成敬意。"

走过县中心的井字街时，看到街中心立着一块老街基的碑石。李祝三叫停了一下马车，对蓬县长说："这就是清末年间那个叫庆山的知事勘测县址时立的那块基石？"蓬县长点点头："正是。""后来肇州县并没有在这里建州，而是被他的后任沈崇绶同知挪到老骆驼脖子（肇源）去了，那里靠着大江，风水好。谁料一九三四年发大水冲了肇州县城，不得不把肇州县城又重新迁到老街基来。真是人算不如天算，风水轮流转啊。我说得对么蓬县长？"

"李部长所言极是，敝人没有想到李部长对本县历史了解得这么多、这么清楚，真是让人佩服，佩服！"蓬县长连连说。

德盛仙酒楼在南街上，今儿中午看来是被商会张会长包下了。楼下的四张桌子除了他们来的这些人，还有县府、商会及县里绅士作陪。酒菜很丰盛，东北菜里除了四大炖——猪肉炖粉条子、小鸡炖蘑菇、白菜炖豆腐、酸菜炖血肠外，还有当地的特色菜烤大鹅、红烧松花江红鲤鱼（鲤鱼是从肇源刨江窟窿打捞鲜活的），此外还有两道野味菜，清蒸鹿肉和浇汁熊掌。四凉是酱牛肉、酱肘花、酱鸭掌、白猪皮冻。这十二道菜用德盛仙家传的掌勺厨师的话来说，清朝皇室来此招待也不过如此。听得尝遍山西名吃的老岳直咂舌。

蓬县长和张会长陪坐在主宾席位上，分坐在李部长左右。蓬县长在给李祝三敬酒时说："听说李部长是哈尔滨人，那我们也算是老乡了。"李祝三从北满分局的人了解到蓬县长家也是哈尔滨的，就笑笑说："我只是哈尔滨铁路上一个穷工人家庭出身。"蓬世隆就尴尬地笑了笑，他想李祝三一定知道他留过东洋的经历了。

酒宴散了，到县府礼堂开了由县府各科、股和县里各界代表人士参加的大会，蓬县长主持。在会上，李祝三宣布了哈西地委对他带来的这几人的任命，并请韩清华和岳之平讲了话。蓬县长也讲了话，表示欢迎韩书记和岳副县长等诸位到县里来工作，他一定全力支持配合。

下午三点钟，李祝三还要和刘德明到肇源去。和蓬县长等人辞别后，就套好马爬犁和五名战士出城了，韩清华和岳之平一直把他们送到城门外。韩清华一直低着头没说什么，岳之平快人快语地说："这个蓬县长表面上对我们很热情，搞了个这么隆重的欢迎仪式，不知道他心里是怎么想的。"李祝三听了后说："你们要和他搞好团结，他毕竟是北满分局负责人李兆麟同志任命的县长，你们刚到东北来，可不能水土不服啊。"

上了马爬犁，李祝三心里还在另外地想着，这次地委本来要任命岳之平直接当县长的，但考虑到蓬世隆两个月前才刚刚由北满分局李兆麟同志任命为县长，上面也是为了稳定肇州局势，就决定留用他当县长，只好委屈岳之平当副县长了。这个山老西，会处理好方方面面的关系么？他不免生出一丝担忧。

五

蓬世隆万没有想到，他心里盼着国民党来接收县城，等来的却是哈西地委派来的这几位共产党干部。

自从"八一五"日本人投降后，他没有一天不是在惶恐不安中度过的。先是听说肇东的伪县长被镇压了。这个伪县长曾下令抓过途经他们县境抗联支队的人，手上有两条人命。接着又听说肇源县的伪县长往江南跑了，此人也下令逮捕过反满抗日的人。他虽然没有杀过人，也没有抓过人，可他留过洋，共产党和别的什么抗日救国组织会放过他吗？他先是应承县里各方面推举，当了一个月的维持会长，之后就借故身体不适到省城去看看病，也顺便陪夫人回娘家看看。其实他去省城哈尔滨是想打探一下消息再说，如果形势对他有利，他再回来，形势不好就往长春走了。他走时，把维持会的摊子交代给了副会长张耀舟和临时任命的保安大队长张忠信两人了。他和自己的连襟李忠孝两家人一起去的省城，走时他们都带走了家里的细软，又带了几名随身护卫的亲信。

　　这李忠孝原是抗联十二支队的一名副参谋长，原名叫李中林。在肇州县托古一带打伏击时，被日本人抓到后，带到县里对他进行了严刑拷打，叫他供出十二支队藏身的窝点和山里抗联三路军联系的方式。要说呢，这李中林也是条汉子，无论日本人怎么用刑，他都死不吐口。日本人就要把他和另外几个人拉到肇源去投冰窟窿。是蓬世隆把他保了下来。蓬世隆念他是条汉子，又从收音机里听到美国人在太平洋向日本人开战，蓬世隆就觉得日本人的日子不会长了，将来备不住抗联的人会得势。他就跟日本人说叫他写个悔过书签字，由他去说。那个日本大佐他留东洋时认识，就同意他这么做了。他开始去说时，这个咬断了两颗牙的汉子并不答应，他就悄悄凑到他耳根说："日本人就要完蛋了，你先签了字，出去改名不就没有人知道了，何必让日本人投了冰窟窿，不是白死了嘛。"李中林这才犹犹豫豫在悔过书上签了名。后来这张悔过书就叫蓬世隆私藏了下来，他出狱不久就改了名，蓬世隆让他当了县警察局副局长，后来又把自己老婆的妹妹许配给他。这样李忠孝就成了蓬世隆的人，他在狱中投降"叛变"日本人的事只有蓬世隆一人知道。

　　他们是九月下旬到的哈尔滨。看到哈尔滨也挺乱，哈尔滨由苏军控制，大街小巷都能看到苏军士兵站岗的身影。共产党的人在活动，国民党的人也在暗地里活动，都在拉拢苏军指挥部，争取他们缴获的日本人的武器弹药。而苏联人呢，正在把日本人的坦克、装甲车、大炮等重型武器，一列车一列车地往自己国家运。火车站里到处是往北开去的货车。城里还时常能听到枪声和爆炸声，白天呢，那是残余的日伪满特务在搞暗杀破坏，夜里则是土匪进城来抢劫"捞洋捞"。城里百姓也是人心惶惶，提心吊胆。

蓬世隆在家里住了两日，就打发李忠孝上街出去找北满分局的人探探口风。李忠孝出去转悠了两天，果然利用原来在抗联三路军的关系，联系上了北满分局李兆鳞，这李兆鳞正是三路军后期的领导人。通过李兆鳞的警卫员见过李兆鳞后，正在给苏军指挥部打电话联系给市民供水供电的李兆鳞，放下电话后答应他见蓬世隆一面。

次日午后，他们在埠头区马迭尔旅馆的一处房间里见了面。李兆鳞一见面就对蓬世隆说："我们了解过了，你在日伪时期当县长时并没有血债，按照我党的政策愿意为我们工作的，你还可以回去当县长。"蓬世隆当即表示愿意为共产党工作。他心里吃了颗定心丸。李兆鳞叫跟来的秘书以北满分局的名义签署了一道任命，任命蓬世隆为肇州县县长，叫他尽快回去上任工作。

第二天蓬世隆就和李忠孝返回肇州县了。李忠孝也得到李兆鳞的指令，回来负责组建地方武装。李忠孝回来在蓬世隆的授意下，和张忠信一道把原来警察局的人收编到保安大队，李忠孝任大队长，张忠信任副大队长。

没过多久，上面又派章继贤来肇州县担任公安局局长并组建县公安大队。县公安大队成立后，章继贤、李忠孝带着几个人去哈尔滨，在李兆鳞处拿到他写的指令，此时李兆鳞已是松江省副省长了，从苏军驻军联络处领回机枪、步枪二百多支。

本来上回蓬世隆从哈尔滨回来后，心里已吃了一颗定心丸，共产党不但没有追究他给日本人当伪县长，还继续让他当县长。再加上县里的武装也掌握在自己手里，虽然公安局长一职是外来的姓章的人当，可公安大队可掌握在自己人的手里。他再也不用像头些日子那样担心什么了。可没过多久，一个人的出现，还是打破了他内心的平静。

这个人就是徐庆昌。那天他在县府里，商会会长张耀舟给他引见一个来人，那人一见他就拱手行礼说："蓬县长，别来无恙啊！"他从他闪烁在镜片后面那双精明的眼神中认出此人来。此人原来在老街基面上也有一个商号，好像经营皮毛、布匹生意的，只不过日本人在县里的头几年，徐老板把商号铺子关了，听说举家去了关内投靠了什么亲戚。

"徐老板这么多年在外，一定发大财了吧？这次回来是……""哪里，哪里，兵荒马乱的，外边的生意并不太好做，这次回来不过是想重新打点先前的小生意。"等县长室里别的人走后，徐庆昌凑到他跟前来说："蓬县长有没有为自己想过后路？"蓬世隆一愣，突然说："徐老板到底是什么人？"徐庆昌就亮出了自己的身份，说自己是国民党松江省党部派来的国民党肇州县党部书记。"蓬县长是聪明人，别看共产党现在很得势，还不是仗着苏联人的帮助，等苏联人一撤，共产党就成不了什么气候了，中央军马上就要过来，这天下终究是国民党的天下，蓬县长还是想想该站到哪条船上吧。"

那天徐庆昌走后，蓬世隆脑子里一直回响着徐庆昌临走时跟他说过的话。那日回到家后，他把多日不听的那个"宝贝"，一台黄壳子收音机又拿出来听了。一打开收音机按钮，果然像徐庆昌说的那样，里面响起了一个娇滴滴的声音："国军十万多人，在杜聿明将军的率领下，已过山海关，相继占领了兴城、葫芦岛，正一路向北推进……"他一下子呆住了。

此后，他便与徐庆昌频繁地接触了起来，有时他是去商号找他，有时是叫张耀舟把他叫到家里来。张耀舟是铁了心跟国民党跑了，徐庆昌告诉他跟了共产党，他的家产早晚会被共产党分光了。蓬世隆一直向徐庆昌打听省城方面的动静。徐庆昌告诉他苏联人很快就会把哈尔滨交给中央政府了，国军也快开进到北满了。

到了十月中旬。有一天晚上徐庆昌突然把蓬世隆和李忠孝找了去，说他明天去哈尔滨省党部汇报工作，并领受任务，并透信说过几天上面会派先遣军一个少校来接收县里的武装，到时让他们做好接应的准备。这个消息令蓬世隆十分振奋。徐庆昌临走时，告诉蓬世隆这个少校姓白，他会乘国军的一艘炮艇从松花江上过来。

徐庆昌走了以后，蓬世隆和李忠孝一直等着那个白少校的到来。过了几天，他又叫李忠孝到徐庆昌的铺子里去探听消息，可徐庆昌还没有回来。一周以后，这天徐庆昌铺子里来了个商人，这商人打发伙计找来蓬世隆和李忠孝说，徐老板让他转告他俩，徐老板会和白少校在后天下午回来，叫他们去肇源码头接人。他俩听了，不由得心中一喜。第三天午后，蓬世隆派李忠孝去肇源码头接人去了。可是等到晚上回来，并没见接人回来。第二天又去，还是没有接到。一连接了几天，一直到十一月初松花江封冻了，也没有见着徐庆昌说的那个白少校的人影。不仅白少校没有接着，连徐庆昌也没有回来。蓬世隆打发人去茂昌隆商号里找他，守铺的伙计说他也不知道掌柜的什么时候回来，老板去干什么去了，他也不知道。

蓬世隆不免有些失落。他这些日子一直在矛盾重重、焦虑不安中度过的……

他每天早晨起来的第一件事还是听收音机，可是越听越心焦，国军的部队已占领沈阳了，已开到长春了……照这个势头，年底前肯定能开到哈尔滨来。共产党这棵大树真的靠不住了，可他没想到共产党会在这个时候又派干部到县里来。

这天中午到下午，他都强做着笑颜参加完欢迎午宴和宣布任命大会的。下午送走李部长后，一回到家中他就坐在沙发里发呆，在冥思苦想怎么应对眼前县里的局势。听说李部长刚走，那个姓韩的就召集了县府里和公安大队的党员开了会，他不是党员，自然没有叫他。让他不安的是，姓韩的还被李祝三任命为县公安局政委。

到了晚上，李忠孝过来了。他一进门就说："姐夫，姓韩的找我们开会了。"

"他怎么说？"蓬世隆禁不住地问，他想知道开会的内情。

"他要在后天，在县里召开工商界人士大会，动员大家跟共产党走，恢复面粉厂和亚麻厂的生产，还要派那个姓孙的民运部长下到丰乐乡去搞土改试点，组织土改工作队下到屯里去搞分田地、减租减息……"

"让他们折腾去吧，折腾得越乱越好呢。"看看与自己无关，蓬世隆就懒得再往下听下去了。

"那个章继贤怎么样？"

"姓韩的、姓岳的他们一来，他自然是和他们穿一条裤子的了。"

"我不是问你这个，我是问你他和邹保财家的老闺女过得怎么样了。"

"两个人过得挺好的，前天还有人看见两人一起去了茂昌隆皮草行，章继贤给她买了一件刚从哈尔滨到货的貂皮大衣出来。"

"这就好，这就好，告诉忠信，常去他这个表外甥女家走动走动……"蓬世隆思谋着什么说。

六

　　章继贤很晚才回到城西二道街的一处平房家里。进院他拍了拍身上的雪和帽子上的寒霜，拉开棉门帘一进屋，邹玉玲就扑进了章继贤的怀里，口气里有些撒娇又有些担心地说："大哥，你怎么才回来，让人担心死啦。"章继贤把厚厚的狗毛帽子摘掉，拍了拍她的肩头说："今天开会晚了……"

　　傍黑开完会，韩清华又单独把他留下了，从谈话里他听出韩书记很信任他："老章，你是我党经受过严峻考验的老同志了，我们几个刚来，县里情况还不熟，还得多依靠你。"会上决定派孙新华同志到丰乐乡去搞土改试点，就是他提出来从公安大队抽几名武装警察跟着保卫的，现在乡下土匪活动很猖獗。韩清华同意了。

　　"玉玲，你不用担心，现在是共产党的天下，没有人会把我怎么样的。"章继贤解去了腰间的武装带和匣子枪，轻松地笑了笑。

　　"你还没有吃饭吧，我这就去给你热热。"邹玉玲轻盈地一转身，给他到炉子上热饭去了。

　　邹玉玲年方二十，穿着棉旗袍，身段该凸的凸，该凹的凹，一张白净的瓜子脸，一双黑溜溜的大眼睛。看着她忙碌的身影，章继贤怎么也想不出她是一个大地主家的娇小姐。自从和他住在一起后，他的脏衣服都是她来给他洗的，饭也是她做的。

　　邹玉玲吹着烫手的热气把饭端上桌来，章继贤狼吞虎咽地吃起来，他真有点儿饿了。邹玉玲托着腮坐在炕桌的另一头看着他吃，这个男人的吃相总像八辈子没吃过饭似的。他给她讲过头些年在山上当抗联那会儿，真的有时一个月也吃不上一顿囫囵饭，冬天连草根都吃不着。这个男人比她大十五岁，如果不是秋天家里遭到了土匪抢劫，她到城里来投亲戚，她怎么也不会想到自己会嫁给这个大她十五岁的男人。

　　"哦，对啦，今天中午听你七舅说，你哥和你嫂子在从甜草岗子（肇东）回乡下家里的路上，遭土匪抢了……"

　　"啊？……人怎么样，要紧吗？"玉玲听了身子一哆嗦，紧盯着问。

　　"还好，他们只抢了东西，人没事，幸亏遇到了咱们的人，把胡子打散了。你哥和你嫂子也叫你七舅派两个队员送回家去了。下午应该早到家了。"

"这帮遭天杀的土匪，还是独眼龙他们那伙人吗?"玉玲气恨得咬牙问。

"从拦截的地段不像是独眼龙那伙人干的，像是占江好干的。"

一听到土匪，邹玉玲的眼前不由得浮出几个月前，家里发生的一幕来……

那是农历八月十五前几日，邹家和屯里的其他农户一样，都准备过这个日本人投降后第一个八月节。

那日黄昏的落日还没有像大车轱辘从屯西黄土岗子沉下去，就听屯子里有人喊:"胡子来啦——"邹保财初听到时还有些不相信，胡子怎么敢大白天进屯来抢? 正要打发邹六出去看看，门被"咣当"一声一脚踹开了。先进来两个骑马的人，又从后面拥进几个端枪的人，为首的那个戴着一只黑眼罩的人，此人正是报号"天照应"的大当家独眼龙，他上身穿着一件黑对襟布衫，腿上穿着一条日本人的马裤。旁边骑马的是他的二当家。

独眼龙叫人把邹家人都押到前院来，就开始各屋翻箱倒柜搜起来。搜了半天，他们只搜到一些女人戴的银镯子、珍珠首饰和放在钱匣子里少量的钱，并没有搜到银圆什么的。独眼龙就下令把管家和邹保财分别绑在马厩前两个拴马桩上，往他俩嘴里灌水。不一会儿管家和邹保财的肚子就大了起来，独眼龙还叫人往下灌，一边灌一边问他俩:"说! 财宝藏到哪里去了?"管家见掌柜的挺着不说，他也没说。邹保财眼睛都充血了，这时院子里被圈着的人堆里传出一声喊叫:"爹啊——"循着这声喊叫，独眼龙和二当家的都转过脸来，就看见了人群中如花似玉的邹玉玲，她上身月白衫，下身黑裙子，一副学生装束。此刻她正挣脱拦着的土匪要冲过来。独眼龙那一只眼睛顿时一亮。他叫人停止了灌水，叫人把邹保财的女儿带到前面来，端详着她。邹玉玲怒视着他:"你们放开我爹，你们还是人吗，日本鬼子刚祸害完中国人，你们又来祸害中国人，你们就不怕遭报应吗?"独眼龙看她气得通红的脸蛋哈哈笑了:"哎哟，这是哪里冒出来的女学生，还敢来教训独爷我，我这人天生就不怕遭报应，老天爷照应我!"他回过头来又对邹保财说："你说不说，不说我就把你女儿带走，我正好缺个压寨夫人。""你——"邹保财一急话没说出口，先喷出一股水柱来，喷了独眼龙一脸。等他擦完脸，邹保财叫邹六去刨水缸底下，邹六刨出一坛银圆抱了出来。

独眼龙临走时，又上下看了一遍邹玉玲，对肚子像泄了气的皮球的邹保财说，他过一阵子还会再来邹家，到时他再拿不出一坛银圆来，他还会把小姐带走去做他的压寨夫人。看来他是看上邹家这个水灵灵的小姐了。他的二当家也跟着说："你别指望去城里保安大队找你什么娘家表舅来给你护院，城里的警察保安队这会儿姓共还是姓国还不知道认哪个娘呢，你记住了，这种乱世就是我们'天照应'的天下。"

邹保财知道独眼龙会说到做到，过了两天少爷回家过节，他也跟少爷商量了这事。少爷也赞同让玉玲到县里去找她七舅张忠信避避再说，等过了这段兵荒马乱的日子再回来。

八月节一过，邹家小姐就由邹六赶着马车送进城里去找她七舅。县警察局果然像独眼龙说的那样，正在被改编。张忠信在做保安大队副队长之前是旧警局侦缉股股长，那天他正在被新来的局长章继贤找在屋里谈话。一身白衫黑裙学生装的邹玉玲站院外门口上，张忠信和章局长都从窗子里看到了，章局长就叫张忠信出去了。过了一会儿，张忠信回来了，章局长问那个女学生是谁。他说是他的一个远房外甥女。"她来找你有什么事？"张忠信发现章继贤的眼睛还盯着外面看，就说："她家在乡下遭了土匪抢劫，她爹叫她到我这儿躲几日。"

"那你回去安排一下吧。"章继贤准了他的假。

十天后的晚上，下了班张忠信找到章继贤到街上的小酒馆里吃饭。天冷，两人边喝边唠嗑，不知不觉都喝多了。是张忠信把喝醉了的章继贤扶回去的。

章继贤半夜酒醒来，以为是在他的宿舍里，可是他分明听到身边有个女子在抽泣。他一愣，刚要起来，见身上已脱掉了衣服躺在被窝里，就在模糊的黑暗中问："你是谁？怎么会在这里？"那女子抽抽搭搭羞怯地说："俺七舅叫俺来这里照顾你，还说要……"章继贤没等她难以羞愧地说出口，心下就明白了。想起昨晚在酒桌上，张忠信问他有没有妻子的话，没有就给介绍一个，不知能不能相中？可是他没有想到，他会把外甥女介绍给他呀——他俩年龄相差这么大。章继贤翻身起来要穿衣服，叫她把灯点着，说："我一会儿就走。"谁想邹玉玲刚刚把灯点亮，手上一哆嗦，火柴杆掉到了炕上，嘴里发出一声惊叫："哎呀，你、你的后背……"原来章继贤正背过身去穿衣服，后背上被日本宪兵烙铁烙的好几块伤疤都暴露了出来，还有胸前被两道刺刀捅的伤疤。章继贤停止了穿衣，向这个惊讶的姑娘讲起了六年监狱是怎么挺过来的。邹玉玲在长春念书时，也对反满抗日分子产生过同情，可是亲眼见到这样一位经受日本人严刑拷打的汉子还是第一次，女人的心是容易被同情软化的。她被打动了，她小巧的手悄悄抚摸上了这个结满伤疤的胸膛，她又一次流泪了，不过这一次流泪却和先前的泪水不一样……她拥抱住了这个男人的胸膛。当这个活了三十五岁从没有碰过女人的男人，被这个小巧柔软的女子身体拥抱时，他觉得自己体内有什么东西轰然倒塌了，在进入她处女身体的那一刻他的身体也软了下来，他的心也变得柔软了下来……

他和邹玉玲开始同居在一起了。这个房子是张忠信从一个搬走的小商人手里买下来的，一直闲着，他答应先借给他们住。章继贤说等他攒够了钱就买下来，他也同意了。

这期间，邹保财来过城里两次，见过章继贤两回。第一次见他还有些拘谨，想了想说："章局长，你跟小女在一起，总得风风光光办一场婚礼……"章继贤说："我家里父母都不在了，都叫日本人杀了，再说我们共产党人讲究婚事从简，我们登了记就算结婚了。""令尊令堂大人不在了，那总得回门到乡下让玉玲的亲戚看看，摆两桌喜酒吧。"章继贤想了想说："等过春节吧，春节我们会回去看望你们二老的。我现在工作很忙，没法抽身。"邹保财就没再多说什么，看女儿过得高兴，他就无话了。当天和这个姑爷吃了一顿饭就回乡下了。

也许是女儿嫁给了公安局长，叫邹保财放松了警惕；也许是他忘了独眼龙说过的话，刚入冬的一天傍黑，独眼龙又带着几个人潜进了他家的院子。他这回不是来拿钱的，他是专门来拿人的。看人不在，他就成心要报复邹家。他叫手下的人，把人都看好在各自的屋里，他和二当家的独自去了邹保财的正堂屋里，邹保财正和小老婆胡仙草倚坐在炕头上吸着长烟袋，满屋的烟气让屋子里的油灯光线很模糊。他们几个人脚步轻猫似的一下从墙头上落进院子里，胡仙草的烟袋就掉在炕席上。仙草说了一句：

"找玉玲的人来了。"邹保财刚说一句:"你胡咧咧个啥?"门帘一挑,独眼龙和二当家的就进了屋。"你闺女呢?"独眼龙问他。"小、小女进县城了。""那你说这事就不好办啦。"二当家阴阴地说。"银圆给你们备好了,等我拿给你。"邹保财想:我银圆先拿给你,等我叫我姑爷找到你们,再给我吐出来。"慢,今儿个我们不要银圆,就要人。"又是二当家在说。"要人,小女不在,她……"他刚要说出玉玲嫁给县公安局长了,不料被早在一边恼羞成怒的独眼龙不耐烦地打断了:"那就她给顶了。"独眼龙一指胡仙草,胡仙草身子一哆嗦。从他们进屋,她眼睛一直有些直勾勾地看着他们,她一害怕看人的眉眼就像在笑。一看到胡仙草眉眼弯弯眯起来,邹保财心里就咯噔一下:坏啦,八成她要犯病了。果然看见胡仙草身子软软地向后炕上仰倒下去……

胡仙草是十七岁那年被邹保财娶进家门的。胡仙草被一顶花轿子抬进邹万灵屯,邹万灵屯凡是见过她的人,没有不说这是几辈子没有见过的俊人。邹保财二十七岁上娶这个小老婆是因为大老婆邹张氏自从生下一个孩子后再不能生育。每天吃斋念佛也不管用,叫邹家上上下下的人很着急。这才允下媒人寻了昌五镇一个开扎花店生意老板胡白纸的女儿。

胡仙草嫁到邹家后,发生了两件怪事:一是邹家和屯子左邻右舍的鸡隔三岔五就有夜间被黄鼠狼子咬死的;二是过门三日后,胡仙草发了癔症,每次做了房事,她都抽搐在炕上。屯里人都说她是被黄皮子迷住了。这闹黄皮子的事,都让邹保财和屯里人想到——头年秋天在屯西挖坑取黄土抹墙时,挖到了一个黄皮子洞,有一个村民一铁锹把一个老黄鼠狼子后腿给砍残了,那个老黄鼠狼子放出一股腥臊黄烟,带着几个黄鼠狼崽子不见了。当年那个村民一天走夜路,掉水井里淹死了。据他的儿子张三讲,他爹那晚吃完饭后对他讲,他看见他娘了,他娘跛了一条腿来找他们,他得出去迎迎。张三听爹讲过,他娘在他一岁时嫌他爹穷跟人跑了。现在显然是那窝小黄鼠狼崽长大了,又来进屯报复了。

邹保财打发管家去百里之外的乡间,请来了"黄大神"来邹家屯跳大神。那大神、二神在屯子里跳了三天三夜走了,此后屯子里再没有发生鸡被咬死的事。但胡仙草却不见好,每次晚上两口子做房事时,还抽搐,而且人也日渐消瘦了下去,卧病在炕,请医生来看,也一点儿办法都没有。听高人指点,他家冲着什么了,求求先人保佑吧。就在阴历七月十五这天晚间，邹保财带着邹家的男性，备好祭品来到了祖坟上。邹家的男人依次跪下，点香洒酒之后，就听邹保财说："邹家的先人在上，请保佑邹家香火不断吧，如有做得不妥的地方，请念及晚辈为邹家付出的勤劳，宽赦开恩！"话刚说完，就见邹万灵的坟头冒出一团火球来，一条火红的狐狸向众人抱爪作了一下揖，转眼消失在夜幕里不见了。邹家的人里有人惊呼："祖宗显灵了！"

回到家时，胡仙草已从炕上坐了起来，能吃能喝，人也精神了许多。一个月后竟有了身孕，再也没犯过抽搐毛病。一家人好不欢喜，都不由得想起上辈人传说的和胡仙的缘分来。

邹万灵开垦的第一块地在东岗子上。开到半亩时，就开到一株老树根下，那树墩已朽，可周围的蒿草却十分茂盛。邹万灵和他的兄弟正要上前刨去那树根时，忽见一只火红尾巴的狐狸蹿到那树墩上，正在给他俩作揖。邹万灵呆住了，就听狐狸说："我知道你要杀我，求你放过我的孩子吧！"邹万灵又一愣，抬眼见他兄弟已把火铳枪端起来了。他一把捉了枪口冲天上，子弹受潮了没打响。再看树墩上狐狸不见了。第二天他们绕开了这个树墩，没有开垦这里。第二年种田时看见狐狸窝搬走了。第三年天大旱，颗粒无收，屯子里饿死了不少人，邹家却在这狐狸窝里发现了玉米粒和黄豆。邹万灵死的时候对邹保财说："胡仙给咱家显灵了，这是祖上有阴德庇护啊。"邹万灵死后，邹家的坟地就选在了这里。

胡仙草病好了以后，屯人都私下里说，胡仙草是狐狸托生的，身上沾有仙气，你看她诏笑的眉眼细软的身子骨，是男人见了都会被迷住。邹保财只当是屯里妇人们瞎掰扯，没去在意。

现在邹保财却认为独眼龙是被胡仙草迷住了，他嘿嘿地淫笑着，嘴都歪斜了："太他妈了个巴子的迷人啦，想不到传说的小胡仙比她女儿还有女人味，该着让老子解解馋了！"说着就往炕上扑去，动手去解胡仙草的衣服。

"不行啊！你不能……"邹保财奋力挣脱二当家的手腕，要冲过去阻挡。

"老不死的，我还要当着你的面做了你的女人，老二，看住他！"

"你、你们这样丧尽天良，会遭报应的！"邹保财被二当家推在门边挡住了，他捂起了眼睛蹲在了地下。

炕上的胡仙草在独眼龙的身下发出了一声惊呼："天哪，她爹——"就再也没有声了。地上蹲着的二当家扭头问了一句："老大，压裂子过瘾不？"

邹保财第二天一早就到县城里去了。他这回去找章继贤是气得浑身发抖去的。他既生独眼龙的气，也生章继贤的气。要是上回他这个姑爷答应他早点儿回乡里热热闹闹办一场婚席，让四里八乡都知道县公安局长娶了他的女儿，谅那个胡子头也不敢来他家里祸害。他这回没有去女儿家找章继贤，他不想让玉玲知道母亲被胡子头奸污的事儿，他都没脸说出口，而是直接找到了县公安局去。被人领到章继贤的办公室，他就气咻咻地丢下一句："你这个共产党公安局长，土匪都祸害到家里了，你总得回乡里去管一管吧？"章继贤给他倒了一杯白开水叫他慢慢说。他就把昨天夜里的事情说了，还说："当着你这个姑爷面说这个叫我没法活了。"章继贤听完一拳头砸在桌上，说："这个我一定管！"震得搪瓷缸子都跳荡了起来。

两日后，章继贤亲自带着两个中队下到乡里去了，得到眼线报告，"天照应"这伙土匪又出现在永乐乡别的屯子里。他们在屯外边埋伏了起来，断了土匪的后路。傍黑这伙土匪从屯子里带着抢来的财物和鸡鸭鹅出来时，迎头遭到了伏击，当场丢下二十几具尸体，剩下的土匪丢下财物，像鸭子一样往四处跳窜，章继贤又带人紧追不舍。一直追到肇源境内的江边上，又把剩下的人打掉一半，"天照应"的二当家也被打死了，身上被穿了两个枪眼，头上又被赶过来的章局长补了一枪。独眼龙只和不多的人骑着马没命地窜进了江套子里去，看天太黑了，章继贤就没有往里再追。这一仗让独眼龙伤了元气，好些日子没敢再轻易出来。

七

从清末年间到民国再到"满洲国"，肇州县县长走马灯似的换人。蓬世隆是干得最长久的一个县长，"满洲国"他就干了四年，日本人副县长都换了两任。他把这归结为：为人处事谨慎，能够审时度势所致。想当初，在日本人眼皮底下当这个县长并不是一件容易的事。日本人虽然名义上是副县长，可实际上却什么事都说了算，稍有不慎就可能招来杀身之祸。最让蓬世隆得意的是，他竟能在日本人的眼皮底下培植自己的势力，无论是警察局还是商会都控制在他的手里，警察局除了李忠孝，张忠信也是他那时培养的自己人。

　　凭着他留过东洋的身份，日本人也敬他三分。蓬世隆家里有一对扶手磨得有点儿旧的红木包皮沙发，就是与他共事的第一任副县长铃木常雄送给他的。送给他时，这位武士出身的副县长还这样说了一句话："蓬县长，你的屁股可不要坐歪了。"当时他还以为这是一句玩笑话，可每回看到铃木那双总像是在监视他的目光，和无论是在家里还是在办公室里，铃木总是身板笔直坐在他面前，蓬世隆就觉得很累。好在这位副县长干了不到一年就走了。家里这个外壳像砖头一样厚的收音机，是他的继任副县长江源送给他的。江源表面看上去很和善，平时和他有说有笑的，可内心里却很凶狠。那回在城南沟子枪杀抗日志士，江源活活剜出了一个人的心脏。据说他早年在国内当过外科医生。这位副县长也干了不到两年，就把自己吊死在办公室里了。那天，正是从江源送给他的收音机里听到了日本天皇发布投降诏书，他跑到县府要去告诉江源。可是副县长办公室的门紧闭着，他叫了几声都没有反应，就叫署员把门砸开了。小个子江源用一根白绸布把自己吊在棚顶灯柱杆上吊死了。

　　那天他把岳副县长引进这间办公室里，还这样对他说了一句："跟我共事的副县长都干不长。"山西人一笑："是么？""当然岳副县长会高升，不会在我们小县待太久的……"他转了语气说："高升不是上吊么，哈哈。"看来他听说了那位日本副县长吊死的事。"这间办公室里吊死过人，岳副县长，要不要给你另换一间办公室？""不用，我们共产党人向来不信这个。"送他往出走，他看到被砸坏的门框门锁还在裂歪着，他又要下属叫杂役工来给修一下。岳之平一摆手说："不用麻烦了，我们的人里就有会修这个的。"他喊来了王耀先，他果然一会儿就把门框、门锁修好了，看来共产党里干什么的都有。"真是一帮穷苦力的出身。"他走出来时想。不过这个嘻嘻哈哈的副县长让他看出并没有什么心机。

　　让他琢磨不透的是那个姓韩的书记。那是他们来到县里不久，韩清华一天把蓬世隆找了去。韩清华说："蓬县长，哈西地委和军分区的部分同志和战士还没有棉衣过冬，你看是不是叫商会捐献一些棉花和布匹来，援助一下地委和军分区？""应当，应当，我这就回去跟商会说一声，叫他们去做这件事。"蓬世隆连连说。

蓬世隆回来就把商会会长张耀舟找了去，他除了交代要商会征集一些棉花和布匹外，还叫他搞到一些猪肉和面粉，他想新年快要到了，打算到时带人亲自去昌五慰问。

"蓬县长，您这是……"张耀舟对他的举动有些不解。

"你照着做就是了。"蓬世隆没有向他多说什么。

可是过了两天，他还没有等到张耀舟把征集来的物品向他做汇报。韩清华就又把他找了去，一进门，韩清华就火气很大地冲他说："蓬县长，你怎么能这么干呢？你怎么能叫商会向城里的百姓征集摊派棉花、布匹和猪肉、面粉呢？""韩书记，我没、没有叫他们这么去做啊？""还没有，有人都把举报信投到我这里来了。"蓬世隆一听就晕了，一定是张耀舟搞的鬼，这张会长连日本人征集的物资都能做扣，何况是共产党？他赶紧说："我叫下属去查查，我再叫人去商会征集。""算啦，我已叫孙部长在丰乐镇征集够了，就不烦劳蓬县长了。"蓬世隆一听，心就凉了。更让他发蒙的是韩清华说出的另一番话："县里的百姓还有传言说，来的共产党干部就是来共产大家的财产来了，不知蓬县长有没有耳闻，这可是有人在别有用心挑拨我们和群众的关系啊。"

回到县府，果然听人说张会长这两天打着县府的旗号在让商会的人向城里的百姓摊派棉花、布匹、猪肉等物品。就在心里骂这个张耀舟真是成事不足败事有余的蠢货，这个时候不是成心给他上眼药么。他本来是想借着这个机会，讨好一下共产党地委的人呢。

晚上回到家里，蓬世隆余气未消，正要打发人把张耀舟找到家来痛骂一顿。不料，张耀舟却自己找上门来了，一进门张耀舟就小心翼翼地看着他的脸色说："蓬县长息怒，都怪我一时糊涂，我也没想到那些穷鬼和几个小商贩会告到姓韩的那里去。"蓬世隆叹了一口气说："你坏了我的好事，我本想借这事去巴结一下共产党的上级机关。" "我看大哥不用了……"蓬世隆一听这话，不明其意地盯着他。张耀舟悄悄凑过来说："我来就是想告诉你，徐庆昌回来了，他叫我来找你过去一趟。"

蓬世隆一听，就和张耀舟出去了，坐上了他停在外面那辆带篷的马车打黑夜里走了。

在老街基东街茂昌隆皮货商号下了。进了门，穿过两道卷门帘子，来到了后屋里。徐庆昌正和另一个人坐在太师椅上，在等他们，两人在吸着带烟嘴的烟卷。一见到蓬世隆进来，徐庆昌先起身拱手迎道："蓬县长来啦。"

"徐老板可叫我们头些日子好等，这位是——"蓬世隆用眼瞄了瞄另一个人，他穿着绸缎棉长袍马褂，却不像个生意人。这人四十岁左右，阔脸膛，中等身材，身板结实，他进来时，看他扫过的目光很机警。

门帘随后叫伙计从外面拉死了，外面的窗板挡板都放下了。徐庆昌这才介绍说："这位就是我先前跟你们说的国军少校白中山，这位是蓬县长。"

"蓬县长，久仰！"白少校冲他抱拳点了一下头，蓬县长也矜持地回揖了一下礼。

"徐兄，你上回来不是说要和白少校一起回来收编么，咋没见动静？"

"后来省城的情况有点儿变化，老毛子非要把哈尔滨的临时管制权交给共党的人，现在好了，国军已开到四平了……这不，我跟白少校也一起回来了嘛。"

"那白少校带回来的人呢？"看着白少校大嚼着伙计递进来的一只烧鸡，他有些疑惑。

徐庆昌把蓬世隆拉到一边，说："哦，我前几天和白少校去了江套子里，已经收编了占江好、天照应的两伙人，有了二百来号人马了。"

蓬世隆听了心里不屑道：一群土匪能成什么气候。嘴里的口气冷淡下来，"看来国军也需要一些打家劫舍的人出力啊。"

"哪里，哪里，像蓬县长这样的人才可是党国求之不得的栋梁之材啊。"

俗话说不见兔子不撒鹰，没有见到国军的人，蓬世隆还不能显得过分热情，况且他眼下还不能叫人看到他和徐庆昌有来往，就说："县里来了共产党的干部，以后在他们眼皮底下做事我们都得小心点儿。"徐庆昌就听出他的一语双关之意来了。

等张耀舟出去送他，返回到屋来，徐庆昌说了一句："真是一条老狐狸，他还指望共产党让他这个县长做得更长久么？"

回到家里，蓬世隆又扭开了收音机。里面果然传来国军部队开到四平了，并在四平和林彪的部队摆开了阵势。他就用手挠了挠稀疏的头发，还是看看形势再说吧。

八

韩清华不止一次听到有人跟他说蓬世隆在听国民党电台的事，而且他还听人说，近来他和商会会长张耀舟、茂昌隆皮草行老板徐庆昌这些人走得挺近。韩清华是县公安局政委，一直住在县公安局的小二楼里，县府那头他很少过去。那天，岳之平来跟他汇报工作，说蓬县长一直对他不冷不热，副县长的工作也不叫他多管。有一天，他到县长室请示工作，看见李忠孝和张忠信都在他屋里，三个人好像在密谈着什么，看见他进来把话停住了。这倒没太多引起韩清华的注意。那天岳之平走时对他说："老韩，你看是不是以县委的名义把这里的情况向地委汇报一下？"韩清华说："我会写份报告，向地委汇报的。"

其实他心里十分清楚，外边的形势和他们刚来到这里时已发生了急转的变化。一个月前，他已听到李祝三传给他的一个不好的消息：北满松江省委已撤出了哈尔滨，哈尔滨市长、省长已被国民党方面的人接任。虽然苏军还驻扎在哈尔滨，可我党留在哈尔滨的李兆麟等同志只能以中苏友好协会的名义在那里开展工作。上级指示他们趁国民党的武装力量还没到达北满来，对于下边各县政权掌握在我们手里的，一定要牢牢控制住地方武装，对于像蓬世隆这样的人也要尽量争取，以大局为重稳定目前的局势。

这也是他没有向岳之平多说什么的原因。

这天，孙新华来县里向他汇报工作，也说了个情况，引起了他的注意。他说前一段在乡下开展土改工作时，一天工作队刚要进屯，遭到了埋伏在村外的占江好一伙土匪的袭击，幸好带着公安大队的武装队员，才没有吃太大的亏，打了一阵土匪跑了，我们有两个同志负伤。据抓到的一个土匪说，他们是国民党先遣团的人，前几天刚被收编。看来国民党的人这么快已渗透到占江好、独眼龙这些土匪武装队伍里去了。形势有些严峻了。

孙新华临走时，叮嘱他一定要多加小心，他过两天再给他们工作队多派些公安大队的队员过去。

孙新华笑笑说："放心吧，韩书记，丰乐是我的老家，土匪的子弹是打不到我身上的。"

看到这个乐观的小伙子露出灿烂的笑容，韩清华也就放心了。丰乐是刚开始搞的土改工作试点乡镇。如果这个乡土改打了退堂鼓，下一步别的乡就没法开展了。

韩清华要留孙新华在他这里吃午饭。孙新华说不啦，乡里还有一大摊子工作呢。韩清华就没有再留他。

县里到丰乐乡只有二十里路。出了县城北门，孙新华搭了一辆顺道的马车。赶车老板是个三十多岁的车轴汉子，大冷的天长毛狗皮帽子严严实实捂在头上，遮着半边脸。走了一阵，车老板突然问他："你是镇东头孙烧锅家的大少爷吧。"孙新华不觉奇怪，这一阵回乡工作老在镇上露面，认识他的人很多，就点点头。随后问他是镇上的人么？车老板说他是乔家围子的人。孙新华刚要问他认识地主乔守仁家么？不想车老板先说了："你和我家小姐定了亲的，你不认识我了么？我前一阵还和小姐往乡里送过棉花和布匹呀。"这一说，叫孙新华端详起他有些面熟，半个月前发动乡里捐献棉花和布匹，乔淑珍动员他参带头捐了一马车棉花和布匹。

"你是乔家的车老板……"孙新华有点儿意外，就与他攀谈了起来。不知不觉到了丰乐街里。临下车前，车老板说了一句让孙新华犯寻思的话："你没回来之前，老爷曾找人给你算了一卦，说你今年该回家来，不过有一劫……"看他皱了眉头，又说，"你会遇到贵人相助的。"他摸出两个铜板要给他车钱。车老板说什么也不要，还说："到时你给俺家老爷划成分时手下留情就行，俺家乔老爷为人仁义着呢。"

看看天已经过晌了，孙新华没有先回家，而是先去了乡公所，这是工作队的临时办公室。他一进来，就有两个工作队员在屋里等他，一见到他就说，有个工作队员不干了，让他俩转告他。"为什么？"他一愣。他说怕土匪打黑枪。孙新华就想了想跟他俩说："这两天先不要下到屯里去了，过两天再下去，韩书记说再给我们调些县公安大队的人来。"

下午，他又带着这两名队员去负伤的那两个队员家里去看望了一下。其中有一个队员伤势挺重，在发烧，他跟他家属商量，要把他送到县医院去治，并派了两名公安队员跟着。

忙完这些后，天就黑了，他这才觉得肚子饿了。从乡公所出来，对外面站岗的公安队员叮嘱了几句，晚上小心警戒。

还没走到街东头的孙家烧锅坊时，老远就闻到一股子酒糟味儿。他走进院，正碰到弟弟新贵拎着两桶酒糟桶出来倒，看见他住了脚："哥，你回来了。"他"嗯哪"应了一声。"刚才娘还在担心你，爹还在说你，哥你以后别太黑回来了。"他从新贵的眼神中明白了什么。他刚回来时，新贵对他腰间挎着的匣子枪还羡慕得要命，可是现在这种神色消失了，取代的是一种不安的担忧，他们一定听说了前两天工作队下屯发生的事。走进屋里，看见爹正坐在炕沿上吸着长烟袋，娘坐在炕里，看见他眼里闪出一丝亮色，说："还没吃饭吧？"下去给他收拾饭桌。家里人吃过了，他坐下后就狼吞虎咽地吃起来。从中午到现在，他肚里都没吃东西。爹磕了一下烟袋锅，"哼"了一声走出去了，大概去作坊里帮新贵干活去了。

刚吃完饭，院子里走进一个人影，从和外屋母亲的搭话中听出是乔淑珍来了。果然门帘一挑，乔淑珍走了进来，她圆圆的脸蛋冻得红红的。"你什么时候从县里回来的？"孙新华瞅着她说："过晌了。"乔淑珍靠到火墙上烤烤手，又问他："你们什么时候再下乡去？"他说："过两天吧。"瞅瞅母亲一直在听着他们说话，就说，"我们出去走走吧。"

这乔家大小姐乔淑珍和孙新华是孙乔两家大人从小定的娃娃亲，两人高小又是一块儿在乡上读的。后来孙新华去哈尔滨读了中学，每次寒暑假回来两人一直有来往。直到四年前孙新华由地下党组织介绍去关内参加了八路军，两人这才中断了联系。孙新华去参加八路军连家里也没告诉，乔家自然也不知他去了哪里。乔家多次上门来找，孙家觉得挺对不起乔家的，就说彩礼也不要退了，要乔家再择一门女婿吧，可是乔淑珍说什么也不干，非要等着孙新华，叫乔家老爷也没有办法，只好听由他这个娇惯成性的独生女儿的了。这次孙新华突然回到镇上来，两人相见自然十分欣喜。乔淑珍已在镇上一所小学教书，人也比四年前越发俊俏活泼了。乔淑珍嗔怪他四年前走时没写信告诉她一声。孙新华说告诉家里也是怕传出去会株连到家里人，而没有告诉她，是怕上战场不知能不能活着回来。知道乔淑珍为他等了四年，让他觉得乔淑珍是个重情重义的好姑娘。

"新华，看来你这个小业主家庭并不支持你的革命啊。"从孙家走出来，乔淑珍神色有点儿嘲弄地看着他说。

回来这些日子，他已看出了父亲对他的不满。孙掌柜本来指望他这个家中的长子能继承孙家这份产业，可是看他早出晚归地领着人在搞什么土改，认为这是在胡闹，早晚会惹祸上身的。

"淑珍，你来参加工作队吧。"孙新华想起现在工作队正缺人手，转过脸来对她说。

"行啊，我还怕你们不要我这个地主家的小姐呢。"乔淑珍还是这样调皮地说。

"你爹会同意吗？要是分地分到你家里你会怎么办？"孙新华流露出一丝担心。

"这个你不用担心，上回我问你假如地主把土地先卖给农民了，将来定成分是不是可以不划成地主了，你说是。我回去就向爹说了，我爹正打算把家里的田产分给家里的长工呢，他说就我这么一个女儿，要那么多田地也没用。"

孙新华就想起今儿个晌午坐马车回来，那个乔家车老板说过乔老爷仁义的话。

孙新华不由得想拥抱乔淑珍一下，看看街筒里没人，就把她扯进怀里，贴着她耳边说："那你明天跟学校说好了，就过乡公所的工作队来报到吧。"

乔淑珍兴奋脸红着点点头。之后，孙新华就把她送回学校去了。

九

一九四六年的新年元旦，也是废除康德年号的第一个新年，在不同人的不同期盼中来到了。夜里断断续续地下了一场小雪，给县城街道、房屋盖上了一层白雪，好像把旧年的尘埃陈气一下子遮掩过去了。

蓬世隆早上起来时，还习惯地往挂皇历的墙上瞅了一眼。那上面的旧皇历已叫用人撤去了，新换的皇历是夫人特意叫人从哈尔滨捎来的，上面的年号是民国三十七年。

蓬世隆刚刚起床不久，用人就进来禀报：有人来找县长。他叫把来人引到客厅去。来人是县委组织部长邓国志，他进来后，邓部长对他说："韩书记叫我来找蓬县长，上午开会，他在县府二楼等您。"

蓬世隆说了一声："知道啦。"他看着小个子邓部长走了出去。

会是什么事呢？如果不是要紧的事儿，韩清华是很少到县府这边来召集开会的。

蓬世隆有点儿心事不宁地吃过早餐。夫人在给他拿貂皮大衣、狐狸毛围脖时，他跟夫人说了一句话："你跟香芝说说，别再跟忠孝闹叽叽了，他抽大烟那也是日本人害的，在监狱落下的病根，这样哭哭闹闹叫人看了多不好。"夫人应了一声，他走出去了。

刚刚走到院子里，一个身穿黑色貂皮大衣、头戴水獭圆帽的人走了过来，抬头见是张耀舟。"蓬县长这么早去上班呀。"他"喔"了一声，与这个不速之客站在院子里。张耀舟看看左右，凑到他耳边说："徐庆昌叫我告诉你一声，叫你上午抽空去他那里一趟。"他又模棱两可地"嗯"了一声，像跟空气说："就是不知得不得空儿。"

"嘚、嘚……"马车走在清新的街上，他刚刚一丝的烦乱平息下来。街上各家店铺都开张营业起来，为讨新年的喜气，各家店门口还张灯结彩挂起了红灯笼。卖糖葫芦、卖臭豆腐、卖冻梨冻柿子的叫卖声此起彼伏热闹起来……让在这里当了四年县长的他，没觉出今年的元旦和往年有什么不一样来。

走进县府院子时，看见岳副县长和邓国志、王耀先等人在院子里扫雪，他们都冻得嘶嘶哈哈地呵着手。看见他来了，岳副县长打了声招呼："蓬县长来了，韩书记在楼上等着你呢。"就放下扫帚，和他一起走了进去。

走进二楼小会议室，屋里只坐着韩清华和章继贤两个人。他俩进来后，韩清华磕掉了烟斗里的烟灰，说："我们现在开会。"这才知道这个会只有他们四个人参加。

高个子方脸膛的韩清华一脸严肃地说："根据群众举报，土匪占江好和天照应两伙土匪今晚有可能来袭击县里，破坏我们的新年团拜会，上级指示我们一定要做好警戒工作，不得有任何闪失。叫你们来就是商量一下怎么做好今晚的保卫工作。"

"这可是光复后的第一个新年，不能叫土匪袭扰得逞，否则老百姓会怎么看我们，我们还能不能在肇州站稳脚跟了？"岳副县长说。

"我怀疑这件事与国民党前一阵派过来的人有关，不然土匪怎么敢来袭击我们县政府，还有前一阵孙部长他们在丰乐抓到一个土匪，他自称是国军先遣团的人。没有国民党的人指使，谅他们这些乌合之众也不敢纠结起来打我们县公安大队。"章继贤说。

"章局长分析得对，有情报说，国军的一个白少校已在一个多月前去了江套子里，把两伙土匪串联在一起了，并给他们送去了一批武器弹药还有电台。蓬县长说说你的看法。"

闻听韩清华点到自己，蓬世隆心下一惊。他刚才正在心里思忖，张耀舟早上过来，叫他上午去徐庆昌那里一趟，会不会和这件事有关呢？不觉额头上有点儿冒汗。他咳了咳嗓子，镇定地说："俗话说水来土掩，兵来将挡，绝不能叫顽匪流窜到县里来袭扰本县百姓的安宁，军事上敝人不懂，县大队由你和章局长来安排，敝人尽可放心。"

"那好，刚才我和章局长商量了一下，说给你们两位县长听听，一是叫一、二中队负责县府礼堂和县城内各路口的把守，二是叫四中队负责南北城门的把守，三是把三中队从丰乐调回来，在城门外警戒，你们看如何？"

蓬世隆和岳之平都说这个方案好，就按这个方案办吧。

韩清华这才又说："下午李祝三部长也要过来，晚上新年团拜会他是代表地委来参加，所以我们一定要确保首长和群众的安全。"说完他又看了蓬世隆一眼，这一眼叫他心里一沉。

"放心吧，韩书记，我会亲自带着三、四中队在城门内外把守好警戒的，绝不叫土匪窜进城里来。"章继贤口气决绝地说，他的腮上那块刀疤也跟着动了动。

韩清华又问他和岳副县长还有什么事儿，没有就先走吧，他还有事和章局长说。

蓬世隆刚刚走到门外，听到门里传出半句："……徐庆昌的商行派人去盯着了么？"他心里又一惊，幸亏他没有答应张耀舟上午去茂昌隆商行那里。

下午，李祝三果然来了，他是和一名警卫员坐着一辆马爬犁赶到这里的，两人狗皮帽子上挂着厚厚的白霜。韩清华和蓬县长、岳副县长等人在县府大院外迎接的他，和两个月前相比他瘦了许多，不过神情还是那么豪爽。让蓬世隆从他的脸上猜不透他来的真正用意。

李祝三和大家一起进的晚餐，晚餐在县府的食堂吃的。桌上摆着的几道菜都是用小盆盛着的，猪肉炖粉条子、水蒸大豆腐、新炘的冻苞米、油炸丸子……李祝三说："你们这里吃得还不错，比地委和军分区强多了。"

这才知道省城对昌五镇实行了物资封锁。

孙新华也从丰乐赶回来了，他特意给李祝三和大家带来了他家酿的烧酒。李祝三喝了一口说："好酒哇！"孙新华就说等他再回去给老首长灌一桶带走。

李祝三当着众人的面转脸问他："什么时候能喝上你的喜酒啊？"孙新华一听脸就红了，想必他和乔淑珍的事李祝三已从别人那里听说了，就说："等土改工作结束吧。""好，到时我来给你们当证婚人。""真的？一言为定，我先谢谢老首长！"孙新华把碗里酒干了，餐桌上气氛一下子热闹起来。

晚上六点，新年团拜联欢会准时在县礼堂举行。除了群众，还有县里商会会长、乡绅等各方面的头面人物。长条桌上摆着冻梨、冻柿子、花生、瓜子等，还请来了"二人转"班子。蓬县长打听到李祝三爱听"二人转"，这是他特意告诉下属找来的。

礼堂内灯火通明，团拜会由韩清华主持。他先请蓬县长上台讲话。蓬世隆彬彬有礼地走上台去向大家鞠躬行礼，言辞诚恳地说："感谢诸位同人对蓬某人的信任，使本县在过去的一年'满洲国'结束后能够避免戕乱，百姓安康度日，实乃本人和百姓的幸运……"接着各界代表也上台讲话。商会会长张耀舟也代表商会讲了话，假惺惺地说拥护共产党，对县府极尽恭维之词。

最后由李祝三讲话。他先上台抱拳向各界人士恭贺新年，又代表地委肯定了县政府和蓬县长本人的工作，在日伪政权结束后县政权能平稳过渡，是与蓬县长和诸位的努力分不开的。新的一年，他希望县里各界人士一如既往支持县工委和县府的工作。

接着他话锋一转，宣布了哈西地委的两个决定：因工作需要，调蓬世隆到哈西地委行署另有任用，县长一职由岳之平副县长接替。另外，调李忠孝、张忠信到军分区受训。

这个决定一宣布完，除了韩清华，出乎所有人的意料。蓬世隆更是一怔，但他很快镇定下来，脸庞又挂上那惯常谦和的表情，听着岳之平上台作表态发言。因许多人还听不懂他那山西口音，会场稍稍有些乱。

接下来是联欢会。一阵锣鼓响过，会场安静了下来。李祝三特意拉蓬世隆挨着自己坐在前面的长条凳子上。"蹦蹦戏"是由小帽《拜年》拉开戏场的，台上搭戏的是县里两个名角。此时的蓬世隆心里真如同打了五味瓶，说不清是什么滋味儿……

"蹦蹦戏"演到一半时，听到外边传来的枪声，屋里顿时混乱了起来，汽灯也熄灭了。蓬世隆真希望土匪这个时候能打进来。黑暗中听韩清华在喊叫大家安静不要乱。大约过了半个小时，汽灯又叫人重新点上了。韩清华气喘吁吁从外边来到李祝三跟前小声说："刚才从城北门摸进来一伙土匪，已被打出去了。"

从听到枪响一直坐在那里没动的李祝三，说了一句："接着看戏。"

联欢会散场时已经深夜十点多钟了。蓬世隆回到家里，刚刚在沙发上坐了一会儿，李忠孝就来了，他好像刚刚从城门上回来的，身上带着一股冰凉的寒气。

"你都听说了吧?"

"我刚刚听说，就急着赶来了……"

"你是怎么想的?"

"姐夫，我们不能去，去了我们就会被扣下来的。"

"那我们该怎么办?"他不动声色地问。

"我们反了吧……"

他想了想说："你去把张忠信找来吧。"

"要不要把徐庆昌也一块儿找来?"

"他那里先不要去，不安全，我们先商议一下再说。"

过了一会儿，李忠孝把张忠信找来了。他们一拍即合，张忠信也没有想到会把他调到军分区去，觉得这是个计谋。三人决定五号动手把那几个人抓了，因为吃饭时听说李祝三在县里会待到四号回去。再则蓬世隆也想有时间把家里人安置转移走。

张忠信犹豫了一下说："那章继贤抓不抓?"蓬世隆想了一下说："动手的前一天晚上，你把他约出来，问他跟不跟我们干，不跟就把他干掉了。"

李忠孝又说："我们反了之后总得投靠国民党，徐庆昌要不要告诉他一下?"

蓬世隆说："找个时机我跟他说，在没举事之前，我们越少人知道越好。记住跟自己的老婆也不能说!"两人都点点头。

十

原定五号的叛乱提前到四号了。三号下午，李祝三给蓬世隆家里打来一个电话，让他傍晚去他的住处把工作和岳之平交接一下。放下电话蓬世隆就觉得不安了，难道是有人看见他上午把家眷偷偷送走了？他先是把李忠孝和张忠信两人找到家里来，李忠孝跟他说晚上不能过去。李祝三来县里这两天，一直住在县畜产农业株式会社的小黄楼里，这是日本人建的小楼。外边都是韩清华派去的人把守。接着，他又叫张忠信把徐庆昌叫到家里来商议。徐庆昌和白中山一起过来的，他俩刚从肇源那边回来。蓬世隆把后天谋反的计划告诉了他俩，两人一听十分振奋。徐庆昌思量了一下说："姓李的是不是有所警觉，不如明天就动手吧。"

蓬世隆说："那姓李的没离开县里怎么办？"

"那就一起抓了。"徐庆昌和白少校目露凶光地说。

蓬世隆也觉得早动手比迟动手好。就叫李忠孝回公安大队去把有他的亲信的三中队四中队控制好听令，这边又叫张忠信晚上把章继贤约到他家去。他和徐庆昌、白少校先在家里等着。这期间，他又给李祝三回了个电话，推说白天患了风寒，晚上不宜出门，他明天上午去他那里交接工作行不行？电话那头又听到李祝三爽朗地笑着说行，还让他注意身体。

且说张忠信傍黑踩着嘎吱、嘎吱的雪来到章继贤的家。章继贤也刚查完夜岗回到家。张忠信敲门，章继贤棉衣棉帽都没有脱就出来了，问道："有事？"

张忠信瞅瞅他说："我想叫你到我那儿喝点儿酒，过几天我就要上昌五军分区去了。"

"那我跟玉玲说一声——"他又回身进屋了一下。

出来，两人一前一后往张忠信家里走去。路上，章继贤问了一句："你老婆没在家？"以前他俩喝酒都是去小酒馆的，只有他老婆不在家时才找他到家里去。张忠信说："她回肇东娘家去了，昨个儿走的，我叫饭馆里送几个菜过来。""没把李大队叫上？""我叫他了。"

来到了张忠信家，一进屋，果然看到李忠孝已坐在那里了，地上支好的桌上摆着酒菜。除了李忠孝，让他意外的是座上还坐着蓬县长。看他发愣，蓬世隆先开口了："章局长，敝人也要离开县里了，不肯赏脸坐下一起喝杯薄酒么？"

章继贤只好坐下了。张忠信给三人的酒杯里倒了酒，端起酒杯说："不知此次受训还什么时候回到县里，这杯酒我代我外甥女敬章局长一杯。"提到玉玲，章继贤就同他一起干了。

李忠孝也端起酒杯来说："想当年我和章局长在山里抗联的苦日子都受够了，日本人的牢狱也受够了，不就是为了往后过上点儿好日子么？这眼瞅着国共又要打起来了，这叫什么事呢……"他和章继贤碰了一下也一饮而尽。

"不管怎么说国军总归是正统。"蓬世隆的话叫章继贤听着不对味儿，刚要放下酒杯反驳他。就见蓬世隆摔了面前的酒杯，啪的一声响。从另一间屋子里走出两个人来，为首的高声说了一句："说得好——"

章继贤抬头见是徐庆昌和另一个不认识的人走进来。想起这几日没在县里见着他，刚要去掏腰间的匣子枪，两只胳膊就被李忠孝和进来的那个人扳住了。枪被张忠信抽了去。

"你、你们——"章继贤吃惊地怒视着张忠信。

"对不住了章局长，我们知道你是条汉子。今晚你只有一个选择，答应和我们一起干还给你队伍带，不答应这顿酒就是我们送你的上路酒。"蓬世隆阴沉沉地说。

"章局长你也不想想，你娶了地主女儿做老婆，共产党早晚会跟你算这笔账的。"徐庆昌说。

"章局长，你不为自己想想，你也得为玉玲想想啊，你死了她怎么办，就算你可怜可怜她吧。"张忠信这样说了一句。

章继贤身子就软了下来，从口里吐出一口气来："好吧，我跟你们干……"

接下来，他们商定明天一早行动的计划：由章继贤逮捕住在县公安局小楼的韩清华，李忠孝带着三中队去畜产联合会小楼去逮捕住在那儿的李祝三、邓国志，由张忠信带四中队逮捕在县府的岳之平、王耀先，都得手后再派人去告诉驻在丰乐镇的三中队逮捕孙新华。

这个寒冷的夜，一张网就在这间小屋子里秘密拉开了，县城的人还在睡梦中。

清晨，天还没亮，一阵急促的电话铃声就把和衣而卧在办公室床上的韩清华震醒了。他跳下床接过电话，是门卫站岗的哨兵向他报告：李大队和张大队分别带着两个中队出去了，说是城外有土匪来袭去保护县府和畜产联合会小楼。韩清华一听不妙，刚对着电话说："没有我的命令，谁也不能动用公安大队，我马上过去！"门就被人从外面踹开了："韩政委，你的命令不好使了。"韩清华回头见是章继贤，"你——"他身后上来两个人没等他把话说完，就把他给绑了，韩清华到死也不敢相信这个在日本人监狱蹲了六年的人会叛变。

早上五点钟，畜产联合会小黄楼周围还一片漆黑，只有地上的雪反映着点儿蒙蒙亮。在楼下站岗的两个战士，哆哆嗦嗦地在跺着脚。看到有两个人影悄悄走到跟前来，他们把枪端在手里问："谁？""韩政委叫我们来替换你们回去，天太冷了。""我们咋没接到韩政委的电话？"一战士话还没有说完，过来的那个人就将一把匕首刺进他肚子里去，他慢慢倒下了。另一个也被刺中了胸口，倒下了。

后边的一些人影随后摸上来包围了小黄楼。五点半，警卫员小陈准时起床，他下楼到外面去端雪给李部长洗脸。李部长习惯了用雪洗脸，他刚端着脸盆走下楼梯，差点儿与上楼的两个人撞了个满怀。他手一松盆滚下楼梯去，掏出了身上二十响的盒子枪。"别开枪，小陈，是我。"在那两人后面的李忠孝冲他喊了一声。他见过李大队，可是昨天韩政委交代没有他的指令，公安大队别的人不准来楼上。正一愣神，前边的那个人手里匕首刺中了他，他身子摇晃了一下靠住了楼梯扶手，盒子枪响了，"啪、啪——"连发击倒了前边的两个人，后边上来的人就开枪了，冲上来。"快上去搜，不能叫人跑了！"李忠孝喊。

李祝三昨晚和从肇源县赶到这里来的刘德明谈话谈得很晚。他刚刚起床，听到楼梯间枪响，他喊了一声："小陈！"没有应声，就知道情况不妙。他没顾上穿好外衣，就去枕头下摸枪，却被拥进来的几个人抱住了身子。他扭过头来，正好看见李忠孝随后走了进来。他冷冷地说了一句："你果然是个叛徒！"李忠孝说："让他穿好衣服。"接着又从走廊上另两个房间里传来两声枪响，是从邓国志的房间和另一个房间里发出来的。李祝三走出来，看到走廊里邓国志也被五花大绑押了出来。从走廊头上另一个房间传来了喊话："李大队长，这间屋子里还有一个不认识的人。""一起带走。"接着看刘德明也被押了出来。看到他，李祝三很后悔昨夜把他留下来过夜了。刘德明是昨天下午特意从肇源赶到这里来向他汇报工作的。

早上六点半，县府还不到上班时间，张忠信带着四中队的人赶到这里的时候，蓬世隆坐着马车也赶到了。他俩带着人进了楼后，他叫张忠信先带着一伙人去抓王耀先，而他则带着另一伙人上楼去了岳县长的办公室。到了门口他先叫人停下了，他自己推开门走了进去。岳之平正坐在办公桌后面写着什么，抬头看见蓬世隆这么早来到县府有些惊讶。

"岳县长，我跟你交接工作来了。"

岳之平从门缝看到外边跟着的人就明白了什么，佯装不知："蓬县长交接工作还带着这么多人干甚？"

蓬世隆突然脸色一变说："我早跟你说过，这间屋子不吉利，阴气太重，谁来当县长都是死路一条。"

话音刚落，门开了，张忠信带人走了进来，把岳之平绑了起来。岳之平大声说道："蓬世隆你得意个甚，谁与人民为敌都没有好下场的！"

走廊外已有县府的人陆陆续续来上班，不明白发生了什么事，围在外面看。"把他押下去！叫各位同人看看，在肇州还是我蓬某人的天下！"蓬世隆用手杖点点地板。

在把李祝三、韩清华、岳之平等人关押在县监狱后，中午从丰乐传来报告，孙新华也在丰乐被逮捕关押了起来。之后，蓬世隆、徐庆昌、白中山、章继贤、李忠孝、张忠信在县府小会议室开会，商量下一步怎么办。决定让李忠孝带着二中队与三中队会合，防止昌五军分区得信从北面来攻打肇州。正开会，从肇源方面传来徐庆昌的密探说肇源城里此时也十分混乱，徐庆昌当即让白中山去江套子把占江好、独眼龙两股土匪拉出来去攻打肇源。

下午，徐庆昌给哈尔滨的国民党省党部关主席发去了电报，报告了叛乱的情况。随后关主席也发回了任命回电，任命蓬世隆为三肇地区国民党接收委员会委员长，徐庆昌为副委员长，将县公安大队和占江好、独眼龙两伙土匪武装改编为"国民党东北第六路军第一师第三混成旅"，白中山任旅长，章继贤任副旅长；下设四个营，一营为县大队一、二中队，二营为三、四中队，三营为占江好部，四营为独眼龙部，人员扩充到七百多人。

当晚从肇源传来消息，肇源已被白中山他们拿下来，并且有一个守城的迫击炮排投降了他们。这个消息令蓬世隆、徐庆昌兴奋不已，这解除了他们如果在肇州站不住脚时过江向长春与国军会合的后顾之忧。他们决定第二天去攻打昌五的哈西军分区，同时也争取顺便把肇东县城拿下来。据派到昌五镇去侦察的密探回来报，昌五军分区人数不到二百人。

这天晚上，蓬世隆又在街里的德盛仙酒楼摆起了庆功宴，除了商会会长张耀舟，县里各界有头有脸的人都参加了，都表示拥护蓬委员长。蓬世隆回敬大家酒时说，三肇很快就是国民党中央政府的天下了。听话听音，有人就听出来，肇东也快是姓蓬的了。

次日上午，白中山带着占江好、独眼龙的人还有肇源投降过来的那个迫击炮排在丰乐与章继贤带的公安大队的人会合了。稍做休整了一下，就向昌五进发。出发前，张耀舟带着商会的人来送来了烧鸡、烧酒、香烟等慰问品。两伙土匪的人一下子就把慰问品抢光了，让章继贤心里很不屑——他也没有想到会与这些人为伍。那个独眼龙还故意走到他面前说："章局长可得小心点儿，子弹可不长眼睛，别可惜了一朵娇嫩的花啊！"章继贤没理他。

走到半道上，白中山停下来对章继贤说："我带着一大半人马去攻打肇东城里，你带着少数人马去攻打昌五。"

原来刚才听一个骑马来的密探报告，军分区的人获悉了他们要来攻打肇东，已调去大部分人去支援守城，昌五只留了两个排的兵力。他们这次出来，除了李忠孝带着一个中队守家，出来的兵力有六百来人。在人数上还占有优势。章继贤就同意了。

独眼龙一听昌五好打，就主动要求跟去打昌五。章继贤又留下张忠信一个中队、四门迫击炮，其余的人都叫白中山带走了。看来白少校懂点军事，双管齐下的话，县城和昌五今夜都能拿下的。县城比昌五易守难攻，听说哈西地委也退到县城内去了。

傍黑他们先摸到了昌五。来到了昌五南城门外，能够看到城墙上有哨兵走动的身影。章继贤叫大家先埋伏在雪地里趴下，他是想听到三十里外的进攻县城的炮声响起来再发动进攻。独眼龙说进攻时他的人马在前边。章继贤明白，他是想冲在前边进城抢东西。

约莫过了两袋烟的工夫，从东边传来了炮声。章继贤喊了一声："攻城！迫击炮开火——"四门炮弹响过，独眼龙就骑在马上带着他的人率先喊叫着往前冲去，城墙上响起了一排枪声，冲在前边的人就倒在马下。眼瞅着独眼龙的人冲到了城下，可就是冲不进城门去。章继贤又叫四门迫击炮瞄准城墙开炮。一排炮弹发过去，听到一阵哭爹喊娘的叫声。过了一会儿，独眼龙气急败坏地跑到后头来，他耳朵也炸伤了，流着血。冲那几个炮手说："你们他娘的怎么开的炮，把我的人都炸死了，老子毙了你们！""住手！"章继贤挡住了他，回头问那个炮排的副排长怎么回事，他白着脸哆嗦着说："我们是瞄的墙头啊，也不知怎么斜的。"章继贤就叫张忠信的人接着往前冲，独眼龙又掉转马头冲了过去。

　　枪声在城门外十分激烈，一个多小时过去了，城门还没有攻开。但从对方的枪声上听，墙上的人是越来越少了。张忠信派人用捆成捆的手榴弹炸城门，没等摸到门下都被城墙上头的冷枪打死了。章继贤又命令迫击炮瞄准城门轰。结果四发炮弹打过去，没轰着城门，又炸在了自己人头上。章继贤刚要对那个副排长发火，那个排长眼睛就直了："长官你看——"一团像炮弹发出的火球从城门上方掠过，蹿上城墙头。独眼龙又跑回来，这回他不光少了一只耳朵，还少了一条胳膊，他忍痛面目可憎地一枪把那个副排长打倒了，还要打另一个炮手，章继贤一枪打在他的脑壳上。他回过头从马上摔了下来，睁着一只血眼睛对章继贤说了一句："我不该沾那个狐狸精变的小娘们儿，她今晚来报复我啦。"章继贤心里说："玉玲，我给你娘报仇啦！"张忠信也骑马跑过来了："章局长，我们上当了，城里不是两个排的兵力，你看城墙上黑压压地又上来一群兵！"章继贤看了一眼，就脖子后面直冒凉风，说了句："快撤！"就领着死伤大半的人往回跑了。

　　这一晚肇东县城也没有叫白中山和占江好攻破，也是落败而归。后来得知，那天晚上昌五的兵力只有一个排，其余的都去守县城了。说到那晚奇怪的事儿，后来张忠信想起来跟章继贤说，屯里人都传说玉玲她妈是胡仙转世的话来。章继贤也想起独眼龙临死前说的话。

十一

　　虽然没打下肇东和昌五，蓬世隆和徐庆昌都想在肇州县城里这么和共产党耗下去，等待国军过来接收。那两仗失利后，他们就叫白中山带着占

210

江好和那个迫击炮排退守肇源城里，章继贤带着他的人守在肇州城里。这样过去了有半个多月左右，大家都准备在城里过旧历春节了。谁想到一支从山东过来的东北民主联军的一个师，会这么快挺进到松花江南岸的扶余。看来这个年是别想过消停了，无论是关在监狱里的人，还是蓬世隆都在这么想。

腊月二十三小年这天上午，听白中山派过来的人说，共军准备攻打县城了。他们本以为城里有占江好的队伍还有一个炮排，守个一两日没问题的，谁想接着下午又来人报守不住了。这边人才慌了手脚。

当晚他们开始出逃了，为了分散攻占肇源共军这一个团主力的追击，徐庆昌和李忠孝带着一个营在四站和从肇源城溃逃出来的白中山会合过松花江向南逃，往长春去。蓬世隆和章继贤、张忠信带着一个营先向西北往大同镇去，再从大同向北往安达县去。之所以往安达县去，主要是安达还控制在国民党伪县长手里，那个伪县长是蓬世隆的同学，前几天还给蓬世隆写过信，叫他过去一起共建党国大业。

临到要走时，蓬世隆才想起监狱关押的那几个人。他问徐庆昌那几个人怎么办。徐庆昌做了个抹脖动作，说了句："就地杀掉。"就和李忠孝上了一辆马车，先出城了。

蓬世隆并不想先杀掉这几个人，他还想拿这几个人做人质。他已听说，这么快打下肇源城又向肇州奔来的是民主联军的一个姓杨的师长，这个师长和李祝三关系很好，他就是奔着来解救李祝三来的。说不定路上带着他们可以作为人质。他当即叫张忠信带着几个人到监狱提人，带上跟他们走。他们大队人马坐着马爬犁在城北门口等着。

张忠信在城里临时抓到了一辆马车，是城外进城来送货的一个车老板。天空中还在飘着雪花，这场雪是昨天夜里下的，由于没有人清扫，街上的雪已经有一尺多厚了。白天的混乱，各店铺都早早地关门了。天黑再加上下雪，走几步就看不到前后左右的人影了。

到了监狱门口，张忠信就带人进去了。过了半天，才见从里边抬出两个麻袋来，那两个麻袋装上车都在拼命地扭动，低头坐在车厢板前的老板就知道里面装着的是人。监狱门口堆着两个大雪堆，有两个家伙抬着麻袋走出来还陷了一下，一个家伙崴了一下脚，骂骂咧咧地说："叫你还不老实，一会儿就叫你冻成冰棍看你还蹬不蹬老子了。"抬在后边的人劝他：

"积点儿阴德吧，听说他是咱这疙瘩孙烧锅家的大少爷，非要跟着闹什么共产党。"一直低头坐在车头前的车老板听到了，身子哆嗦了一下。这个麻袋放在了前边，还撞了他身子一下，那两个人又进去抬人去了。车上已装了四条麻袋，车老板往门口留下看着的两个持枪的人溜了一眼，看见他俩正伸脖朝里边张望，他扯住了身边麻袋的一角，低下头说了一句："你老实点儿。"就顺手扯下车辕去了，地上的厚雪沉实，没听到什么声响。之后又把身下坐着的马料袋移到身后。

正在这时，打雪幕中骑马跑过来一个人，到了门口问那两个人："张营长呢？"一人答："在里边呢。""蓬县长叫我来催你们快点儿！"一个人就跑进去了。

监狱门打开了，又从里边抬出三条麻袋装上车。"快点儿，快点儿，别像个娘们儿一样磨磨蹭蹭！"张忠信跟出来急三火四地催促道。"人都带齐了么？"骑马来的那个人问道。"都带齐了。"张忠信说。那个人就在前头先打马走了。张忠信也带着人坐上了马车，他们围着车厢板边抄着手坐在两边，车老板吆喝了一声打马走了，雪没到半车轱辘，马车走过去划出很深的辙沟。在马车走出去十米的时候，车老板趁甩鞭子回了一下头，门口离去的车辙中间雪里那个麻袋已滚到雪堆前盖上新落的雪，一点儿看不出来了。车老板一颗惊悚的心才平静下来。这个车老板不是别人，正是丰乐乔家围子乔淑珍家姓赵的车老板。

后来，关于孙新华能够成为那晚幸存逃生的枪漏子，有两种说法：一种是张忠信当时脑子发蒙只记来县里的是六个人，忘了还抓了肇源县委书记刘德明了，抓刘德明时他也没去，没有印象；二是当时装完车清点时，那个清点的队员确实把车老板那袋草料麻袋当成一个人了。蓬世隆是在邹万灵屯枪杀他们时，打开麻袋才发现少了孙新华的。

张忠信带着马车上的人匆匆赶到城北门会合后，蓬世隆就坐在前边带篷的马车里下令出发了。一队人冻得哆哆嗦嗦向雪幕里走去，这个小年夜城里寂静得像座死城。因为下午许多人家听到三十里外攻打肇源县的炮声了，城里人心惶惶，也没有人家出来放鞭炮了。

蓬世隆和章继贤他们本打算连夜赶到六十里外的大同镇再做停留休息，想到那里也安全些了。可是由于下大雪，路实在难走，西北风卷着狂舞的雪花直往脸上吹，不一会儿每个人身上都披了一层厚厚的雪，刚刚走过去的脚印很快就被雪埋住了。出城时都没有顾得上吃晚饭，走了三四个小时后，大家又冷又饿，实在走不动了。后边有几个队员被风吹倒了，站都站不起来了。抬眼望一下四周黑茫茫，天地间只有雪，大家就骂骂咧咧说再走下去非成冻倒不可。也骂带路的人说这小年夜是往阎王爷那里带。张忠信听着不顺耳，忽然想到前边应该是邹万灵屯，就跑到前边的马车上来，跟蓬世隆说："前边快到邹万灵屯了，这个屯子我熟，带大家进去吃点儿东西休息一下吧。"章继贤听到了也说："这么大的雪，脚印都盖没了，他们追不上我们的。"蓬世隆就同意了。

在走到屯西边大坑时，张忠信又说："他们几个也带进屯么？要不要松下绑，要不都冻硬了，唉，带着他们几个真是累赘。"

蓬世隆摆了一下手叫停下，他走下马车去，站在坑边看了一下，说："就在这儿送他们回老家吧。"就叫人把麻袋抬下去。

麻袋抬到了坑里，蓬世隆也走了下去，他叫章继贤和张忠信把麻袋打开，六条麻袋打开了，嘴里塞着的布也叫人拿掉了。几个人都冻得脸煞白，转了半天不知这是到哪里了。

蓬世隆看了看他们说："我最后再给你们个机会，如果你们愿意跟我走，我就不杀你们，如果不愿意就怪不得我了。"

李祝三冷冷地瞧着他们说："让我们跟你走，你别做梦了，我们是不会跟你们走的，我从关外到关内，他们从关内到关外来，都是为了打败日本鬼子和一切反动派，解放穷苦百姓，你们甘当日本帝国主义和国民党反动派的走狗，是绝没有好下场的……"

"蒙上他们的眼睛，执行枪决吧！"

"不用蒙上我们的眼睛，就这样看着你们这些叛乱分子是怎么动手杀死我们的！"

蓬世隆叫几个人站到他们对面去，举起了枪。"等等，老子不想做个冻死鬼，有酒么，给老子喝一口！"是岳之平在说。蓬世隆叫张忠信去车上找来一瓶酒倒在一只酒碗里，分别端给他们几个人喝。

岳之平和王耀先喝完一起转头冲着南方说："娘啊，今天是小年夜，儿子不能回去给你们磕头了，儿子在这里给你磕头拜年了！"

刘德明也冲着南方说了一句："香玉，会有人传信告诉你的，别等我了，永别了！"

岳之平说完又哈哈大笑了两声对蓬世隆说："老子下辈子还来这里当县长。"

蓬世隆害怕他们再说出什么话来，就赶紧叫章继贤和张忠信开枪。章继贤三枪分别打在李祝三、韩清华和刘德明的脑门上，张忠信三枪打在岳之平、邓国志和王耀先的脑门上。之后他们就慌慌地离开了那里。雪片在坑里急匆匆地落，像急于把人埋掉似的。

十二

且说第二日杨国夫师长和孙新华把他们六人的尸体拉回县城后，获悉李祝三、韩清华、岳之平等人遇害，哈西地委新的任命也下来了，新任命过来一个刘明义县长，孙新华被任命为副县长。县城暂由杨国夫师长部队管制。杨师长和他们两人组成了治丧委员会，他们做的第一件事就是在县中心老街基广场为烈士搭起了灵棚。六口棺木摆在那里，两侧由两排战士持枪站立。临时治丧委员会决定，停灵三日，接受全县各界人士和群众前来吊唁。

按照当地习俗，治丧委员会还请来了县里最有名的红白喜事鼓乐班子杨小班，每日在灵棚前坐棚吹奏丧曲，灵棚前摆满了哈西地委、军分区和全县各界人士、群众送来的花圈、挽联、挽幛，花圈灵棚前摆不下了，一直摆到大街上去。听说牺牲的六位干部有五位是关内来的共产党干部，抛家舍业来到这里，是为了穷苦百姓过上好日子，每日前来吊唁的群众络绎不绝。有位八十多岁的老人家还把家里准备过年的猪头焊熟了送来摆在灵前祭奠。

从头一天晚上起，孙新华就一直守在灵棚前，大家劝他回去休息一下，他也不听。关押了半个月他身体已极度虚弱。杨师长叫一个卫生员守在他身边，乔淑珍当天也从丰乐赶来了（第二日马车夫逃回去就跟她说了县城里发生的事），照顾在他身边。前来吊唁的人已知道了他是枪漏子，也过来看他。白天送走了一拨又一拨吊唁的群众，到了晚上他和淑珍守在棺木的火盆前，一张一张往火盆里添着黄纸。在刘德明的棺木前，他边烧边对淑珍说："是他替我赴了黄泉，他要是不从肇源过来让他们数差了人，那天晚上死的肯定是我，你知道么，他在家里刚刚丢下新婚的妻子啊……"说毕，淑珍陪着他已泪流满面了。

最后一天夜里，孙新华在淑珍的搀扶下正在李祝三的棺木前烧着纸，杨国夫师长也来到灵棚李祝三的棺木前，他听孙新华嘴里喃喃地说："老首长，我跟你从关外到关内，又从关内到关外，你答应过我要给我和淑珍做证婚人的啊，你怎能就这么走了呢……这碗酒俺俩敬您！"他流着泪和淑珍各端了一碗他叫家里人带的烧酒，跪在地上举过头顶洒在灵位前。

杨国夫师长走上前来，他往火盆里烧了冥纸，点了三炷香，又把那个烟斗装了烟末点着了，也端起一碗酒来说："老伙计，我再陪你喝一顿酒，明天就送你上路了，你放心吧，老伙计，我一定要抓到杀害你的凶手，到你的墓前来给你祭奠。不管这些狗娘养的逃到哪里。"

三日后上午，在县北广场举行了追悼大会。全县各界人士和群众有近万人参加，肇源县也派代表来参加了追悼大会。刘明义县长主持大会，杨国夫师长致悼词。追悼大会后，午时前起灵送到县城东侧墓地安葬。六口棺材由战士和各界代表抬着缓缓向墓地走去，前边抬李祝三棺木的头一杠是孙新华。灵队前边是师军乐队吹奏的哀乐，灵队后是杨小班的鼓乐吹打班子吹奏的丧曲《鸿雁落沙滩》，沿途群众自发地跟在送葬灵队后边默默相送。凛冽的寒风夹着小清雪，吹着人们麻痛的脸……

安葬后，第二年开春县里重修了六座水泥墓。六座墓前建立起一座六米高的白色水泥碑塔，正面"六烈士纪念塔"几个大字是时任黑龙江省主席于毅夫题写的，背面的悼文是时任哈西地委书记王建中题写的。

事变三个月后，章继贤、张忠信在安达宋家窝棚被杨国夫独立团抓到了，在县中心广场开完审判大会后，被押到城东的烈士陵园执行了枪决。

一年多以后，在攻打锦州战役时，杨国夫师活捉到了已是国民党杂牌军保安团团长的李忠孝，他也被押回县里，在烈士墓碑下枪毙了。

章继贤被押赴刑场后，邹玉玲疯了，此前她一直不相信家里人告诉她的章继贤叛变的事，出事后她被家里人接回到乡下了。邹保财因那晚不知情，又念及他为烈士打了棺木，没有再追究他资助叛匪罪，解放后作为地主接受改造过，终老死在自己家里，时年七十六岁。而邹玉玲和胡仙草都是失足掉进屯西头的大坑里淹死的。只不过邹玉玲是雨天下大雨坑里积水，她自己疯癫跑到坑边上跳下去淹死的。后来这个大坑就被村民在"文革"反迷信中填死了，在这个大坑填平了后，又立起一个"六烈士纪念牌"。

而蓬世隆一直没有被抓到，后来的传闻有说他借助他在日本留学的同学关系，和老婆家人逃到日本去了，还有人说他是跟着长春撤退的国民党部队逃到台湾去了。

多年以后，县长孙新华去北京开会，会议七天。回来的时候，跟他一块儿回到县里的还有一位谁也不认识的三十多岁的女干部。县办公室主任派人开着吉普车去省城接的站。

回到县里，吉普车没有开进县政府大院，而是直接开到县城东头烈士陵园。一进了陵园，车上下来一位身穿列宁服的女干部拨开众人，脚步抢先一步踉跄地朝一排白色圆坟墓前走去，她刚走到刘德明的墓碑前，就身体摇晃一下"扑通"一声跪在墓碑前，嘴里失声地喊道："德明，我来看你来啦……"就泣不成声起来……

自从刘德明牺牲后，孙新华一直没有忘记刘德明那晚对他的嘱托，让他设法转告河南老家的李香玉，并把他的两件遗物——一支派克钢笔和一条红围脖，还有一封信交给她。孙新华前一天从丰乐押到县里来是和他关在一个牢房的。他好像知道孙新华不会死的。那一夜他们彻谈了一夜，他跟孙新华说起过老家的李香玉，从认识到在一起工作，再到结婚……

建国前头两年，东北和关内由于忙着支前打仗，再加上战事通信中断，孙新华没办法同关内联系。建国后他一直向河南刘德明说的陕县发信函打听李香玉这个人。可是信发到陕县都被退回来了，说查无此人。后来孙新华到关内去出差还特意去了陕县一趟，还找到了张汴区，一打听有人说她好多年就调到河北省庄县去工作了。他又按人家告诉的地址往庄县挂电话，对方说没有叫李香玉这个人。他因为出差的事还没有办完，就没再到庄县去找。一直没有找到李香玉让他非常着急和不安，他仍不死心，还一年一年地发函打听寻找……

转眼到了一九五六年，已是县长的孙新华这一年夏天去北京开会。这是一个全国农业县长的工作会议，会议七天。会议开了两天，一天休息，他和另外两个开会的东北同志去逛天安门和故宫。刚刚回到宾馆驻地时，忽听有宾馆服务员说，有一个女县长打听东北来的同志，好像是打听她丈夫的下落……孙新华一听，心就忽悠被提了起来。他赶紧问这位女县长住哪个房间。服务员告诉了他。他回到房间从包里取出那只钢笔来，自从他开始寻找李香玉同志以来，他每次外出开会都带着这只钢笔。

他按照服务员说的，敲开了那个房间的门。门开了，一位三十多岁身穿列宁服干练的女同志站在门内望着他："您找谁？""您是李香玉同志么？"这位女干部一愣，刚才女服务员已告诉他这位女县长叫李国英，可是他相信她就是李香玉，他已把那只钢笔拿在了手上："您认识这管钢笔么？"她哆嗦着手把钢笔接过去，眼睛就直了："你、你从哪里拿到的？""是刘德明同志要我转交给你的，大姐——""他在哪儿？他怎么啦？"她身体摇晃一下似乎明白了什么。孙新华赶紧上前扶住她，扶她到房间里坐下后，又给她倒了一杯水，这才把十年前刘德明牺牲的消息告诉给她，并说这十多年来他一直在寻找她。

悲痛过后，李国英慢慢告诉他，十年前刘德明从老家张汴区里走后，第二年她也被组织上调到河北省庄县去工作，任副县长。上任后，她觉得李香玉这个名字太娇气，就改了名字……怪不得孙新华那年往庄县打电话没人知道李香玉这个人。

开完会李国英就心急如焚地跟孙新华到东北看刘德明了，这就出现了前边的那一幕。

李国英县长在县里停留了两日，她不要县里官方给她举办的任何接待活动和宴请。她只答应孙新华住在他家里，而没有去住县招待所。孙新华之所以想让她住在家里，是想有自己的妻子陪着她住，她心情会好些。果然在孙新华家住了两夜，她和淑珍情同姐妹一般。

这两天孙新华夫妇陪她去了刘德明待过的肇源县看了看，又去了邹万灵屯（已改名叫六烈村）去看了看。她的情绪比刚来时好多了，也镇定了许多。在肇源时，她在松花江边捧起一把黑土包在手绢里，在六烈村那个黄土坑边上，她又捧了一把黄土包在手绢里。

临走的那天，她又由孙新华夫妇陪着来到了陵园刘德明的墓前，她对着墓碑说："德明，我走了，我找到你以后还会来看你的，我把这两把泥土带上留着做个念想。你安息吧。"

孙新华夫妇一直把她送到肇东火车站，坐上火车。临分手时，孙新华又跟她说："大姐，德明大哥走时留下话，让我转告你，让你知道他牺牲后，他希望你好好活着，他不想看到你一个人生活下去……他们的牺牲就是为了让我们过上好日子啊！"

李国英听了，眼角滚出一颗泪珠来。车将开动，她从车窗口探出头来，冲孙新华夫妇郑重地点了点头。

火车长鸣一声，从土地肥沃、牧草丰茂的东北三肇大地隆隆开去了。

二　　胡

文化馆先前有一位馆长，姓王。后来就来了老丁。老丁是从县武装部来的。来时，穿着一套又肥又大摘去肩牌的黄哔叽制服。县里组织部红头文件上写着"副馆长"职务，括号里注明排在王副馆长之后。陪着来的组织部长把文件有组织地一字不漏地念了，抬脸瞅瞅，转手拿给王副馆长去瞧。其他人瞅了，想了，同是副馆长，总得要有个先来后到哩。况且王副馆长的年岁也比老丁大，整整大出十岁，二十世纪五十年代音乐专科毕业。而老丁才近四十岁，不惑之年。出身呢，兵。

老丁不忌讳自己的兵出身。常说的一句口头禅是"手下的兵"。知识分子脸皮薄，听了反感，谁是谁的手下？受到了莫大的侮辱。平日里不称呼他馆长，仿佛称呼了，就承认了自己是他手下的兵。直呼其"老丁"，全馆上下都这样没老没少地叫他。老丁听了，倒觉得不外，正式场合依然极恭敬地称各位兵们为"老师"。久了，老师们脸上才渐渐有了稍暖的颜色。想想老丁行伍出身，也就不去计较他了。

某天，从馆长室里传出一阵抑扬顿挫、曲调有致的二胡独奏声。如泣如诉，牵魂断魄，有人驻足往里探头探脑，看时，却惊住了。屋里只有老丁一个人。老丁端坐在椅子上，双目微闭，摇头晃脑，手指在弦弓上灵巧娴熟地推拉弹跳。整个一尊痴迷的醉汉。

门口的人越聚越多。一曲终了，老丁睁开了眼，问："咋咧?"

音乐部的老师先醒过神来，哑哑嘴道："你还有这一手。"

老丁极谦虚地说："比在部队时的水平差多了。"老丁把"水平"二字咬得挺重。

敢情老丁还精通一门乐器！过后，人们渐渐知晓了老丁的一些经历。

老丁当兵前，瞎眼爹拉着他的手交给他一把二胡。那是瞎眼爹的爹传下来的宝物。

爹说："儿，当兵苦哪，带上它寻寻乐吧。"老丁就把传家宝带到部队上。

那年头部队里开展忆苦思甜，二十来岁的棒小伙子眼泪疙瘩金贵，有苦诉不出。连长看了着急，查全连兵们的家史，得知老丁爹的爹是旧社会靠说唱单弦讨饭糊口的。想定能把人说得落泪。连长叫人把老丁找来了。

"什么水平？"老丁讨标准。

"掉泪为止。"连长说。

老丁连夜把家史自编成了唱词。二日坐到了台上，台下是黑压压的兵头。老丁边拉边诉，情到真处，自有泪疙瘩打眼窝里掉下来。到此为止，老丁进入了角色。一气拉唱下去，似一阵凄风苦雨，冷飕飕、苦溜溜直往人心底尖里钻。完事，台下已呜咽成一片。"水平极佳！"连长抹一把鼻涕泪，知音似的对老丁说。老丁被提做了排长。

老丁查哨回来，被子里的兵头齐刷刷转过来。黑暗中，老丁无言地宽衣解带，从床头摸过二胡……每晚一曲。听完，兵们兴冲冲地出外撒泡尿，回头困觉。窗下有黑影晃动，兵喝一嗓子："谁——"黑影答："我，还没睡吗？""报告连长，马上就睡。"兵们龟头龟脑地缩回了身。连长满足地吹着长长的口哨走去了。

过年，师文工团下连队来演白毛女，拉《北风吹》的女兵病了，连长荐了老丁去顶，连长脸红红的兴奋。老丁的《北风吹》把白毛女拉得直磨磨转儿。团长看傻了眼。团长找了连长。

连长又来找了老丁，连长这回脸阴沉沉的，严肃得如同珍宝岛又起了战事。

"你看着办吧，你是俺手下的兵，俺也不瞒你。明年俺就转业了，连长是你的。要不呢，你就去师文工团当个文艺兵。"

老丁傻巴巴眼瞅着连长。

"瞅俺作甚，说哩。"

"我……"

"去？留？"

"……去吧。"

那一晚，老丁给连长拉了一夜《北风吹》，吹得连长满脸泪花花。

老丁干到转业时，才干到副连职。部队文艺兵提得慢。有人说老丁当初选错了路。老丁不服地反驳："我那是奔官去的吗？我那是奔水平去的。"

时近年关，文化馆各路神仙下去组织搞年画展，辅导文艺演出。下边单位又分鸡，又分鸭，又分鱼，又分……看着，眼馋。吧嗒、吧嗒嘴回来，聚在馆长室撒怨气。王馆长瞅了瞅老丁，老丁悠然自得地坐在对面闭目拉着二胡，情同一个局外人。王馆长就说了："士大夫岂能为二两狗肉变颜。"众人叹息着离去："又是一个唱空城计的。"

如是几日。腊月二十九这天，王馆长避了出去。留下老丁一个人在屋内拉《北风吹》。冷冷清清，凄凄惨惨戚戚。文化馆都是些多愁善感的尊神，曲到心处，竟也泪伏满面。

弦音戛然而止，老丁睁开了眼，眼圈红红。

"苦么？"

"苦。"

"想甜吗？"

"谁个不想。"众人委屈地抽缩了一下鼻子。

老丁变戏法地叫保管员小刘打开库房，从里面搬出一箱箱荔枝饮料来。每人一箱，众人破涕为喜。

王馆长赶回来，看到这出戏，惊慌了脸，把老丁拉到没人处："这……"

老丁道："我叫承租咱馆里门市房的商店给手下的兵每人送来一箱饮料。过年嘛，谁家不吃顿饺子。"老丁又一口"手下的兵"。

王馆长怔怔地愣在那里。

年后上班，老丁见到人问：

"年过得好么？"

"甜。"

老丁就笑。

也有人见面主动跟老丁打招呼：

221

"丁……丁馆长，过年好。"

老丁听了，不自然地愣了一会儿神，回过头来，嘿嘿地笑："还是叫老丁吧，听习惯了。"

打招呼的人嘿嘿地讪笑，脸红脖子粗地走开了。

嘻，可怜兮兮的文化人。

……

老丁闲来无事时，仍坐在屋子里拉曲。别人听了就说："这老丁，还真有两下子。"话不知怎么传到王馆长耳里，王馆长私下里撇撇嘴："雕虫小技也。"王馆长是西洋乐器派出身，很有些瞧不起鼓捣民乐的人。

无独有偶，县上管文化的陈副县长平日里也爱拉两下子二胡。打发人来找王馆长借一把二胡玩玩。王馆长不敢怠慢，把库房里的两把二胡都拿出来交给老丁挑。王馆长意思有两个：一是陈副县长要借二胡玩，拿好拿坏你老丁看着办；二是王馆长对二胡没研究确实挑不出好赖。老丁思摸了一阵，就把平时自己用惯了的那把割爱给陈副县长拿去了。"总算是个知音哩。"事后，老丁不知怎的想起了老连长。

这日，陈副县长路过文化馆来找王馆长有事。王馆长不在，老丁一个人坐在屋内拉琴。

陈副县长一副书生相，从外面走进门："拉得不错呀。"

老丁抬头，见是陈副县长，赶紧住手起身。陈副县长摆手："你拉，你拉。"

老丁就坐下身接着拉。

陈副县长听了会儿，端量说："你的这把二胡味挺好听，我的那把怎么味不正呢。"

老丁放慢了弓弦，说："怎么会呢，当时是我挑了把好的给您送去的。"

陈副县长又听了会儿，又说："真的，你的这把味就是正，比我那把音调好听多了。"

老丁正拉在兴头上，半开玩笑半认真地说："不是味好听，是水平问题。"

陈副县长听了，愣了愣神，没再说什么，转身走了出去。

老丁拉完曲子，放下了二胡，才想起刚才的话，觉得有些失言。低头想了想，提着二胡走了出去。

县政府大院离文化馆不远。老丁提着二胡进了陈副县长的办公室。

"陈县长您觉得那把二胡不好用，就换换这把用用吧。"

陈副县长看了老丁一眼，说："啊，你先放在这里吧。等我再把两把二胡比试比试。"

老丁空着手走出来，想，陈副县长还是蛮认真的人哩。

第二日午后一上班，老丁又去了陈副县长那儿。陈副县长刚在办公室床上睡午觉醒来，两眼惺忪。墙上挂着老丁昨天提来的那把二胡。

"陈县长，您试了吧？"

"呃，喔，我还没倒出工夫来试呢。"

陈副县长伸了个懒腰，打了个哈欠，眼角挤出两颗眼屎。

老丁见说，沉默着脸退了出来。

又过了些日，老丁再去见陈副县长。陈副县长的办公室门锁着。问别人，说是陈副县长下到乡里去蹲点去了，要两个月以后才能回来。老丁听了，暗自喟然叹息一声，背剪着手走了回来。

一连多日，没听到老丁拉二胡，馆里的人颇觉奇怪。问老丁。老丁不好说两把二胡都叫陈县长拿去了，就说没心情。

问的人直瞅老丁，眼底迷惑不解。

老丁闲来，静静地坐在椅子上发呆。瞅着日头慢慢地一点、一点从桌上移去，放一个模糊的黑影进屋。老丁才抬起步，蔫蔫地回家。两个月下来，老丁闷闷的瘦了许多。

忽一日，老丁在路上遇见了陈副县长。陈副县长刚从乡下回来，脸灰土土的，失去了往日的白净。陈副县长正和一个人站在马路边上说话。

老丁眼睛一亮，走过去："陈县长，那两把二胡……"

陈副县长莫名其妙地看过来一眼，那人也跟着莫名其妙地回头看了他一眼。老丁挺尴尬，尴尬地笑了笑说："陈副县长，您回来啦。"

陈副县长点了点头，转脸接着同那人谈了下去。

老丁走开了。走到不远处一根电线杆柱后面站下了，伸脖往这边张望。

过一会儿，陈副县长挥了一下胳膊，那人就走了。

陈副县长转身拐进县政府大院，回办公室去了。

老丁挪蹭着身影，一磨一磨跟踪走了进去。

"陈副县长，那两把二胡您闲来试了吧。"进屋，老丁小心翼翼地问。

"什么二胡？"陈副县长脸上透着疲燥。

"就是上回给您拿来的两把二胡……"

"你就拿来一把。"陈副县长打断他，并瞅了一眼墙上。那把二胡还挂在墙上，且落满了灰尘，看来陈副县长并没有把二胡带到乡下去玩。

"我当时是给您拿来一把，先前您不是还从文化馆借出一把么。"老丁认认真真地提醒。

"没有。我就借这一把，您拿回去吧。"说着，陈副县长不悦地从墙上摘下那把二胡，掼到老丁面前的桌上。桌上立时浮起一层灰蒙蒙的尘雾。

老丁傻了似的看着陈副县长。好久，才慢慢地拿起二胡走了出来。老丁把二胡拿回馆里，再也无心思拉琴，就把二胡交给小刘，放进了库房里。

一晃过了大半年，馆里要把流散在外的乐器登记入库。问到二胡时，老丁才把这事同王馆长说了。王馆长听后说："你怎么那样说呢，别说陈副县长借把二胡玩，就是要把二胡，我们也得给呀。这事让你弄的……"老丁眨巴眨巴眼问咋办，那把二胡不明不白地没了，咋入库。王馆长说："你写个出处条子吧，我签个字证明一下。"老丁就写了，拿给王馆长看，王馆长说不行。老丁二回写了，拿给王馆长看，王馆长说行了，就签了名，留在了小刘那儿。

从此以后，老丁再也没有从库房里借二胡拉。老丁工作还尽职尽责，却少了份从前的热情，寡言淡语，人显得老相了许多。每日回到家里，实在憋闷得难受，老丁就从箱子底里翻腾出那把老掉牙的二胡来，坐到院子里的石凳上，吱吱扭扭拉起来。那把二胡呢，年头久了，羊肠弦一根一根断掉了，只剩下一柄朽木棒子似的黑轴。马尾弓上倒还剩下一根弓弦，老丁就在无弦的轴上空空地拉。有月光零零碎碎掉下来，砸在老丁日渐花白的头上。老丁摇头晃脑浑然不觉。老丁是在拉给自己一个人听。

转年，县里考核科级干部，撤换了一批科级干部的职务。老丁也在其列。和别人不一样的是，老丁的免职红头文件中括号里注明保留副科级。

馆里的人为老丁忧喜参半。依照惯例，老丁该挪动挪动单位了。馆里的人背着老丁买了一把上好的二胡，准备在他走时送给他。

光景沥沥拉拉到了元旦，也没有老丁要走的动静。有人私下里悄悄问王馆长，王馆长叹息一声："唉，老丁这个人哪。"……人们这才细知了事情的原委。开初组织上找老丁谈话时，老丁既没有政治上的错误，也没有生活上的错误，只是上头有人讲老丁不适宜在文化部门任职的话。照说呢，不适宜在这里任职，就调到别处任职好啦。偏偏老丁不愿走，说愿意和文化人在一起干，哪怕当个小兵也成。这样就免掉了老丁的副馆长职务，留了下来。听的人心里酸溜溜的不是滋味。元旦这天，馆里的人把那把新买的二胡当作新年礼物送给了老丁。

老丁孩子般地泪流满面。

老丁免去了副馆长职务，开会学习的时间少了，闲下来更有时间拉二胡了。王馆长本想要老丁到音乐部去。但考虑到老丁是副科级，便没开口。老丁也不好自己说到音乐部去，就依旧在馆长室留下来。

日复一日，有二胡曲从馆长室里传出。馆里人听了，就说老丁比以前拉得更娴熟了。

老丁听到了，走愣了一会儿神，叹息了一声自言自语说：

"唉，老了，不比从前了，调也找不准了。"

老丁不再提在部队时的水平。那情景像一尊朽木的雕像，只有咿咿呀呀的二胡曲，在如痴如诉地吟着……

纸 金 牛

　　那天是周末，礼拜六。单位分了一只鸡。下班前，达就捉了一只属于自己的鸡，在文化馆院前的一块空地上，扑腾扑腾宰杀。达做得很笨拙，且有些胆怯。成望见了，说："杀鸡哩。""嗳。"达心不在焉应了声。成往屋里走。达想起什么，认真地告诉成："你爱人下午来找过你，等了你半天。""嗳。"成心不在焉应了声。"她叫我告诉你，下了班到她那儿去。"

　　鸡很老实，不声不响自己咽了气，献出一腔热血，红艳艳的，地上开出一朵花。达从极度的紧张中解脱出来，成了一个英雄。脸上松出一个笑，一个胜利者的满足。成从屋里走出来，看见了，就停下了。"小日子过得挺滋润的呀。"达知道他指的是什么，达泄了一口气："她又走了？"成听了，心里动一下道："那我今晚儿上你家去。"达还没有反应过来，成又跟上一句："欢不欢迎？"达不怕成去吃鸡肉，达在想玉的交代，玉好像找成有事。达只好说了："那你跟你爱人说一声吧。"达答应过玉。成从办公室里推出那辆新买不久的法国进口赛车，达推着他笨重的"永久"牌自行车，一起来到区政府大门口堵玉。

　　玉拎着公鸡翅膀，牵着四岁女孩，娉娉婷婷走来，鸡的腿用纸绳缚住了。鸡尽了最大的努力，蹬伸了几下，做挣扎状。成说他晚上要到达家去。玉说："老上人家'蹭'啥去。"成就说他有好长时间没到达家去了。成说这话时眼睛直瞅站立在一边的达，似乎叫达证实。达只好走过来老实地说是有好长时间没去了。玉哀怨地看了达一眼。达的话无异是叫玉放行，玉只好叫女孩跟成（爸爸）跟达（叔叔）"白白"。女孩照着做了。玉拎着鸡，牵着女孩向区机关通勤车走去。从背后望去，玉一步一晃的，

226

没了精神，显得很累。

玉是区政府办公室的打字员。每到礼拜六都牵着女孩，来文化馆找成。成忙着，她们就等。然后，三个人一起回家度周末。达的妻周末都回娘家去过，留下一个达守空房。

以前成来达家，都是成动手上灶。这回达不叫他动，他就不抢了。一个人坐在里屋折叠椅上，呆呆地等。达在外屋厨房做红烧鸡块。红烧鸡块还是跟成学的。达心里想着露一手给成看看，甚至还想着要超过成。因此，达做得很谨慎。放淀粉时，开始放少了一点，想想又放了一次，结果放多了。烧成了焦糊状。端上桌，达说了一句："淀粉放多了。"成没在意，并没有往盘中去看。达给成倒香槟饮料，成说："倒点儿白的吧。"达就给他倒了一杯白酒。成以前不喝白酒。成很少吃鸡，达就挟住一个鸡大腿给他送去，又说了句："淀粉放多了。"成仍无反应，还自慢慢饮酒，至脸成红布。

晚上电视很乏味，"啪、啪"换了四五个频道，方播出一个马拉松实况。先还有中国人在跑，后就渐渐没了中国人影。解说员懒得作声了。成啪地关掉电视机，说："唠唠嗑吧。"

达关了灯，上床躺下了。头支在枕头上，等成说话。等了半天，才听他说道："她说，共同语言不能当饭吃……"一阵胀胃，黑暗里喟嘘了许久，可能酒喝多了，达有胃溃疡。

早晨，成先醒了。出去了一趟。回来见达还躺在床上，就说："你睡吧，我走，到馆里去看书。"达说："不如一同到市里图书馆去看书，我每个礼拜天都在那里。"成想了想同意了。达就起来，收拾了一下。成忽然说："你这儿有药吗？""怎么啦？""我觉得有些难受。""感冒了吧。""可能是。"达给他找出包先锋霉素片。达的妻是护士。"吃两片？"成问。"吃四片吧，一下子就能把病毒菌杀住。"达果断地说。

在文化馆，达搞文学，成搞美术。文化馆订的刊物少。达就每个礼拜天来图书馆阅览室浏览文学期刊。一待就是一天。成喜欢看外国新潮文艺理论书籍。成坐在那里随意翻看着什么杂志。达走过去，把《青春》上的一篇爱情试验小说推荐给他看。不知他看没看。达在原来的位子上刚坐下一会儿，成就怏怏地走过来，对达说："我先走了，到馆里去看书。"达看

227

了看表，成走时刚好是中午十二点。那会儿窗外面晴格朗朗的天空，忽地飘过一阵阴云。下午就阴雨连绵起来。达一直在阅览室待到五点才回来，图书馆闭馆。

成妻找来时，达正一个人在家里看电视。达妻还没有回来，星期天的晚上电视一般都放一部译制片。达就看得聚精会神。玉门也没有敲，就匆匆闯了进来，脸上汗叽叽的，很着急的样子，怀里斜扯抱着孩子，劈头就问："成呢？"达反问："成没回家吗？""没有啊。"达恍惚记得成早上好像说过晚上回家的。达的心思还在外国片子里。玉就匆匆要走，临走才说成的奶奶去世了。达就把电视关掉了，说："我给你抱着孩子，一起去找。"外面的天黑了下来。

玉是坐出租车来的。在车里，玉说她昨晚等成等到半夜十二点。达赶紧替成说他没交代明白。并又说成和他在一起一直待到今天中午十二点才分手。玉说那会儿刚好他奶奶在他爸妈家中"过去"。达就缄默不语了。

达领着玉到成的朋友B家去找。B没在家。B的几个哥兄正陪B的母亲在打麻将。B的母亲认出达，让达屋里坐一会儿。B的母亲年纪挺大，达想这事犯忌不便细说，就匆忙告辞出来了。回到车上，达说："成这会儿能不能回家呢？"玉说："家里留条子了。"达说："不如先回去看看，如果条子动过了，就知道成会赶到他妈家去，省得瞎找。"达已看出出租车司机面有诘色。

车在距成的家楼区挺远的路口停下了。前边修路，车过不去。达说："我跑去看看吧，我跑得快。"达向玉要了钥匙。玉犹犹豫豫给了达钥匙，不太相信成能回去。玉想起附近有成的朋友C家，她去C家找找。他们就分头去了。

成的家在二楼，楼道灯打碎了。达摸黑将钥匙插进锁里，旋转了半天也没有打开门。原来门上装着两道暗锁。达又找出一把钥匙，还是不行。开上边的暗锁，下边的暗锁又自动锁上；开下边的，上边的又锁上了。达没了办法，只好把两个钥匙从钥匙圈上拆开了，分别插到暗锁里去开，门就打开了。屋里铺着猩红地毯。卧室的床上，静静地躺着玉写的条子。电视机插头没有拔下来，达给拔了下来。成的家什么都有了，冰箱、录放机、组合音响。成说都是玉要买的。成给人画画，挣了些钱。成喜欢购书，请人打了一组一面墙书柜。达正锁门中，玉呼哧呼哧上楼来了，说怕达打不开门就赶来看看。"成回来没？"玉急急地问。

达说，不要着急，等他再问问洁。洁每个礼拜天下午都在馆里，练钢琴，也许会看到成。玉在下楼时突然问达："洁的天津函调信来了没有？"达说："来了。"玉就说："人家会跟他么？他也不想一想。"达懵懂地制止，"别瞎说，没有的事，现在还是快点儿找到成吧。"临上车，玉又想起成的朋友 D 也在东郊新村楼区住。达说："我去看看。"出租车司机很明显地不耐烦了。达瞎子摸象地摸到了 D 家。达不认识 D。里边问他是谁，达说他是成的同事。里边又问了一句。达又改口说成的朋友。门从里边打开了。D 说："我和你们一起去找找吧。"达赶紧说不用了。他怕出租车司机再找理由加钱。

他们就回来了。成的父母家离区文化馆不远。达想他是成的朋友，应该先见一见成的父母，就同玉一起走了进去。屋里悄悄然的。成是长孙，一家人好像都在等成。里间的房门挂着一道黄布帘。成的弟弟一直跪在那里焚香。床前，立着一只纸扎的金牛，暴凸的牛眼直直地瞪望着什么。狰狞、恐怖。达顿觉一种神秘的感觉产生，怵怵然的。达同成的父亲握握手，手指冰凉道："我再去找找。"就走了出去。外面黑透了，达的心脏"怦怦"一个劲乱跳。

洁在区单身宿舍住。单身宿舍和文化馆前后院都是平砖房。和洁同宿舍的室友在打水洗衣服，她告诉达洁出去了。"干什么去啦？"达问。"去她同学家玩去啦。""几点走的？""六点半吧。"她说得不太肯定。达想如果洁晚上出去，下午会不会看到成呢。洁是省城音乐师专毕业的，和她一起分到 X 市来的同学，都当了学校老师。洁是自己要求调到文化馆来的。

达向文化馆走去。他想看看成的赛车在不在，成的赛车平常都放在馆里的。拐进文化馆院里，达看见丁香树丛后有个黑影在哗哗撒尿。开始达以为是成。黑影却先认出他来，同他打了声招呼。达这才瞅清是大马。大马也是来找成的。透过玻璃窗，成的赛车在屋里停放着。屋里还有一张床，堆放着一堆画纸。大马说到舞厅去找找吧。达说成不喜欢跳舞。大马说前天晚上还在舞厅里看见过成。大马是机关小车队司机，常陪送领导去舞厅跳舞。达坐上大马的车，刚开出文化馆大院，看见玉领着两个人找来了。"找到他了吗？"达摇摇头，说："我们再去找。"玉脸酸楚楚地说："你们肯定知道他在哪里，就是不想告诉我。"达没办法向她表白，叫那两个人陪她回去等着。大马就把车开走了。

跑了几家舞厅，都关门了。此时已是夜里十一点了。街上的出租车都停了。"会到哪里去呢？"大马和达站在空荡荡的青年宫舞厅门前，再也想不出别的去处。

"洁在吗？"半天，听大马问道。他说："洁不在宿舍。"大马又说："成常和洁在一起。"达说："是的。"达也常常看见洁和成在一起。

美术部的屋子冲阳光。洁常站在阳光下的窗外和窗格子里的成唠嗑。远远望去，穿白裙的洁像一只轻盈的蝴蝶落在窗格子上。洁很单纯，也很真实。眼睛总是不眨地望人，声含乐感。洁和成谈的很多，总也谈不完。黑格尔、尼采、荣格、萨特，或者贝多芬、德彪西、肖邦、理查德……

最后，大马说还是回去再问问洁吧。达说好吧。达本不想再去找洁，因为那时已很晚了。洁即便回来，也该躺下休息了。但大马坚决认为，只有洁才能知道成在什么地方。洁下午在办公室练琴时肯定见到过成，所以无论如何要找到洁。达其实也这么推理，也就依他去了。

结果，洁还没有回来。洁的室友正和男朋友待在宿舍里。洁的床闲着。大马和达见到他们时，两人挺显不自然。由这不自然，达想会不会洁回来后待在办公室里了呢？洁的办公室也有一张床。铺被总是被洁洗得干干净净的，罩着一条洁白的印花床单。床是公家的，洁却很少让人到上面随便去躺随便去坐。有时洁练琴晚了，偶尔也在办公室住过。临窗放着的那架黑色大钢琴，也是洁的朋友。

"这不可能。"达的这种想法，很快就被两个热恋中的情人异口同声，毫不犹豫地否定掉了。两人恢复了原来的样子。似乎这样，才会减轻他们的心理压力。"那为什么这么晚了还不回来呢？"大马耐心地问。达看见男士脸又红了，像是说他。"兴许是玩晚了呗，打麻将还兴打一宿呢。"洁的室友说。达想不起来洁会打麻将，但也不能说她讲的没有道理。达先自往外走。达懂得此刻对他们意味着什么。大马实际上还想问点儿什么，见达走开了，也就腔跟腔往外撤。出来，大马说："洁怎么会在晚上六点半去她同学家玩呢，要知道今天是礼拜天呀。"达说："洁每个礼拜天下午都在馆里弹钢琴，是雷打不动的。"

玉见到他们，迫不及待地问："找到他了吗？"他们失望地说："没有。"觉得有些对不住玉，对不住成的父母。屋里的气氛压抑得有些让人透不过气来。玉就绝望了，恓恓惶惶地瞅瞅大马和达，又恓恓惶惶地瞅瞅成的父母。成的父母，也一脸凄然。半晌，成父说："我去找。"成母上前扶住他："还是我去吧。"大马和达靠前小心翼翼地问："你们知道吗？"成的父母没说什么，走到门口，小声嘀咕了一下。有成母的同事往外走，成母相跟着往外送。成母是老师。成以前说过，有时他母亲能够理解他。

屋里不断有人进出，渐渐地就没了站脚的地方。大马和达走到外面去。已是子夜时分，阴森森的风，吹熄了万家灯火。漆黑漆黑的帷幕，把天与地一起裹了起来；越裹越紧，天地间缩成一团。如萤火虫的成家灯火，孤零零的，若明若暗地摇曳，奄奄一息。走远就看不见了。成不会回来了。达在想，市内交通车、出租车都没了。"成真不该这样。"大马说。达试图把瞳孔向茫茫夜空中伸去，却什么也看不到。成有两周没有回家了。成是长孙，要在灵房守孝三天。来来往往的每个人脸上都很肃穆。夜，给每个人的身上披上了一道黑纱。

蓦然回首间，达看见成了。开始还以为看错了，细细望去，却分明是成。成跟在他母亲身后，悄悄然走过来，低着头，一脸木相。穿着还是离开达时的那身衣服，浅黄色的宽松夹克衫，里面穿一件深绿色衬衣，裤是乳白色的裤，脚穿一双白耐克旅游鞋。与这夜，与这出出进进的人形成反差，极不协调。大马松了一口气，甚至产生出一种惊喜，上前压抑不住地问："你干什么去啦呀？"成没有停下，漠然地瞅了瞅他，瞅了瞅达，像不认识他们，从众人身边走过去。一直走进那道挂着黄布帘的房间，再也没有出来。从掀开的黄布帘角缝里可以看到，床前，仍站立着一只纸扎的金牛。那牛的头，牛的眼，牛的角，都出奇的大，大得不成比例。

玉是和成一道走进去的。过了一会儿，玉出来了，眼睛红肿肿的，极其伤心。

是夜，大马开车送达回家。路上，大马对达说了一句："我跟老太太还挺有缘分的呢。"达看了他一眼。他一边把着方向盘，一边瞧着车窗外面说："上午，我还去他妈家看过老太太。听说中午吃完饭后躺下睡了一觉，就睡了'过去'……"

　　达觉得这事挺蹊跷。成回来得挺蹊跷。

放一缕阳光进来

作家坐在屋子里写作，写得热了，就把窗户打开了。过午好好的日头打窗外跳进屋来，落在写字桌上和桌上摊开的涂涂抹抹写了半页格子的稿纸本上。屋里显得亮堂了许多，潮湿的砖地上也落上了阳光的影子。作家趿拉着拖鞋的脚在下面也感受到阳光温热的抚摸。

作家的住房有些拮据，窄窄的一间半住房，外间的半间做了厨房，里边的一间就做了卧室，作家自命的"蜗牛壳"写作室。靠北墙放着张老式铁架双人床，临窗支着写字桌。写字桌是由饭桌兼用的，折叠式铁桌腿生着斑驳的褐色锈迹。作家在从旧家具市场买回它时，从五十块钱讲到三十块钱。作家想到它挺实用，就磨了一个下午将它磨到了手。

此刻，它正和作家一样安然地享受在阳光里，享受着阳光的抚摸。然而这种抚摸很快就变得模糊了。拥挤的院落和黑漆的院门挡住了渐次西斜的太阳。院子两边的院墙分别被左右邻居依墙接出了偏厦子，租给外地进城来做活的人家住。这样无形中作家的院子被挤压成窄窄的一长方形空间，夜里可望望星星，白日可望望一隙蓝天。两院的邻居曾暗示作家，可将这方露天加个盖做上用场。作家当时想到了一个词"窒息"，作家憋得脸红脖子粗地摇摇头。作家不愿为每月一百到一百五十元钱不等的房租而窒息了自己。

黑漆院门是终日关闭着的。里面挂着一把锁，门上留一拳头大小的洞眼，从外面可以伸手进来开锁。住平房的人家都是这样锁院门的。这样锁起来很安全，看不出家里有人没人。作家倒不是怕贼，作家怕被人打扰。平房家属区常有些走街串巷换鸡蛋的，换旧衣服的，换酒瓶的，突然推开门冲你吆喝……每天等妻子上班走后,作家就拿上那把铁牛牌黑锁,咔嚓一声将自己锁在了里面。除了星期五,星期五文联要求大家聚一次碰碰头。作家要在这一天去文联看看有没有什么事,有没有外边投稿编辑部的来信。每月第一个星期五,大家还可以去领属于自己的那份日渐拮据的工薪……

作家的眼睛落到铁牛牌黑锁上。作家瞅了一会儿,就停住了笔,拿了钥匙走出去。咯嗒一声,一道阳光鲜活活地挤进来,晃晃儿的,险些将作家迎面照了个趔趄。作家稳稳脚步,揉揉眼,就立在门口上了,全身沐浴在通暖的阳光里。

春天啦。捂了一冬的作家备感亲切地想。门口处有一棵碗口粗的柳树,树上的叶芽已嫩绿了,和煦的风吹过,绽出毛毛狗儿的柳条柔柔地摇……作家折了一截柳条返身走回屋去,作家脑子里还在惦记着桌上的小说稿。作家坐下写了一阵抬起头来,眼睛盯着门口处,怔怔的,有些发痴。

第二天过午,作家写得憋闷了,又将院门打开了。等在外面的阳光欢愉地款款流进来,作家心里豁然开朗了许多。走进屋坐在桌前重新写起来,写了一阵停下来,目光跃过敞开的窗子停在门口处,想了一会儿又埋头写下去。写写停停,作家投入一种忘我的痴痴迷迷的愉快当中去了。在这个春天的日子里,作家心里鼓荡起一股春风般的创作激情。以后的日子作家索性在白天就大敞四开着院门了。为什么要将自己封闭起来呢?作家那会儿想。

院门不锁了,妻子上班去就不用带钥匙了。妻子以前曾跟作家说过,家里有人就不用锁院门。作家当作耳旁风,每回下班回来还要她自己从外边打开门,看见窗子里那团埋头痴怔的身影,妻子叹息地摇摇头:“呆子……”

两岁小男孩摇摇晃晃走进门口来,停下了,两只黑眼仁一动不动望着窗里的人影。作家在窗里埋头写作……过了一会儿,一个很年轻的女人走到门口来,将小男孩抱走了。女人抱起小男孩时,还向窗里望了一眼。作家还在写着,没有抬头。

小男孩在门口站了几次,就蹒跚地走进院子来,走到窗前来望窗里的作家。作家这回看见了他,他正睁着一眨不眨的黑眼仁痴痴地盯着作家。作家与他对望着,作家的眼睛被小说弄得也有些发痴。那个小女人走进院

234

来，女人这回显得有些不好意思，不好意思地看了作家一眼，抱起孩子走出去了。作家的目光木木地跟到门口，依稀记起来这小女人是租西院邻居房子住的那家人家，是从河南来的，男人在一家私人开的汽车棚靠厂里干活。

小男孩不知什么时候自己摸索着走进里屋来，站在作家身边看他写字。作家写过一个章节后，伸伸腰，才发觉身边无声地站着的小男孩。小男孩正专注地望着格子里的字。作家有些感动，把本子往小男孩面前推了推，小男孩并不靠前来，也不用手摸，仍无语地站在那里看着……小女人走进院子里喊："君君。"作家这才知道小男孩叫"君君"，就隔着窗子说："在这里。"女人就走进屋里来，女人很是歉意地看了作家一眼。作家想要说什么，女人已抱起很不情愿离开的君君走了出去。

……君君再来时，小女人过来抱，作家就说："让他在这里看吧，不碍事的。"作家说的是实话，君君只是站在一旁看，并不说话和动手。作家写作时常常就忘了君君的存在。小女人很感激，空着手走回去了。小女人白天有许多事情要做，洗衣呀，买米呀，买菜呀……君君常常一看就是半天，小女人忙活完了过来抱他时，也很守规矩，看见作家埋头在那里写着，就轻手轻脚地进来，轻手轻脚地抱着君君走出去……长了，倒也形成了一种默契。

作家自以为和君君、和小女人很熟了。那日星期五下午，作家从文联走回来，远远地看见小女人抱着君君站在街口一棵老柳树下乘荫凉。作家走近了，以为她会跟自己说话。可是走过她身边时，她只是抬头看了他一眼，并没有开口的意思。君君认出他来，盯着他看。他只好拉了下君君的手，说："抱君君要呢。"女人低下眼睑答应一声。他走过去好远，不经意回了一下头。发觉女人站在那里，把目光一直朝他望着。阳光在那个下午烤得人脸好热。

君君还时常来。君君站在他身后看很久了，看累了、困了，就自己走到双人床上去，躺下竟睡着了，样子很安详宁静的。夏日没有北窗的屋子里很闷热，他光着膀子只穿了一件背心坐在藤椅里写作，汗不时地从脸上流下来。小女人走进屋来，没有往床上看，返身要走时，他开口了："君君睡了。"女人这才瞅见床上的君君，走过去："这孩子，这孩子。"挓挲着手要往起抱。"让他睡会儿吧。"他从竹藤椅里转过身来，她停了手立在

235

床前，抱也不是，不抱也不是。"坐吧。"他又说道。女人就在床边坐了下来，女人这会儿没有什么事情可做。他听见老式铁床发出"吱扭"一声轻响。停了会儿，他听见小女人羡慕地说："你们的屋子好大呀。"晚上他出院外散步，从窗子里打量过邻居的偏厦子，还没有他家的半间厨房大，做饭、睡觉、洗衣都是在一个屋里。屋里放着一张单人铁床，三个人在上面怎么睡呀。他很替人家着想。这会儿他说："今年夏天好热呀。"小女人说："是哪，孩子热得半夜里睡不着觉。"君君这时醒了，他很希望君君再睡一会儿。他目送着她抱着君君走出去。作家热得坐在屋里有点儿写不下去了。

君君又在一个闷热的下午趴在床上无声地睡着了。他在窗子里瞅见女人走进来。外面忽悠地暗了一片……"要下雨啦。"女人走进来说，并心神不定地瞅瞅床上睡着的君君。"不会下很大的。"他安慰女人说。他知道她家住的偏厦子下大雨就漏雨，他几次看见那男人跳上房去铺油毡纸。起风了，风无声地吹卷了桌上的稿纸，他起身将窗户关上了。并看见风也无言地把院门关上了。雨就下来了，雨点打在窗玻璃上噼啪作响，模糊成了花脸。没有了阳光的屋子里顷刻间黑暗了下来。他的脸怔怔地有些迷茫……女人坐在床边上，脸渐暗得瞅不出什么表情。"咔嚓——！"猛地一声炸雷响，一道强光射进屋内，两人都一激灵。女人下意识地张出一双手去，他接住了，稳稳地抱住了女人。女人在惊吓中紧紧搂住了他的脖子，把脸埋在了他胸前。之后，女人顺从地被他抱到床上里边去了。外面云雨大作，屋里也云雨起来。雨住时，床停止了颤忽……君君醒来，女人脸红酥酥抱着君君走出去。窗外射进来一缕雨后的阳光，清清亮亮的，作家痴痴怔怔回味瞅了好久。

作家习惯于吃完晚饭走出院子外去散步，常看见河南女人的男人下工回来。那汉子很壮实，高高大大的，赤裸着酱紫色的臂膀，脸膛红红的。"吃咧。"那汉子看见柳树下的作家，同他打招呼。"吃过了。"作家浅浅答。汉子风风火火矮着头走进屋去。透过偏厦子单扇小窗，看见一家三口围坐在饭桌前。女人将白米饭给汉子盛上，汉子就饿极了似的狼吞虎咽吃起来。汉子常常回来得挺晚，女人就要等汉子很晚才能吃上饭。以往炎热的夏季，作家就不关在家里写东西了，和别的作家一样出去旅游呀，采风呀，笔会呀。今年夏天作家推掉了一个又一个笔会邀请信，将自己老老实实闷头关在家里，且有小说新作一篇篇不断出手创作出来。这就引起了文联同行的惊讶，问作家哪来的旺盛创作欲。作家脸红着讷讷一笑了之。问多了，作家就说："我那小屋还算凉快。"别人不信，唬孙子呢。头两年也见作家申请住楼房，但作家一直没孩子，申请住楼的人口不够，就没住上。文联统计申请秋后住楼人员名单，没见作家申请报名，别人这才将信将疑。

一次，作家和小女人弄好事。完事时，小女人客客气气说："你们咋就不要个孩子呢。"作家就委顿了，支支吾吾说不出个理由来。作家瞅着床头还在熟睡的君君沙哑着嗓子说："君君真是个让人喜欢的孩子。"小女人听了，想想道："他跟你还真有缘分呢。"作家就兴奋了，又和小女人做了一回。朦朦胧胧中，作家当真地把君君当作自己的孩子了。

作家的作品一篇一篇问世，作家妻子的肚子却一直扁平着。不断有人问作家，作家就说："不急，早晚一个的事。"问的人以为作家先忙于写作，不急于要孩子，就不再问了。作家有一天看了一篇小说叫《太阳出世》，就斜睨着眼睛问妻子："你的太阳什么时候出世呢？"作家妻子反诘他："你也不问问你自己，这是我一个人的事吗。"妻子对他多日来有一搭无一搭的同床早有委屈。作家想了一下，同妻子商量："是不是你到医院检查一下？"妻子说："要查，我们一起去医院查。"作家就没话说了，作家也知道这应该是两个人的事情。作家很害怕去医院检查，作家怕把一个男人的自尊检查没了，真的变成个废人，那就什么也干不成了，包括写作。作家想，与其那样，还不如这么不明不白地拖着。这事就一日一日拖了下来……

河南小女人叫叶。叶对作家关怀地说："你们要是有个孩子就好了……"叶说这话是在初秋时节，天气已经有些凉了。叶平静地穿好衣服，抱起君君，幽幽地看了他一眼说。他当时还没明白叶这句话是什么意思。那件红衬衫在门口旗帜般地晃了一下，就消失了……

作家真正明白那句话的意思还是听了妻子说的一件事以后。妻子在吃晚饭时，神秘兮兮地对他说："你知道西院住的那个河南小女人吧……"作家听了，警觉地望着妻子，心里有些忐忑。"她和她男人不是正当夫妻。"他听了险些惊叫出声来，压着饭张着嘴傻傻听下去。"她是她男人用两千块钱从人贩子手里买来的……""你听谁说的？"他有点儿紧张地问。

237

"上午我碰见派出所片警小白，小白说的。小白已找过她啦，问她想不想回老家去。你听她说啥，她说，还回去干啥呢，孩子都有了……"他听了就呆了，饭也无法吃进去了。妻子已习惯了他这种神经病状态了，没有在意。

作家从不愿和派出所打交道。这天上午，作家拿了户口本借故去派出所问问笔名算不算曾用名。走进派出所，他问一个民警："小白呢？"那民警答："下片去了。"他就磨转身走了回来。

远远地，看见西院邻居门前停着一辆人力三轮脚踏车。叶和她的丈夫，就是那个红脸膛汉子往车上搬东西。他走过去时，叶还在默默地干着，并没有抬头来看他一眼。阳光照出叶脸上的汗珠，亮亮晶晶的。倒是那个红脸膛汉子同他笑笑打招呼："我们搬家了，有空儿过那边去坐。"汉子告诉了他一个离这里很远的住址。他含含糊糊地说："咋就搬了呢。"汉子说："那边宽敞些，还有土暖气。"他"哦哦"地说："那挺好。"不多的东西一会儿就都装了上去。最后，叶把君君抱到了车上，君君看见了他，朝他瞅过来。车蹬走了，坐在车上的叶自始至终也没有看过来一眼，只有君君一直朝他望着，望着……那留恋的熟悉目光多少叫他有些感动。

"都搬走啦。"小白不知从哪里巡视地走过来，问他，"搬到什么地方去了，你知道吗？"他答："不知道。"小白站下看了一会儿，临走对他自言自语地说一句："有没有孩子真的会那么重要吗？""……不知道。"他喃喃地说。阳光晃得人眼睛有些生疼，他在那里站得太久了，像个木桩一动不动。

过了几天，妻子对他说："还是把院门锁上吧。"他说："为什么？""小白说这一阵子家属区院里常发生被盗案，并说，你家那个呆子，人偷跑了都不知道。"他听了无言。

作家下午在妻子上班走后，就拿上锁头去锁院门。锁头多日不用，有些生锈了。作家在门口停了一下，门口上那棵柳树的柳叶已泛黄斑点了，并有一片沙丁鱼形柳叶被秋风吹落下来。作家弯腰捡起来。作家用了些力才听到"咔嚓"一声，就将秋阳锁在了门外。作家手里拿着一片柳叶走回屋去。

成长的目光

文古到现在还依稀记得和第一个女朋友会面的事。文古忘不了那双目光。女朋友人长得不错，就应该说那是一双很美丽的眼睛了，只不过时常被长长的睫毛遮盖着，倒也显得羞涩动人。

第一回见面是在姑妈家，那是饥饿的年代，大家肚里都饿着，脸皮就有些发黄。文古是从乡下考上省城艺校来念书的，更有点儿先天不足。姑妈就把那只还能隔三岔五下一个半个软蛋的老母鸡杀了。一起吃饭的，除了那小女子还有她的姨妈。文古和她认识就是由姑妈和她姨妈牵的线，姑妈和她姨妈在一个单位上班。大家先是客气几句，就围在桌前一起吃起来。吃得挺实惠。满满上尖一白盆小鸡炖土豆块，吃到最后，就洼见了汤水。姑妈问："饱了吗?"大家都说："饱咧。"就撂了筷。又说了一会儿话，她们就告辞了。姑妈和文古一起往外送。送时，姑妈说："还来玩呀。"她们答应："嗯哪。"就走了。

回到屋里，姑妈对文古说："你看怎样?"文古说："行啊。"文古脑里浮出吃饭时小女子三次偷偷望向他的眼睛，巧笑情兮美目盼兮，觉得鸡肉块和这双眼睛一块儿叫他吃进了肚里。这一晚，文古在姑妈家很幸福地睡了过去。

过了几天，文古又到姑妈家来。文古问："咋样?"姑妈没看文古，姑妈把目光移向别处，过了一会儿，才叹息一句，说："都怪我，那天不该杀鸡呀……"说完，姑妈就下厨房去给文古做饭了。文古一时还愣在那儿。

吃饭过程中，姑妈注意地看了文古一眼，柔声说："文古，你在家吃饭也这么出声吗？"文古就停下来，想了想，点点头。姑妈往他碗里夹菜，边夹边说："吃吧，吃吧，多吃点儿，乡下苦啊……"文古就委屈得有点儿想哭了。

文古经人介绍的第二个女朋友，也就是现在的妻子，相处得就比较简单了。从恋爱到结婚，文古从没领她到姑妈家，或到乡下自己家里吃过一次饭。相反，倒是这个女朋友领文古到她家里吃过一次饭。吃完饭出来两人一起轧马路。女朋友咪咪笑。文古问："你笑啥？"女朋友说："我爸说，你吃饭像个小猫吃食似的。"文古就反问："这不好么？""不好。"女朋友说："我爸说，你吃饭吃得这样轻省咋干得动活呀。"文古这才想起女朋友的爸是工厂里的锻工。以后文古再到女朋友家吃饭就松开了嘴，放开了肚。老锻工瞅他的目光里就渐渐有了赞许……他们就结了婚。

结婚第二年他们有了一个女儿，女儿是文古一天一天看着长大的。先是像毛毛虫一样拱在妈妈怀里吃奶，后又依偎坐在饭桌前喂饭、吃饭……文古手把手耐心教雨用羹匙，用筷子，直到雨完全会用了，文古方才松下一口气来。

和所有做父亲的人一样，在雨上学时，文古也天天到学校门口接孩子。雨和一群小学生跑出来，文古就把雨架到脖子上。"爸爸，你看。"雨并不急于走，雨指着校门口一处卖小食品的摊床。文古就走过去，买了袋小蛋糕给雨，雨吃起来，吧嗒吧嗒声畅快地送进文古的耳朵里，文古仰歪着脖回过头，看着雨。"爸爸你要吗？"文古默默地摇摇头，赶紧将雨驮走了。

吃晚饭时，雨的吧嗒吧嗒声又送进文古的耳里，文古就觉得这饭吃不下去了，停下筷子看了一会儿雨说："雨，你吃饭小点儿声好么。"雨说："为什么呢？"文古说："懂文明有教养的孩子都是这样做的。"雨就不说话了，吃食声果然小了下去，只不过这顿饭吃得比往常沉闷了许多。

收拾完碗筷，上床，妻在文古耳边说："雨还是个孩子。"文古说："正因为雨是个孩子，才好养成这个习惯。"妻瞅瞅文古欲言又止睡去了。

雨毕竟是个孩子，告诉过的事情有时难免会忘了，在饭桌上，吃得高兴雨的咀嚼声就大了起来。这会儿，文古就很严肃地扫过来两眼，雨察觉到了吐了一下舌头，低下头去小声吃起来。这样日子久了，雨一来二去就养成了一个习惯。文古坚硬的目光再也不用去碰雨的碗边了。文古在心里总算松了一口气，饭也就吃得香了下去……

雨上中学了，雨出落成一个很文静的大姑娘。文古在评三级编剧职称时，才发现自己能够拿得出手的剧本少得可怜。文古这几年把心思都用在女儿身上了。雨现在不用文古操什么心了，文古就把心思收回来用在了剧本创作上。这样一年后，文古就拿出了一个很像样的剧作，并且到外地做了巡回观摩演出。文古也跟着去了。管吃，管喝，管住，风风光光出去了一个多月，文古回来时人也风光了不少。脸吃得很红润。这些妻和女儿雨都看出来了。

晚饭是由雨做的，一家三口坐到了饭桌前。雨的手艺并不比妻差，这一点从文古咀嚼得很香的嘴里感觉到了，并注意到了女儿投过来的目光。文古边吃边说："嗯，菜烧得不错。"雨并不因为得到赞许而移去注视的目光，目光反而更专注了。文古惶然懵懂了，停下筷子来，问女儿："雨，你有事么？""没，没有。"雨这才慌乱地撤去目光，埋下头去慢慢吃起来。

第二天坐到饭桌前来，文古又留意到了雨瞥过来的目光，文古就在心里细细品察起来。这一品察，文古就吓了一跳。文古看到了一双久违了的似曾相识的眼神，文古半张着嘴停止了咀嚼。"你不舒服？"妻问。"啊、啊……哦、哦。"文古茫然不知所措地点点头。同时发现那双熟悉的眼神不易察觉地轻轻地移去了。

……在以后的许多日子里，在饭桌上文古还会时不时碰上雨投过来的眼神。文古像个忘性大的孩子一样显得很窘迫，胡乱扒了两口饭就撂筷了，文古吃饭的速度越来越快。别人请吃饭，笑他："文古，你给我家省饭呢。"文古很希望出去吃饭，可外边的饭局也不能天天三顿都有啊。

饭做好时，妻来喊他吃饭，他说："你们先吃吧，我还要赶一下稿子。"就仍然坐在那里没动。等妻和雨吃完，他才走出来吃。这时饭菜就差不多凉了。妻要给他热热，他知道妻下午还要赶着上班，就说不用不用。自己很香地吃起来……

凉菜凉饭吃久了，就吃出了胃病。文古去医院做了钡透，萎缩性胃炎。医生很负责地对他说："为了你的胃，改掉不良饮食习惯吧。"文古也很感动很负责地冲老医生点点头……回到家中文古就不负责了，照旧等妻和雨吃完，他才上桌。天长日久，想来这已成了习惯。

妻看出了文古的消瘦，妻有些不忍地对他说："要不，我和雨谈谈。"

文古恐慌地一把拉住妻："不要，不……"文古不想把精心培植的东西就这么一下子打碎。妻无奈地叹口气，说："雨明年就考大学啦，但愿她能考上。"文古也跟着叹了口气，文古不知道自己的胃能不能挺到明年。

在胃又出了两次血后，文古觉得无论如何也没有办法再忍受下去。文古在妻上班走后，把雨留下了："雨，我要和你谈谈。"雨把探询的目光移到文古的脸上。文古害怕似的躲避着雨的目光，低下眼皮说："雨你不要这么看我，我知道你要说什么，可是你不能跟我比，你爸是五十年代从乡下走出来的……雨你不要责怪爸爸，那时养成的习惯太难改啊……"文古花白的头发摇成一缕痛楚。雨的目光忽悠软了下来，半晌，雨说："爸，女儿不是责怪您，女儿只是担心您出去吃饭，在外边也控制不住咀嚼声，让人家看着笑话。"文古一下子抱住了女儿，泪孩子般地流了出来……

过后，文古细想想，以前随剧团到外地演出，别人一口一个剧作家叫着，吃饭时出没出过丑呢？文古想得头疼也记不得当时的情景了。文古就不去想它了，只牢记以后出去要格外谨慎。

过了半年，文古又一个剧本打响了。要去 A 城做巡回演出，省戏工室两位正副主任一同陪着文古去的。到了 A 城，A 城文化局在当地一家很上档次的宾馆招待了他们。正赶上抓廉政，本来很讲究的餐厅就没酒了，菜也是一个一个慢慢地上来，且量少。文人肚里没油水，倒也吃得真诚，十几个人围着一张圆桌，自管自地吃下去，一片山响。吃到最后，省戏工室主任见文古没动筷，就问他："你咋不吃？"文古苦笑笑："我胃不舒服。"省戏工室主任知道他胃有老毛病，就不去管他了。

吃完，回宾馆房间休息，就谈起了戏剧，谈起生活感受，谈起饭菜……有人就叫文古说说，文古先是不肯说，后来就说起了女儿的眼睛。大家一怔，就都不说话了，就都沉默了。后来 B 君说："真是一双叫人害怕的目光呀。"大家听了，又沉默了一阵，当地的文化局戏工室主任大杨一指当地一位不太知名的小说家说："喂，伙计，何不写成小说。"小说家讪讪一笑，就算过去了。

过了许多日子，有一天，这位不甚知名的小说家在面对自己长大的女儿目光时，忽然想起了那双熟悉的目光。心被颤颤地悠了一下，就拿起笔来写成了小说。不知读者诸君会怎么想，请勿对号入座。

正月十五的元宵

柳林来到李根家找李根的时候，李根正在他家菜园子里的茅房蹲着。这是李根的一个习惯，一到大年三十的这天下午，李根总是要把肚子打扫干净的，好去多吃晚上那顿年夜饭。李根家人口多，平时难得见到丁点儿荤腥。从松木板钉着的茅房挡板门缝里飘出缕缕的白哈气来，柳林就知道李根蹲在里面。柳林就站在大门口上喊："李根，宋雪波叫我通知你，初二晚上去镇上糕点厂参加义务劳动。"

宋雪波是他们的班主任，也是他们的政治老师。其实只比他们高两届。柳林从来不在人后叫她宋老师，只叫她宋雪波。他们是一批入团的，而且柳林还是班级的团支部书记。

柳林又去找赵小敏，赵小敏是他们要发展的一个团员积极分子。每次走进赵小敏的家，总叫柳林有种神清气爽的感觉。窗明几净不说，还透着一股淡淡的雪花膏味儿。不像李根家炕沿上都能看到爬着的虱子。语文老师让用歇后语，柳林不知是有意还是无意地这样用了一句：李根家炕沿上的虱子——明摆着嘛。说得李根当时就将头低到了裤裆上。

柳林来到赵小敏家时，赵小敏正在拉小提琴。看见柳林进来，赵小敏把那把红棕色还泛着温暖亮光的小提琴从她白皙的脖子上放了下来。柳林哈着冷气嘶哈了半天才说明了来意，赵小敏清盈盈的眸子便暗淡了下来。

"我，我能行么……"

"行，咋不行?"

"可我……"

柳林挥着暖和的一只冻红的手打住了她。就从衣柜镜子里看到对面一

243

张薄薄的白面皮透明地红了。

从赵小敏家里出来，柳林知道她想说什么。赵小敏作为支部发展对象，两次报到学校团总支那里去了，可两次都没有批下来。宋雪波是校总支的委员，她以前跟柳林说过赵小敏的家庭成分问题，赵小敏家是富农。

这回组织班上团员和积极分子到林业局糕点厂参加义务劳动，他本来是不想叫李根参加的。可宋海波说，看一个人干不干净不能光看外表，还要看他思想干不干净。李根三代是贫农。

去糕点厂义务劳动是宋雪波联系的，她母亲是那里的厂长。

大年初二的晚上。柳林就和李根、赵小敏还有另外三个同学一起来到了糕点厂，宋雪波已站在糕点厂大门口上等着他们了。宋雪波围着一条大红围脖，她那张胖脸冻得红通通的。见他们几个黑影踩着冰雪嘎吱嘎吱地走过来，就问人到齐了么？柳林说人都到齐了。宋雪波问时，还特意瞅了瞅赵小敏。赵小敏长长的眼睫毛上挂着白霜。宋雪波就把他们领进院子里去。把他们交给她母亲李厂长。她临走时，又把柳林叫到外面去叮嘱了几句，随后就骑上她那辆大金鹿自行车走了。

李厂长把他们带进车间，一股香喷喷的味道扑鼻而来。李根吸了吸两条流出来的冻鼻涕。

车间里有人给他们每个人发了一件蓝大褂，还有一顶白卫生帽。赵小敏和另外两个女生被分配去做元宵。柳林、李根和另外一个男生去一个黑铁槽子前搅元宵面和往外端做好的元宵，放在外面冻上。这两样活计都需要力气，而柳林和李根好像有使不完的力气。

搅元宵面和搅元宵馅的车间就挨着烘烤糕点和饼干的车间，有工人看到他俩干得这样卖力气，就拿出新出炉的焦大劲了的饼干给他俩吃。柳林摇摇头说不要，李根也摇了摇头说不要。可等柳林出去上厕所时，李根就接了，并且飞快地吞进了嘴里。李根晚上出来时没有吃晚饭。

干到半夜时，车间里是要让他们和加班的工人一样管一顿夜宵的。夜宵是用油锅炸出的元宵。油炸元宵不要说李根没吃过，就是柳林也没吃过。又香又脆，吃得李根眼泪都快掉出来了。他长这么大还没吃过这么香的东西。刚才他困得有点儿迷迷糊糊的时候，心里还在骂柳林，骂柳林不该通知他来受这份熬夜的洋罪。

一直干到下半夜启明星快露出头来时，他们从糕点车间出来了，个个

244

嘴里打着哈欠，眼皮子都快睁不开了。

回去时柳林他们三个人是一路，另外三个同学往镇北东下洼子走。柳林和赵小敏在前边走着，李根在后边磨磨蹭蹭地跟着。走到镇南头一个岔路口时，他们分开了，柳林送赵小敏回去，李根自己顺着一条漆黑的小道走了。

快要走到他家那片低矮的泥草房时，李根被一个弯曲腰的黑影截下了。在瞌睡虫被惊跑了的同时，他认出眼前这张斜脖支棱着的歪脸是他的一个远房叔叔李三歪。"拿出来！""什么？""元宵……"李根就乖乖地把兜里的元宵掏了出来。这李三歪在这方圆几十里没少干偷鸡摸狗的事情，李根嘴馋了也没少跟着打牙祭。吃人家嘴短，这会儿只好眼睁睁地看着他把元宵兜在了帽兜子里。"乖乖，你掉进福堆里去了。"随后，他蛇一样的身影缩回了他的矮房里去。李根想他明天要绕开李三歪家的房根走了。

柳林和赵小敏走在空旷的雪地里，嘎吱嘎吱的踩雪声像蛤蟆叫一样在脚下响。柳林头一次和赵小敏挨得这么近在一起走。他闻到了赵小敏脸上的雪花膏味儿。赵小敏头上围着一条自己织的绿围脖。"你困么？""我不困。"他俩觉得该说点儿什么来提提神，可谁都找不到该说的话头。一条黑影从远处的黑地里突然飞奔了过来，赵小敏吓得惊叫了一声扑进柳林的怀里。柳林抱住了她。"别怕，是我家大黄。"柳林打了声呼哨，那条黄狗在距离他们五步远的地方站下了。

惊慌过后，赵小敏脸红了，她把胳膊从柳林的怀里抽了出来。

走出不多远，赵小敏家就到了。柳林看着她走进院子去，这才和大黄狗离开。"你这狗东西，吓了我一跳。"柳林嗔骂了大黄一句。他心里却在美滋滋地感谢着大黄狗……幸亏没叫李根看见。

李根夜里再回来绕开李三歪家的矮房跟前时，还是被李三歪截下了。李三歪冻得连打了三个喷嚏，眵目糊盖住的眼睛里却透着得意，说："走，到我家给你煮元宵吃。"李根懊恼地说："我吃过了。"想想，李根又解气地说了一句："油炸的元宵那才叫香哩。"李三歪听到了，果然瘦筋筋的脖子上喉结蠕动了一下。"乖乖，你掉进福堆里去了。"后来，李三歪就问他："糕点厂是不是豆油多得是？"李根就说："海了，像水一样多。"李三歪就说："你弄点儿出来，我给你炸麻雀吃。"油炸麻雀一下子吊起了李根的胃口，不过装油的家伙却不好带。李三歪就说："我给你找个猪吹泡。"

第二天傍晚过去时，李三歪果然给他找了个干扁的猪吹泡。李根就把猪吹泡揣进了黑空心棉袄里，黑空心棉袄外面扎一条麻绳。猪吹泡装满了豆油塞进棉袄里最多是看见李根肚子有些鼓，走到外面天黑是看不出来什么破绽的。而李根每回吃糕点厂这顿元宵都是把自己肚皮吃得鼓鼓的。

白天，李三歪在大雪甸子上撵麻雀，土筐下面放上草籽，那不知死的东西就一串串地被扣住了。一想到油炸麻雀，蘸上细盐吃。李根的口水就流出来了。这两天的油炸元宵有些吃腻了。

这样的口福对李根来讲就是共产主义生活了。以前让李根当团员积极分子他还有些不愿意，谁想到这团员积极分子还有这么美的差事。

李根藏在棉袄里的猪吹泡没有引起柳林的注意，倒是李根头发里的虱子引起了柳林的注意。那天一个顾客从镇上的商店里买回去元宵，煮了后吃时发现了一个虱子夹在元宵馅里。顾客就找到商店来，商店就把意见反馈到糕点厂来。李厂长就开了早会，强调元宵制作车间一定要严把卫生关。尽管李厂长没有点名，可柳林的脸还是热辣辣得像被炉火烤得一样红。他想到这只虱子一定是他们的人掉进元宵馅里的，而且肯定是李根。这天晚上他们过来时，他把李根从搅面车间调开了，叫他去烘烤车间烧炉膛。这是一个又苦又累的活计，而且在干活时还吃不到零嘴。李根就把怨恨记在了柳林头上。

这天晚上干完活回来，李根没有带回任何油水。猪吹泡瘪瘪的，他的袄兜也瘪瘪的。李三歪问他，他不说话。李三歪又问，他才恨恨地说柳林真他妈的不是东西。后来他跟李三歪说："你敢不敢把柳林家的狗套了？"李三歪歪着头笑着看他："你以前不是不叫我动他家的大黄狗么？"李根说："那是以前……"李三歪就诡异地笑了，说："你等着吧。"

过了两天，李根夜里回来时，李三歪把他拉进他的土房里。里面还有一个人，正在给吊在房梁上的一条狗剥皮，一把锃亮的长柄柳叶刀嗖嗖在那人手里移动。这人也是瘦精精的，不过脸上却有一股狠劲。看见李根进来，那人头也没抬。从那张褪下来的黄狗皮他认出这条狗来。"这条狗太壮了，一个人不好弄。"李三歪说。李三歪要留他一起吃狗肉，他没有留下来。那个杀狗的人他从来没有在镇子上见过，看来李三歪找的是外镇的人。

柳林从这日起无精打采起来。白天李根看见他在镇外的大野甸子上四处在找他的大黄狗。晚上到糕点厂来干活时，脸上也阴着。李根有些后悔指使他三叔干那件事了，可是干也干了，大黄狗也活不过来了。

"那个小妞是你们同学么？"这天夜里，李根过李三歪家时又看见那个杀狗的人，那条狗烀的狗肉还没吃完，那人嘴里在剔着牙缝。

"是的，是我们班上的。"

"她挺俊呀。"

李根在他们去糕点厂干活的最后一天夜里出事了。李根在外间炉膛口添煤块，到半夜时他蹲在地上打盹睡着了，他怀里装着豆油的猪吹泡从棉袄怀里掉了出来，扎着的嘴口绳散了，豆油淌了一地。一星烧红的火炭从炉膛口蹦出来，就将地上的豆油引着了，烧到了旁边的煤槽子里。李根被烧醒了，他妈呀一声大叫，脱下身上的棉袄扑打起来。等里边的人闻声跑出来，火已燎着了李根的头发。大家端来一盆盆水才将火浇灭。李根的头发被烧卷了毛，棉袄也烧没了。回去时，糕点厂的工人们给他找来了一件棉大衣披着，回去的路上，他脸庞哆哆嗦嗦地冻得一直发青。

正月十五前义务劳动结束了。李根成了英雄。这是开学时宋雪波向全班同学讲述的。宋雪波在讲这件事情时还故意模糊了一个细节，说李根同学抢着干又脏又累的活儿，主动要求到炉膛间去烧煤的。柳林听着就不舒服，柳林觉得身上像爬了一个虱子让他说不出的痒痒难受。

没过多久，在春天学校发展的一批新团员时，李根入团了。而赵小敏报上去又没批。赵小敏不但没批，还传出流言说她和某某男同学关系不正常……

春天说来就来，大野甸子上的雪化了之后，赵小敏病了一场，人也瘦了一圈儿。这天晚上柳林到赵小敏家去看望她，见赵小敏的母亲脸色不太好，他就没有多坐一会儿。

赵小敏出来送，两人就向大野甸子上走去。初春的风还带着稍稍的凉意，不过塔头草下面却钻出小黄花来，远处还能听到汤旺河里的蛤蟆咕咕呱呱的叫声。柳林不知道该怎么去安慰赵小敏，初听到这些流言他也非常气愤。走了一阵儿，柳林跟赵小敏说："我怀疑糕点厂那天夜里失火是李根自己引着的。"赵小敏那张白净的面孔就吃惊地望着他。柳林叹息了一声又说："唉，我不想再当这个破团支部书记了，我想复习复习考学。"他们已从县上闻知了要恢复高考的消息，可他们还差一届呀，再说镇上中学里还没有谁报名。

"小敏，你跟我一起退学在家复习吧，不要再去学校里跟着宋雪波胡闹了，瞎耽误工夫，简直就是浪费我们的青春和生命，你的功课好，一定能考上的。"说到"青春"这两个字眼，两个人都不由得脸红了一下。

"可是我家里的成分……"赵小敏说出了她心里隐约的担心。不过柳林的提议还是叫她郁闷的心里头一亮。

"先不管它，考上了总会有办法的。"

赵小敏也不想再到学校去了，就从这个晚上起两人在家里复习。傍晚他们就走到西头大野甸子上去交流一下一天复习的内容。赵小敏的数学、物理、化学好，柳林的语文、政治好，他们两个互补地辅导着对方。至于学校里发生什么事，他们再也不去关心了。那时他们相信，他们一定能考出去的，哪怕考上个中专也行。离开这个越来越有点儿叫他们感觉窒息的旺河镇。

汤旺河水一夜一夜陪着他们的身影流走了。这么多年了旺河镇上还没有人走出山外去……外面的世界总是像梦一样。

每天晚上背完课程，都是柳林把赵小敏送回家去的。有时他们也会想起大黄来，想起大黄柳林脸色就很难看。以前每当春天草绿了的时候，他带大黄狗在大野甸子上追过兔子，勇猛的大黄每次都会让他有收获的……赵小敏说狗比人好。这话柳林也相信。

这天晚上他们回去得有些晚了，在大野甸子上站起身，刚走上那条他俩踩出来的茅草小道上时，他们被一个黑影拦住了，冷冰冰的刀尖顶在了前面。柳林忙把赵小敏挡在了身后："你是谁？想干什么？""你走开，别多管闲事，让她留下。"黑暗中那个人影说。赵小敏已被那人手里拿着的柳叶刀吓呆了，哆嗦着嘴说不出话来。"那你把我捅死好啦。"

柳叶刀就捅进柳林肚子里的时候，他一声没吭死死地攥住柳叶刀的刀柄。那人退缩着跑了……

柳林被送进了镇医院里，柳林的肚子上缝了七八针。公安局的人到医院里来找柳林，问他那人长得什么模样。柳林说天黑他没看清楚。公安局的人又去问赵小敏，赵小敏只是呜呜地哭，说她当时吓坏了，什么也没看清。她在担心着柳林，担心着柳林还能不能参加高考。赵小敏提着蛋糕去医院看望柳林。柳林见到赵小敏笑笑说，他没事，他还会和她一起参加高考。

柳林好点儿后，赵小敏就把课本拿到病房床前来，和柳林一起复习。

这个案子在柳林和赵小敏去县城参加高考结束后破了。公安局找到的检举人不是别人，是李根。李根在他三叔家见过那把熟悉的柳叶刀，李根在犹豫了几天后，向公安干警说出了那个他三叔认识的外镇瘦男人。公安干警就抓到了这个强奸未遂的男人，那个人还交代出正月里到镇上来勒死过柳林家一条狗的事。

初听到这个消息后，柳林还有点儿惊愕。后来他就不惊愕了。沉默了一会儿，他对赵小敏说："李根还像个团员。"

拔出萝卜带出泥，那人还咬出李根在糕点厂劳动时往他三叔家偷豆油的事。就在柳林和赵小敏的中专录取榜发下来后，学校里做出了一个开除李根团籍留团察看的处分决定。

荒　火

> 我们这样向着那火光走去，谈论着在那时谈论是适当的而在现在最好保持沉默的事情。

> ——但丁《神曲》

一九七六年我十七岁。陈学军、于忠义和黄红卫似乎也是十七岁。中学生能参加上打火队，不容易。共青团员可以参加，只有黄红卫是团员，我们都是刚交过入团申请书。带队的体育老师那时正年轻。

宁静美丽的白桦林，被蓝蓝的、淡淡的青烟一点一点纠缠住了，间或有丑陋的老柞树、老椴树、老榆树夹在中间阴阴地笑。成千上万株亭亭玉立的白桦，像成千上万个亭亭玉立的少女，被赤裸裸地围困在山坡上。山下的男人都来了。猩红的火头疯狂地吞舔着白条条光滑滑的树身。桦皮痛苦地卷曲哭泣。一片洁白顷刻间化为灰烬。冲天的热浪将有生命有力量的人像小草一样，一片一片无声无息地吞没。支离破碎的人骨、兽骨和通红的山石，满山遍野地堆积着。一座座山张着恐怖的血盆大口……

一条冻蛇样的小河汊，弯弯曲曲地躺在林间。几条蓬头垢面的打火队汉子蹲在砸开的冰上，用弯针扎鱼，半天也不见捉上一条来。汉子们并不泄气，很有耐心地守候在那里。看见有人走过来，就吆喝一声："嗬，学生军来了。"树枝搭盖的人字工棚，疲惫地趴卧在白桦林间。体育老师见了，生出感叹："他们在这里守三个月了。"

"操他妈的，真想老婆那玩意儿，憋死老子啦！"有人冲学生做怪状嬉叫。

"日他娘的，怎么还不烧过来，都统统烧光才好呢。"有人恶狠狠发泄。

体育老师赶紧撺他们："快干，快干。"一时镰刀、板斧乱砍了起来。体育老师想想不妥，又说："注意安全，别砍着手脚，别砍着手脚呀。"防火道是沿着公路两侧开出的，杂木草丛中倒着一排排牺牲了的白桦，躺成一条路。

早晨喝的米粥，很快就随着尿液、汗液跑光了。陈学军披着他父亲的黄呢大衣，站在朝阳的山坡上，挺神气地冲体育老师招招手。体育老师走过去。陈学军从黄帆面背包里掏出一塑料袋饼干，递给了体育老师。后来体育老师就和他站在那里吃起饼干来。饼干是陈学军从家带来的。黄红卫望见了，对我说："走，咱也过去歇一会儿。"体育老师看见了我们，脸红了一下，说："早晨没吃饱吧。"我们肯定地摇摇头。体育老师就把塑料袋中的饼干拿给我们吃。陈学军也说："吃吧，吃吧。"我们也没客气，大口吃起来。塑料袋在体育老师的手上透明地抖动。

那边，于忠义还在挥舞着镰刀，埋头割着榛柴棒子。翘起的黑棉袄后襟划了一个口子，露出干瘪瘪的棉花，一晃一晃地苍白。

停了，体育老师神秘地告诉我们说："你们再领伙食时，多报几个人。这样房东就高兴了。"体育老师饭量大，在学校每月都享受粮食补贴的。

中午，送伙食的卡车来了。汉子们像土匪似的从四周的林子里蹿了出来，一窝蜂地哄抢上车厢。你争我夺地叫骂着，撞得脸盆、水桶叮当作响。学生们呆在车下傻傻地看。山一样的面包，一会儿就抢了个精光。

司机很抱歉地从车楼里走下来，对体育老师说："明天再多拉点儿。"

体育老师忙曲身弯腰谦恭地说："麻烦你啦，师傅。"

体育老师乒乓球打得很威风，获得过全林业局第一名。每回上台领奖，腰板都挺得笔直。

汉子们面包塞饱了，就趴到河汊冰上，咕嘟咕嘟灌了个够。很快又解开腰带，随地撒出很粗的热尿。

山坡上，体育老师懒洋洋地仰躺在干树叶堆上，学生也懒洋洋地躺在山坡上晒太阳。像一头老羊领着一群小羊。

晚上，我们照着体育老师的话去做，领粮时多报了三个人，就多领出了六斤白面。老房东让房东女人做了一个菜，土豆炖白菜。房东带头早早吃完躺下睡了。于忠义管房东女人要针线。房东女人讷讷地说："俺给你缝吧。"于忠义就脱下黑棉袄，等着她缝。陈学军打着手电在写日记。黄红卫眼睛也不瞅他对我说："你也写一份吧。"我知道他指的是什么，便受宠若惊地说："我还不够格。"他又说："张书记说了，火线要发展几个。"张书记就是体育老师。他兼着高中团总支书记。手电光晃了几晃，我知道他在努力听着这边谈话，便自觉地对黄红卫说："睡觉吧。"我先躺下了。黄红卫磨蹭了一会儿，便开始脱衣服。

"哎！"黑影里，陈学军小心翼翼地扯了黄红卫一下。"干什么？"黄红卫不耐烦地问道，并打了个呵欠。"我找你谈谈心。"陈学军小声小气地说，手伸进背包里窸窸窣窣摸索了一阵，揣上一包东西先走了。黄红卫把脱了扣的衣服再系上，猫腰跟了出去。光着身子的于忠义眼巴巴地看着他们消失在屋外。晚上蒸的馒头，房东只给每人发了一个。于忠义最先吃完，就要自己到厨房去拿。房东开口了："没吃饱？这扯不扯，咋蒸这么点儿！"房东凶凶地瞪了房东女人一眼。房东女人畏畏缩缩地瞅于忠义。于忠义赶紧说："不、不，饱了，饱了。"他遮遮掩掩自嘲地说，"比俺在家吃玉米面饼子强多啦。"晚饭后，我出外解手回来，看见房东一个人在外屋往坛子里装着什么，听见脚步声，他慌慌转过头来，手捂着坛口说："腌点儿大萝卜。"

夜里醒来，耳边传来"呼哧、呼哧"苍老的急喘声。像一片抽干了水分的枯叶，经不住秋风似的剧烈抖动。他半夜里还在忙活什么？那活一定挺累。间或还夹着女人的嘤嘤低泣……

多日不见山下有消息传来，山上的人都倦怠了。汉子们仍在河汉子里扎鱼。不扎鱼的就圈在树底下甩扑克。山坡上，学生围着体育老师讲故事。体育老师是伊春城里下乡的知青，见多识广，肚里有掏不完的故事。每天来山上之后，他先打发两个学生到山岔道口上放哨，一见有送伙食的卡车影子，就叫他俩推倒一棵事先立起来的白桦树。这个点子，还是体育老师根据电影《鸡毛信》想到的。"消息树"一倒，他就率领众学生奔下山来。两个放哨的学生早已蹿上了汽车，往下扔面包或烧饼。等汉子们赶来，他们拾得差不多就四散了。汉子们骂一句："纯粹是吃货。"把余下的包圆儿了。

体育老师讲故事前，总要从身边草丛里捡两三片榛叶放在手里捻成个卷，放到鼻孔下嗅上一阵。体育老师有滋有味地嗅，总有人等得不耐烦。坐在身旁的陈学军，就给他递上一把饼干；回头看看黄红卫，又给他一把。体育老师先不吃，把饼干握在手里，问其他班级的学生："吃吧。"学生皆摇头不吃。这样体育老师就一边往嘴里塞着饼干，一边有滋有味地讲了起来……

讲到要紧处，体育老师总要停顿下来，晃晃空响的行军水壶，喉结艰难地蠕动一下。学生便你望望我，我望望你，一个一个像伸长了脖颈的鹅，谁也不愿意这时候离开。这时于忠义站起来，说："我去打。"众人皆大欢喜松了口气。于忠义拿过体育老师的水壶，一颠儿一颠儿向小河汊跑去。

这日，日头抹过了南山坡林梢，也没见"消息树"倒下。体育老师就不断地瞅腕上的手表，嘴里不断念叨："他俩会不会睡着了，他俩会不会睡着了？"就打发两个学生去山下看看。接下来，体育老师又用粗大的鼻孔嗅一阵手中的榛叶，样子极为贪婪。学生拿眼去瞅陈学军。陈学军却视而不见，愣愣地呆坐在那里。其实他从家里带来的饼干早已吃光了，这两天也饿得没了精神。过了一会儿，下山坡去打听的学生回来了，说林场有人通报，山下运供给的汽车被大火头隔住了，叫我们也做好准备。这一下，听的人都紧张起来。体育老师也无心讲故事了。叫人把放哨的两个学生也招了回来。清点了一下人数，这才发现还少一个人，是于忠义。我恍惚发觉，这两天听故事时，他常常一个人中间悄悄离开了。"他拉屎去了。"常和他坐在一起的同学回答道。体育老师不再问了。神色庄重地叮嘱我们："大火来时，一定不要迎着火头跑，要顺着风向趴在地上。火速相当快了，一小时能跑一百多里，比汽车跑得还快。"学生听了，个个脸上露出恐慌的神色。我这才感到打防火线和打火的不同，不由得望望山根下。那边，汉子们依然故我地扎鱼的扎鱼，甩扑克的甩扑克。像是什么事也不会发生一样。

山坡上接下来是沉闷无声的等待。体育老师不断地往鼻孔里塞榛叶，鼻孔被榛叶塞得满满的。按时间推算，如果火头烧到林业局和克林林场中间的路段，那么经过两个小时的时间，就能烧到我们这里。听到体育老师轻轻松了口气，我们知道两个小时过去了。我们也跟着轻轻松了口气。肚子松懈得咕咕叫了起来。体育老师懒懒地往地上一躺，学生也跟着懒懒地往地上一躺。

不知过了多久，体育老师站起来对学生们说："我去解个手。"就匆匆往山下一片白桦树林子里去了。于忠义不知为什么还没有回来。

火是在人们毫无察觉的时候烧过来的。那时候学生们仍在山坡上满满地躺了一地。学生们躺姿各异，脑子里却差不多都在想还要多久才能回家。一晃来山里一个多月了。每个人都很想家。由于想到了家暂时能忘掉饥饿，所以大家就漫无边际地想起来。有的想到回家后叫母亲包一顿饺子；有的想和要好的女同学见面后会偷偷塞过来一个苹果什么的。

开始听到山坡下一阵快活的乱叫："操！操！操你妈！……"每个人都在狂喊疯叫。这些日子来，学生们听惯了汉子们的粗话，也就不觉得稀奇。只是听着叫喊声越来越大越来越近，近似于一种癫狂的亢奋，其间还夹杂着"噼噼剥剥"热烈的响声。空气开始升温，终于烤得学生们不耐烦地坐了起来。

"操你们妈的，不想死，赶紧截住！"

火舌像一条蛇在白桦林间游来游去。学生吓蒙了，不知该往山坡下冲，还是就地躺倒。

"同学们，上呀，考验你们的时候到啦！"

火光中，体育老师像洪常青英勇就义前挣扎着高喊。学生受到鼓舞，便冲下山坡。到了跟前，才觉两手空空，就又转身去折树枝。

"用棉衣打，快！用衣服打！"

学生站住了。灼人的热浪烤得人犹豫了一下，就有人开始脱上衣。有一瞬间，我觉察陈学军没有动，而是下意识地后退了几步，两手紧紧揪住身上的大衣，生怕谁夺了去。

汉子们终于捏住火头，一阵猛抽，火舌渐渐断了阳气，游丝出一股虚弱的白烟。

黄红卫捅捅我，扯下身上的棉袄，跑到一处余火堆前扑打起来。我也跟了过去，很快就将火星扑灭了。

这时我看见了于忠义。他被体育老师搀扶着走了过来，头发烧成卷曲焦糊状，握在手里的黑棉袄成了一把黑布片，身上披着体育老师的一件蓝运动衣。学生们簇拥着他俩往山下走去。我看见陈学军默默地跟在后边，他父亲的黄呢大衣完好地穿在身上。我有些心疼我母亲做的棉袄刚刚被烧了一个黑洞。黄红卫悄悄走来，在我耳边说："到时候我们互相证明。"我不解地看看他，看看黑幽幽的山林和人群。

我们被林业局派来的车从克林林场接了回来。校长领着一群女学生夹道欢迎我们。女学生手中拿着一束束松枝扎的鲜花。校长是部队转业的，他走到队前郑重地向于忠义敬了个军礼，并从一个女生手里拿过一束松枝花递给了他。风裹挟着雪粒落在了于忠义烧卷曲的头发上和披在身上的军大衣上。慌乱中他不知如何是好，竟涨红着脸光着头举手向校长行了个不规则的军礼。

我摸摸身上崭新的羊剪绒领子的军大衣，暖融融的有一种说不出来的感觉。那件烧了一个洞的棉袄已换给了防火指挥部。我有些感激地瞅瞅黄红卫。他像少剑波似的披着军大衣，被几个女同学兴奋地围在中间，我们班主任和女老师也夹在里面。只是半天也瞅不见穿黄呢大衣的陈学军的影子。

于忠义成了英雄。地区日报社来了一名记者，采访他和体育老师。"于忠义同学谈谈你当时打火的情景，你当时是怎么想的？"记者很老练地问。"……当时，当时……我……"于忠义木讷了半晌，也没说出什么来。陪同的体育老师自始至终和蔼微笑地望着他。于忠义更慌乱了，脸憋得通红。记者随他把目光转向了体育老师。体育老师不慌不忙自然地把话接了过去，如同接了个漂亮的换发球，说："当时我们想到森林是国家的财产，火光就是命令，不能让大火烧掉。这时耳边响起了毛主席他老人家（体育老师的眼睛潮湿了）的教导，'下定决心，不怕牺牲，排除万难，去争取胜利！'眼前仿佛出现了邱少云、王杰、欧阳海等无数革命英烈的光辉形象……"记者的英雄牌钢笔发出"沙沙"声响。

过了几日，于忠义和体育老师的照片一同上了地区日报的头版头条。各单位纷纷来请于忠义和体育老师去做报告。每次做报告前，体育老师总是说："你先说，你先说。"于忠义就不安地瞅瞅体育老师，然后照稿结结巴巴念了起来（讲稿是体育老师一同代写的）。后来就说得流畅了，讲稿也不用拿了。九年级最后一学期，他当上团总支书记。体育老师被学校保送到省城体育学院上学去了。在这以前，于忠义和我同时加入了共青团。我总觉得不应该是我，应该是陈学军。黄红卫让我填表时悄悄告诉我，陈学军原来是和于忠义一同被纳入团积极分子的。而在这之前，我连一份入团申请书也没有写过。我真诚地想推脱。黄红卫说："不行，火线是讲究突击的。他算什么，他是经不住考验的胆小鬼。"黄红卫把"考验"咬得很重。我想，那次打火我也害怕得要命，连体育老师也讲要保护好自己。

在一次于忠义主持的团总支大会上，黄红卫当着大家的面说陈学军资产阶级思想严重，讲过工农子弟不卫生的话（于忠义父亲是个老林业工人）。说这话时他拿眼光瞅瞅我，我瞅瞅于忠义。台上的于忠义正习惯地把手伸进上衣领口里抓挠着什么。有次我上于忠义家通知他开会，看见黑腻腻的炕席上并排爬过四五个溜溜圆的虱子。陈学军这样讲也是事实。

陈学军在后半学期就退学了。这一年已经恢复高考，便自己在家复习。结果高考成绩发榜，他考得很好，通过了一所全国闻名的重点大学录取分数线。但在政审时被卡住了，没有走成，大病了一场。接着又考，第二年不怎么看重政审，但他考的分数挺低，只被一所谁也不愿报的农校录取走了。这一年，我也考取了东北林学院。

一九八二年寒假回家探亲，在返校的火车上，我意外地遇见了于忠义。车厢里人满为患，当时他正在给一位抱小孩的妇女让座。他穿着一身带肩章大檐帽徽的士兵装。满车厢就他一个穿军装，因此也就只有他一个人让座。他站在车厢过道中间很醒目。我招呼了他一声。他听见了，回过头来看见我，怔愣了一下。随即兴奋地走过来，"啪！"地立正，向我行了个极标准的军礼，而后激动地握住我的手。

我赶紧站起身来，叫里面的人挤一挤，拉着他的手在我身边坐下。

列车摇摇晃晃行进在大山中，我俩也就摇摇晃晃地谈了起来……

窗外，不断涌来一群群披着白雪冬衣的森林。所有树木、岩石都是那么白净、柔和，感觉世界也纯洁、真实起来。

"还记得那次打火吗？"见他的话题始终不提高中毕业前的那次打火，我有意想在大学同学面前展示一下老同学的勇敢。我的眼角余光瞥见里面两个同学窃窃私语的不屑神色。其实我当时的想法也很浅薄、自私。我没有想到我的话会叫于忠义陷于一种极其尴尬的境地，同时我的心灵也受到了强烈的震颤……

于忠义听了我的话，脸腾地一下红了起来。以为是他后来的境况叫他难为情，听说后来学校要留他做专职团委书记，不知什么原因他没做成。

刚好过道上推来一辆卖烟酒糖茶的小货车。我叫住了，想买一包糖果，解除刚才的窘境。手掏钱的工夫，胳膊被于忠义扯住了。

"我来，我来，同志，我买一包烟。"

显然，他误解了我的意思。

"抽吧。"他把烟放在茶几面上，对我和两个同学说。

"我不会。"我说。学校不让学生抽烟，两个同学也摇头。

于忠义把那盒烟拿在手里，慌忙叫住了推车前去的列车服务员。"哎，同志，我退了行吧。"

女列车服务员瞅过来一眼："不行。"

"我也没抽。"

"没抽也不行。"

过道两边的目光纷纷集中射了过来。众目睽睽下，于忠义乞求地望着女列车服务员。我不知该不该拉他坐下。

"那就再给我拿一包糖块吧。"于忠义决心不再退了，又说。

女列车服务员扔过来一袋花花绿绿的糖块，同时扔过来一句："三块五。"

"多少?"

于忠义没听清，我听清了，这回我没有再犹豫，掏钱要付。于忠义又抓住了我的手，他的手劲很大，我动弹不得。

"我来，我来。"于忠义用另一只手搜遍了全身，也没有搜出三块五毛钱。把手中零零碎碎的角票展开，数了数，才两块多一点。四周的目光咄咄逼人，决心要把戏瞧到底。黄豆粒大的汗珠从于忠义的军帽下渗出。他窘迫地说："我、我不买了……"那样子像个被当场捉了手的偷儿。

许是恼羞成怒，许是别的什么，我猛地一把挣脱了于忠义攥着的手，把三块五毛钱摔了过去。女列车服务员轻声哼了一句什么，转身推车走了。

"车上的东西就是贵。"于忠义小心翼翼接过我扔给他的两块糖，自言自语叨咕了一句。他并不吃，而是攥在手里，眼睛久久地落在那盒没开封的烟上。

糖块在我嘴里失去了甜味。两个同学却很香甜地哂着，我不去看他们的眼睛，把目光转向了车窗外。

"唉……"半天，听到于忠义这样叹息了一声。他把脸移向了窗外，低沉地喃喃说道，"其实、其实那次不是一场大山火，那是一场人为的事故火……"

"嗯？"我转回头来，刚才的不快消失得无影无踪。久久隐在心中的疑团又涌了出来。虽然我没见过真正的山火，可现在回想起来，感觉那场火的来头并不能算是挺大。

"你还记得体育老师吗？"

体育老师毕业后分回了伊春城里。

"是他抽烟引起的。"

"抽烟？怎么可能……"我知道每次入山，都要经过防火检查站的盘查，凡是带烟带火柴的一律没收。烟是不会落下的。因为检查人员搜到烟后，就私下分了。

"他是用榛叶卷的烟抽的。"

我恍然想起来，那天体育老师说到那片白桦林子里去解手……可怎么会这么巧被于忠义看到了呢？

说到这里，于忠义脸红了一下，说："那天我躺在林子里偷吃馒头……"

"你在哪儿弄的馒头？"我颇为奇怪地问。那几天供给的伙食减少，每个人都吃不饱，他在哪儿弄的馒头呢？

"是房东女人给我的。"

我释然了，怪不得他每次解手回来都用那么长的时间。原来是回房东家取馒头去了……他的脸更红了。

"他看到你了吗？"

"我想是能看到的。白桦林子里挺白，有个人影是很显眼的。"

这事要被告发，体育老师的标兵肯定是当不成了，也不可能被保送去上大学，而且还要受到处罚。这样的后果，当时他不会想不到的。

沉默了一会儿。就听车轮在脚下节奏分明地作响。对面的座位上坐上来一位老者。于忠义把烟盒撕开了，拿出一支递给老者，自己也抽上一支，辛辣的烟味呛得他急促地咳嗽了两声……他埋下头去吸了起来，氤氲的烟雾罩住了他涨红的脸。他的唇边隐隐露出了胡楂根。

……

不知什么时候，两个同学也入神地沉浸在我们的谈话中，他们显然听明白了我们之间的谈话，脸上露出一种沉思庄重的表情……那盒烟，也不知不觉在我们手中抽光了。

如血的夕阳，泼洒在白白的林间，白桦一棵棵成熟微笑着向我们挥手告别，一晃一晃的似辉煌的旗帜。

我们就这样沉默在跳荡的白桦林间。

血　梦

　　孙山走出院门，看见了野种，野种一个人在玩木尜儿。天还很模糊，几乎听不到屯子里有一声鸡鸣或狗叫。雪地上很宁静，木尜儿旋转中发出细微的"沙沙"声很清晰地传进孙山耳里。孙山站下，痴痴地望着那团黑影。

　　野种手里拎着一杆布条做的木鞭，时不时要追上去抽一鞭子。木尜儿逼急了，就一蹦三跳飞起来，旋成了一个精灵灵的活物。

　　"孙秃子，干啥去？"野种看见了孙山，并没有停下手里的鞭子。

　　孙山在想，野种是多会儿起来的？他们明明是睡在一条火炕上。夜里，野种瞅着孙山，孙山瞅着野种。孙山像害怕野种那双黑山葡萄眼睛似的，躲开了……后来就做起了那个梦。

　　微曛的天色一点一点透过窗户纸挤进来。窗户纸上挂着厚厚的白霜，略带寒意的光线在黑洞洞的屋里游移，蛇一样悄悄爬上马寡妇露在被子外面肥硕的乳房上。折腾了一夜的马寡妇这会儿正酣畅淋漓地甜睡……刚刚醒来的孙山想把刚刚发生过的一件事（那会儿孙山还不认为那是个梦）告诉给马寡妇，就推了推她。马寡妇除了轻轻"哼哼叽叽"呻吟两声外，再就是把一条粗重的白腿压在孙山的身上。孙山憋闷得难受，像要摆脱什么，狠狠地扯去盘在身上的白腿……马寡妇并没有被弄醒。然后，孙山穿衣，下炕，走出屋去。

　　每回临出门前，孙山总要瞥一眼炕梢儿。炕梢儿上睡着野种，沉睡得像个死猪崽。"这个小杂种。"孙山心里笑骂了一句，很满足地走了。

孙山踽踽背着手向西山上走去。身后的野种又喊他一句："孙秃子，干啥去？"野种总是这样喊他。孙山的头小时候叫熊瞎子舔了后，再一直没生出一根毛发来。孙山五冬六夏总是戴着一顶帽子。其实屯子里很少有人见到孙山摘下帽子脑壳的样子，只有野种见到过孙山的秃脑壳。那是孙山和马寡妇做那种事的时候。他起来那么早做啥呀？想到昨天夜里野种又看到了他在做那种事的样子，孙山的血液就一汩一汩地往头上涌，像被人赶着加快了脚步。

天完全亮了的时候，孙山来到了白桦沟林地里。太阳从东边的山头冒出来，一点一点将白森森的林子抹红了。

雪窝子里，有一活物在一搐一搐地拱动。孙山走过去，树套子里紧紧勒住了一只黄褐色带白斑点的雪鹿。孙山一眼就瞅清，雪鹿犄角下右边的耳朵没了。是那只秃耳朵公鹿！孙山下意识地心悸动了一下，停住了脚步。

此刻，秃耳公鹿停止了拱动，瞪着眼望着孙山。目光里透着一种孙山所熟悉的内容。

两个月前，孙山进山遛狍子套时，遇见过它，还有那只母鹿。整个冬天里，孙山为完成心中一个计划，连一只松鼠子也要追上一天。当他辨清狍子套里确实套住一只鹿时，心激动得"嘣嘣"乱跳。母鹿在套子里挣扎，公鹿抵着头角在用嘴嚼咬着钢丝套绳。孙山心中暗喜，躲在一棵老桦树后，举枪瞄准了公鹿。

"啪——"枪响了。不知是心跳得厉害，还是手冻得不好使，子弹偏了一点儿，擦着公鹿右耳根飞去。它一惊，蹦跳着一蹿跑开了。它并没有跑远，站在一棵树后，滴着耳血向这边嘶鸣。母鹿见他又举起了枪，哀叫了一声，猛地一挣脖，向前一扑，猝然倒地，死了。他只好收起了枪，怕母鹿瘀血时间过长，鹿心、鹿肉不鲜，就解开绳套，背着母鹿回来了。

一路上，他恍惚感觉那只公鹿一直跟在身后，再上山时，果然看见路边的雪地里有星星点点的血迹，像夏天时路边常开的一种小红花。

和每回收山一样，他拎了一块鹿肉给马寡妇家送去。马寡妇留他一块儿吃饺子，他就留下了。坐在炕沿上看见马寡妇"咣咣"剁饺子馅。细碎的鹿肉像一摊红血滩淌在菜板上。

"你说怪不，鹿也属傻狍子的，用牙去咬细钢丝套，你想能咬断不。"

马寡妇没接话，仍咣咣剁着。

"你猜这是公鹿，还是母鹿？"

孙山两只小眼睛发亮地瞅着马寡妇一颠一颠的乳房。

马寡妇飞了两片红云在脸上，没好气地说："公的。"

他就笑了，说："母的。真的，还怀着一个崽呢，肉滚滚的，可惜憋死了。"

马寡妇猝然停止了剁刀："真的？"

他点点头。

马寡妇放下刀，好久叹息了一口气，说："卖了吧。"

鹿肉馅饺子没吃成，他想即使吃了也不会香的。马寡妇那一晚做什么都总是走神儿。

孙山听了马寡妇的话，是想把鹿肉、鹿皮全都拿到镇上卖掉。只不过孙山想到了那头公鹿，想把那头秃耳朵公鹿打到了，一同拿到镇上去卖了，公鹿角能卖个好价钱。正月里办事需要钱用，孙山想。以后几天里，屯里的人常看见孙山一大早起来，一个人背着猎枪往西山白桦沟一带去转悠……但常常是空手而归。孙山起初想打到那只公鹿会不成问题的。结果是，那只秃耳鹿好像从白桦沟消失了，再也没见到它的踪影。遛狍子套，也是空空如也不见一根狍子毛。孙山弄得很闹心，渐渐没精打采起来。不觉日子进了腊月，腊月门，血冲人。按山里规矩，屯里人不能再上山杀生了。孙山就彻底失望了起来，下在山上的各种兽套也懒得往回起了。整天不是把自己关在屋子里喝闷酒，就是去找马寡妇……在屯子里几乎谁都知道孙山是个干什么事情都不太认真负责任的人，因此没有谁觉得孙山的行为和以前有什么两样。

"他妈的，便宜了那个家伙。"每次完事后，孙山总要悻悻地跟马寡妇这么说。

"放它一条生路吧。"马寡妇说了一句，并不见得不开心。

孙山最初怔愣的一刹那，忘记了自己到山上干什么来了。咋会这么巧？真真的就遇上了它……

它还在定定地望着孙山。望得孙山心里一阵莫名其妙地慌乱。站得久了，身子被山风吹透，阵阵发冷。孙山挪动腿脚，靠过前去。孙山想，该把狍子套起回去了，就绕到拴绳套的树后，蹲下身去一点一点解动着细钢丝套。

它先是慢慢闭起了眼睛，似在配合孙山的动作。看得出来它瘦了，身上的毛乱扎扎的。孙山把细钢丝套从它的脖子上松动脱落下来，它又睁开了眼睛，目光里透着怪异的神色。孙山一边往手腕上缠着细钢丝，一边往后闪退了两步，等着它跑开……

它从卧伏着的雪窝子里站起身来，没有像孙山想的那样一跃跑掉，而是一动不动地站立在那里，与孙山对峙着，目光僵硬、冰冷……孙山脑子里又出现了昨夜的梦境……

孙山觉出了寒意，畏畏缩缩地欲要移去目光，抬动脚步。两腿却不听使唤地麻木哆嗦僵住在那里……突然，它猛地一扭脖子，向旁边一棵碗口粗的白桦树上撞去——

孙山大骇，腿一软，跌坐在雪窝子里，头上的狗皮帽子滚落在树根下。

刚刚还亭亭玉立、白白净净的白桦树，扑哧——蹿起一股血柱，血柱扬洒在树身上，眨眼工夫结成了一层厚厚的血冰，树也就成了一个血树，淋淋漓漓往下滴血。

"它要死呢。"

孙山极度恐惧地从雪地里爬滚起来，拾起树下的帽子，跌跌撞撞，逃也似的挣命往林子外面奔去……

晌午，野种走进家门，屋里弥漫着蒸气。马寡妇俯身在蒸馒头。又白又大的馒头蒸出了锅，都裂开了嘴。马寡妇也笑啦。

马寡妇拣了两个暄软软的大馒头，包进毛巾里，叫野种给孙山送去。野种吃过孙山送过来的各种野味，以前也义不容辞地做过这种传递的勾当。可这会儿，野种很看不起马寡妇脸上的喜色，便没有动。

野种不动，马寡妇也不能自己送去，就继续磨野种。

野种被磨得没招，就想到了回绝的理由："孙秃子上山啦。"

马寡妇不信。马寡妇想到孙山每回在她这里过夜都从来不上山的，更何况是腊月门。马寡妇不好把这种根据说出来反驳野种，马寡妇望着野种叹息了一声，摇摇头说："其实你是不该这样叫他的。"

"为啥不该这样叫他，他就是秃子，光光的秃子。"野种解气地发泄说。

"你该叫他爹，他快要是你爹爹了。"马寡妇忘了初衷。

"爹爹，嘻嘻，好玩。"野种嘻嘻发笑，野种发笑的样子很怪。

马寡妇并不生气，马寡妇找不到生气的理由。昨天夜里把她弄得发颤的时候，孙山又一次说正月里就把她娶过去（当然包括野种）。

这样，整个中午里，马寡妇都在饶有兴趣地同野种进行着一场有意义的话题。热气腾腾的馒头渐渐没了热气，凉了。

山里的太阳落得早，眼瞅着它被西山牙儿啃去半拉的时候，马寡妇想起该挑水了，就担起水桶向辘轳井沿上走去。井沿上有几个男人在打水，男人们见马寡妇走过来，纷纷拎着空桶退到一边，等着。马寡妇略觉奇怪，以前每回和这些男人在井沿上相遇，他们总是要或多或少占她一下便宜的。马寡妇已经习惯了和这些汉子调笑。冷丁静下来，倒显得有些不自然。桶里的水打满了，马寡妇弯腰挑起，回头的工夫，她发现有几双目光惊慌地从她后背移去，仿佛偷看了什么秘密……马寡妇心里觉得有些好笑，挑着水桶走了。

街上，遇见闲逛的女人。"打水呀，您。"这些女人都差不多知道马寡妇和孙山的那档子事。平常走在街上，她们总要聚在一起嚼舌头，这会儿却变得客客气气，目光游移不定地躲闪着马寡妇的脸。马寡妇心想，她们一定知晓了孙山正月里要把她娶过门去。马寡妇这样想着，不觉涌出些感动来，觉得街上比平常亮了许多。红红的夕阳沉进桶里，马寡妇挑着颤悠悠、红晕晕的夕阳走回家去……

这天夜里，屯子里传出来一声爆响。屯子里几乎所有的人都听到了，只有马寡妇没有听到，马寡妇从来没有像今天晚上这样睡得这么香、这么沉。

早起，马寡妇头没梳，脸没洗，翻箱倒柜找出一件红棉袄来。红棉袄找出来，马寡妇并没有穿，而是痴迷迷着眼瞅着红袄嘻嘻笑。

"你笑啥?"野种被刺激得心里发烦。

"我做了个梦。"马寡妇脸上泛着红云。

"梦有啥好笑的。"野种恶恶地说。

马寡妇喃喃自语:"怪不,我穿了个大红袄,这个红袄我整整做了八年,谁知穿到身上竟小了,露出肚脐眼儿……"马寡妇说着说着又嘻嘻笑了起来。

野种认得马寡妇手上的那件红棉袄,从野种记事起,马寡妇就在做这件红棉袄,但从来没见她穿过。往往是冬天做好了,夏天就拆掉。"你不拆不行吗?"野种受不了,想干涉。"不行,不拆就不新。"马寡妇很坚决地说。

野种很讨厌马寡妇这种坚决的神态,就像现在很讨厌她的嬉笑一样。马寡妇这一笑很像屯西头傻二丫的笑相。傻二丫总冲野种嬉笑,很叫野种觉得恶心。

野种走出屋去,外面的阳光很好,红红的一个圆球,像一团炉火,使野种丝毫感觉不出这个北方冬天的早晨有多么冷来。

屯子里人声熙熙攘攘起来。有人从屯子那头向屯子这头跑来。跑近了,看清前面的是几个男人。他们在跑过野种身边时,有人对野种说:"野种,快,叫你妈到孙山屋去。"

"我操你血妈!"野种骂道。平常汉子们常这样不怀好意地戏谑野种,野种总是这样回击的。

那人没有理野种,径直跑进屋里。不大工夫,野种看见马寡妇跟着那个男人从屋里跑出来,马寡妇披头散发,扭动着肥圆的屁股从野种眼前闪过……

"破鞋!"野种仿照屯子里女人骂马寡妇的样子,恶狠狠地骂了一句。野种觉得这种骂法最解气,并往地上吐了一口黏痰,黏痰缺少弹力,很快僵冻在雪地上。野种觉得冷了,就走进屋去。

马寡妇和屯人来到屯西头孙山屋里,孙山直挺挺躺在炕上,猎枪搂在怀里,枪眼是从下巴颏儿穿开天灵盖的。人们看见光光的脑壳成了个血葫芦。

"他怎么会呢……他怎么会搂着猎枪睡觉呢……"马寡妇两眼失神地直直地念叨。

"唉,该然,他一定是冲着什么啦。"

"昨天我看见他戴着一顶血帽子从山上匆匆下来……"众人神色恍惚悄声议论说。

出殡，八岁的野种穿着白衣白帽走在前面，惨白的脸上挂着一丝残忍的阴冷，没掉一颗眼泪疙瘩。有人见了，说这孩子命硬，硬是把他亲爹给顶死了。有些为孙秃子惋惜，同时又有些不明白，八年啦，孙山怎么才想起把马寡妇娶过门去。

唉，这个孙秃子，报应啊，命里该着光棍的命。屯人喟叹。

跑马套子的人

二毛子用白桦树皮筒端雪回来，黑熊已开始动手了。一只粗黑的毛茸茸手臂，攥着一柄雪亮的匕首，慢慢伸到马崽的脖下。瞎疤举着松树明子，一跳一跃的火苗，忽闪着往上蹿去。熏黑了他的瘦脸，熏黑了雪棚顶。"滴答""滴答"，混浊的雪水止不住地往下掉。马崽蒙上了眼睛，身子僵立着，一动也不动，像等待什么好运。它还不足一岁，还是一个不懂事的孩子。二毛仿佛听到了外面传来老灰的嘶鸣声。白桦皮筒里的雪洒了一地，他扑了过去。

"黑爷，饶了它吧。"

松明子向这边斜了过来："你他妈的穷嚷嚷什么哪，留得青山在，不怕没柴烧。"瞎疤恶狠狠地说。他凸睁着一只眼，饿得皮包骨，活像一只饿狼，恨不得囫囵个把马崽吞掉。

投在雪壁上的黑影晃动了一下，忽明忽暗，"哒哒……"又被快活的火舌吞噬了。浓浓的松树油子烟，燎着乱蓬蓬的胡髭，青紫的脸膛愈黑了。酒精烧红的眸子，埋在黑重的眉须里，阴沉沉地盯着……不，玩赏着。

雪雾腾起的山窝子里，老灰和马崽被三条狼围住了。经过一场厮杀，两败俱伤。一条狼被老灰踢折了一只前腿，哀哀地低鸣着。一条狼被蹬瞎了一只眼，围地打转转儿。老灰也受了重伤，后右腿被咬伤了，站立不稳，臀部也被掏去了一块血盆大的伤口，露出白瘆瘆的骨头碴儿，疼得它身上一阵一阵抽搐着。唯没伤毫毛的是马崽和那条不动声色的老狼。显然，老狼是在等待最后时机。它把另外两条狼招到身边，暗授机宜后，又

267

都分散开了，蹲在离老灰几步远的地方不动了。

老灰卧在雪窝子里喘息着，喷出的白雾和地上的白雪融在了一起，缠绕着周身。身下是马崽，不安地躁动着。老灰紧紧地搂住马崽，它是想用自己的身子挡住老狼的最后进攻。它无力站起来了，从那一声比一声长的嘶鸣声中，可以听出它在发出最后的吼声，那是愤怒的吼声，是绝望的吼声……让人听了心肠欲裂。

他和黑熊一直伏在山头上看着。他看不下去了，喊："救救老灰吧……"黑熊没动，也伸手按住了欲动的他，两眼死死地盯着，露出了他熟悉的玩赏目光……狼怕黑熊。黑熊曾徒手活剥了三条活生生的狼。林子里的套户都知道黑熊的大号。

老狼进攻了，大摇大摆，一步一步逼上前。两条伤狼尾随着跟上。老灰不叫了，默默地等待着，像是在等待着死神快些到来。在老狼逼近两步远的时候，老灰突然"呼"地蹿起，前腿掌支地，向半空中跳去——"咳！"一声震动山林的长嘶，惊呆了三条张着血口的狼。只见老灰像只从天而降的猛虎，两条前蹄笔直并起，向下扎来，准确地踩在老狼的腰上。"嗷——!"老狼长嚎了一声，和两条伤狼一起滚落在雪坡下，哀叫着逃走了……

老灰趴倒在地上，再也没起来，身上的血冻成了冰块，两眼微闭着。马崽围在它身边，"咳咳咳"地低叫着，吻舔着老灰身上的伤口。

"要学会求生。"黑熊和他走下来，这样阴沉沉地说了一句，不知是对他，还是对老灰说。

"噗"，马崽一声没吭，就倒在了黑熊身上。黑熊抚摸着马崽柔软的皮毛，忘记了拿东西去接血。啪、啪……雪地上，立时溅开几朵鲜艳的红花。一会儿便停住了，被瞎疤用嘴接住了。咕噜，咕噜，瞎疤的公鸡脖仰动着，贪婪地吮吸……像喝凉水。

二毛子一转身跑了出去。

……外面，分不清天地，分不清夜昼。老白山、白桦林、白雪……夹在"呜呜呜"的山风中。一棵棵顶天立地的白桦树，此时像一个个被踩躏过的弱女子，裸露着光秃秃的身子，无奈地摇晃着、呻吟着……雪，一坨一坨地从树冠上砸下，像要遮盖树身，但不等贴上去，就被风粗暴地扯去了。一拱、一拱……堆起的雪丘，像隆起的无数座山峰，涌现在眼前。老灰也变成了一座山峰。他迈着齐腰深的雪，走过去，扒掉埋在老灰头上的雪，露出两只木呆呆的眼珠儿。灰长的眼角，挂着两串清泪坨。他弯腰从深雪里扒了半天，扒出一把枯树叶，向老灰嘴边递过去。老灰摆摆嘴，向一边伸去。它在想念马崽。二毛子不敢看那两只木呆呆的眼睛，通红的两手捂了上去。为了救马崽，它差点儿丧命。二毛子没有妈妈，二毛子从小就没见过妈妈。别人告诉他，他妈妈是大鼻子，他不相信。后来渐渐长大了，他对着镜子照过自己也长了一只大鼻子，就信了。养父一喝醉了酒就打他："你他娘的跟你那老毛子娘们长得一样，都不是好货……"不是好货的老娘丢下他和别人跑了。别人欺侮他，骂他"杂种"，养父也常拿他出气。他恨透了那个大鼻子娘们。一想到酒气熏熏的拳头，他心里不由得打了一个哆嗦。本来说好上月底卸套，发钱拿回去给养父……可谁知被大雪封在了山上。都怨瞎疤，是瞎疤拉黑熊再在山上干两天的。他还没赚够本。他赌钱赌输了，卖房子卖地还欠下人家九百块钱，拿闺女押上了。如果开春还不上，就要把他闺女给了人家。那家人家有个老光棍，整整大他女儿二十岁，娶过三房老婆都死了。"他娘的，我就是把老命豁出去，也不能把闺女填哄了那个老混蛋。"然而，老天爷不睁眼。第二天，他们刚把马爬犁赶进山，"山跳子"① 就来了。二毛子从没见过这个阵势。一株丈把粗立在山顶上的白桦树，眨眼间，齐茬茬拦腰折断了。"噼里咔嚓……"四周不断地响起树枝的断裂声，卷起的雪柱冲天而起。如果这时稍在山坡上犹豫，就会被狂飙般的山风毫不费力地卷到山下雪窝子里埋掉、冻死。瞎疤脸儿变了颜色，哭丧着说："坏啦，老少爷们，对不起，玩命了。"山在旋转，雪在旋转，人在旋转。几秒钟之后，就看不见对面站着的人影。黑熊掏出匕首，"哧哧"两下，从衣上割下两条破布，把惊呆了的老灰和马崽的眼睛蒙上，又"嗖"的一下割破了食指，染在了刀尖上，照准一棵方向弯向东的白桦树身刺去……这一切都是在几秒钟之内完成的。几秒钟之后，他断喝醒了瞎疤和二毛子，推着老灰和马崽，从山坡背面走下去了……在两座山峰夹着的一块巨石下，他们支起了雪窝棚。

次日出来时，他们发现山长高了，窝棚加厚了。雪还在疯落着，四下

---

① 山跳子：北方冬季林区刮的罕见的暴风雪。

里白森森的，仿佛来到了另外一个世界，这里没有白天、黑夜之分……黑熊腕上的"西铁城"转了五圈，他们知道过了五天。五天里，他们什么也没吃，干粮、炊具家什……全在套子点里。这么大的雪，一个月之内别指望有马套子上山。况且大部分套户都卸套回家过年去了。没有马套子印，就永远别想出山。"永远！"黑熊咬着牙凶狠狠地说。还好，黑熊带来了一壶酒。不过不到万不得已的时候，他是不会分着喝的。二毛子背后曾偷偷看见过他往壶里掺雪。瞎疤要杀马，黑熊没吭气。瞎疤小心地可怜巴巴说："我买吧，小崽，行不？"想了想，又真的把手向棉袄内里伸去。黑熊一个轻蔑的眼神制止了他。"不杀马，就杀我吧。我受不了啦！"瞎疤捶着胸脯，干号着，脖子上的青筋暴跳了出来。黑熊不看他，往嘴里倒了一口酒。二毛子知道，黑爷这是为什么事下定决心了……

二毛子返身走回雪洞，一股烤马肉味扑鼻而来。地上燃起了一堆柴火，三根枝丫支成的三脚架，吊着马崽两半血淋淋的大腿。瞎疤蹲在跟前忙活着，烤得烟呛火燎的。黑熊坐在阴影里，靠在雪地上仰着，闭着眼，像睡着了。二毛子走了过去。黑熊动了一下，举起了手。二毛子这才看清他手里拿着一块黑乎乎的肉。

"吃吧。"

二毛子摇摇头，伏身躺了下去。

"不杀，它也会冻死的……"过了半天，黑熊又说。沉默。空寂的四壁里，微响着烧柴的噼啪声，马肉烤煳了的"吱吱"声……一会儿，又加进了鼾声。

夜真静。听不到外面呼呼的山风。通红通红的火焰，像个多情奔放的醉汉，围着一截白桦圆木跳着、舞着。白桦圆木像个多姿丰满的少妇，袒露着烧红了的腰身，任醉汉狂烈地挑逗着，亲吻着。人说，女人的怀抱像炭火一样温暖。他多想躺在那温暖的怀抱里睡上一觉啊，哪怕永远不醒……火光中，她向他走来了。金黄色的头发，高高挺直的鼻子，闪动着一双棕色的大眼睛，描过红的口唇微微张着，白白的脖颈上挂着一条带十字架的金项链……好漂亮啊！她是谁？他不认识地站下了。前面是一条沟壑，那女人也站住了。"你他娘的跟她长得一样，要是托生个女的就好啦，就用不着出大力了……""你娘是老毛子，你是二毛子，你是个杂种！""不！……"他想喊，他想说不是。他想追过去找那个女人问问，可是他迈不过去。老灰不知什么时候跳跑了过来，跑到那女人身边。她一怔，随后飞身上马，转身向一片白桦林子里跑去。他一急，牵过马崽要追去，马崽一跳，前蹄失空，眼前一黑，身子向沟下跌去……

"二毛子，起来，起来……"黑熊一边摇他，一边看表。二毛子觉着嘴角流进一丝辣味，通过干涩的口腔，流进空荡荡的胃壁，向周身传去。僵硬的身子活动了一下，睁开了眼皮。

"瞎疤走了。牵走了老灰。"黑熊平静地说，摸了一把胡楂上的冰碴，显然他刚才出去过，老羊皮袄上沾了一层白雪。

"那我们怎么办？"二毛子吃了一惊，坐了起来，战战痴痴地望着黑熊阴沉沉的脸。黑熊说过，雪住了让老灰带路，领他们出去。现在老灰没有了，真的一点儿希望都没有了。

"我们不能再待在这里了，得离开这里。也许天无绝人之路。"黑熊咬断了一根烧剩下的马肋巴骨，站起来定定地说。

山上的雪住了。白白莽莽的桦林带，出现了浩劫后的宁静。被刮断的树枝、残冰……悄无声息地埋在积雪里。二毛子跟在黑熊的身后向山坡上走去。黑熊在前边开路，手中的匕首不时地剌向身边一株株向前挺立的桦树腰，嗖地刮下树皮来，刀尖都冲着一个方向。二毛子知道，这是防止走"回头路"。迷了山，往往走了几天几夜后，又回到了原来的地方。麻嗒山（迷山）的人大多是这样冻死或饿死的。"走出有二里远了吧……"二毛子大口大口地喘息着，有些跟不上了。"嗯。"二人走山路，忌讳说单数。要在平时，这二三里山路根本不算回事。可现在，二毛子只觉得身体软绵绵的像面条。空空的胃肠里，让他吞进去好几把雪。"跟上，到了山顶就好了，能坐'土坦克'。"没等到山顶，二毛子就趴下了。"奶奶的熊，起来！"一团雪砸下来，黑熊站在山顶上喊。他一激灵，往山上爬去。

山顶风大，他挣扎着立起身子，晃了晃，就像一片树叶一样，被吹落到山坡背面去。身子在软软的雪面上轻弹了几下，就向山下滚去。越滚越快，金星越转越多……身子和眼前的世界一样被解体了。大山、白桦、黑熊、老灰、瞎疤、马崽、金发女人、醉汉……活着的、死去的，过去的和现在的，一切都解脱了，一切都飘然欲仙了。"咣"——旋转的世界被撞碎了，头和屁股抵在了一棵树桩上。一切又变得和眼前的世界一样苍白冷酷。

　　……好久，才听见一个声音在耳边说："二毛子，你恨我吧。"他摇摇头，感觉身子裹在了老羊皮袄里。"山上歇着会冻死的……该死的家伙，都怨我答应了那个王八蛋，拖累了你。"二毛子大脑仿佛冻僵了，半晌，才浮现出黑熊的轮廓……

　　一铺土炕，摆着一张白茬桦木桌，桌上放着一碗猪肉和一只行军酒壶。黑塔般的大汉蹲坐在炕上，喝着。裸露的胸脯，长满了黑乎乎的毛。疙瘩隆起的臂膀上，缠绕着几道亮光光的刀疤。一截两人搂不过来的榆树圆木，被几条汉子抬进帐篷。"吭"，地上砸出了个坑。瞎疤圆睁着一只独眼，审视着围在中间一个十四五岁的男孩。最后把手里的卡尺点在圆木大头上："搬动了就算。"男孩一咬牙，伸下去两条瘦胳膊，脖上的青筋一绷，手用力一拽，拽秃了，圆木纹丝不动，他向后仰去，一个腚蹲坐在地上。"哈哈——"四周爆发出一阵开心的大笑。"嘿嘿，回去叫你老娘来帮你搬吧，我早看出来，这小子是个挺不错的毛子娘们养的。"瞎疤一只眼探过来，得意地调笑着。他从地上猛地爬起来，谁也不看就向帐篷门外走去。"站住！"炕上的黑塔动了，转过脸来，灌了一口酒，"这小子收下啦，当伙食爷。""黑爷，你？"瞎疤急了，瞪着一只眼刚要说什么，被黑熊一巴掌打断了："奶奶的熊，从明儿个起，你给我上山去！"

　　后来马套子队实行承包了，每个套户包一片山林子。二毛子和瞎疤没人要，黑熊要了。"有我喝酒，就有你们饭吃。不过你为什么不去读书呢？"黑熊对二毛子说。二毛子心口窝一热，眼窝子也热了。还有一年他就念完初中上高中了，可养父不让他念了，不给他交学费。中学生的学费也越来越贵了。

　　听瞎疤说，黑熊是个刀架脖子也不会吐软话的汉子。有一年，他帮别人打架，被对方那伙人抓住了，大头冲下吊在树上，身上刮了十一刀，他愣是一声不吭，牙都咬碎了，血模糊住了头脸，堵住了鼻孔。看他的人以为他死了，把他放下来，哪知他刚一落脚着地，就一个鲤鱼打挺站起来。那人见状，慌忙抽出刀来，刚要捅，被他握着刀刃夺过来，反手刺去。那人直愣愣地倒在地上，死了……黑熊坐了七年牢。出来，就上山了。跑了三年马套子，揣了一沓钞票下山，找到被捅死的那家寡妇，把那叠钞票丢给她，寡妇不要。"你想让我养你一辈子吗?"寡妇说:"你并不欠我什么，人不该像狼一样互相残杀……"黑熊噎住了，手发烫地缩了回去……以后，黑熊又几次揣钱下山，但都被那女人拒绝了回来。黑熊就软了，不再往山下跑了。

"其实，黑爷还是挺惦记那家寡妇的。"瞎疤挤着独眼，淫邪地说:"女人离不开男人，男人也离不开女人……嘿嘿，二毛子，给我当女婿吧，等我把闺女赎出来给你当老婆，和毛子娘们结个亲家。操你妈那个洋×！啧啧。"

二毛子厌恶地别过头去。真想一拳把他的另一只眼也揍瞎。他赌钱，连自己的老婆也出让过，后来老婆就和别人跑了。

每到月底，发了票子，都回去了。山上只剩下来黑熊。陪伴他的是老灰。老灰是从一个鄂伦春猎户手里换来的。三块电子手表，那老头像捡了一个大便宜，眨着两只细长的眼睛笑了。牵回来，他后悔了。老灰像只暴跳的虎，拴着的树桩连根拔了去。他也玩命了，用绳子把自己绑在老灰身上。跑了一天一夜，又跑回到了猎户的小院。老头先看到马乐了，后看到马背上奄奄一息的他惊讶了:"怎么了，伙计，要不要再换一匹呀。"他摇摇头。"那好吧，再跑回来可就是我的啦，这是这疙瘩的规矩。"他点点头，表示懂了。回来，他没有再动刑，而是跑遍了满山的套户点，找了一匹烈性公马，给老灰配了种……老灰怀上马崽后，安生了下来。马崽生下来，他从山下买来豆饼泡软了给马崽喂。熟了，老灰和他亲热起来……从山下回来总是看见他一个人和马睡在一起。后来也有人看见他骑着老灰溜达下山去过……

"咋样，马也和人一样，总得有个恋头。我在山下看见黑爷在邮局转悠，准是给那个寡妇汇钱。"瞎疤一边抬木头，一边对二毛子说。

二毛子不信。直到有人从山下给黑熊捎来退回的汇款单，他才相信这是真的。难道黑熊真的像瞎疤说的，想要霸占那个寡妇?

傍晚，二毛子在山根底下的林子里捡枝丫烧柴。一个黑影慢慢挪蹭过来，走到跟前才看清是黑熊。二毛子直起腰来，四下无人。

"喂，中学生，问你个字，这两个字……可知道怎么讲。"黑熊边说，边捡起一根枝丫棒，在雪面上歪歪扭扭划了起来……

二毛子歪头在雪上看了半天，才看(猜)出两个什么字来，吞吞吐吐地说:"……'怜悯',嗯,就是'同情'……就是'可怜'的意思。"

"我明白啦。"黑熊转过脸去。

过了一会儿,黑熊向帐篷那边走去,嘴里好像喃喃在说:"我真傻,我真傻……"山渐渐黑了脸,黑熊离去的背影,像座神秘的大山,一点一点从二毛子的视线里消失了。

雪,变得像山石一样坚硬、冰冷、沉重起来。两个人影匍匐在深深的雪窝子里,艰难地爬行着。翻起的大堆雪浪,堆积在身后,又很快被风拂平了。从峰顶、树上刮下来的大团大团的雪,一串串蹦跳着滚下,劈头盖脸砸来。手、脸冻裂了,麻木了……四肢机械地移动着,不知爬了多久。黑熊腕上的"西铁城"冻成了冰坨。眼前,四周总是一个颜色,白森森,蓝幽幽……眼睛僵直了。

饥饿、寒冷……发起的阵阵冲锋,仍在袭击着毫无抵抗能力的神经末梢儿。渐渐地,鼓鼓囊囊的胃肠失去了知觉,填满了雪,胃肠反馈,雪从内里翻出的寒气,萎缩着冻硬的身体……

二毛子停在半山腰的雪窝子里,不动了。口里残喘着一丝儿冷气。

黑熊爬过来,从老羊皮袄里掏出酒壶,递过来。二毛子摇摇头,他知道里面已经不多了。

"黑……爷,我爬……不动了,你先走吧……"

黑熊没说话,看了看四周,回过身来,脱下羊皮袄又给他盖上了,把他身下的雪往深挖了挖,从上面把雪坑埋上了,只从头上留个通气孔。然后,转身独自爬去了……

过了一会儿,黑熊又爬回来了。他呼哧带喘地扒开雪,给二毛子灌了一口酒,急切地摇晃着他:"二毛子,我们可以出去了,我找到来时做记号的那棵老白桦了!"

一种本能的求生欲,像电流一下传遍二毛子的全身。他睁开眼,梦幻般地死死盯着黑熊。

"真的,在那头,离这儿不远了。"黑熊一边拽起二毛子。二毛子也一下子挣脱黑熊的手,站了起来,踉踉跄跄向那边扑去……果然看见了那棵染着黑熊血的老白桦。

二人像两条醉汉,摇晃着来到树下,狂喜地把树身搂抱了起来。

黑熊拔出匕首，飞快地割下几块桦树皮，在地上点着了。二毛子又从雪地里扒出几截断树枝放在火上……火燃大了，他们忘情地蹲在跳跃的火堆前烤着，激动得手颤抖乱动，一时不知说什么好。

"二毛子……"

"嗯……"

"你还饿吗？"

"不饿了……"二毛子倚靠在老白桦树根身上，兴奋得微闭着眼，苍白的脸上渐渐有了红光，嘴里喃喃地说："这下好啦，我们能出山啦，回去就有吃的了……"

"从这棵树往东走，走出五百米就走到了我们常上山的那条马爬犁道，顺着马爬犁道往下走，就走到套户点了。二毛子，你还记得那条道吗？"

"记得。到了那道上闭着眼也能摸回去。"

"二毛子，你觉得黑爷待你怎样。"

"挺好啊……"二毛子睁开眼，不解地看了黑熊一眼，发现他脸上渐渐收起了兴奋的神色。

"那好，黑爷有件事托你办。"黑熊说着扯过老羊皮袄，用刀尖挑开一道缝，从里面掏出一张硬纸："这是我的存折，你拿去下山到银行里取出来，给瞎疤家里汇去九百元钱，剩下的你拿着明年以后上学用吧，你年纪还小，应该接着去用功读书……"

"黑爷，你这是？……"二毛子刚才极度的兴奋一下子消失了，惊讶地注视着黑熊那越来越变得庄重忧虑的脸。

"我要去找瞎疤……"

"瞎疤？瞎疤他不是回去了吗……老灰认识路呀。"

"他没有回去，他不可能回去。咱们出来的道上，我留心看了，没有老灰和他走过的脚印。我了解老灰的脾气，没有马崽，它是不会自己轻易出山的。一旦找不到马崽，得知马崽被杀了，它会发疯的，会报复的，绝不会把瞎疤领出山的，它会把瞎疤摔死在山涧里……"

二毛子听了，一阵毛骨悚然。黑熊的眼里露出一股阴郁可怕的光。

"拿着吧。是我杀死马崽的，要报复的应该是我，而不是别人。如果我不回来，你一定要把钱尽快给瞎疤家里寄去，赎回那个可怜的孩子。你也不要再干了，读书要紧……"

黑熊站起来，把存折又放进老羊皮袄里，扔给了二毛子，转身向西山坡下走去。

　　"不，黑爷！我要和你一起去，就是死也要和你死在一起……"二毛子在后面疯喊着，追了去。

　　"奶奶的熊，你回去叫人来……"

　　风雾时卷起的雪雾，淹没了黑熊的吼声，遮住了两个渐次移动拉长了距离的黑点。大山却平静地袒露着洁白丰满的胸脯，沉默地躺在那里。

夜间行车

　　由省城发出的直快列车拐过了小兴安岭的南坡岗——南岔站，就自动变成了慢车。"吭哧，吭哧"的，爬行得十分吃力了。所以每每车行到这里，车屁股上总要顶上另一辆蒸汽机车头，"吭哧，吭哧"帮着往上推，直到上了山岗才松下一口气来，从一直冒着浓重黑烟的烟囱里爽爽地冒出一股白烟来。由于加挂车头，列车在这个夜间途经的三等小站上，总要多停留一些时间。这样早已等候在月台上（通常比道班员还要守时、还要精神）的一群十七八岁女孩，就会相拥着走上车来。女孩的胳膊上挽着一个蒙着小白棉被的柳条篮子，在每节车厢里边走边喊："买包子吗？热乎乎的包子。要么？"昏昏沉沉睡着的旅客被喊醒了，睁开迷顿的眼，在座位上伸着脖子问："到哪儿啦？"对这样没头脑的问话，女孩也很热情地兼顾回答："到南岔站了。"问的人缩回了脖子，很失望地说："操，这么慢。"或者说："操，才进山哪。"复又昏昏沉沉摇晃着脑袋睡去。

　　车过了南岔站，才算进山。两边奇形怪状的山峰，黑幽幽地向车窗前拥来。车窗外，一会儿是一片静如处女的白桦林地，一会儿是连绵起伏的老红松林岗，一会儿又是柞树、榆树相间的杂树林带……夏天里，从林间跳跃地闪出一丛丛粉红色的达子香花来。夏天那条和山里铁路线一样漫长的汤旺河，绕着山脚，顺着上行的绿色车厢逆行而下，哗哗啦啦，一路唱着歌。清澈悦耳的水声，早已驱赶走了人们的睡意。无论是山里人，还是山外人，夏天乘坐这趟车都不会觉得寂寞的。唯有冬天……汤旺河像条冻僵的蛇，横尸盘卧在山脚下，一动不动。山呀，树呀，被厚厚的陈雪覆盖着，显得毫无生气。这样乘车的人就宁肯在睡梦中度过了。

还是在省城车站上，有人就宁肯花一百块钱好处费从票贩子手里搞到一张卧铺票。可搞到的人不多，这趟夜行车毕竟只有两节卧铺车厢，大多数人还得像沙丁鱼似的塞进硬座车厢里来。过道上都站满了人，那个胖胖的列车长在人群里挤来挤去，如同一条胖头鱼，干喘着嘴走过好几遍。列车长在为他的列车安全担心，不时地指着行李架上某件可疑的行包叫人打开，叫到的人很不情愿地站起身来，嘟嘟囔囔往下拿。胖列车长很有耐心地站在一边，直到打开包看过为止。每节车厢都有一幅这样的横幅：严禁携带烟花、爆竹上车！让人感觉到春节马上就要来临了。车上之所以这么多人也都是赶着回家过年的。这样一来拥挤抱怨中就有了一些谅解。

　　森是携带着未婚妻回去过年的。森每年过年都回去。森是单身职工，享受着法定的探亲假。回来报销百分之五十的路费。森跑了十年，一晃十年了啊。"这十年当中你就一回也没在外边过过春节么？"未婚妻霞曾经这样问过他。"没有，"森认真想了想说，"真的一回也没有。""你真是一个没有长大的孩子。"未婚妻瞅了他一眼，表情古怪地说。森想说我都三十岁了啊，心里却不得不认为霞说得对。森想不出一个人在外面过春节是什么滋味，那一定是一个没娘孩子的感觉。森在 S 市的文工团工作，搞歌词创作的。对感觉一向看得很重。此刻，森坐在 5 号车厢里，感觉并不太好。车厢内棚顶上的灯光映得森脸上有些神情恍惚。森坐在车厢中间的 66 号座位上，未婚妻坐在靠门口的 98 号座位上。上车以后才发现这个问题。森不明白他们两人的座号为什么不挨着？票明明是森提前排了一天的队买的，森挤出一身臭汗。森顾不得去擦汗，看到手的票是两张挨着的号，怎么到了车上偏偏分开了？未婚妻那种熟悉的讥讽眼神，提醒森错将"66"倒看成"99"了……未婚妻似乎很愿意这样坐，上车后就在靠门口的座位先坐下了。森也只好去寻他的座位。

　　森与一个躬曲着水蛇腰的瘦男人坐在一起。瘦子在窗桌前啃着一只烧鸡。见他走过来坐下，问他："吃么？"森疲躁地摇摇头说："谢谢。"瘦子是一个倒服装生意的小贩，列车长已叫瘦子把头顶货架上的两个大尼龙编织袋打开过三遍了，瘦子就腻烦了："您还有完没完呢。"瘦子慢慢吃完了烧鸡，用卫生纸擦擦嘴、手，把鸡骨头装进一个塑料袋里，将台几上收拾干净，铺上一张报纸，从兜里掏出一副扑克牌来，问对面两人："玩吗？"对面两个人点点头。又问他："玩吗？"他摇摇头。"小姐你玩吗？"瘦子问过道站着的一位年轻女子，年轻女子转过脸来礼貌地一笑，"好的。"她胸前戴着一枚林业学院的白校徽，头上梳着平直的披肩发，一笑露着两个深深的酒窝，透着山里女孩的纯朴。森往外挪了挪身。"不好意思，谢谢。"她坐下来时说，四个人摸起牌来……

"漫长的夜啊……"瘦子举着牌斜瞅着森眨眨眼，嘴里说了一句。

哐当，哐当……车轮声在安静下来的车厢里响得有些单调。夜幕在结着冰花的车窗外渐渐地拉黑了，冬天的夜晚透着一股宁静的冷意。森的目光几次移向门口，森的目光有些滞涩。未婚妻坐在那里，眼睛并不向这边望过来，脸色淡漠地转向别处……时而又恹恹地垂下了头去。森的心里有点儿发闷……白天的事情像过电影一样从脑子里一点一点闪现了出来。从秋林公司出来，森对未婚妻说："也给母亲她老人家买件皮衣吧。"未婚妻转脸看他："就剩下五百块钱了。"森说："五百就五百吧。"未婚妻又说："谁知道路上什么时候需要钱呢。"森就失望了。钱是母亲寄来的，他们结婚定在了正月里在家里办。动身前，母亲知道他手头紧，特意先寄来八千块钱叫他们顺路买些结婚衣服用品和给亲戚小孩送的礼物。森知道这八千块钱是母亲用她那不多的退休金，一年一年积攒的。母亲一辈子舍不得吃，舍不得穿，拉扯他们兄妹五人长大成人不易啊……那会儿，森一个人站在一家百货大楼外面挺孤独，挺深情地这样想。失望让森有些不知所措……未婚妻从百货大楼出来，森没再提给母亲买衣服的事。森和未婚妻闷闷不乐地回到车站上，直到上了车两人谁也没再说一句话，包括票号弄差的事。两人就这么默默上了开往森的家乡去的火车。森以往每回坐上这趟车，心情总是很激动的。列车在一种欢快的乐曲声中开动时，森的心脏总要跟车轮跳上几跳。森这回心脏没有跳，仿佛兴奋和激动从三十岁的森身上丢掉了。

车厢广播喇叭里播了两遍："夜间行车，为了不影响广大旅客的休息，列车播音室停止播音，到站请听列车员报站名。"就没声了。好像与播音员做对似的，女列车员好久没见出来，那个衣着不整的乘警倒打着哈欠出来了，冲东倒西歪在座位上的人喊："别睡了，别睡了，这一段路贼多，看好自己的包。"就有人睁了一只眼，向头上的行李架上盯去。"……前两天坐这趟车回来，有个河南倒木材的老客，腰里缠了两万块钱现金，还带了两提包好烟好酒，只打了个盹工夫，腰也空了，包也空了，这回甭给人

279

家上礼了，倒落得个两袖清风回去。"瘦子边出牌边眉飞色舞地讲着。"现在可真不比从前了，从前我坐这趟山里的火车来回跑，有一回把一件貂皮大衣丢在车上了。回头坐这趟车回来时，貂皮大衣还在坐过的座位上挂着呢。"对面那个年岁大的男旅客说。"你那是老皇历了，现在是啥时候，那是啥时候，那是'林大头'耍横的时候，现在林业局都发不出工资来，不偷点儿、抢点儿咋整。连铁路警察对他们都没办法，睁一只眼，闭一只眼，只希望别弄出点儿人命，就是活菩萨保佑了。那回一水水上来六个小伙子，把车厢两边的车门卡住了，用刀逼着搜身，乘警没招了，就在广播室里喊，别舍命不舍财了，有钱快给他们，趴在座位上别动。一眨眼工夫乖乖叫人搜了个干净。你说乘警是帮贼的忙，还是帮乘客的忙呢。"瘦子细声细气地说，听不出他是同情呢，还是气愤。

……莫名的困倦向森身上袭来。森头歪在了椅背上。列车在夜沉沉的山路缓缓慢行着，左右摇晃的车厢仿佛一只夜行的船，轻轻颠簸呻吟……朦胧中，森从盖着脸的手指缝里看见瘦子将一只手放在了台儿下面女大学生的腿上。森愕然了，偷偷从指缝里打量女大学生的脸。女大学生的脸坦然平静地微笑着，出完了一张牌，毫不惊慌地伸下一只手，将瘦子的手不动声色地拿去了。瘦子偷偷瞅了女大学生一眼，小心拘谨地会意一笑。"真是一个大方有教养的女孩。"森心里头这样想着。

未婚妻霞是森的同乡林介绍认识的。林的妻子也在科研所里做描图员。林比森小三岁。林在刚开始要给森介绍女朋友时，曾经有些羡慕地半开玩笑半认真地对森说："你还用得着我给你介绍对象么，文工团里有那么多年轻漂亮的女孩，还不够你挑么。"森打住林的话，说："文工团里的女孩，没有一个是处女了。"林望望他说："想不到你的脑子还那么封建……"森说："这不是封建不封建的问题，这是一个有没有教养的问题。你知道吗，不管什么人随便出五十块钱都可以到歌舞厅去陪人家一宿。"林看见争执得像孩子一样脸红的森，不说话了。那年夏天林带着未婚妻回去结婚，从家回来时又来到森的单身宿舍，见到森时林说："我去看你母亲了。""噢，是么。"森沉吟了一下。"你母亲流泪了……"森知道母亲为什么流泪。森这几年探家，越来越从母亲的苍老的目光中看出一种忧郁。森是老大，森不结婚，森下边两个已经有了未婚妻的弟弟就不能结婚。母亲的良苦用心，森是知道的。"森你别再挑了，你的年纪已经不小啦。"林已知道别人给森介绍了无数个女朋友，森最后都没同意。"是你母亲托我这样劝你的，她老人家自己不好对你说。"走时，林这样意味深长地讲。森目送着窗外林和他的新婚妻子相偎呢喃走去的背影，心里有一种说不出来的感觉。

事隔不久，林就给森介绍了霞。霞人长得苗条，脸上透着一种文静。见过第一面后，林问森："怎么样……""感觉还可以。"森思索着说。"这就好，你该为你母亲想想了，别再像个孩子不定性了。"林宽心地说……他和霞的事就这么敲定了下来。

森曾无数次幻想过携带未婚妻回家去时的情景……以前森一个人回家过年的时候，总要给母亲买点礼物。母亲接过礼物来并不见得多么开心，总是很忧郁地说："我不希望你给我买什么礼物，我只希望下次回来能带着你中意的姑娘回来。"森的心就颤动了一下……森成家后，就不可能一年回来一趟了。想起来，森有点儿难过。森把头向未婚妻那边转去，霞的头伏在靠窗台几上，不知是睡着了，还是没睡……这样单调、寂寞的旅行是森无论如何也没有想到的。怎么会是这个样子呢？森在心里一遍一遍隐隐地反复问自己……杂乱的思绪如同车厢内放不出去的灰色烟雾，明明暗暗在一张张困倦乏味的脸上缭绕，聚散。

夜行的车在林区的小站上不知不觉地停下了，又不知不觉地开走了。从车外上来的人，带着一身凛冽的寒气。过道上的车门一打开，白色的寒雾，顺着人们的脚下，无声无息地席卷了过来。

困顿的女列车员从过道里无声地走过来。森睁了一下眼，问："下站是苔青站吧。"女列车员点点头，又无声地走过去了。

"你在苔青下车么？"女大学生转过脸来问他。

"不是……哦，苔青是我的出生地。"他对着什么也看不见的窗外瞅了一眼，轻声地说。

"噢……"女大学生又看了他一眼，目光中含着某种亲切。

他默默地站起身来，向门外走过去。森这也成了习惯，每回探家路过这个小站，森总要站在车门口上去望一望小镇的。森走在过道上停了下来，森看见霞头伏在那里睡着了。森想着要不要叫醒霞一块儿到门口去。森以前曾跟霞提到过这个小镇，是挺动感情提起的。霞只是默默地听着，霞没有说出受感动的话。森总是幻想有一天再路过这个小站时，走下车来……最好是能够和自己心爱的女人一道走下车来，看看这个他的出生小镇……森望了一眼厌倦地睡在那里的未婚妻，打消了叫她起来的念头，一个人踽踽向车门口走去。

火车披着夜色缓缓地在小站停下了。小镇还处在沉沉的甜睡中，寂静的夜色中传来一两声狗叫。尽管在黑暗中，森还是能够分辨出小镇熟悉的轮廓。森的目光幽幽地向小镇西南边望去，森住过的草房在西南边的山脚下，现在被水泥厂高大的厂房挡住了。水泥厂是森一家离开镇上时建成的。森九岁离开了这里。九岁以前的事情，森记得还很清楚。母亲在那两间草房里生下了森，生森时从炕里到炕梢淌满了血，母亲大出血。"差点儿没淹死你。"母亲后来笑着对森说。

森六岁那年春天，和比他大一岁的岩，去镇南头的野地泡子里捉蝌蚪。森蹲在泡子边上用手捞着捞着，脚底下一滑，掉进了泡子里。岩见了，丢开手里盛蝌蚪的瓶子，跳进了泡子里，扑腾了好半天，方把森救上来。冷水冻得岩牙齿直打战，岩在送他回去的路上也没有忘问森："你妈会不会打你？"森说："我也不知道。"已得信的母亲发疯地赤脚从家里跑到野地上来，一见到浑身上下水淋淋的岩和森，蹲下身来一边一个紧紧地把他俩搂在怀里，哭了起来。森第一次看见母亲哭得这么久……离开了故乡，搬到新的林业局去住后，母亲似乎把早先镇子上的事情全忘了，包括生他时差点儿丧命。唯有一件事情母亲没有忘，那就是每当他或别人提起岩青的事来，母亲总要很严厉地说："森，你不要忘记了岩。"这样六岁的事情才在森的心里扎下了根……这就是你的生身地，这就是两次给了你性命的地方……森在心里一遍一遍喃喃地念叨着，默默地对着黑暗中的一切流泪了……

"喂，你下车吗？"

森摇摇头。车在这个小站上只停留两分钟，除了要上车的三个人外，月台上没有一个人影。安静的票房子屋檐下，吊着一盏昏暗的灯，孤独地醒着眼。森侧背过身去，让那三人上来。三人卸下什么东西后，车门就关上了。

车又无声地开走了。

森走回来。看见刚才上车的三人中一个四十多岁的黑脸膛汉子坐在他的座位上了。"是你的座？"森点点头，又说："您坐吧，我想站一会儿。"

森就和那两个小青年站在了旁边。"那我就不客气了，我是短途，一会儿就下车。"中年男人说。他身上穿着头几年林区工人常见那种黄杠服棉袄，扣子掉得没剩下几颗了，腰里用一根粗麻绳扎着。

"您是苔青人吗？"森瞅了几眼汉子，这样问道。

"嗯。"

"一直在苔青住吗？"

"不，苔青水泥厂建成后才过来……"

"哦……"想必那两个青年人也是这个样子，森心里想。

"水泥厂怎么样呢，经营得还好吧。"停了一会儿，森颇为关心地问。

"别提啦，发不出工资，压好几个月了，就发水泥给工人抵工资，叫工人自己想办法卖掉……有谁会成袋买呢。"汉子犯愁地说。

森看到三人上车往车上卸的是三袋水泥，搁在门口上了。那两个小伙子脑门还各自留着两块水泥灰，像京戏里丑角的样子。森想白天他们搬水泥上车，列车员肯定会不让上。他们只好乘夜车往外运了。森还想多听听他们说的苔青情况，可是很快他们几人就下车了。黑脸汉子离开座位时，拍拍森的肩："兄弟，有机会到我们苔青去玩玩。"森竟一时挺感动地点点头："会的……"

门口上扑涌过来的白雾，吞去下车人的身影。

……森是在一种类似梦乡的迷糊中，被人拍了拍他的肩头，森就醒了。睁眼瞧见拍他的人是那个乘警。他也刚从睡梦中醒来，眼角挂着一摊黏黏糊糊的黄眼屎。"你跟我来一趟吧。"森懵懂地站起身跟他走了。许多人还在座位上歪歪斜斜地睡着。也有人在森走过去时，对森的背影半睁半闭探看了一眼，对邻座的人意味莫测地说了一句："瞅见了吧……"

森被带到了餐车里，餐车里早已空空荡荡了。只有两边的壁灯开着，洁净的白桌布在黄壁灯照射下，反射着一种模模糊糊暗淡的光晕。在一张餐桌旁，低头坐着森的未婚妻霞。乘警指着霞问森："她是你什么人？""未婚妻。"森脱口而出，但眼中明显地透出一种糊涂的询问：她怎么会在这里？"那么好吧，让我来告诉你吧，你的未婚妻夜里睡着了的时候，被人掏去了五百块钱。"乘警说完注视着森的反应。但森的脸上并没有什么反应，森的脸上神志还像刚才沉浸在梦乡中，对眼前发生的一切毫不在意。乘警只好接着自己说下去："有人看见那个掏兜的家伙和你站在了一起，是这样吗？他们是从什么地方上车的，又是从什么地方下车的，最好你能说说他们长得什么样，你还记得吗？"森的脑子里这会儿转出那个黑脸汉子和两个脸上蹭着水泥灰的小青年。他们搬的水泥是工厂发给他们抵做工资的，工厂为什么他妈的这样干呢？

"我记不得了。"森说。

乘警叹了一口气，无可奈何地冲森的未婚妻霞摊了一下手："这就难办了。"

森和未婚妻从餐车里往回走。乘警困倦地打了个哈欠，冲着他们的背影说："我说过好几遍了，叫你们不要睡觉，这一段路贼多，你们就是不听。"

在两节车厢连接处，森站下了。听未婚妻在身后这样说道：

"这回你高兴了吧。"

"我为什么高兴？"森反问一句。

"没随你的意，你幸灾乐祸呗。"

"随你的便去想。"

"穷山恶水出刁民。"

"你再说一遍！"

未婚妻看到森被激怒了，脸上暴露着她从来没有见过的颜色。就心虚了，挪蹭脚步，往车厢里的座位上走去。

森独自站在冰凉的车厢门口上，透过结着霜花的车门窗户向外面沉默地望着……咣当，咣当，随着车轮的震动，外面黑幽幽的山影，一起一伏摇晃从车门窗上模糊地闪过。白色的寒风从门边缝里钻进来，一点一点将森的脖颈吹得麻木了。

车又停在了一个不知名的小站上。女大学生从车厢里走过来，下了车。"您走好。"瘦子跟出来送，依依不舍地说。"再见了。"女大学生回过头来冲瘦子招招手，又冲默立在门边上的他招招手。森机械地挥了一下手。

"真是一个大胆的女孩。"

"你说什么？"瘦子回过头来，望他。

"我说，她不怕截路吗？"他的目光依旧停留在远处黑幽幽的山谷里。模糊的视线里，她的身影渐渐小去，和黑色的山、黑色的雪融为一体了。

"放心吧，山里的贼从来不截山里人的，山不亲水亲……"沉默下来的瘦子说。

……

火车头像公鸡打鸣似的"呜——"地叫了一声。天，就渐渐地亮了。夜幕像个懒婆娘慢慢松散着从覆盖厚厚老雪的山谷中退去了。浓浓的白雾从山沟里升起来，天地间一片混沌。蓦地，打东面一座山峰顶喘着气爬上来半个太阳脸，红红的，像炉火一样的亮色，一缕一缕钻进车厢里来，摇摇晃晃，跳荡着拨醒了沉睡中的旅人脸。

"喂，伙计，想开些。"一直站在门边上的瘦子说。

"……"他从沉思中醒来，从窗外移下目光。

"我说，不管咋说，结婚也是一件让人高兴的事情。你说呢。"瘦子眨眨眼，磨转着身拖着瘦长的腿向车厢里走去了。

他站在白亮的门口，又投入地瞅了一会儿山，瞅了一会儿雪。直到车厢广播里播出："旅客们，早上好，前方列车运行到站是红山站……"他才想起来该下车了，默默转身离开了车厢门口，心情挺好地向车厢里走去。

睡了一夜的车醒了。

五 花 山

　　我以前很少在秋天回山里去，一般多是在冬天，过年回去和父母团聚，再不就是在夏天，女儿放暑假了，带她回去看看山，看看河。小时候看惯了秋天的山并没有特别强烈的印象，只觉得山一变了颜色就该落雪了，再不是我们孩子玩耍的天地了。儿时特别喜欢春天的山和夏天的山。春天山上有各种各样山野菜和山野花，夏天山上有野草莓、都柿、羊奶子、稠李子、山葡萄、狗枣子这样一些山野果。这种儿时的记忆，是我在城里生活了许多年后还清凌凌地闪现在思乡的怀旧中，让我不可救药地认为我就是个山里人，城里的一切，私家车呀、房子呀、股票呀……统统与我无关。省城的作家阿成就说过我还没有从童年走出来。不过以我现在的年龄已不允许我有过多的浪漫想法了，否则我真想在山里盖一间房子隐居起来。

　　一个人到了我这个年龄除了怀旧还能想什么呢？

　　早些年回山里去只有从省城中转一趟夜间行驶的慢车，没等进山天就黑了，是看不到外面的风景的。现在随着山里旅游热，省内开通了一列旅游临客。我们就是坐这趟旅游列车进山的。同行的是两位诗人，女诗人季禾和大学中文教授王立先。我们相约在省城车站会合的，一上来车厢过道就站满了人。再过两天就是中秋节了，所以车厢里多是探亲回乡的人。汗酸味、烟草味儿……充塞着我们的鼻孔，这样条件很差的临客是允许旅客在硬座车厢内吸烟的。不会吸烟的我们只有熏在这黄澄澄烟雾里，耳里灌满嘈杂的人声。窗外就是明晃晃可以吸进肺里的秋天阳光，允许开车窗，可是我们窗前的窗钩锁坏了，怎么也打不开。穿着松垮垮蓝制服的男列车员过来看过了，他耸耸肩也无能为力了，他从拥挤的过道上蹭着身子走过去。

好在我们很快补了卧铺票，这样可以安静地去看窗外的风景了。车过呼兰，窗外在变幻着秋天的风景，一大片一大片金黄的田野里，能看见农民收割的身影，割下来的稻谷被整齐地码成行，摆在田垄上。从窗外款款吹进来的风带着一股浓浓的秋天味道。坐这样的列车进山是适合旅游的心境的，几乎所有的小站都停。过了铁力就算进山了，山里的小站名都很好听，桃山、神树、带岭、绿潭、白林、美溪……车窗外绵延的山峦，绿色中透着渐黄渐红斑驳的色彩，一条蜿蜒的河流从山谷里流出来，这就是那条横贯小兴安岭山麓南北的汤旺河了。

坐在我对面的王立先很激动，他的眼睛快要从镜片后鼓出来向外望着。我说这条河会一直跟着我们到达终点站的。他才躬着瘦长的身子缩回了头，摘下眼镜来擦拭着眼镜片，渐凉的风吹拂着他的头发。果然，汤旺河随着逆行的列车在山峦脚下若隐若现，时而舒缓，时而湍急，直到暗下来的夜幕遮去了它的身影，王立先还在大睁着眼睛向车窗外注视着。

车一过白林，我的心口就怦怦跳了起来，下一站地是苔青。我是在这个小镇出生的，父亲十九岁从山东闯关东来到这里。

快车在这里不停，慢车在这里只停两分钟。卧铺车厢门不开，我颀长的身子穿过卧铺车厢、餐车车厢往硬座车厢跑去。王立先也紧随在我身后奔跑，硬座车厢里的人差不多一进山就下光了，车厢空荡荡的在摇晃着。

"你要下车么？"男列车员刚要关上车门。我摇摇头，站在车门旁向外伸着目光。

"没啥好看的。"是的，夜幕已完全笼罩了小镇，模模糊糊的什么也瞅不清。站台上微弱的灯光只能看清站牌上的"苔青"两字。不过这样也好。

"你是在这个小镇出生的？"走回来，女诗人季禾扭过头来问我。

我点点头。

"多大离开的？"

"九岁……"

父亲在小镇商店里当店员兼调货员，母亲从山东老家跟来也在镇上当一名店员。六岁那年春天，我和弟弟跑到小镇南头菜地边泡子捞蝌蚪，刚化冻的土让我俩脚一滑掉进了泡子里，是一个叫申岩的半大孩子把我俩救上来的。九岁那年我们全家搬走后再也没有见过他。以前在外上学放寒暑假回来时，每次坐车路过这里后半夜天还没亮，我都会站到车门口去向外打量一眼。

不用打手机，大哥已迎候在出站口了。他在我们下榻的宾馆里为我们接风，来时叮嘱他不要太张扬了，他没有找相关的官员，只找了一位陪酒的。此人我以前回家见过，他是我们林业局有名的猎人，外号叫"二老腾"的儿子。如今早已禁猎了，子没承父业，他在城里独自闯荡，倒腾起皮毛兽骨生意，我们戏称他是"城市猎人"。听说他妻子头几年就与他离了婚，一个读高中的女儿由他带着。我不知道他这几年怎么成了大哥家的常客，每次回来总能碰到他。

"二哥回来啦。"他粗糙的酒糟红脸上细眼眯眯亲热地笑着，手劲很大地与我握了握手。

坐上酒桌后，他眼睛瞄上了王立先，我们三人只有他稍有些酒量，可是一脸书生气十足的教授哪里是猎人儿子的对手，三大杯白酒下去后，他就醉得一塌糊涂了。第二天早上醒来还在呕吐不止，坐在车里还在头晕着。我后悔昨晚上没替他挡些酒来，让他一路错过了不少好风景。

车子是早餐后去嘉荫的，来之前季禾跟我说很想到黑龙江边上去看看。这个边境小城紧邻我的家乡。以前从市里到嘉荫要四个多小时，现在伊嘉公路修好了，小车两个多小时就跑到了。大哥的司机黄老六车开得很稳，晴朗的秋阳下，越往北走五花山色越浓了，逶迤的山脚下那条和我们告别了一夜的汤旺河又不失时机地露出清澈的脸来。

离县城还有十来里地远，嘉荫县的政法委书记金水冰和老刘、小朱就等候在一个路口上了。

驱车进了县里，县城也与我几年前来这里时大不一样了。整齐的街道两旁新建了不少楼房。中午我们在江边就餐的商务大酒店就是新建成不久的。不知是不是那个长得有点儿像濮存昕的金书记有意安排，从我们就餐的楼上单间宽大的窗子望出去，就能看到阔阔流动的黑龙江江面，一江秋水向东流，两岸是旖旎迷人的五花山色，窗口就像画框，让人很有食欲。桌上都是黑龙江里出产的鱼：大马哈、岛子、鳌花、细清鳞、牛尾巴子……那个胖乎乎的老刘给大家倒酒，倒到立先杯前，季禾给他挡下了，"他昨晚喝多了，来的路上还吐过两次呢。"老刘就眼瞅着大哥说："那正应该透一透，是不是王书记？"大哥说："别给王教授倒了。"老刘站着不走："那王教授的酒？"大哥说："倒给我吧。"大哥面前摆了个双杯，看来他今天要豁出去了，在来时的路上大哥就跟我说，嘉荫政法委这几个人都是老乡镇出身，喝酒甚得很。果不其然，在金书记、老刘张罗了两巡酒后，这个貌似憨厚的小朱也缠上了大哥："王书记，你轻易不到我们这疙瘩小县城来，你怎么的也得给俺个机会呀。"大哥这个市政法委副书记也是从下面基层干上去的，这些人自然是不会放过他的。

饭后我们朝江边去走走，阳光很好，可还能感觉到江风的阵阵冷意，几只白色的江鸥振翅从平静的江面划过……不大工夫，金书记联系好了一艘游船，要我们坐上去游江。由于对岸是俄罗斯的一个小村子，所以嘉荫至今还没有建成口岸，不过倒听老刘说，一到冬天这边也有人组织过去给他们伐木，"老毛子那边林子太他妈的厚了，哪像咱们伐得个精光。"

游船到了江中心都越过了江中界线，顺流往下游驶去，远远看到对方有船过来，又兜过这边来。迎面"突突"开过来的是一艘锈迹斑驳的货物船，船尾处看见两三个穿海蓝衫的老毛子正仰头一人手里拿着一瓶酒对着嘴吹。两船错过时，小朱朝他们喊："哈拉少！哈拉少！"他们听到了，也张狂地站起来，手里举着酒瓶子朝这边挥舞。

上了岸，金书记驱车引我们跑出县城二十里把我们引进了一个江边小村子，晚饭就安排在这个小村子里。下车后，金书记说："王书记说你们作家爱下基层看看，这个村子可是我包扶的一个点。"夕阳中一走进村里，一股边地苍凉气息扑面而来，村子里的庄稼刚刚收割完了，袅袅的炊烟中透着一种宁静。

走近吃饭的这家农户院子前，一个三十五六岁的穿着红袄的女人迎了出来，刚才她一直站在院子里手遮着额头朝我们这个方向张望着："我说我的眼皮刚才一直在跳呢，原来是金书记你们呀……"一只黄狗从她的裆下蹿了出来，金书记踢开了黄狗，说："市里王书记和省里的客人来了，你晚上给好好弄弄。"这女人脸上堆出的笑容稍稍忸怩了下，推开合着的院门，赶紧唤出一个粗粗实实的女孩来，叫给客人在院子里打一盆井水来洗手，招呼进屋喝茶。院子里停着一架牛板车，一头黄牛卧在房头牛槽前，嘴里淌着白沫倒嚼着青草，在后院还圈着一个羊圈。

木栅栏大门上挂着的一个挺温馨的治安联防员提示标语牌吸引了我们，季禾好奇地掏出本子记下来。木牌上写着：人走门关。院子里主人不在，邻人帮着照看。发生邻里纠纷，以和为贵。善待人畜……小朱说这都是金书记给想出来的。

“大妹子，想我不?”金书记陪大哥进了屋，老刘擦过脸后嘻嘻笑着瞅着女主人。“去你的——”女人端着一盆刚洗过的菜扭搭扭搭丰圆的屁股走进屋里去。

这家农户的房后就是江沿堤坝，我们三人从后院走了上去。一个头上戴着一条灰围巾岁数挺大却眉眼明晰高鼻梁的老妇人，手里拿着一支牛鞭从堤坝那头走上来，看见我们站下了，“你们是从城里来的?”季禾也站下了，点点头。“是哈乐（尔）滨的么?”季禾很觉奇怪，说是的。我和立先已迫不及待朝堤下的江边走去，夕阳马上要从江里沉下去，一头黄牛甩着尾巴慢悠悠地走上来，那是她的牛。这是个混血儿村妇，她羡慕地打量着季禾的装束，和善地与季禾搭起话来，她告诉季禾她母亲是俄罗斯人，五十年代中苏友好时她父亲到江那边干活，把她母亲带过来的，她母亲一共生下八个儿女。从此以后她母亲再也没有回到过江那边去。年轻的时候，她跟她母亲去过一次哈乐（尔）滨……中央大街她也去过，那里的姑娘都是漂亮洋气的。她俩的谈话被晚风时断时续吹进我们的耳里来……

江水缓缓平静地流过小村，走下印着牛蹄印的堤坝，红红的夕阳正把它最后一抹红晕涂进江水里，让这江、这村平添了几分安静的韵味。裸露的泥沙岸边是形态各异的榆树和柳树，让我们称奇的是，这些野生的树们一律按江风的风向倾斜着苍老的树身。满脸皱纹的老妇人告诉我们，这是长年累月的江风让树们变成了这种形状。季禾离开那个老妇人走下来一直没说话，一定是刚才那个老妇人的话让她联想起什么。她以前曾告诉过我，她的祖父民国初年年轻时就一个人闯到关东来谋生，也是一个人去过海参崴，后来落脚在哈尔滨了。

回屋，桌上已摆好了一圆桌饭菜，有清炖的江鱼牛尾巴子，有蘸酱菜老黄瓜、青白菜和小红尖椒，中间的两大盆里，一盆烀的是羊肉，一盆烀的是狗肉。这才知道金书记是鲜族人。女主人是特意为金书记杀的狗。不过不是她家的狗，是用她家的一只羊和村子里别的人家换的一只狗。老刘瞅瞅大哥说："金书记每次来，她都要杀一只狗的，你没听见咱们进村来，狗都不叫唤了么？"说完他就和小朱嗤嗤地笑。言语之间已看出这位少妇和金书记有点儿那意思来。大哥叫女主人一块儿坐下吃。少妇瞅瞅金书记，见金书记没搭言，就没落座。说一会儿外屋还有一伙乡长带来的客人，她得安排一下。她先敬了第一杯酒，说："金书记领着这么尊贵的客人，大冷的天到俺们这疙瘩江边小屯子里来做客，也没啥好招待的，羊是自己养的，酒是自己家苞米烧的酒，可劲造，可劲喝。"说着她一仰脖把手里端着的酒杯干了下去。那个一直出出进进忙活的女孩又端进一盆刚烀好的苞米、土豆、茄子来。季禾拿了一棒玉米在手里，说她最喜欢吃玉米了。她的杯子里是女主人给她倒的自家酿的都柿酒。立先也有了酒欲，杯子里也倒上了小烧酒。说不喝就对不起这个地方了，刚才他在江边一连说了三遍这个地方太好啦！外面天黑下来，屋里已感觉不到一丝寒意袭进来。看着这个胸脯鼓鼓的少妇出去，金书记说："知道这里的男人女人为什么都能喝酒吗？"立先问："为啥？""因为冷啊。"

一直没看见男主人，等那个女人再进来，大哥问她家男人干什么去了。女主人没好气地说："那个死鬼又到江岔子里去打鱼去了。"老刘凑近大哥耳边说："江岔子上有个小岛离村子有三四十里，她男人搭了个窝棚就住在那里，家里的地也不种了，多咱儿上冻封江了才回到村子里来，有两回偷偷过了江界到江岔子那边下网，被老毛子抓住了，还是金书记找边防站上的人与那边交涉才把人给领了回来，结果被揍得鼻青脸肿的。"怪不得她刚才说话没好声气，"他早晚得被臊性的老毛子打死了喂了鱼。"女人发泄地说了一句，瞅了金书记一眼。老刘说："头些年呢，老毛子抓住咱这边偷着过去捕鱼的人，还能同公家交涉一番给放回来，现在偷着过界捕鱼的人多了，抓住了就往死里打，打死了算偷渡的。老毛子不吃鱼，那边鱼特别多，谁叫咱嘴馋呢，真是馋疯了啊。"

金书记来扶贫时，就叫这家女人搞点儿副业收入，并出主意搞个特色旅游农家饭庄，说这里离县城近，一有客人想吃农家饭，就帮她往村子里她家来引。果然这几年她家的日子光景比村子里别的农家好了许多。怪不得这个女人从心里感谢金书记呢。金书记是支边的知青，因为相貌堂堂，很早就和当地一名女知青结婚了，也留在当地了。路上听老刘言谈中知道，金书记和他的知青老婆过得并不幸福。

这晚酒喝得酣畅，那女人又搬来了一坛酒。她又敬了两次酒，一次是敬大哥，一次是敬金书记。他们两个都干了。矮墩墩的老刘笑嘻嘻站起来："咋不敬我呢。"那女人笑骂了一句什么又和他单碰了一杯。轮到她来敬季禾和王立先时，她端着酒杯说："瞅着你们就是大地方来的文化人，不像俺是个粗人。"季禾说："这杯酒我们也跟你干了。"桌那边小朱也单独给大哥敬酒，大哥实在有些喝不动了。老刘还提着酒杯站在后边不依不饶的。金书记就站起来说："王书记的酒我替他喝了。"大哥红着脸舌头有些发大地说："好，今年综合治理评比我给你们县加一分。""谢谢王书记。"老刘这才松了酒杯，有些感激涕零地说："王书记你不知道，乡里的治安综合治理有多难搞呀，比俺在乡里抓计划生育都他娘的难搞。"说完一仰脖自己又干了一杯酒。老刘在县政法委兼职综合办主任，刚刚四十岁的人，头就谢顶了。

酒酣脸热地出来，一股冷意袭来叫人不由得打了个寒战。月亮已从小村的东头江边升起来了，刚刚收过庄稼的大地里凝着一层冷白。这个季节在这夜里就下霜了。女主人李月琴要留我们在村子里住一宿。大哥说："不啦，我们还要赶到下一站去。"

"有空常过来呀！"老刘听到了凑近李月琴耳边说："你恐怕只欢迎一个人常来吧？""去你的——"李月琴扭了他耳朵一把，老刘满嘴酒气夸张地"哎哟"咧起了嘴巴。

和进村来时不一样的是，村子里有几户人家的狗在黑暗处"汪汪"叫了两声，老刘说："这是在给金书记送行呢。"

车到县城时，我们就与他们告别了。

当晚我们要赶到一百多里外的汤旺河林业局去，那轮从小村子里跟上路的月亮一直在跟着我们，时而被茂密的森林遮了去，时而又从疏朗的林梢头露出脸来。黄老六刚才在村子里弄了一书兜红菇娘儿，问我们吃不吃，说这东西解酒。大哥嘴里已嚼上了一颗，我和立先摇摇头。季禾拿了一颗在手里，说："多漂亮的菇娘呀。"那红红的包衣，像一只红灯笼。这种大红的菇娘只有霜打过才可以吃的。

"你常回家来么？"季禾问大哥。

"不常回来，工作忙啊……"大哥摇摇头。

"你哥俩小时候打过架么，他打过你么？"季禾又转过头来问我。

"没有，真的没有……"最多是在我上高中时我俩在菜园子里辩论过将来是从文好还是从政好，那会儿我已迷上了普希金和鲁迅。我们俩大声争论声常常惊动了母亲，她从屋子里出来阻止了我们面红耳赤的争论。她以为我们是在吵架。

考斯特轿车像船一样在月色朦胧的森林中飘摇穿行，进入汤旺河地界时，我的目光向窗外望着。中苏关系紧张时到这边来是要开边防通行证的。前边不远的是守虎山林场，那会儿上山上林场来一趟是很不容易的事情。我们偷偷摸摸到山上来是来种土豆，这里的气候、土壤都比山下要好一些。我们是跟着二姨夫上山来种土豆的，二姨夫是汽车队里的一名修理工，其实不过是一个铁匠。每次来都是他找上山来的运材车，叫我们搭上去。干完活再在路边截住一辆下去的运材车下去。二姨夫大长下巴脸，好像汽车队里的司机人人都认识他。那一年好像也是中秋节前后，我们收完土豆天就黑了，二姨夫就站在路旁截车，可是半天也没见拉原条（原木）的长挂解放车开过去，天黑下来蚊子就上来了，而且这一带也常有黑熊野狼出没。虽然我们在路边拢起了火，可是听到从树林子里传出的狼的嗥叫声，还是叫我们又急又怕。特别是二姨一个劲在抱怨二姨夫是个窝囊废，二姨夫下巴脸就拉得更长了。更要命的是已经过去了两辆车都没有停下来，不知是没有认出大下巴二姨夫来还是天这么晚了，怕找麻烦不敢随便叫人搭车。随着夜里的寒气袭来，我们都绝望了。这个时候又听到了汽车声，二姨不管不顾地跑到路中间去，拼命挥动她手里的红头巾。大客车在她身前停下了，这是林业局拉宣传队上山上演出回来的车，多亏二姨以前在宣传队演过戏。他们叫我们上去了。这时已近半夜，我和大哥又困又饿上去就趴在土豆袋子上睡着了，等醒来到家已是第二天下午了。原来是他们又到下边一个林场停留了一上午演出完才返回。从这年秋天以后母亲再不叫我们俩跟着上去种土豆了。那个夜晚她担心坏了。

"老六子，你知道你们王书记那个时候想长大了干什么吗？"我转过头来。

"干什么？"

"他就想长大了当个开原条车的司机呀——"

黄老六手里握着方向盘，不太相信地眨眨眼回过头来。

"是的，你二哥说的没错。我那时真就那么想。"

轿车驶过那片土豆地的路边树林子时，我注意到他的眼角和我一样有些湿润了。

车快到汤旺河林业局时，大哥手里的手机响了，传来了汤旺河区政法委书记孙永彪的请示声："要不要去吃点儿烧烤？"大哥回头看看我，我知道吃烧烤就是再喝点儿，这是这边待客的习惯，再喝恐怕立先又得醉，就说算啦直接到宾馆吧。

宾馆就在火车站前面的大河桥头边，孙永彪已迎接在桥头上。这孙永彪是我弟弟的一个同学，大哥在区里当组织部长时给提拔起来的。他一见到我就上前握手："二哥回来啦。"

我把季禾和王立先给他做了介绍，并特意说两位都是诗人。孙永彪眼睛里立刻有什么东西闪了一下。"要不要叫宾馆餐厅给做点儿夜宵？王书记。"不等大哥回话，季禾和王立先就都摆手，大哥就说不早了，叫客人休息吧。

我跟大哥说我回家里住，他说："你回吧。"

我这次回来没有跟家里说，一是不想惊动老人，二是来之前也不知什么时候到家。走出宾馆来，月亮已升到了夜空当中，顺着街道往西头走去，路过林业局一个中心广场，小时候这里是一个篮球场，区里每年的篮球赛就在这里举行，逢雨天场上一片泥泞。大人孩子就站在泥地里看球赛，晚上有时放映露天电影，就把幕布拉在篮球架子上。

走过老电影院的西头，就到家了，我担心这么晚了老人会不会睡下了，也许今晚决定回家来住是个错误，走到院子门前，敲门的手有些犹豫。听到了动静，窗子里传出一句："谁呀？"是父亲苍老的声音，七十二岁的父亲前年患过一次脑梗塞，腿脚还有些不利索。"我是宏子。"我赶紧嗓音有些发颤应道。"哎呀，是宏子呀——"隔着窗子我听出屋子里传出父亲的惊喜。

第二日一大早我过宾馆去时，孙永彪没有在大哥房间里，而是坐在王立先屋里，这孙永彪以前在部队里当过文书，也爱好过诗。要不昨晚一见到他我特意给他介绍两位是诗人时，他毕恭毕敬，连喘气都变得小心翼翼的了。我想带王立先和季禾去河坝上散散步，他也跟了出来。

出了宾馆就走到了河坝，清早的白雾笼罩着山坳中的镇子，淡淡的晨雾里，河坝下是一溜老平房。房前房后的院子里种着挂着露珠的西红柿、豆角和大头菜，宁静的河坝上，不时有一两只懒猫和狗从我们脚前走过。小时候在坝上，学校每年都组织了担土修坝劳动。我们男孩子劳动完就跳到河水里去洗澡，在河里肚皮沾着泥巴打水仗。多快活的时光啊！一晃岁月让我头发里有了白发。雾气缭绕的河面上传来了"哗哗……"的流水声，走过坝下一处二层高的旧黄楼，我对他俩说，这里是我读书的小学校，他俩也跟着我停下了脚步。那时候每天上学的课间和放学后，我们就跑到楼后的河边来玩。夏天到河里游泳、捉鱼（用白桦树皮卷着插进罐头瓶口里捂鱼），摸河蝲蛄。冬天河要封冻时，落过新雪，课间我们就到河边来折一根柳条蘸上雁翎河水，再提出来蘸上雪，反复几次一根雪糕就做成了，吃进口里冰得我们嘴巴嘶嘶呵呵吸着凉气……

"那会儿上学时有没有女孩子喜欢过你？"听得入迷的季禾突然问我，一时叫我有些发窘："没……没有，真的没有……"

"二哥，你怎么没有呢，那天韩玉玲还向我问起你来。"孙永彪插嘴说了一句。

韩玉玲是我的同班同学，我参加高考的那一年实际上是学校又留我们多读了一年，我被分进了小班重点班。我能够进小班完全是因为作文成绩的缘故，而数理化则是一团糟。小班的同学男女生分开坐，甚至男女同学到毕业了连话都没说过的也有。我跟那个叫韩玉玲的女同学就是这样的。她家在我家上头住，每天放学后她在前边走，我在后面走，韩玉玲扎着两根细长的辫子，走起来那辫梢一扫扫在她细巧的腰肢上。我只知道她的化学特别好。头些年回家来，上了初中的女儿有一天突然问我："老爸，你上中学时有没有女同学喜欢你呀？"我坚决地摇头正色道："没有。""那怎么有人说你长得挺帅呢？"小女儿故意这样卖着关子说。我警觉起来，后来才知她是从我弟弟家孩子那里听他们化学老师说的，她是单独在家办辅导班时跟弟弟家孩子说的，说你二伯上学时长得帅，作文又好，很让她们女同学私下羡慕呢。一问他的老师姓什么，我就明白了。只是觉得这能算那种喜欢么？高中毕业后我怕高考没把握先考上了代课老师，先在山上克林林场代课了半年。后来录取通知书下来了，我就离开了林场。在外边参加工作成家了以后，有一年回家在二姨家里，碰见邻居家的一个山上的亲戚，这个老妇人我好像在哪里见过，却又想不起来了。她问我："你在克林代过课吧。"我点点头。她又问我："你记得肖芹么？"我摇摇头。"我想你不会记得了。"她这样一说叫我不好意思拼命想起来。直到她提示，你走时她托你买过一双鞋。我这才恍然想起来，肖芹是我代课的林场学校一名当地女老师，是个挺不错的姑娘，苗条的身材，一双秀气的水汪汪眼睛透着山里女孩的纯朴。那是那年高考后我要到山下来体检时，肖芹找到我要我给她弟弟捎一双回力鞋。她告诉了我鞋码。在山下体检完又上山时我把鞋捎给了她。哪知第二天她又原封不动把鞋拿给了我，说她弟弟穿着号大要送给我。这我可不能要，我谢绝了她。她就脸急成了一个红柿子，把鞋放下就跑走了。我只好叫另外一个老师带给她。录取通知书下来临走时才听一个同事告诉我，她哪里有什么弟弟呀，方才知道她分明是有意要给我买的，我喜欢打篮球，鞋子穿得费。那天坐上汽车下山时，同事们都来送，唯独她没有来。"你知道么，她偷偷跟我说过她喜欢你，还想托我跟你姨说说呢，我就跟她说姑娘你趁早打消了这个念头，小王老师早晚会离开咱山沟里的，你瞧瞧叫我说什么来着……"这一切我都不知道，老妇人露着一双发黄的牙齿说，那是她常年抽长烟袋锅抽的。

　　吃过早餐后，我们去石林，石林我每次回家都多次去过，可是在秋天来这里还是第一次。一走进石峰环绕的山里连我也惊讶不小。这霜打过的红叶、黄叶、白叶……五彩缤纷，闪着楚楚动人的秋韵。一路走上来，诗人立先嘴里就剩下"哎呀——哎呀——"的惊叹了，他不时地扶扶眼镜。孙永彪一直紧紧跟随在他身后。走下山来在一块瀑布山泉旁边卧着一块平整的巨石边，孙永彪掏出一页纸来，说他们区委书记要在这石头上题写两句诗，让他给改改。他想请立先看看行不行。立先并没有去看，说："你们要是什么也不往这石头上去写就是最好的诗了。"弄得孙永彪有点儿尴尬。

　　中午回到宾馆单间餐厅就餐，一桌山珍野味已摆好了。宾馆经理丁四拿出两瓶精装的五粮液来，桌上的野猪肉、狍子肉、猴头都是野生的。孙永彪啧啧说："大哥也就是你来，就是市委书记来老四他都没有这么多好东西招待。"丁四一摆手："那不好使，我见的大人物多的去了，省里的、北京的来的，×××知道不，前几天来过还跟我合了影。"丁四说出了一个我们都知道的大人物的名字，就开始给大家倒酒。他给我倒酒时跟坐在旁边的季禾说:"季老师你知道不,二哥结婚时新娘子还是我开车接站送进洞房哩。"那还是八十年代初,大哥在贮木场当书记,丁四给大哥开212吉普,那会儿林业局还没有轿车,结婚能有吉普车就不错了。我和妻子一下火车,丁四就把前杠用红绸系着大红花结的吉普车开进了站里,这让从城里来的妻子风光了不少。每次回来在酒桌上碰到,他都单独和我喝一杯。这次也不例外。丁四初中没读完,一听说立先是大学教授立刻毕恭毕敬起来。"我只知道二哥是作家,是作家有文化呢还是教授有文化呢?"我正色道:"当然是教授有文化了。"季禾说他还是诗人。"那你就是两个职务了,我得敬你双杯。"我们刚要拦着,立先让他倒了两小盅白酒和他一起干了下去。

孙永彪不能喝酒,他一直有肝病,脸虚黄着。丁四当司机时也不能喝酒,有一回过年他来大哥家拜年时喝醉了,借着酒劲跟大哥说:"王书记,你说俺哪不行,非让俺开一辈子车呢。"大哥说:"丁四,你知道我小时候最大的愿望是啥么?"丁四就愣愣地望着大哥,大哥说:"就是能开上车呀。"哪知这样一说,丁四竟流泪哭了,说:"大哥你不管俺。"大哥这才说:"不是不管你,是你文化不够。"后来丁四补习了个高中文凭,大哥就给他安排在贮木场管后勤。没想到这小子会来事又有办事能力,把后勤搞得有声有色。大哥到区里当副书记时,宾馆经理空缺,大哥就把他安排到宾馆当经理了。

看看酒喝得差不多了,丁四就安排两个漂亮女服务员进来,打开房间的卡拉OK投影机要给大家唱歌助兴。我一摆手说:"还是让咱们的诗人给咱们朗诵一首诗吧。"我刚才看见立先往一张纸片上随手写了几句什么。孙永彪和大哥立刻说好。立先就站了起来,扶了扶眼镜框,沉静了一下展开手里那张纸朗诵道:汤旺河/你这山里的行者/你纤细的身影/你宽大的身躯/两种经历,使你成了真正的河/你流过苍黑的岩石/我以为你黑了/但把你捧在手上,你依然是那样清澈/洗衣女人在你的边上/她洗不去自己的年龄/正如你流不回自己的岁月……今天的相逢/注定了我会在一个很远的地方想你/想你是谁的口中/随意流出的深远的歌……

听罢,泪水已贮满了我的眼眶。我们站起来,一同把杯里的酒干了。再去看丁四,丁四已醉倒在旁边的沙发里了,刚才他还嚷着下午要陪我们一同过五营去,晚上他接着安排喝。

走出来，孙永彪朝王立先要了本诗集。正好立先随身挎着的便兜里装着一本就送给他了。看他喜形于色的样子，上车时，立先还在摇摇头说，看来仕途挡住了多少文学青年的梦呀。

伊春是红松的故乡，而五营红松原始森林则是红松母树林的故乡了。下午驱车来到这里时，听母树林管护人员说这里前不久刚刚遭受过一场风灾，一棵有着七百多年树龄的有"松王"之称的红松被一场旋风刮倒了，我听了心里为之一痛，太可惜啦。

这个季节正应是松塔成熟的季节，那密密麻麻的松塔挂在高大的松冠上一定很壮观。可是走进林子里抬头望并没有望到松塔。诧异间，看见从林子里钻出来三三两两扛着鼓鼓麻袋的山里人，麻袋里面装的是松塔。果然听陪同的身材瘦小的五营区政法委朱书记告诉我们，现在树上的松塔都被承包人打光了。其实他们本可以晚些打，让来红松故乡旅游的客人看到这红松的果实。朱书记说那样他们就抢不到好价钱了。这不太爱说话的朱书记是区公安局长出身，刚才走在路上还听他小声地跟大哥抱怨说，现在的工作真没有当公安局长解渴，就像一个猎人被捆住了手脚。大哥正色道："政法委工作就不重要了么？"他就不吱声了。

从红松林子里钻出来，来到一处山崖旁，朱书记说让你们城里人见识一下野生动物。就引我们走进一个栅栏圈着的院落里。原来这里圈养着两只小黑熊和三只狍子。熊洞是借助石崖下开凿的一个石洞，外面用铁栏杆拦着。狍子圈则是借助一片小树林圈起来一个挺大的林地。一见我们进来狍子就远远地惊慌地躲到了一边去。主人是一方脸膛络腮胡子的中年汉子。他抬头望着我们走过来，说："朱局长是您呀。"他把我们引到熊洞前，剁了几块角瓜瓢隔着铁栏杆喂熊给我们看。那两只黑乎乎的小熊真是饿急了，张着大口伸出嘴巴来，接住递过来的角瓜就吧唧吧唧吃起来。中年汉子让我们喂，没人敢上前，这毕竟不是城里动物园里天天接触人的熊。我小心接过主人手里的两块角瓜，扔进张着大口的熊的嘴里，两只熊接住了吧唧吧唧吃起来，并从喉咙发出低低的兽鸣来。季禾问主人为什么不喂肉呢。主人说："现在肉价涨得这么高，一天只能限量喂它们一次。"这才知道这两样动物是他个人饲养的，不归森林公园管理处管。平时进来人观看每人收费五元。现在是淡季，进来的游人很少。问他冬天也在这里过冬吗？主人指着旁边搭的一个土窝棚说："嗯哪。"窝棚里搭着一个烟熏火燎的土炕，炕上铺着一张狍子皮，隔着炕是一个烟熏火燎的锅台，小锅沿上放着一副脏兮兮的碗筷，有几只蚂蚁在上面从容地爬。冬天是没有人到这里来的。守着一冬天的寒冷和寂寞不是谁都能做得到的。

往山下走听朱书记说，这个养熊人原来是林业局一名下岗工人，这两只熊崽还是头些年他当公安局长时没收的一个山里猎人私自捕获的，交给他饲养的。他们原本早就认识。

下了山，朱书记就把我们带进山边一家挂着两个红幌名叫"山里红"的小饭店里，一个熟悉的人影已坐在里边的单间里了。他就是"城市猎人"腾老五，原来他是向朱书记打听好我们晚上来这里吃饭他就找来了。见到立先一个劲地抱歉，说："王教授前天真对不住您，今晚绝对不叫您多喝了。"刚刚坐下就听外屋响起一个咋咋呼呼熟悉的声音，正诧异间，丁四手里拎着几袋山珍产品走了进来："王书记你太不够意思了，走时也不叫我一声，给你打手机还关机了，要不是黄老六我还找不到这里。"大家这才瞅黄老六，这两天一直蔫声不语的黄老六坐在角落里嘿嘿笑。大哥说："你还跟来干什么？"丁四说："怎么地也得让我送送季老师和王教授呀。"大哥把他给朱武介绍，朱武赶紧叫他坐下。丁四把手里提着的几盒包装精美的山货，黑木耳、猴头菇、榆蘑、山参分给了两位城里人。坐下后，大家就吃喝了起来。爬了一天山，肚子也真饿了。

这矮小的朱书记也有些酒量，他先要了两瓶兴安白，后又要了两瓶。丁四中午喝红的脸还没完全消退，他和腾老五原来在家时就认识，两人先对干了两玻璃缸子酒。后又一致对外同朱武喝了起来，直到把朱武喝得趴在桌子上为止。腾老五果然说到做到没再拼立先喝酒。倒是立先分别同他和丁四干了一杯。说欢迎他俩什么时候去城里一定找他。腾老五笑眯眯说："一定一定。"丁四也说："到时候王教授您别瞧不起俺山里人大老粗就行。"

朱武摇摇晃晃站起来要出去方便，腾老五扶他走了出去。过了半天没见两人回来，大哥叫丁四出去看看。我说我去吧。就走了出去。

冷不丁走到黑乎乎的外面，叫山风一吹，我不禁打了个寒噤。山里的夜风好凉啊。走到房山头好像听到朱武弯腰在那里呕吐，腾老五给他拍着后背，等他直起腰来，听到腾老五说话声："……朱书记，我想跟你说个事，你叫你那个远房亲戚把那两只小熊卖给我吧，我给倒腾到城里去，准保能卖个好价钱，亏不了他的……""……这事你别想，他跟那小熊比跟他老婆还亲，再说倒卖野生动物也是违法的，你难道不知道么？"我缩回了身子，知道"城市猎人"跟来的目的了。

回到热气腾腾的屋子里，坐在椅子上不知怎么的心里还在想着那两只毛茸茸的小黑熊和那个饲养人，马上就要到冬天了，这个冬天他和它们怎么熬过去呢？想想城里动物园那些被人饲养的动物们真是幸福啊。斜眼看看立先，诗人也眼睛有些发呆，不知他在想些什么。

第二日是中秋节，下午在伊春送走季禾和立先，我坐着丁四的半截槽子车返回汤旺河林业局，要和父母过这个中秋团圆节。坐在车里，目光透过车窗，静静地打量着这满目的五花山色，心里又涌动着一种久违的亲切来……那野味十足的山风恣意灌进车里、肺里，真舒畅啊！

"二哥，你说城里好还是山里好？"丁四回过头来猛丁问我一句。

我一愣，不明白他为什么这样说。丁四慢慢说道："我想把我的孩子送到城里上学去，将来希望她能在城里生活。"我知道他有一个正在上小学的女儿。

我不知道该怎样来回答他，他是想把她变成城里动物园里饲养的动物么？

我心里一阵惆怅。

图书在版编目（CIP）数据

野浴／王鸿达著. — 北京：中国文史出版社，
2019.3

（中国专业作家小说典藏文库·王鸿达卷）

ISBN 978 - 7 - 5205 - 0988 - 6

Ⅰ. ①野… Ⅱ. ①王… Ⅲ. ①中篇小说 - 小说集 - 中
国 - 当代②短篇小说 - 小说集 - 中国 - 当代 Ⅳ.
①I247.7

中国版本图书馆 CIP 数据核字（2018）第 285609 号

责任编辑：马合省　薛未未

出版发行　**中国文史出版社**

社　　址：北京市海淀区西八里庄 69 号院　邮编：100142

电　　话：010 - 81136606　81136602　81136603（发行部）

传　　真：010 - 81136655

印　　装：廊坊市海涛印刷有限公司

经　　销：全国新华书店

开　　本：720×1020　1/16

印　　张：19.25　　　字数：315 千字

版　　次：2019 年 3 月第 1 版

印　　次：2019 年 3 月第 1 次印刷

定　　价：68.00 元